D1718907

Ein Kelch aus Kristall

Daphne Du Maurier

Ein Kelch aus Kristall

Roman

Scherz

Meinen Vorfahren, den Glasbläsern von La Brûlonnerie,
von Chérigny, La Pierre und Le Chêsne-Bidault, gewidmet.

Titel der Originalausgabe: «The Glass-Blowers»
Einzig berechtigte Übertragung aus dem Englischen von N. O. Scarpi
1. Auflage der revidierten Neuausgabe von 1988.
Die deutsche Erstausgabe erschien unter dem Titel «Die Glasbläser».
Copyright © by Daphne Du Maurier
Gesamtdeutsche Rechte beim Scherz Verlag, Bern, München, Wien
Alle Rechte der Verbreitung, auch durch Funk, Fernsehen,
fotomechanische Wiedergabe, Tonträger jeder Art und
auszugsweisen Nachdruck, sind vorbehalten.

Prolog

Eines Tages, im Juni des Jahres 1844, erhob sich Madame Sophie Duval, geborene Busson, achtzig Jahre alt, von ihrem Lehnstuhl in dem Salon ihrer Besitzung in Le Gué de Launay, wählte aus einem Ständer im Vorzimmer ihren bevorzugten Spazierstock, rief ihren Hund und ging, wie es jeden Dienstagnachmittag zu dieser Stunde ihre Gewohnheit war, die kurze Anfahrt zu dem Tor hinunter.

Sie ging rüstig, mit dem raschen Schritt eines Menschen, der an keiner der Mißhelligkeiten hohen Alters leidet oder sich vielleicht weigert, daran zu leiden; und ihre hellen blauen Augen, der bemerkenswerteste Zug in ihrem sonst nicht weiter bemerkenswerten Gesicht, spähten scharf nach rechts und links, entdeckten Spuren der Nachlässigkeit des Gärtners – der Kies unter ihren Füßen war an diesem Morgen nicht gerecht worden, wie es sich gehörte, eine Lilie unsorgsam gebunden, das Gras der Umfassung eines Beetes ungleichmäßig gestutzt.

Da würde zur rechten Zeit Abhilfe geschaffen werden, entweder von ihrem Sohn, dem Bürgermeister, oder von ihr selbst; denn obgleich Pierre-François seit etwa vierzehn Jahren Bürgermeister von Vibraye war und sich seinem siebenundvierzigsten Geburtstag näherte, wußte er doch sehr wohl, daß Haus und Grund in Le Gué de Launay seiner Mutter gehörten, und daß in allen Dingen, die die Erhaltung des Besitzes angingen, sie das letzte Wort haben mußte. Dieses kleine Gut, auf das sich Madame Duval und ihr Gatte um die Jahrhundertwende zurückge-

5

zogen hatten, war keine große Herrschaft, nur ein paar Morgen Land, und auch das Haus war nur von mittlerer Größe; aber es war ihr Eigentum, gekauft und bezahlt von ihnen, und so verlieh es ihnen beiden den Stand von Grundbesitzern und machte sie jedem Gutsherrn aus früheren Zeiten ebenbürtig, der sich noch immer damit brüsten mochte, daß er seine Herrschaft auf Grund des Geburtsrechts besaß.

Madame Duval schob die Witwenhaube auf ihren weißen Haaren zurecht, die sich in Löckchen auf ihre Stirne rollten. Als sie am Ende der Anfahrt angekommen war, hörte sie das Klicken des geschlossenen Eisentores, das Kreischen der Angel, als es jetzt geöffnet wurde, und der Gärtner – gleichzeitig Mädchen für alles, Kutscher, Bote – kam mit der Post auf sie zu, die er in Vibraye geholt hatte.

Gewöhnlich brachte ihr Sohn die Briefe abends, wenn es welche gab. Doch einmal in der Woche, an jedem Dienstag, erhielt sie einen ganz besonderen Brief, den Madame Duval von ihrer in Paris verheirateten Tochter, Madame Rosiau, erhielt; und da dies der kostbarste Augenblick ihrer Woche war, konnte die alte Dame es nicht ertragen, auf diesen Brief zu warten. Vor vielen Monaten hatte sie dem Gärtner den Auftrag erteilt, die wenigen Kilometer nach Vibraye zu Fuß zu gehn, nach Briefen zu fragen, die für Le Gué de Launay eingetroffen sein mochten, und sie ihr selber zu bringen.

Das tat er jetzt, den Hut lüftend, legte den erwarteten Brief oben auf die restliche Post und meinte wie gewöhnlich: «Jetzt ist Madame zufrieden.»

«Ich danke Ihnen, Joseph», sagte sie und forderte ihn auf: «Gehen Sie in die Küche und sehen Sie nach, ob es dort Kaffee für Sie gibt», als ob der Gärtner, der nun seit dreißig Jahren bei ihr in Dienst war, den Weg in die Küche zum ersten Mal finden müßte. Sie wartete, bis er außer Sichtweite war, bevor sie ihm folgte, denn es gehörte zu dem Zeremoniell, daß der Diener voranging und sie selber, mit gemessenem Schritt, in einiger Entfernung folgte, den ungeöffneten Brief fest umklammernd, den Hund hinter sich her; und dann die Stufen hinauf und in das Haus und in den Salon, wo sie sich wieder in ihren Lehnstuhl am Fenster

6

setzte und das lang erwartete Vergnügen des allwöchentlichen Briefes genoß.

Die Verbindung zwischen Mutter und Tochter war eng, ebenso wie es einst, vor so vielen Jahren, zwischen Sophie Duval und ihrer eigenen Mutter Magdaleine gewesen war. Söhne, auch wenn sie unter dem Dach der Mutter lebten, hatten ihre eigenen Beschäftigungen, ihre Sorgen, ihre Frauen, politische Interessen. Doch eine Tochter, auch wenn sie sich, wie Zoe, einen Mann genommen hatte, der übrigens ein sehr tüchtiger Arzt war, blieb immer ein Teil der Mutter, Nesthäkchen, vertraut und vertrauensvoll, teilte Freuden und Leiden, gebrauchte die gleichen in der Familie üblich gewesenen Ausdrücke, die die Söhne längst vergessen hatten. Die Schmerzen der Tochter waren die Schmerzen, die ihre Mutter auch gekannt hatte; die unerheblichen Mißverständnisse zwischen Gatte und Gattin, die nun einmal von Zeit zu Zeit eintraten, hatte Madame Duval in früheren Jahren auch erduldet, dazu die Sorgen des Haushalts, die steigenden Preise auf dem Markt, eine plötzliche Erkrankung, die Entlassung eines Dienstboten, die zahlreichen Kleinigkeiten, die sich im Alltag einer Frau einstellen.

Dieser Brief war die Antwort auf einen Brief, den sie vor einer Woche zum Geburtstag ihrer Tochter geschrieben hatte. Zoe war am 27. Mai einundfünfzig geworden. Kaum zu glauben! Mehr als ein halbes Jahrhundert war vergangen, seit sie ihre Tochter in den Armen gehalten hatte – ihr drittes Kind und das erste, das die Kinderjahre überlebt hatte –, und wie gut entsann sie sich jenes Sommertages, als das Fenster zum Obstgarten weit geöffnet war, der stechende Rauch aus dem Schornstein der Glashütte die laue Luft erfüllte und das Geräusch und Gestampf der Arbeiter, die von dem Kesselhaus zu der Fabrik gingen, ihr eigenes Geschrei übertönten, während sie in den Wehen lag.

Welch ein Augenblick, um ein Kind in die Welt zu setzen, jener Sommer 1793, des ersten Jahres der Republik, als der Aufruhr in der Vendée herrschte, das Land im Krieg war, die verräterischen Girondiner versuchten, die Convention zu stürzen, der Patriot Marat von einem überspannten Frauenzimmer ermordet wurde und die unselige Exkönigin Marie-Antoinette im Temple eingekerkert war, um später für all das Elend, das sie über Frankreich gebracht hatte, geköpft zu werden.

Wie viele bittere, aufregende Tage! Wieviel Begeisterung, Triumph und Verzweiflung! Alles gehörte jetzt der Geschichte an, war von den meisten Menschen vergessen, überschattet von den Taten des Kaisers und seiner Herrschaft. Nur sie erinnerte sich daran. So zum Beispiel, als sie von dem Tod eines Zeitgenossen erfuhr, der einst Mitglied der Nationalgarde unter ihrem Bruder Michel gewesen war. Die beiden hatten, zusammen mit ihrem Gatten François, die Arbeiter der Glashütte im November 1790 bei der Plünderung des Schlosses Charbonnières angeführt.

Es hatte keinen Zweck, vor ihrem Sohn von diesen Dingen zu reden. Schließlich war er ein treuer Untertan König Louis-Philipps und ließ sich wohl kaum gern daran erinnern, welchen Anteil sein Vater und sein Onkel in den düsteren Tagen der Revolution gespielt hatten, bevor er selber auf die Welt gekommen war. Obgleich es sie, weiß der Himmel, häufig lockte, darüber zu reden, wenn er wichtigtuerisch auf seinen bürgerlichen Grundsätzen beharrte.

Madame Duval öffnete den Brief und strich die engbeschriebenen Seiten glatt; Gott sei Dank brauchte sie trotz ihrer achtzig Jahre noch keine Brille.

«Meine liebste Maman . . .»

Zunächst Zoes Dank für das Geburtstagsgeschenk, eine gesteppte Flickendecke, an der im Winter und Frühling gearbeitet worden war, und dann die üblichen kleinen Nachrichten; daß ihr Mann, der Doktor, einen Artikel über das Asthma geschrieben hatte, der vor einer Versammlung medizinischer Autoritäten gelesen werden sollte, daß ihre Tochter Clementine unter der Anleitung eines guten Lehrers ausgezeichnete Fortschritte am Klavier machte, und dann – die Schrift wurde vor lauter Aufregung immer hastiger – der Hauptinhalt des Briefes, als Überraschung für den Schluß aufbewahrt.

«Wir haben den Sonntag abend mit Nachbarn im Faubourg St. Germain verbracht», schrieb sie, «und wie gewöhnlich waren viele Ärzte und andere Wissenschaftler da, und so gab es eine höchst interessante Unterhaltung. Wir waren beide sehr beeindruckt von dem Redefluß und dem einnehmenden Wesen eines Fremden, eines Erfinders, der anscheinend eine tragbare Lampe konstruiert hat, mit der er sein Glück machen will. Wir wurden ihm vorgestellt, und stell Dir meine Überraschung vor, als wir erfuhren, daß er Louis-Mathurin Busson heißt, daß er in England geboren und von seinen ausgewanderten Eltern großgezogen wurde, nach der Restauration der Monarchie, als er noch sehr jung war, mit seiner unterdessen verstorbenen Mutter, seinem Bruder und seiner Schwester nach Paris kam und seither, wie ich vermute, hauptsächlich dank seinem Verstand und seiner Erfindergabe zwischen den beiden Ländern lebt, manchmal in London, manchmal in Paris, und in beiden Städten zu tun hat. Er ist mit einer Engländerin verheiratet, hat Familie, ein Haus in der Rue de la Pompe, ein Laboratorium im Faubourg Poissonnière. Nun hätte das alles mich wohl nicht weiter beschäftigt, wären nicht die beiden Namen Busson und Mathurin gewesen und hätte er nicht die ausgewanderten Eltern erwähnt. Ich achtete sehr darauf, ihn nicht gleich wissen zu lassen, daß Dein Mädchenname Busson war und Mathurin ein häufiger Vorname in der Familie; als ich aber unbefangen fragte, was für einen Beruf sein Vater, der Emigrant, gehabt habe, da antwortete er sogleich und mit großem Stolz: ‹Er war Glasbläser und hatte vor der Revolution mehrere Glashütten besessen. Einmal war er erster Kristallschleifer in St. Cloud gewesen, in der Königlichen Glashütte, die von der Königin selbst begünstigt wurde. Beim Ausbruch der Revolution folgte er natürlich dem Beispiel der Geistlichkeit und des Adels, wanderte mit seiner jungen Frau, meiner Mutter, nach England aus und mußte viel Not erdulden. Sein voller Name war Robert-Mathurin Busson du Maurier, und er starb plötzlich und tragisch im Jahre 1802, nach dem Frieden von Amiens, als er nach Frankreich zurückkehrte, um das Familienvermögen wiederzuerlangen. Meine arme Mutter, mit den kleinen Kindern in England zurückgeblieben, ahnte nicht, als sie ihm Lebewohl sagte, daß es der letzte Abschied sein sollte. Ich war damals fünf Jahre alt und erinnere mich nicht an ihn, doch unsere Mutter prägte uns ein, daß er ein Mann von höchster Grundsatztreue und Redlichkeit gewesen war und natürlich Royalist bis in die Fingerspitzen.›

9

Maman . . . ich nickte und machte diese oder jene Bemerkung, während ich versuchte, meine Gedanken zu sammeln. Ich habe doch recht, nicht wahr? Dieser Mann, dieser Erfinder muß mein Cousin sein, der Sohn Deines geliebten Bruders, meines Onkels Robert. Was aber soll all das Gerede davon, daß er du Maurier hieß, eine Familie in England zurückließ und 1802 starb, wenn Du und ich doch genau wissen, daß er 1811 starb, Witwer war und einen Sohn Jacques hatte, der als Korporal in der Grande Armée diente? Ich war doch schon achtzehn Jahre alt, als Onkel Robert als Schullehrer in Tours starb, aber andrerseits kommt dieser Monsieur Busson, der sein Sohn sein muß und von seinem Vater ganz anderes erzählt, als Du uns erzählt hast, und anscheinend keine Ahnung von dem wirklichen Ende seines Vaters und von Deinem Vorhandensein hat.

Ich fragte ihn, ob er Verwandte habe. Er glaube nicht, sagte er. Sie seien alle während der Schreckensherrschaft hingerichtet und das Schloß Maurier und die Glashütten zerstört worden. Er habe keine Nachforschungen angestellt. Es sei besser so. Was vergangen sei, sei vergangen. Dann unterbrach uns die Hausfrau, und er unterhielt sich mit andern Gästen. Ich habe ihn nicht wieder gesprochen. Aber ich habe seine Adresse entdeckt – 31 Rue de la Pompe in Passy – für den Fall, daß Du Dich mit ihm in Verbindung setzen wolltest, Maman, was soll ich da unternehmen?»

Madame Duval legte den Brief ihrer Tochter zur Seite und schaute aus dem Fenster. So . . . war es nun doch so gekommen! Es hatte mehr als dreißig Jahre gedauert, doch schließlich war das geschehen, wovon Robert geglaubt hatte, daß es nie passieren würde.

«Diese Kinder werden in England großgezogen und werden sich dort ihr Leben einrichten», hatte er zu ihr gesagt. «Was könnte sie nach Frankreich bringen, zumal wenn sie glauben, daß ihr Vater gestorben ist? Nein, dieser Abschnitt meines Lebens ist, wie alle andern, erledigt und zu Ende.»

Madame Duval griff wieder nach dem Brief und las ihn nochmals. Zwei Wege standen ihr offen. Der erste – ihrer Tochter Zoe zu schreiben und ihr einzuschärfen, sie solle keinen weitern Versuch machen, mit dem Mann, der sich Louis-Mathurin Busson nannte und vielleicht ein Schwindler war, in Verbindung zu treten. Der zweite – selber auf der Stelle nach Paris zu fahren, Monsieur Busson in der Rue de la Pompe, Nummer 31 aufzusuchen, die Verwandtschaft anzuerkennen und, bevor sie starb, das Kind ihres Bruders zu sehen.

Die erste Möglichkeit verdrängte sie fast im selben Augenblick, als dieser Gedanke in ihr aufgetaucht war. Täte sie das, so würde sie jegliches Familiengefühl verleugnen und gegen alles handeln, war ihr am wichtigsten war. Der zweite Weg mußte sogleich beschritten werden.

Als an jenem Abend ihr Sohn heimkehrte, erzählte Madame Duval ihm ihre Neuigkeiten, und man einigte sich, daß sie in dieser Woche nach Paris fahren und bei ihrer Tochter im Faubourg St. Germain wohnen sollte. Alle Versuche des Sohnes, sie davon abzubringen, waren nutzlos. Sie blieb fest.

«Ist dieser Mann ein Betrüger», sagte sie, «so werde ich es wissen, wenn ich ihn vor Augen habe. Wenn aber nicht, dann habe ich eben meine Pflicht getan.»

Am Abend, bevor sie nach Paris fuhr, trat sie an den Schrank in der Ecke des Salons, öffnete ihn mit dem Schlüssel, den sie in einem Medaillon an ihrem Hals trug, und nahm einen Lederbehälter heraus. Diesen Behälter packte sie sorgsam zwischen die wenigen Kleidungsstücke, die sie mitnahm.

Ungefähr um vier Uhr am Sonntag der folgenden Woche sprachen Madame Duval und ihre Tochter, Madame Rosiau, in der Rue de la Pompe Nummer 31 vor. Das Haus war gut gelegen, an der Ecke der Rue de la Pompe und der Rue de la Tour, gegenüber einer Knabenschule, mit einem Garten dahinter und einer langen Allee, die unmittelbar in den Bois de Boulogne führte.

Eine freundliche Magd öffnete die Tür, nahm die Visitenkarte und führte die Besucherinnen in ein helles Zimmer, das auf den Garten hinaus zeigte, von wo aus sie den Lärm der spielenden Kinder hören konnten. Kurz darauf trat eine Gestalt durch eine der Glastüren aus dem Garten, und Madame Rosiau stellte dem Erfinder mit einem kurzen Wort der Erklärung und der Entschuldigung ihre Mutter vor.

11

Ein Blick genügte. Die blauen Augen, das lichte Haar, die Kopfform, das rasche, höfliche Lächeln, das im Nu den Wunsch zu gefallen verriet, gemischt mit dem Verlangen, den Anlaß, wenn nur irgend möglich, zu seinen Gunsten auszunützen – das war Robert in Fleisch und Blut, wie sie sich jetzt nach vierzig, fünfzig, sechzig Jahren an ihn erinnerte.

Madame nahm seine ausgestreckte Hand zwischen die ihren und hielt sie fest, ihre Augen, ein Spiegel seiner Augen, verweilten längere Zeit auf seinen Zügen.

«Verzeihen Sie», sagte sie, «aber ich habe allen Grund zu der Annahme, daß Sie mein Neffe und der Sohn meines ältesten Bruders Robert-Mathurin sind.»

«Ihr Neffe?» Verwundert schaute er von einer zur andern. «Ich fürchte, daß ich Sie nicht verstehe. Ich habe Madame . . . Madame Rosiau vor etwa vierzehn Tagen kennengelernt. Früher hatte ich noch nie das Vergnügen ihrer Bekanntschaft und . . .»

«Ja, ja», unterbrach Madame Duval. «Ich weiß, wie Sie sie kennengelernt haben, aber sie war, als sie Ihren Namen und Ihre Geschichte erfuhr, zu überrascht, um Ihnen zu sagen, daß der Mädchenname ihrer Mutter Busson ist, daß ihr Onkel Robert-Mathurin Busson war, ein Kristallschleifermeister, der ausgewandert ist . . . ich bin, mit einem Wort, die Mutter Zoe Rosiaus und deine Tante und habe fast ein halbes Jahrhundert auf diesen Augenblick gewartet.»

Sie führten sie zu einem Stuhl, sie setzte sich und wischte die Tränen aus ihren Augen. «Wie töricht», sagte sie ihm, «sich so gehenzulassen.» Wie hätte Robert sich über sie lustig gemacht! Wenige Minuten später aber hatte sie ihre Haltung wieder und war genügend Herrin ihrer selbst, um zu begreifen, daß ihr Neffe, obgleich er sehr entzückt darüber war, daß er Verwandte entdeckte, gleichzeitig ein wenig enttäuscht war, zu erkennen, daß seine Tante und seine Cousine keine großen Damen waren, sondern gewöhnliche Provinzlerinnen ohne Anspruch auf weite Ländereien oder zerstörte Schlösser.

«Doch der Name Busson!» sagte er nachdrücklich. «Ich bin in dem Glauben aufgewachsen, daß wir von einer adligen bretonischen Familie abstammten, die bis ins vierzehnte Jahrhundert reichte, daß mein Vater nur aus Liebhaberei die Kristallschleiferei betrieben hatte, daß unsere Devise ‹Abret ag Aroag›, ‹Zuerst und zuvorderst›, von den alten Rittern in der Bretagne herkam? Wollen Sie behaupten, daß nichts davon wahr ist?» Madame Duval musterte ihren Neffen mit einem skeptischen Blick.

«Dein Vater Robert war der unverbesserlichste Aufschneider, den ich je gekannt habe», sagte sie trocken. «Und wenn er in England solche Geschichten erzählt hat, so entsprach das damals zweifellos seinen Zwecken.»

«Aber das Schloß Maurier», wehrte sich der Erfinder. «Das Schloß Maurier, das während der Revolution von den Bauern bis auf den Grund niedergebrannt worden ist!»

«Ein Bauernhaus», erwiderte seine Tante. «Unverändert, seit dein Vater im Jahre 1749 dort auf die Welt gekommen ist. Wir haben immer noch Cousins dort.»

Ihr Neffe starrte sie entgeistert an.

«Das muß ein Mißverständnis sein», meinte er. «Meine Mutter kann von all dem nichts gewußt haben. Es sei denn . . .» Er verstummte, wußte nicht, wie er weiterreden sollte, und sie sah seinem Ausdruck an, daß ihre offenen Worte eine seit der Kindheit gehegte Illusion zerstört hatten, daß sein Selbstvertrauen ins Wanken geraten war, daß er jetzt vielleicht sogar an sich und seinen eigenen Zukunftshoffnungen zweifelte.

«Sag mir eines», sagte sie. «War sie dir eine gute Mutter?»

«O ja! Die beste Mutter der Welt. Und sie hatte hart zu kämpfen, als mein Vater gegangen war. Das kann ich Ihnen versichern.»

«Meine Schwester», fuhr er fort, «ist Gesellschafterin der Tochter des Herzogs von Palmella in Lissabon. Mein Bruder James ist als Geschäftsmann in Hamburg. Und ich selber beabsichtige, mit Hilfe einflußreicher Freunde, eine Lampe meiner eigenen Erfindung auf dem Weltmarkt zu lancieren. Ja, keiner von uns hat Grund, sich zu schämen, wir haben große Hoffnungen . . .» Abermals verstummte er inmitten eines Satzes. Es war ein forschender Blick in seinen Augen, der seltsam an seinen Vater erinnerte. Diese Tante aus der Provinz war leider keine Aristokratin – hatte sie aber Geld im Strumpf verwahrt?

13

Madame Duval konnte im Nu seine Gedanken lesen, wie sie einst die Gedanken ihres Bruders Robert gelesen hatte. «Du bist ein Optimist wie dein Vater», sagte sie. «Nun, um so besser! Das macht das Leben verhältnismäßig leicht.» Er lächelte. Der forschende Blick verschwand. Der Charme war wieder da, Roberts Charme, so gewinnend, so bezaubernd, daß man ihm nie widerstehen konnte. «Erzählen Sie mir von ihm», sagte er. «Ich muß alles wissen. Von Anfang an. Selbst wenn er, wie Sie sagen, in einem Bauernhaus auf die Welt gekommen ist und nicht in einem Schloß. Und keineswegs ein Adliger war, sondern in Wirklichkeit vielleicht . . .»

«Ein Abenteurer», beendete sie für ihn den Satz.

In diesem Augenblick kam aus dem Garten die Frau ihres Neffen, gefolgt von den drei Kindern. Die Magd brachte den Tee. Alle nahmen an der Unterhaltung teil. Der älteste, George, Kicky genannt, ein Junge von zehn Jahren, war eine verkleinerte Ausgabe ihres Bruders Pierre, hatte die gleichen verträumten, nachdenklichen Augen, die gleiche Art, mit gekreuzten Beinen, die Hände in den Taschen, dazustehen.

«Und du, Kicky», sagte sie, «was willst du werden, wenn du einmal groß bist?»

«Mein Vater hofft, daß ich Chemiker werde», sagte er. «Aber ich weiß nicht, ob ich die Prüfungen bestehen kann. Am liebsten zeichne ich.»

«Zeig mir doch deine Zeichnungen», sagte sie halblaut.

Er lief, erfreut über ihr Interesse, aus dem Zimmer und kehrte sogleich mit einer Mappe voller Zeichnungen zurück. Sie musterte sie sorgfältig, eine nach der anderen.

«Du bist begabt», sagte sie. «Eines Tages wirst du etwas daraus machen können. Du hast es im Blut.»

Dann wandte Madame Duval sich zu ihrem Neffen, dem Erfinder, und unterbrach den Strom der Unterhaltung.

«Ich möchte deinem Sohn George etwas schenken», erklärte sie. «Aber es muß nach dem Erbrecht sein Eigentum sein.»

Sie tastete in die Innentasche ihres weiten Umhangs und brachte ein Päckchen zum Vorschein, das sie öffnete. Das Papier fiel auf den Boden. Aus einem Lederbehälter nahm sie einen kristallenen Kelch, in den die Lilien und die verflochtenen Initialen *L.R.XV.* eingraviert waren.

«Dieses Glas ist in der Hütte von La Pierre angefertigt worden», sagte sie, «und mein Vater hat es bei Gelegenheit des Besuchs von König Ludwig XV. geschliffen. Es hat oft den Besitzer gewechselt, seit vielen Jahren aber ist es in meiner Hut gewesen. Mein Vater pflegte zu sagen, solange es unzerbrochen von der Familie aufbewahrt werde, müßte auch die schöpferische Gabe der Bussons in dieser oder jener Form in den folgenden Generationen andauern.»

Schweigend betrachteten ihr Neffe, seine Frau und die Kinder das Glas. Dann versorgte Madame Duval es wieder in seinem Lederbehälter.

«Hier», sagte sie zu dem Knaben George, «bleib deiner Begabung treu, und das Glas wird dir Glück bringen. Wenn du dein Talent mißbrauchst oder vernachlässigst, wie das mein Bruder tat, dann wird das Glück aus dem Glas rinnen.»

Sie reichte ihm den Behälter und lächelte, und dann wandte sie sich zu ihrem Neffen.

«Ich kehre morgen nach Le Gué de Launay zurück. Wir werden uns vielleicht nicht wiedersehen. Aber ich werde dir schreiben und dir, so gut ich es vermag, die Geschichte deiner Familie erzählen. Ein Glasbläser, denk daran, atmet Leben in ein Gefäß, gibt ihm Gestalt und Form und manchmal Schönheit; aber mit demselben Atem kann er es vernichten. Wenn das, was ich dir mitteile, dir mißfällt, so ist das nicht weiter wichtig. Wirf meine Briefe ungelesen ins Feuer und bewahre dir deine Illusionen. Ich, für mein Teil, habe immer vorgezogen, die Wahrheit zu wissen.»

Madame Duval nickte ihrer Tochter zu, erhob sich und umarmte ihren Neffen und seine Kinder.

Am nächsten Tag verließ sie Paris und fuhr heim. Zu Hause erzählte sie ihrem Sohn wenig von diesem Besuch, bemerkte nur, diese erste und vielleicht letzte Begegnung mit ihrem Neffen und seinen Kindern habe alte Erinnerungen in ihr geweckt. Statt in den nun folgenden Wochen in Le Gué de Launay zu regieren, ihre Obstbäume, ihr Gemüse und ihre Blumen zu inspizieren, verbrachte sie ihre ganze Zeit an ihrem Schreibtisch im Salon und bedeckte mit ihrer regelmäßigen, steilen Schrift ein Blatt um das andere.

Erstes Kapitel

«Wenn du in Glas einheiratest», warnte mein Großvater meine Mutter im Jahr 1747, «so wirst du allem, was dir vertraut ist, Lebewohl sagen und in eine abgeschlossene Welt eintreten.»

Sie war zweiundzwanzig, und ihr Bräutigam, Mathurin Busson, Schleifermeister aus einem benachbarten Dorf, vier Jahre älter als sie, war schon das Ziel einer Kinderschwärmerei gewesen. Nie hatten sie Augen für andere gehabt, sondern, seit sie sich kannten, nur füreinander, und mein Vater, der Sohn eines Glashändlers, früh verwaist, hatte mit seinem Bruder Michel die Lehrzeit in der Glashütte, bekannt unter dem Namen la Brûlonnerie, verbracht. Beide Brüder erwiesen sich als sehr begabt, und mein Vater, Mathurin, war rasch Schleifermeister geworden.

«Ich zweifle nicht daran, daß Mathurin Busson in allem Erfolg haben wird, was er unternimmt», fuhr Pierre Labbé fort, der selber Amtmann von St. Christophe und Friedensrichter des Bezirks und ein Mann von einiger Bedeutung war. «Er ist zuverlässig, sehr arbeitsam und versteht sein Handwerk ausgezeichnet; aber es ist ein Bruch mit der Tradition, wenn ein Glasmacher außerhalb seiner eigenen Gemeinde heiratet. Als seine Frau wirst du es schwer finden, dich ihren Lebensformen anzupassen.»

Er wußte, wovon er redete. Und sie wußte es auch. Sie hatte keine Angst. Die Glaswelt war etwas ganz Besonderes und stand unter ihren eigenen Gesetzen. Sie hatte ihre Regeln und Gebräuche und auch eine eigene Sprache, die nicht nur vom Vater auf den Sohn überging, nein, auch vom Meister auf den Lehrling, eingeführt vor wie vielen Jahrhunderten, wo immer die Glasmacher sich niederließen.

Die Gesetze, Bräuche und Vorrechte der Glasmacher wurden strenger beachtet als die feudalen Rechte des Adels; sie basierten auf mehr Gerechtigkeit und mehr gesundem Menschenverstand. Ja, sie bildeten eine geschlossene Gemeinschaft, in der jeder Mann, jede Frau, jedes Kind seinen Platz im Umkreis der Mauern kannte, vom Direktor angefangen, der neben seinen Leuten arbeitete, die gleiche Tracht trug, doch von allen als Herr und Meister angesehen wurde, bis zum sechs- oder siebenjährigen Kind, das mit den Eltern in die Schicht ging und die Gelegenheit benutzte, sich dem Feuer der Hütte zu nähern.

«Was ich tue», sagte Magdaleine Labbé, meine Mutter, «das tu ich mit offenen Augen, ohne nichtige Träume von einem leichten Leben oder im Glauben, ich könnte mich bequem hinsetzen und mich bedienen lassen. Darüber hat Mathurin mir schon reinen Wein eingeschenkt.»

Nichtsdestoweniger, als sie an jenem achtzehnten September im Jahre 1747 in der Kirche ihres Heimatdorfs St. Christophe neben ihrem Bräutigam stand und von ihren eigenen reichen und angesehenen Verwandten sowie von den Angehörigen und Arbeitern ihres Bräutigams mißtrauisch, beinahe feindselig gemustert wurde, hatte sie doch einen Augenblick lang Zweifel. Daß es vielleicht Angst war, diesen Gedanken lehnte sie ab.

«Ich fühlte», sagte sie, «was ein weißer Mann fühlen muß, wenn er zum ersten Mal von amerikanischen Indianern umgeben ist und weiß, daß er bei Sonnenuntergang in ihr Lager ziehen muß, um nie mehr zurückzukehren.»

Die Arbeiter der Glashütte waren bestimmt nicht mit Kriegsfarben bemalt, doch ihre Tracht – Rock und Hosen und ein flacher Hut, alles ganz schwarz – an Fest- und Feiertagen getragen, sonderte sie von den Verwandten meiner Mutter ab und verlieh ihnen das Aussehen einer religiösen Sekte.

Auch mischten sie sich nachher nicht unter die andern bei dem Hochzeitsmahl, das in Anbetracht von Pierre Labbés ansehnlicher Stellung in St. Christophe notwendigerweise ein großes Ereignis war, an dem fast die ganze Nachbarschaft teilnahm.

Sie standen abseits in einer Gruppe, zu stolz vielleicht, um mit den andern Gästen die üblichen Scherzworte und Höflichkeitsformeln zu wechseln, aber sie lachten und spaßten miteinander und das mit etlichem Lärm.

Der einzige, der sich vollkommen in seinem Element fühlte, war Monsieur Brossard, der Arbeitgeber meines Vaters, aber er war eben nicht nur von Geburt ein Standesherr, sondern der Besitzer von noch drei oder vier andern Glashütten. Er schätzte meinen Vater sehr und hatte ihm für das nächste Jahr die Direktorstelle bei der Brûlonnerie versprochen.

Die Hochzeit fand am Mittag statt, so daß das glückliche Paar und seine Begleitung noch vor Mitternacht ihren Bestimmungsort auf der andern Seite von Vendôme erreichen konnten. Als der letzte Trinkspruch ausgebracht worden war, mußte meine Mutter ihr Hochzeitskleid gegen ein Reisekleid vertauschen, mit den andern auf einen Wagen der Glashütte steigen und so in ihr neues Heim im Wald von Fréteval fahren. Mein Vater Mathurin, seine Schwester und deren Gatte – gleichfalls ein Schleifermeister – und meine Mutter Magdaleine saßen vorn im Wagen neben dem Kutscher und dahinter, je nach Rang und Stand, die verschiedenen Arbeiter mit ihren Frauen, die Bläser und die Schmelzer. Die Heizer und die Trockner kamen im zweiten Wagen, und eine Schar Lehrlinge, unter der Hut vom Bruder meines Vaters im dritten.

Während der ersten Hälfte der Fahrt lauschte meine Mutter, wie sie uns erzählte, dem Singen, denn alle Glasmacher sind Musiker auf ihre Art und spielen dies oder jenes Instrument und haben auch die besonderen Lieder ihres Handwerks. Als sie mit dem Singen aufhörten, begannen sie, die Pläne für den nächsten Tag und für die Arbeit der Woche zu besprechen. Von all dem verstand sie, die Fremde, nichts, und als es dunkelte, war sie so erschöpft vor Erregung und Erwartung und vom Rumpeln des Wagens, daß sie an der Schulter ihres Gatten einschlief und erst erwachte, als sie an Vendôme vorüber waren und in den Wald von Fréteval einfuhren.

Plötzlich schlug sie die Augen auf, denn der Wagen hatte die Straße verlassen, und sie fand sich in einer ungeheuren, scheinbar undurchdringlichen Dunkelheit wieder. Selbst die Sterne hatten sich verloren, denn die Zweige der Bäume bildeten, wo vorher der Himmel gewesen war, eine Wölbung. Es war ganz still. Auf dem schlammigen Pfad machten die Wagenräder kein Geräusch.

Dann aber erblickte sie die Feuer der Holzkohlenbrenner und roch zum ersten Mal den bittersüßen Duft von geschwärztem Holz und von Asche, der ihr in ihrem ganzen Eheleben bleiben sollte – den Duft, den wir von Kind auf kennen, mit unserm ersten Atemzug eingesogen haben, und der mit unserem ganzen Dasein zu einer Einheit verschmolz.

Die Stille war zu Ende. Gestalten kamen aus der Waldlichtung und liefen auf die Wagen zu. Plötzlich erscholl Geschrei und lautes Gelächter. «Da allerdings», erzählte meine Mutter, «meinte ich, ich wäre unter den Indianern, denn die Köhler, das Gesicht von Rauch geschwärzt, das lange Haar bis zu den Schultern, hatten ihre Hütten gewissermaßen als Vorposten der Glashütte, und sie waren die ersten, die mich begrüßten. Was ich für einen Angriff auf uns hielt, war in Wahrheit ihr Willkomm.»

Das überraschte uns als Kinder, denn wir wuchsen neben den Köhlern auf, nannten sie bei ihren Vornamen, sahen ihnen bei der Arbeit zu und besuchten sie in ihren Hütten, wenn sie krank waren; für meine Mutter aber, der Tochter des Amtmanns von St. Christophe, die wohlerzogen, gebildet war und eine gewählte Sprache sprach, mußte das rauhe Geschrei dieser wilden Männer im Wald um Mitternacht geklungen haben, als wären sie Teufel aus der Hölle.

Meine Mutter wurde natürlich beim Schein ihrer flackernden Fackeln von ihnen begutachtet, und dann wünschte mein Vater Mathurin ihnen mit freundlichem Lachen und Winken gute Nacht, und der Wagen tauchte aus der Lichtung wieder in den Wald ein und fuhr auf dem restlichen Stück des Weges zum Glashaus. La Brûlonnerie bestand damals aus dem mächtigen Kesselhaus, umgeben von den Werkstätten, den Schmelzräumen, den Vorratsräumen, den Trockenräumen und dahinter den Wohnstätten der Arbeiter; auf der anderen Seite des großen Hofes standen die kleinen Häuser der Meister. Der erste Gedanke, der meiner Mutter kam, war, daß der Schornstein brannte. Flammenzungen schossen in die Luft, und Funken flogen nach allen Seiten; ein speiender Vulkan hätte nicht bedrohlicher sein können.

«Wir sind gerade zur rechten Zeit gekommen», sagte sie brüsk.

«Zur rechten Zeit?» fragte mein Vater. «Wofür?»

«Um das Feuer zu löschen!»

Sie wies auf den Schornstein; doch schon in der nächsten Sekunde hatte sie ihren Irrtum erkannt und hätte sich am liebsten auf die Lippe gebissen, weil sie sich lächerlich gemacht hatte, bevor sie auch nur mit einem Fuß in die Glashütte getreten war. Natürlich wurde ihre Bemerkung unter lautem Gelächter von einem zum andern weitergegeben und nicht nur in ihrem Wagen allein, sondern auch in den andern Wagen. Statt einer würdigen Feier mit einem Spalier von Arbeitern war ihre Ankunft ein triumphierender Zug in das Kesselhaus, zwischen grinsenden Gesichtern, damit sie selber das «Feuer» sehen konnte, von dem das Leben von allen abhing.

«Da stand ich denn», erzählte sie uns, «auf der Schwelle des großen, gewölbten Raumes, der etwa neunzig Fuß lang war, und in der Mitte waren die beiden Kessel, umschlossen natürlich, so daß ich das Feuer nicht sehen konnte. Es war die Ruhezeit zwischen Mitternacht und ein Uhr dreißig, einige Arbeiter und auch kleine Kinder schliefen, wo sie gerade auf dem Boden Platz fanden, und so nahe wie möglich bei den Kesseln, während die andern mächtige Krüge mit starkem schwarzen Kaffee tranken, den ihnen die Frauen gebraut hatten. Die Heizer, bis zum Gürtel nackt, standen bereit, um das Feuer vor der nächsten Schicht zu nähren. Ich hatte den Eindruck, daß dies die Hölle sei und die eingerollten Kinderleiber Opfer wären, die in die Gefäße geschaufelt und geschmolzen werden sollten. Die Männer hielten beim Trinken inne und starrten mich an, und die Frauen auch, und sie alle warteten darauf, was ich tun würde.»

«Und was hast du getan?» fragten wir, denn das war unsere Lieblingsgeschichte, die zu hören wir nie müde wurden.

«Es gab nur eines, was ich tun konnte», erzählte sie. «Ich zog meinen Reisemantel aus, ging auf die Frauen zu und fragte sie, ob ich ihnen beim Kaffeekochen helfen könnte. Sie waren über meine Kühnheit so erstaunt, daß sie mir ohne ein Wort einen Krug reichten. Es war vielleicht kein großartiger Beginn einer Hochzeitsnacht, nachher aber sagte keiner, ich wäre zu heikel, um zu arbeiten, oder verspottete mich, weil ich die Tochter eines Amtmanns war.»

Ich glaube nicht, daß sie meine Mutter verspottet hätten, was immer sie auch tat. Sie hatte einen gewissen Blick im Auge, so erzählte uns der Vater, und dieser Blick ließ schon damals, als sie zweiundzwanzig war, jeden verstummen, der sich eine Freiheit herausnehmen wollte. Für eine Frau war sie außerordentlich groß, fünf Fuß zehn ungefähr, und hatte breite Schultern. Selbst mein Vater, der mittelgroß war, sah neben ihr klein aus. Sie trug ihr blondes Haar hoch aufgesteckt, und das ließ sie noch größer wirken. Diese Haartracht bewahrte sie ihr ganzes Leben lang; wahrscheinlich war das eine geheime Eitelkeit von ihr.

«So wurde ich in das Glas eingeführt», erzählte sie uns. «Am nächsten Morgen begann eine andere Schicht, und ich sah, wie mein Mann seinen Arbeitsanzug nahm, ins Kesselhaus ging und es mir überließ, mich an den Holzrauch zu gewöhnen, rund um mich die Werkstätten und sonst nichts als den Wald.»

Als ihre Schwägerin Françoise Démére im Lauf des Vormittags zu ihr kam, um ihr beim Auspacken zu helfen, war schon alles eingeräumt und die Wäsche geordnet, und meine Mutter war bereits zu den Werkstätten gegangen, um mit dem Mann zu reden, der die Pottasche vorbereitete. Sie wollte sehen, wie die Asche gesiebt und mit dem Kalk gemischt und dann in den Kessel geschaufelt wurde, um zu kochen, bevor sie zum Schmelzer kam.

Meine Tante Démére war entrüstet. Ihr Gatte war einer der wichtigsten Männer in der Glashütte. Er war Schmelzmeister, das heißt, daß er die Mischung für die Kessel vorbereitete und darauf achtete, daß sie mit der richtigen Menge für die Kessel gefüllt war, und nie, seit sie geheiratet hatten, war es meiner Tante Démére eingefallen, zuzusehen, wie die Pottasche vorbereitet wurde.

«Die erste Pflicht der Frau eines Meisters ist es, zwischen den Schichten das Essen für ihren Mann fertig zu haben», sagte sie zu meiner Mutter. «Und dann sich um die Frauen und Kinder, die ihrem Mann unterstellt sind, zu kümmern, für den Fall, daß sie krank wären. Die Arbeit im Kesselhaus oder draußen hat nichts mit uns zu schaffen.»

Meine Mutter schwieg sekundenlang. Sie war verständig genug, sich nicht in einen Streit mit einer Frau einzulassen, die in den Gesetzen der Glashütte wohlbewandert war.

«Mathurins Abendessen wird fertig sein, wenn er heimkommt», sagte sie schließlich. «Und wenn ich gegen eine der Regeln gehandelt habe, so tut es mir leid.»

«Das ist keine Frage von Regeln», erwiderte meine Tante Déméré, «sondern eine grundsätzliche Angelegenheit.»

Während der nächsten Tage blieb meine Mutter im Haus, damit kein Klatsch entstünde; gegen Ende der Woche aber wuchs die Neugier doch zu stark, und sie beging einen zweiten Bruch mit der Tradition. Sie wanderte in das Stampfwerk, wie es genannt wurde, wo die Quarzblöcke zu einem Pulver zermahlen wurden, das, nachdem es gesiebt worden war, den Grundstoff des Glases bildete. Bevor der Quarz gemahlen wurde, mußte er sortiert und von allen Unreinheiten befreit werden, und das war eine der Aufgaben der Frauen, die neben der Rinne knieten und auf breiten, flachen Brettern den Quarz sortierten. Meine Mutter ging kurzerhand auf die Frau zu, die die Arbeit anscheinend leitete, stellte sich ihr vor und fragte, ob sie nicht lernen dürfe, wie diese Arbeit verrichtet wurde.

Die Frauen mußten durch ihre Art und ihr Auftreten viel zu sehr überrascht gewesen sein, um etwas zu sagen, und so ließen sie sie neben ihnen den Quarz sortieren, bis der Glockenjunge am Mittag die große Glocke läutete und die Frauen, deren Männer von der Morgenschicht kommen sollten, heimgingen. Unterdessen hatte sich natürlich herumgesprochen, was geschehen war, denn in einer Glashütte breiten Neuigkeiten sich sehr rasch aus, und als mein Vater ins Haus kam und seine Arbeitstracht gegen den Sonntagsanzug vertauschte, da spürte sie, daß etwas nicht stimmte. Er sah auch recht ernst aus.

«Ich muß zu Monsieur Brossard», sagte er. «Wegen deines Benehmens von heute vormittag. Anscheinend hat er schon davon gehört, und nun verlangt er eine Erklärung.»

Von dem Ergebnis der Unterredung konnte ihr ganzes zukünftiges Leben abhängen, und das in der ersten Woche ihrer Ehe.

«Habe ich etwas Unrechtes getan, als ich mit den Frauen arbeitete?» fragte sie ihn.

«Nein. Aber die Frau eines Meisters gehört einem andern Stand an als die Frauen der Arbeiter. Von ihr erwartet man nicht, daß sie Handarbeit leistet, und sie kann dadurch nur an Ansehen verlieren.»

Abermals ließ meine Mutter sich in keinen Streit ein. Aber auch sie zog sich um, und als mein Vater das Haus verließ, um Monsieur Brossard aufzusuchen, ging sie mit ihm.

Monsieur Brossard empfing sie in dem Pförtnerhaus, das er jeweils benutzte, wenn er die Glashütte besuchte. Er verbrachte nie mehr als einige Tage an ein und demselben Ort, und noch im Verlauf dieses Abends fuhr er zu einer anderen Glashütte. Sein Benehmen war zurückhaltender als am Hochzeitstag, als er einen Trinkspruch auf die junge Frau angebracht und ihr die Wangen geküßt hatte. Jetzt war er der Besitzer der Brûlonnerie, und mein Vater Mathurin war einer der von ihm beschäftigten Glasermeister.

«Sie wissen, warum ich Sie hierherkommen ließ, Monsieur Busson», sagte er. Bei der Hochzeit hatte er meinen Vater Mathurin genannt, doch in der Glashütte wurden zwischen Besitzer und Meister gewisse Formen streng gewahrt.

«Ja, Monsieur Brossard», erwiderte mein Vater. «Und ich bin gekommen, um mich der Sache wegen zu entschuldigen, die heute vormittag im Stampfwerk beobachtet wurde. Die Neugier hat bei ihr über das Gefühl für Schicklichkeit und für das, was sie meiner Stellung schuldig ist, gesiegt. Wie Sie wissen, lebt sie ja erst seit einer Woche unter uns.»

Monsieur Brossard nickte und wandte sich zu meiner Mutter.

«Sie werden unsere Lebensformen bald erlernen», sagte er, «und unsere Traditionen mit der Zeit begreifen. Wenn Sie in irgendeiner Schwierigkeit sind und Ihr Gatte gerade bei der Arbeit, so brauchen Sie sich nur bei Ihrer Schwägerin, Madame Déméré, Rat zu holen, die mit jedem Problem des Glashüttenlebens wohlvertraut ist.»

Er stand auf, die Unterredung war zu Ende. Er war ein kleiner Mann, immerhin aber ein Mann von würdiger Haltung, und doch mußte er zu meiner Mutter aufschauen, die ihn um gute vier Zoll überragte.

«Darf ich ein Wort sagen?» fragte sie.

Monsieur Brossard verbeugte sich. «Gewiß, Madame Busson.»

«Ich bin, wie Sie wissen, die Tochter eines Amtmanns», begann sie, «und mit einer gewissen Erfahrung in gesetzlichen Angelegenheiten aufgewachsen. Ich half meinem Vater bei der Ordnung seiner Akten, bevor die Fälle zur Verhandlung kamen.»

Monsieur Brossard verbeugte sich abermals.

«Ich zweifle nicht daran, daß Sie ihm von großem Nutzen gewesen sind.»

«Das war ich», erwiderte meine Mutter, «und ich wollte auch meinem Mann behilflich sein. Sie hatten ihm schon längst eine Direktorenstelle hier oder in einer eigenen Glashütte versprochen. Wenn es dazu kommt und er von Zeit zu Zeit genötigt wäre, zu verreisen, so möchte ich doch in der Lage sein, die Glashütte selber zu leiten. Das kann ich aber nicht, wenn ich nicht vorher lerne, wie die ganze Arbeit vor sich geht. Heute morgen habe ich beim Sortieren des Quarzes meine erste Lektion erhalten.»

Monsieur Brossard starrte sie an und mein Vater auch. Sie ließ ihnen keine Zeit zu antworten, sondern redete weiter.

«Mathurin ist, wie Sie wissen, ein Projektemacher. Sein Kopf steckt voll von Erfindungen. Selbst jetzt denkt er nicht an mich, sondern an irgendein Projekt. Hat er seine eigene Glashütte, so wird er viel zu sehr beschäftigt sein, um sich um die Alltagsarbeit zu kümmern. Und die möchte ich für ihn übernehmen.»

Monsieur Brossard war verblüfft. Keiner seiner Glasermeister hatte bisher eine so energische Frau mitgebracht.

«Madame Busson», sagte er, «all das ist sehr erfreulich, aber

Sie vergessen, daß es Ihre erste Pflicht ist, eine Familie aufzuziehen.»

«Das habe ich nicht vergessen. Eine große Familie wird aber nur ein Teil meiner Pflichten sein. Gott sei Dank bin ich kräftig. Kinder zu tragen, wird mich nicht unterkriegen. Wenn Sie finden, es würde Mathurins Ansehen schaden, daß ich mit den Frauen arbeite, so will ich es sein lassen; vielleicht werden Sie mir aber dafür auch eine Gefälligkeit erweisen. Ich wüßte gern, wie die Bücher der Glashütte geführt werden und wie man mit den Käufern umzugehen hat. Das scheint mir das wichtigste Geschäft von allen zu sein.»

Meine Mutter setzte ihr Vorhaben durch. Ob es ihr Äußeres war, das ihr das ermöglichte, oder ihre Willenskraft, das enthüllte sie uns nie, und ich glaube auch nicht, daß mein Vater es wußte; aber binnen eines Monats war sie von Geschäftsbüchern umgeben, und Monsieur Brossard selber gab dem Lagerverwalter den Auftrag, sie in allen Fragen zu unterrichten, die sich auf den geschäftlichen Teil des Unternehmens bezogen. Vielleicht hielt er das für das beste Mittel, sie an das Haus zu binden und die Aufmerksamkeit der Arbeiter und ihrer Frauen abzulenken. Das hinderte sie aber nicht, um Mitternacht aufzustehen, wie die andern Frauen, wenn mein Vater Nachtschicht hatte, und in das Kesselhaus zu gehen, um Kaffee zu kochen. Das gehörte ihrer Ansicht nach zur Tradition, und ich glaube nicht, daß sie in ihrem ganzen Eheleben auch nur eine einzige Nachtschicht versäumt hatte.

Immerhin erhielt sie in diesem ersten Jahr in der Brûlonnerie von den Frauen jenen Spitznamen, der ihr bis ans Ende ihrer Tage anhaftete und unter dem sie nicht nur dort und in den andern Glashütten bekannt war, sondern im ganzen Glashandel, wohin mein Vater auch kommen mochte. Das geschah folgendermaßen:

Als junger Mann hatte mein Vater den besonderen Ehrgeiz, für den Pariser Markt und auch für den amerikanischen Kontinent wissenschaftliche Instrumente zu entwerfen, die in der Chemie und der Astronomie verwendbar waren, denn es war der Beginn eines Zeitalters, in dem sich neue Ideen rasch verbreiteten. Da er seiner Zeit voraus war, gelang es ihm, in jener Periode in der Brûlonnerie bestimmte Instrumente von völlig neuer Form zu erfinden. Diese Instrumente werden jetzt in Serie hergestellt und in ganz Frankreich von Ärzten und Chemikern benützt, obwohl der Name meines Vaters längst vergessen ist.

Die Nachfrage breitete sich auch im Parfumhandel aus. Die großen Damen bei Hof wünschten sich Fläschchen von außergewöhnlichen Formen, um sie auf ihre Toilettentische zu stellen – je ausgefallener, desto besser, denn dies war die Zeit, als die Pompadour sehr viel Macht über den König hatte und alle Luxusartikel große Mode waren. Monsieur Brossard, von allen Seiten von Händlern bestürmt, die eifrig darauf bedacht waren, ein Vermögen zu machen, beschwor meinen Vater, eine Weile seine wissenschaftlichen Instrumente zu vergessen und so eine Flasche zu entwerfen.

Bei meinem Vater begann es als Scherz. Er sagte meiner Mutter, sie solle sich vor ihn hinstellen, während er die Umrisse ihrer Gestalt zeichnete. Erst den Kopf, dann die breiten Schultern, dann die schlanken Hüften, den langen, aufrechten Körper. Er verglich seine Zeichnung mit der letzten Apothekerflasche, die er entworfen hatte; sie waren beinahe völlig gleich.

«Weißt du, woran es liegt?» fragte er meine Mutter. «Ich glaubte, ich arbeitete nach einer mathematischen Formel, und statt dessen habe ich die ganze Zeit meine Eingebung von dir bezogen.»

Er zog seinen Kittel an, ging in das Kesselhaus und sah sich unter seinen Modeln um. Bis zum heutigen Tag wird keiner wissen, ob es die Apothekerflasche war, die ihm eine neue Form eingab, oder der Körper meiner Mutter – seiner Aussage nach der Körper meiner Mutter; doch die Flasche, die er für die Parfumerien von Paris entwarf, begeisterte die Kaufleute und auch die Käufer. Sie füllten die Flasche mit Eau de Toilette und nannten es das Parfum der «Reyne de Hongrie» – nach Elisabeth von Ungarn, die schön geblieben war, als sie schon die Siebzig überschritten hatte. Mein Vater lachte derart, daß er hinging und es jedem in der Glashütte erzählte. Das war meiner Mutter sehr unangenehm. Dennoch wurde sie von diesem Augenblick an la

Reyne de Hongrie genannt, und unter diesem Namen war sie von nun an im gesamten Glashandel bekannt. Bis zu der Revolution, als man den Titel vorsichtig fallenließ und sie die Bürgerin Busson wurde.

Zweites Kapitel

Einer von Monsieur Brossards Partnern war der Marquis de Cherbon, dessen Familie hundert Jahre zuvor eine kleine Glashütte auf dem Gelände ihres Schlosses Chérigny gebaut hatte, nur wenige Meilen von dem Heimatdorf meines Vaters entfernt. Diese kleine Glashütte war derzeit in kläglichem Zustand, weil sie unsorgsam verwaltet worden war, und der Marquis de Cherbon, der vor kurzem geheiratet und gleichzeitig das Gut geerbt hatte, war entschlossen, seine Glashütte wieder instand zu setzen und Nutzen daraus zu ziehen. Er holte sich Rat bei Monsieur Brossard, der sogleich meinen Vater als Direktor und Pächter empfahl, damit mein Vater auf solche Art zum ersten Mal eine Gelegenheit erhielt, sich als guter Organisator und Geschäftsmann wie auch als ausgezeichneter Fachmann zu bewähren.

Der Marquis de Cherbon war sehr zufrieden. Er kannte meinen Vater und war überzeugt, daß nun die Verwaltung seines Glashauses in guten Händen sein würde.

Meine Mutter und mein Vater übersiedelten im Frühjahr 1749 nach Chérigny, und hier wurde im September mein Bruder Robert geboren und drei Jahre später mein Bruder Pierre.

Die Anlage war wesentlich anders als in der Brûlonnerie. Hier, in Chérigny, erhob sich die Glashütte auf dem Grund und Boden eines Adligen und bestand aus einem kleinen Kesselhaus, an das sich Werkstätten anschlossen, ferner aus den Wohnungen der Arbeiter, und das alles war nur wenige hundert Meter von dem Schloß selbst entfernt. Hier waren kaum ein Viertel soviel Leute beschäftigt wie in der Brûlonnerie, und es war tatsächlich ein Familiengeschäft, denn der Marquis de Cherbon nahm selbst Interesse an allem, was vorging, wenn er sich auch nie in den Arbeitsgang einmischte.

Mein Onkel Déméré war in der Brûlonnerie geblieben, doch der Bruder meines Vaters, Michel Busson, war mit meinen Eltern nach Chérigny gezogen. Alle Mitglieder dieser kleinen Gemeinschaft waren eng miteinander verbunden, doch die Unterschiede im Rang wurden streng gewahrt, und mein Vater und meine Mutter wohnten von den andern getrennt in dem Bauernhaus, das Le Maurier genannt wurde, etwa in fünf Minuten von der Glashütte zu erreichen. Das ermöglichte ihnen nicht nur jene Absonderung, die in der Brûlonnerie gefehlt hatte, sondern verlieh ihnen auch jenen nötigen Grad von Wichtigkeit und Vorrechten, der im Glasgewerbe unumstößlich eingehalten wurde.

Immerhin bedeutete es für meine Mutter noch mehr harte Arbeit. Abgesehen davon, daß sie die Bücher führte und mit den Händlern korrespondierte – denn diesen Teil des Berufs hatte sie auf sich genommen –, mußte sie auch den ganzen Hof bewirtschaften, mußte darauf sehen, daß die Kühe gemolken und auf die Weide geführt, die Schweine geschlachtet, die Hühner gefüttert und die wenigen Morgen Land beackert wurden. Nichts von all dem schreckte sie. Sie war imstande, drei Seiten zu schreiben, um über den Preis einer Lieferung nach Paris zu verhandeln – und das um zehn Uhr abends, nach einem langen Tagewerk im Haus und auf dem Hof – und in die Glashütte zu gehen, um meinem Vater und den Arbeitern der Nachtschicht Kaffee zu kochen, zurückzukehren, sich wenige Stunden Schlaf zu gönnen und dann um fünf Uhr morgens aufzustehen und das Melken der Kühe zu überwachen.

Daß sie mit meinem Bruder Robert schwanger war und ihn nachher stillte, beeinträchtigte ihre Tatkraft keineswegs. Hier, in Le Maurier, war sie frei, ihren Arbeitstag nach ihrem Belieben einzuteilen. Da gab es keine wachsamen Augen rund um sie, niemanden, der etwas an ihr auszusetzen hatte, der ihr einen Traditionsbruch vorwerfen konnte; und wenn einer der Verwandten meines Vaters es versucht haben sollte, nun, sie war die Frau des Direktors, und ein zweites Mal wagte man dergleichen nicht.

Besonders angenehm an dem Leben in der Glashütte von Chérigny war die Beziehung zwischen meinen Eltern und dem Marquis und der Marquise von Cherbon. Zum Unterschied von vielen andern Aristokraten jener Zeit verließen die Cherbons nur selten ihren Besitz, gingen nie an den Hof und wurden von ihren Pächtern und von den Bauern geachtet und geliebt. Besonders die Marquise hatte meine Mutter sehr ins Herz geschlossen – sie waren ungefähr gleichaltrig, und die Cherbons hatten zwei Jahre vor meinen Eltern geheiratet –, und wenn meine Mutter sich die Zeit von ihrer Arbeit auf dem Hof absparen konnte, ging sie hinüber ins Schloß, nahm auch meinen Bruder mit, und dort, im Salon, lasen die beiden Frauen miteinander oder spielten und sangen, während mein Bruder Robert zwischen ihnen auf dem Boden umherkroch oder seine ersten unsicheren Schritte versuchte.

Mir schien es immer bezeichnend, daß Roberts früheste Erinnerungen, wann er auch davon sprach, nichts mit dem Bauernhaus Le Maurier zu tun hatte oder mit dem Brüllen der Rinder, dem Scharren der Hühner und andern vertrauten Geräuschen, noch mit dem Dröhnen des Kesselhauses und der Geschäftigkeit der Glashütte, sondern stets nur auf einen riesigen Salon gerichtet waren, den er genau schilderte, mit Spiegeln und seidenbespannten Stühlen und mit einem Cembalo in der Ecke, und auf eine schöne Dame – nicht meine Mutter –, die ihn in ihre Arme nahm, ihn küßte und mit kleinen Zuckerkuchen fütterte.

«Du kannst dir nicht vorstellen», sagte er in späteren Jahren immer wieder, «wie lebhaft diese Erinnerung immer noch ist. Dieses Gefühl vollkommenen Entzückens, auf dem Schoß der Dame zu sitzen, ihr Kleid zu berühren, ihren Duft zu riechen und dann, wenn sie mich auf den Boden stellte, ihren Beifall zu hören, als ich von einem Ende zum andern des scheinbar ungeheuren Salons watschelte. Die langen Glastüren führten auf eine Terrasse, und von der Terrasse dehnten sich Wege in unermeßliche Fernen. Ich hatte das Gefühl, daß dies alles mein sei – Schloß, Park, Cembalo und die schöne Dame auch.»

Hätte meine Mutter gewußt, welche Saat sie in den Charakter meines Bruders säte, die zu einem Größenwahn aufkeimte, unter dem das Herz meines Vaters beinahe brach und der bestimmt zum Teil an seinem Tod die Schuld trägt, so hätte sie Robert nicht so häufig in das Schloß Chérigny mitgenommen, wo die Marquise ihn fütterte und verwöhnte. Sie hätte ihn lieber auf dem verschlammten Hof zwischen Hühnern und Schweinen spielen lassen.

Das konnte man meiner Mutter zum Vorwurf machen, wie aber hätte sie voraussehen können, daß sie damit dazu beitragen würde, ihren erstgeborenen Sohn, den sie so heiß liebte, zugrunde zu richten? Und was war natürlicher, als die Gunst und Gastfreundschaft einer so liebenswürdigen Dame anzunehmen, wie es die Marquise von Cherbon war?

Nicht allein um des Vergnügens ihrer Gesellschaft willen wußte meine Mutter die Freundschaft der Marquise zu schätzen, sondern auch weil es ihr, wenn die Gelegenheit sich ergab, eine Möglichkeit öffnete, von meinem Vater und seinem Ehrgeiz zu sprechen; wie er hoffte, einst ein zweiter Monsieur Brossard zu werden, der natürlich Roberts Pate war, und eine Glashütte oder auch einige Glashütten zu leiten, die zu den besten des Landes zählen sollten.

«Wir wissen, daß das Zeit brauchen wird», sagte meine Mutter zu der Marquise, «aber schon seit Mathurin hier in Chérigny Direktor ist, haben wir unsere Lieferungen nach Paris verdoppelt und die Zahl der Arbeiter erhöht, und die Glashütte ist in dem *Almanach des Marchands* ehrenvoll erwähnt worden.»

Das war keine Prahlerei. All das stimmte. Die kleine Glashütte in Chérigny hatte sich zu einem der ersten «kleinen Häuser», wie sie im Handel genannt wurden, emporgearbeitet und war vor allem auf Tafelglas, Kelche und Weinkaraffen spezialisiert.

Der Marquis de Cherbon und Monsieur Brossard vereinigten sich zur Entwicklung weiterer Glashütten, nicht bloß der Brûlonnerie, wo jetzt mein Onkel Déméré die Direktion mit meinem Vater teilte, der abwechselnd dort und in Chérigny tätig war, sondern auch in La Pierre. Hier setzte der Marquis de Cherbon für einige Zeit meinen Onkel als Direktor ein, aber Onkel Michel war wohl ein ausgezeichneter Kristallschleifer, doch als Fabrikleiter nicht zu gebrauchen, und so ging es mit der Glashütte in La Pierre abwärts.

Irgendwann zwischen der Geburt meines Bruders Pierre im Jahre 1752 und meines Bruders Michel im Jahre 1756 starb, zur tiefsten Bestürzung meiner Mutter, die Marquise de Cherbon im Kindbett. Der Marquis heiratete zum zweiten Mal, was meine Mutter ihm nie verzieh, wenn sie auch nach wie vor ihm gegenüber höflich war. Der Besitz seines neuen Schwiegervaters grenzte an den von Madame le Gras de Luart in La Pierre, und darum wünschte der Marquis nicht, die Glashütte dort mit Verlust arbeiten zu sehen. Nach mehrmonatigen Verhandlungen zwischen allen Parteien unternahm mein Vater ein sehr großes Wagnis. Er, mein Onkel Déméré und ein Pariser Kaufmann schlossen sich zusammen und pachteten La Pierre vom Marquis de Cherbon.

Die Pacht, die zu Allerheiligen des Jahres 1760 in Kraft treten sollte, verlieh den Partnern für neun Jahre die vollen Rechte, die Glashütte auf dem Gut samt allem, was dazu gehörte, zu entwikkeln, überdies das Holz des Waldes zu verwenden und das Schloß zu eigenem Gebrauch zu benützen. Dafür hatten sie jährlich einen Betrag von achthundertachtzig Livres zu bezahlen und überdies Madame le Gras de Luart acht Dutzend Kristallgläser für ihre Tafel zu liefern. Der Umstand, daß mein Onkel Déméré in der Brûlonnerie wohnen blieb und der dritte Teilhaber in Paris, bedeutete, daß meine Eltern ganz allein Mieter des riesigen Schlosses in La Pierre wurden. Das war allerdings etwas anderes als das Bauernhaus Le Maurier und die Meisterwohnung in der Brûlonnerie!

Meine Mutter wußte, daß ihre Kinder hier aufwachsen würden, frei, sich nach Belieben herumzutreiben, denn dazu hatten sie ein Recht, ganz wie es die Kinder der Adligen jahrhundertelang gehabt hatten. Und sie würden noch größere Freiheit genießen, denn hier gab es keine Köche und Küchenjungen, keine Diener und Lakaien mit gepuderten Perücken, sondern nur meine Mutter hielt Ordnung mit Hilfe einiger Arbeiterfrauen, die sie beschäftigte. Das halbe Schloß blieb geschlossen und gegen Staub geschützt, doch nicht immer geräuschlos; denn hier tollten und brüllten meine Brüder, jagten einander durch die großen, mit Möbeln angefüllten Räume, hetzten durch die Gänge und dehnten ihre Entdeckungsreisen bis in die Kammern unter dem massiven Dach aus.

Für Robert, der jetzt zehn Jahre alt war, bedeutete La Pierre eine Verwirklichung seines Traumes. Nun wohnte er nicht nur in einem Schloß, das weitläufiger und größer war als Chérigny, nein, das Schloß gehörte sogar unsern Eltern – so wenigstens faßte er es auf. Irgendwie würde er es schon fertigbringen, vom Schlüsselring meiner Mutter den Schlüssel zum großen Saal zu stiebitzen und sich ganz allein hinzuschleichen. Er würde einen Zipfel eines Bezugs lüften und sich in einen der Brokatstühle setzen und tun, als wäre der stille Raum mit seinen überzogenen Stühlen voll von Gästen und er selbst der Hausherr.

Pierre und Michel kannten solche Phantasien nicht. Draußen, vor ihren Fenstern, lag der Wald, und das war alles, was sie verlangten, vor allem Pierre. Anders als das freundliche Waldland und die gebahnten Pfade von Chérigny, war hier der Wald dunkel und vielleicht gefährlich, denn er dehnte sich weiter, als das Auge vom Turmfenster des Schlosses zu schauen vermochte, und er war der Schlupfwinkel von wilden Ebern, ja, vielleicht von Räubern. Pierre war immer in Bewegung. Er kletterte am höchsten und fiel am weitesten, tummelte sich in Bächen und kam in nassen Kleidern heim. Er sammelte allerlei wilde Tiere, Fledermäuse, Vögel, Feldmäuse, Füchse, versteckte sie zum Ärger meiner Mutter in unbenützten Zimmern und versuchte, eines nach dem andern zu zähmen.

Hier, in La Pierre, war sie die Herrin der Glashütte und gleichzeitig Schloßherrin. Sie war nicht nur für das Wohl von über hundert Arbeitern und deren Frauen verantwortlich, sondern auch für jeden Schaden, der innerhalb des Schloßbereichs angerichtet wurde. Und die Anwesenheit ihrer drei unbändigen Söhne erleichterte ihr diese Aufgabe nicht, obgleich Robert, dank der Empfehlung Monsieur Brossards und des Marquis de Cherbon, von dem Pfarrer von Coudrieux in Französisch und Latein unterwiesen wurde.

Meine Mutter verlor zwei Kinder im Säuglingsalter, ein Mädchen und einen Knaben, bevor ich im November 1763 auf die Welt kam und drei Jahre später meine Schwester Edmée. Jetzt war unsere Familie vollzählig, und wir Mädchen wurden von den ältern Brüdern abwechselnd gehänselt und verwöhnt.

Wenn es ein Unglück gab, so war es das Mißgeschick, daß mein Bruder Michel stotterte. Edmée und ich waren neben ihm aufgewachsen, hatten ihn nie anders sprechen gehört und dachten uns nichts dabei. Meine Mutter aber sagte uns, das habe sich nach dem Tod der beiden kleinen Kinder eingestellt, die gestorben waren, als Michel zwischen vier und fünf Jahre alt war.

Ob ihn das aus der Fassung gebracht hatte, konnte kein Mensch feststellen. Kinder reden von solchen Dingen nicht. Jedenfalls begann er um diese Zeit arg zu stottern, und meine Eltern vermochten nichts zu tun, um ihn zu heilen. Michel war, von dieser Hemmung abgesehen, außerordentlich klug, und es brachte meine Eltern, besonders meinen Vater, zur Verzweiflung, mit ansehen zu müssen, wie der Junge mit seinen Worten kämpfte, nach Atem rang, fast als müßte er zu diesem Zweck die Krämpfe der armen Kleinen nachahmen, die gestorben waren.

«Er macht es absichtlich», sagte mein Vater streng. «Wenn er will, kann er die Worte tadellos aussprechen.»

Er schickte Michel mit einem Buch aus dem Zimmer, und Michel sollte eine Seite lernen und nachher laut wiederholen, doch das tat niemals gut. Michel wurde verdrossen und widerspenstig, und manchmal lief er stundenlang fort und suchte die Kohlenbrenner im Walde auf. Ihnen machte es nichts aus, daß er stotterte, und es unterhielt sie, ihn ihre eigene rauhe Sprache zu lehren und zuzuhören, was er damit anfing.

Dafür wurde Michel natürlich bestraft. Mein Vater hielt sehr auf Disziplin, und dann griff meine Mutter ein und bat für ihn um Verzeihung, und Michel durfte mit meinem Vater in die Glashütte gehen und den Arbeitern zusehen, denn das war es, was er vor allem liebte. Edmée und ich waren um soviel jünger als unsere Brüder, daß unser Leben ganz anders war. Uns gegenüber war der Vater sehr gütig und zärtlich, nahm uns auf die Knie, brachte uns von allen Reisen nach Paris Spielzeug mit, lachte, sang und spielte mit uns und behandelte uns immer, als wären wir seine Entspannung von den Alltagssorgen.

Mit den Jungen war es anders. Sie mußten aufstehen, wenn er ins Zimmer trat, durften sich erst setzen, wenn er saß, und nie bei Tisch unaufgefordert ein Wort sagen. Als sie an der Reihe waren, in der Glashütte ihre Lehrzeit zu beginnen, da mußten sie die Regeln genauer befolgen und hatten mehr niedrige Arbeiten zu besorgen – das Fegen des Bodens im Kesselhaus etwa – als jene Lehrlinge, die Arbeitersöhne waren.

Zwei Ereignisse beschäftigten uns in jener Zeit sehr. Das eine war, als mein Bruder Robert nach drei Jahren Lehrzeit Schleifermeister wurde. Das zweite war der Besuch des Königs in der Glashütte in La Pierre. Und beide Ereignisse fanden im Jahr 1769 statt.

An einem Sonntagnachmittag im Juni waren alle Arbeiter in ihren Sonntagskleidern um zwei Uhr nachmittags versammelt, um die Ankunft der Musikanten zu erwarten. Am Tag vorher hatten meine Mutter und die Frauen der Schleifermeister im Kesselhaus die langen Tischplatten auf die Gestelle gelegt – zwischen zwei Hitzen, wie wir das nannten, denn man hatte die Feuer ausgehen lassen –, und nun waren die Tische mit Speisen für alle Arbeiter der Glashütte und auch für die Gäste überhäuft.

Es waren zahlreiche Gäste eingeladen worden. Alle unsere Verwandten und die Kaufleute, mit denen mein Vater Geschäfte machte, der Bürgermeister von Coudrecieux, der Amtmann, der Pfarrer und die Förster und Wildheger des Gutes mit allen Frauen und Kindern des Bezirks.

Ein Zug bildete sich, an der Spitze die Musikanten, und dann führten zwei ältere Meister – in diesem Fall mein Onkel Michel und ein anderer Schleifermeister – meinen Bruder Robert, den angehenden Meister, zwischen sich, und hinter ihnen gingen sämtliche Arbeiter der Glashütte, streng nach Rang und Stand. Zuerst die Meister, dann die Taglöhner und Fuhrleute, dann die Heizer, die Lehrlinge und so fort und zuletzt die Frauen und Kinder. Sie zogen von der Glashütte durch das große Parktor zu den

Stufen des Schlosses, wo mein Vater und meine Mutter mit dem Pfarrer, dem Bürgermeister und andern offiziellen Persönlichkeiten warteten, um sie zu empfangen.

Eine kurze Zeremonie folgte. Der neue Meister wurde vereidigt und vom Geistlichen gesegnet, und dann wurden Reden gehalten. Danach machte der ganze Zug kehrt und marschierte zur Glashütte zurück. Ich erinnere mich, wie ich zu meiner Mutter aufschaute und die Tränen in ihren Augen glänzen sah, als mein Bruder Robert seinen Eid ablegte.

Beide, Vater und Mutter, hatten ihr Haar für diesen Anlaß gepudert – vielleicht hatten sie das Gefühl, daß sie die abwesende Familie le Gras de Luart vertraten –, und meine Mutter trug ein Brokatkleid und mein Vater seidene Hosen.

«Er wird ein prächtiger Mann werden», hörte ich den Pfarrer meinem Vater zuflüstern, als sie warteten, bis der Zug vor ihnen haltmachte. «Ich habe das größte Vertrauen zu seiner Fähigkeit, und Ihnen geht es hoffentlich ebenso.»

Mein Vater antwortete nicht sogleich. Ihn rührte es auch, mit anzusehen, wie sein ältester Sohn den gleichen Eid ablegte, den er selbst vor fünfundzwanzig Jahren geschworen hatte.

«Er wird sich schon recht gut machen», sagte er schließlich, «vorausgesetzt, daß er seinen Kopf bewahrt.»

Ich hatte nur für Robert Augen, der für seine fünfjährige Schwester die hervorragendste Erscheinung in diesem ganzen Festzug war. Hochgewachsen, schlank, blond – meine Mutter hatte ihn im letzten Augenblick davon abgehalten, sich das Haar zu pudern – machte er mir nicht den Eindruck, als wäre er in Gefahr, irgend etwas nicht zu bewahren. Er hielt sich sehr aufrecht und schritt so stolz zu den Stufen des Schlosses, als sollte er zum Marquis gemacht werden und nicht bloß zum Schleifermeister.

Der Eidesleistung folgten jubelnde Zurufe. Robert verbeugte sich vor den Versammelten, den Gästen und der ganzen Schar der Arbeiter, die mit ihren Frauen gekommen waren, und ich bemerkte, daß er meiner Mutter Magdaleine einen raschen Blick zuwarf, ungestüm, stolz, als wollte er sagen: «Das ist es, was du von mir erwartet hast; nicht wahr? Das ist es, was wir beide ersehnt haben!» Und mir war es, als machte sie eine leichte Verbeugung, halb zu meinem Bruder und halb zu sich selber; und wie sie mich weit überragte, wunderschön anzuschauen in ihrem Brokatkleid, da schien sich, mit dem gepuderten Haar, ihr ganzer Anblick zu verwandeln, und ich, ein Kind von fünf Jahren, fühlte, daß sie mehr war als meine Mutter. Sie war gleichsam eine Göttin, mächtiger als das sanfte Standbild der Heiligen Jungfrau, das in der Kirche von Coudrecieux stand, ja, daß sie dem lieben Gott gleichgestellt war.

Das zweite Ereignis erzeugte in mir einen ganz anderen Eindruck, und das kam wohl daher, daß meine Eltern diesmal dazu verurteilt waren, eine geringere Rolle zu spielen. Eines Abends kam mein Vater und verkündete in feierlichem Ton:

«Große Ehre soll uns widerfahren. Der König jagt nächste Woche im Wald von Vibraye und beabsichtigt, die Glashütte von La Pierre zu besichtigen.»

Wir waren alle bestürzt. Der König . . . was würde er sagen, was würde er tun, wie sollte man ihn bewirten, wie ihn unterhalten? Meine Mutter begann sogleich, die großen Räume vorzubereiten, die nie benützt wurden, und jede Frau auf dem Gut und im Bereich der Glashütte mußte schrubben, putzen, fegen. Und dann, wenige Tage vor dem Besuch des Königs, erschienen Madame le Gras de Luart und ihr Sohn, um den hohen Gast selber zu empfangen.

Den Karossen, den gewöhnlichen Wagen und zahllosen andern Vehikeln entstiegen Lakaien, Köche, Küchenjungen in großer Zahl, zogen durch das Schloß, als gehörte es ihnen, stellten in der Küche alles auf den Kopf, rissen die Überzüge von den Betten, breiteten andere aus, die sie mitgebracht hatten, und redeten zu meiner Mutter so grob, als wäre sie eine schlechtbezahlte, entlassene Magd. Wir, die Familie, wurden vor die Tür gesetzt und hatten gerade noch Zeit, unsere Sachen in einem einzigen Raum zu verstauen, dessen Tür wir sorgfältig zusperrten. Und dann gingen wir durch die Glashütte, um bei meinem Onkel Michel und meiner Tante Zuflucht zu suchen.

«Das war zu erwarten», sagte mein Vater ruhig. «Madame le Gras de Luart ist vollkommen in ihrem Recht. Das Schloß ist uns nur verpachtet. Es kann und wird uns nie gehören, ebensowenig wie die Glashütte selbst.»

Das einzige Mitglied der Familie, das sich von ganzem Herzen auf den Besuch des Königs freute, war Robert. Als der große Tag kam, waren wir alle sehr früh auf, ich und meine Schwester Edmée in unseren schönsten weißen Kleidern. Meine Mutter aber zog zu meiner großen Enttäuschung nicht ihr schönes Brokatkleid an, sondern trug das gewöhnliche dunkle Sonntagskleid und dazu einen Spitzenkragen. Ich versuchte, Einwände zu erheben, aber sie sagte:

«Mögen jene, die sich wie Pfauen spreizen wollen, tun, was ihnen beliebt. Ich fühle mich würdiger, so wie ich bin.»

Ich verstand nicht, warum sie für meinen Bruder das Brokatkleid anzog, für den König aber nur ihr Sonntagskleid. Mein Vater aber mußte es gebilligt haben, denn er nickte, als er sie sah, und sagte:

«Es ist besser so!»

Ich war anderer Meinung. Dann aber, fast bevor wir es uns versahen, war die Gesellschaft aus dem Schloß schon über uns hereingebrochen. Madame le Gras de Luart war in ihrem Wagen durch das Parktor gefahren, ihr Sohn war zu Pferd, ebenso eine Menge anderer Adliger und mehrere Damen, alle im Jagdgewand, und für mein kritisches Auge sahen sie recht unordentlich aus. Überall wimmelte es von Reitknechten und Waldhegern und bellenden Hunden. Das glich gar nicht meiner Vorstellung von einem königlichen Aufzug.

«Der König», flüsterte ich meiner Mutter zu, «wo ist denn der König?»

«Pst!» machte sie. «Der dort! Der gerade absteigt und mit Madame le Gras de Luart spricht.»

Ich weinte fast vor Enttäuschung, denn der ältere Herr, vor dem Madame le Gras de Luart einen tiefen Knicks machte, sah nicht anders aus als irgendein anderer in Jagdrock und Reithosen, mit seiner Perücke, die nicht einmal gelockt war – vielleicht, tröstete ich mich, weil er den ganzen Vormittag gejagt hatte, bewahrte er seine bessere in einer Schachtel. Dann, als er um sich sah und die Schar der Arbeiter und ihrer Frauen in die Hände klatschte, winkte er einen halben Gruß und sagte müde zu der Schloßherrin:

«Meine Jagdgesellschaft ist verhungert; wir haben sehr zeitig gefrühstückt. Wo können wir essen?»

So mußte das ganze Programm umgestürzt und der Besuch der Glashütte verschoben werden. Rasch wurden die nötigen Befehle erteilt und die Arbeit im Glashaus mit viel Mühe anders verteilt, und die Gesellschaft verzog sich ins Schloß und setzte sich drei volle Stunden früher zum Mahl, als es vorgesehen gewesen war. Nachher berichtete man uns, Madame le Gras de Luart sei so aufgeregt gewesen, daß man ihr allerlei Beruhigungsmittel geben mußte, und ich fand, es geschehe ihr nur recht, weil sie gegen meine Mutter so unhöflich gewesen war. Dann, im späteren Verlauf des Tages, nachdem alle Arbeiter in der Glashütte stundenlang gewartet hatten, erschien die Gesellschaft mit wohlgefüllten Bäuchen, während die unseren leer waren. Sie lachten und schwatzten in bester Stimmung, die Damen stießen vor allem, was sie sahen, entzückte Rufe aus, wandten sich aber schnell ab, um etwas anderes zu besichtigen, und wir hatten den Eindruck, daß sie gar nichts verstanden.

Meine Mutter wurde dem König vorgestellt, der über seine Schulter hinweg etwas zu einem seiner Höflinge sagte – wahrscheinlich eine Anspielung auf ihre Größe, denn sie überragte sie alle beide. Und dann gingen sie weiter, und wir folgten, und sie standen da und sahen zu, wie mein Bruder Robert seine Pfeife handhabe. Er tat es mit unendlicher Anmut, drehte sie nach dieser und jener Seite und ging mit dem langen Rohr um, als ob kein Mensch dabei wäre, und er konnte doch sehr wohl sehen, daß der König in nächster Nähe stand und all die Damen ihn bewunderten.

«Wie schön!» sagte eine von ihnen, und selbst mit meinen fünf Jahren wußte ich schon, daß sie das nicht auf das Gebläse bezog, sondern auf meinen Bruder Robert. Dann geschah etwas Schreckliches. Mein Bruder Michel, der mit den Lehrlingen im Hintergrund stand, beugte sich vor, um besser zu sehen, glitt aus und fiel der Länge nach dem König vor die

Füße. Dunkelrot vor Scham klaubte er sich zusammen, und der König klopfte ihm gutmütig auf die Schulter.

«Wenn du Glasbläser wirst, solltest du das lieber nicht tun», sagte er. «Wie lang hast du schon in der Glashütte gearbeitet?»

Das Unvermeidliche geschah. Der arme Michel versuchte zu reden, doch statt dessen folgte einer seiner unglücklichsten Versuche, die Worte zu bilden.

Er keuchte und schluckte, sein Kopf zuckte, wie immer, wenn er nervös war, und die ganze Gesellschaft des Königs brach in lautes Gelächter aus.

«Das ist ein Bursche, der seinen Atem für seine Pfeife sparen muß», sagte der König unter allgemeiner Heiterkeit, und ich sah, wie einer der älteren Lehrlinge meinen Bruder in die Reihe zurückzog und den Blicken verbarg.

Von da an war alles für mich verdorben. Selbst der Anblick meines Onkels Michel, der ein Glas schliff, was doch ein so wichtiges Verfahren ist, konnte die Schande meines Bruders nicht wettmachen, und als mein Vater dem König diesen Kelch von dem kunstvollen Service reichte, das für diese Gelegenheit angefertigt worden war und die königlichen Initialen samt den Lilien trug, da wünschte ich beinahe, es möge doch zu des Königs Füßen zersplittern.

Nun war es vorüber. Die Gesellschaft verließ das Glashaus, bestieg vor den Toren des Schlosses die Pferde, und wir sahen sie in der Richtung nach Semur im Walde verschwinden. Müde und niedergeschlagen schleppte ich mich hinter meiner Mutter in das Haus meines Onkels. Edmée schlief bereits an ihrer Schulter. Bald hatten uns mein Vater, mein Onkel und meine Brüder eingeholt, und die erwachsenen Männer waren sichtlich erleichtert darüber, daß die große Prüfung vorbei war.

«Es ist gutgegangen», sagte mein Vater befriedigt. «Der König war sehr gnädig. Anscheinend hat ihm alles, was er gesehen hat, sehr gefallen.»

«Nie hätte ich geglaubt, daß ich für den König selber ein Glas schleifen würde», sagte mein Onkel, ein schüchterner Mann, der ganz in seiner Arbeit aufging. «An diesen Tag werde ich mich mein ganzes Leben lang erinnern.»

«Sehr wahr», stimmte mein Vater zu. «Es ist uns heute eine große Ehre widerfahren, und das dürfen wir nie vergessen.» Er nahm einen der Kelche in die Hand und betrachtete ihn. «Eine bessere Arbeit werden wir nie zustande bringen, Michel», sagte er zu meinem Onkel. «Wir dürfen wohl zufrieden sein; wenn dir je Gleiches gelingt, Robert, dann wirst du Grund haben, stolz zu sein. Ich schlage vor, daß wir diesen Kelch als Familiensymbol aufbewahren, und wenn er uns nicht Ruhm und Reichtum bringt, so soll er doch als Kennzeichen hoher Handwerkskunst für die kommenden Geschlechter bleiben. Wenn du heiratest, Robert, kannst du ihn deinen Söhnen übergeben.»

Auch Robert betrachtete den Kelch, er war offenbar sehr beeindruckt.

«Von jedem Unwissenden», bemerkte er, «können die königlichen Insignien für ein Familienwappen gehalten werden und in diesem Fall für unser eigenes. So eine Ehre werden wir vermutlich nie anstreben können.»

Er seufzte und gab den Kelch meinem Vater zurück.

«Wir brauchen kein Wappen», erwiderte mein Vater. «Was wir Bussons mit unserem Verstand und unseren Händen schaffen, ist unser Ehrenzeichen. Da, Michel, willst du den Kelch nicht auch anfassen, damit er dir Glück bringt?»

Er machte eine Geste, als wollte er das kostbare Glas meinem jüngsten Bruder reichen, doch Michel fuhr zurück und schüttelte heftig den Kopf.

«Mir würde es P-pech bringen», stotterte er. «P-pech und n-nicht G-glück. Ich w-will es nicht a-anrühren.»

Er wandte sich brüsk ab und lief aus dem Zimmer. Ich fing sofort an zu weinen und wäre ihm nachgelaufen, aber meine Mutter hielt mich zurück.

«Laß ihn allein», sagte sie ruhig. «Du würdest ihn nur noch mehr reizen.»

Dann erzählte sie meinem Vater und meinem Onkel den Zwischenfall in der Glashütte, den sie nicht bemerkt hatten.

«Ein Jammer», meinte mein Vater, «dennoch muß er lernen, sich zu beherrschen.»

Er wandte sich zu meinem Onkel und begann, über andere

Dinge zu reden, aber ich hörte Robert meiner Mutter zuflüstern: «Michel ist ein Trottel. Er hätte irgendeinen Bocksprung machen sollen, dann hätte der König mit ihm gelacht und nicht über ihn. Auf diese Art hätte er allen ein Vergnügen bereitet, auch sich selber, und wäre der größte Erfolg des Königsbesuchs gewesen.»

Meine Mutter war nicht beeindruckt.

«Wir haben nicht alle deine Gabe, eine schwierige Lage zum eigenen Vorteil zu wenden.»

Drittes Kapitel

Als ich zwölf oder dreizehn Jahre alt war, hatte mein Vater, Mathurin Busson, die Leitung von vier Glashütten. Er hatte eine Verlängerung seiner Pacht von La Pierre erreicht, war noch immer in Verbindung mit der Brûlonnerie und mit Chérigny, und jetzt kam noch die Glashütte von Le Chêsne-Bidault hinzu. Hier wie in La Pierre verpachtete der Besitzer, Monsieur Pesant de Bois-Guilbert, die Glashütte einfach meinem Vater, ohne in die Führung hineinzureden, und wohnte selbst in seinem Schloß in Montmirail.

Die Glashütte von Le Chêsne-Bidault stand wie La Pierre mitten im Wald, war aber eine kleinere Anlage; das Haus des Meisters und das Gehöft lagen neben dem alleinstehenden Kesselhaus, und gegenüber dehnte sich die lange Reihe der Arbeiterwohnstätten.

Die Pracht von La Pierre mit dem großen Schloß und dem schönen Park war natürlich sehr verschieden von dem schlichten, gleichsam bäurischen Äußeren von Le Chêsne-Bidault, doch meine Mutter liebte es auf den ersten Blick und machte sich sogleich daran, das Meisterhaus für Robert wohnlich einzurichten, denn es war geplant, daß er die Hütte als Vertreter meines Vaters leiten und auf diese Art Erfahrung für die Zukunft sammeln sollte.

Le Chêsne-Bidault war zu Pferd in einer Stunde von La Pierre zu erreichen, und meine größte Freude war es, wenn ich mit meiner Mutter für zwei oder drei Tage hinüber durfte, um zu sehen, wie es mit Roberts Fortschritten stand.

44

Er war nun zu einem auffallend schönen jungen Mann mit großer Selbstsicherheit und ausgezeichneten Manieren herangewachsen. Ja, mein Vater pflegte zu sagen, daß seine Manieren allzu glatt seien, und daß man ihn, wenn er nicht achtgab, für lakaienhaft halten könnte. Das aber ärgerte Robert außerordentlich.

«Mein Vater hat keine Ahnung von den heutigen Manieren», sagte er zu mir, nachdem es einen Wortwechsel über dieses Thema gegeben hatte. «Weil er sein Leben damit verbracht hat, mit Kaufleuten und Krämern zu schachern, meint er, ich müsse dasselbe tun und mich nie aus dem Milieu des Glasgeschäfts befreien. Was er nicht begreift, ist, daß ich gerade durch den Umgang mit feineren Kreisen viel mehr Aufträge erhalten werde, als es ihm je gelungen ist.»

Wenn mein Vater gerade abwesend war, ging Robert, so oft er es wagte, nach Le Mans, denn im Verlauf der letzten Jahre hatte das gesellschaftliche Leben dieser Stadt einen großen Aufschwung genommen; es gab Konzerte, Bälle und Spiele, und viele Aristokraten, die ihre ganze Zeit in Versailles verbracht hatten, hielten es jetzt für vornehm, Häuser und Schlösser auf dem Land zu öffnen und miteinander zu wetteifern, wer den geistreichsten Salon hatte. Die Freimaurerei war große Mode, und ob Robert jetzt oder erst später Freimaurer wurde, weiß ich nicht genau, sicher aber hatte er, seinen Reden nach, in dieser eleganten Gesellschaft von Le Mans und anderwärts Fuß gefaßt, und einmal der unmittelbaren Aufsicht meines Vaters entronnen und in selbständiger Stellung in Le Chêsne-Bidault, fiel es ihm leichter, sich zu drücken und mit seinen Freunden zusammenzutreffen. Meine Mutter merkte von all dem natürlich nichts. Wenn wir ihn besuchten, war er immer da, und sie ging ganz in den Geschäften der Glashütte auf, prüfte die Bücher, kümmerte sich um Haus und Hof und achtete darauf, daß den Arbeitern und ihren Frauen nichts fehlte. Auch war Robert unterdessen in seinem Beruf sehr tüchtig geworden, und sie war stolz auf die Waren, die er allwöchentlich nach Paris sandte.

Nichts machte mir größere Freude, als Roberts Vertraute zu sein, von seinen Ausflügen und Liebesgeschichten zu hören.

Zum Dank dafür, daß ich ihm zuhörte, unterwies Robert mich in Geschichte und Grammatik, denn da Edmée und ich Mädchen waren und bestimmt innerhalb der Glasindustrie heiraten würden, hielt mein Vater es für überflüssig, uns mehr als die Anfangsgründe einer Ausbildung zuteil werden zu lassen.

«Er hat völlig unrecht», erklärte Robert, «jede junge Frau sollte wissen, wie sie sich in Gesellschaft zu benehmen hat.»

«Das hängt doch gewiß von der Gesellschaft ab», erwiderte ich trotz meiner unbändigen Lernfreude. «Denk einmal an Tante Anne in Chérigny. Weder sie noch Onkel Viau können ihren Namen richtig schreiben und passen doch sehr gut in ihren Kreis.»

«Kein Zweifel», sagte Robert, «und sie werden sich auch bis ans Ende ihrer Tage nicht von Chérigny fortrühren. Warte nur, wenn ich meine eigene Firma in Paris habe und du mich dort besuchst. Ich kann meine Schwester nur in Gesellschaft führen, wenn sie mir Ehre macht.»

Eine eigene Firma in Paris! . . . So hoch wollte er hinaus! Was würden meine Eltern sagen, wenn sie das wüßten!

Bald trat Pierre, der nun auch Meister geworden war, bei Robert in Le Chêsne-Bidault ein – vor allem vermutlich, damit Robert, wenn er gerade Lust hatte, das aufsuchen konnte, was er «Gesellschaft» nannte; davon aber ahnten Vater und Mutter selbstverständlich nichts.

Auch Pierre hatte den Kopf voll mit neuen Ideen, doch von anderer Art. Er begann viel zu lesen, zitierte Rousseau und sagte zum großen Ärger meines Vaters:

«Der Mensch ist frei geboren, doch er ist allerorten in Ketten.»

«Wenn du schon Philosophie lesen mußt», meinte mein Vater, «so lies die eines braven Mannes, nicht aber eines Lumpen, der seine unehelichen Kinder im Waisenhaus aufziehen läßt.»

Pierre aber ließ sich nicht abbringen. Jeder Staat, erklärte er, sollte nach den Theorien Jean-Jacques' gelenkt werden, zum Besten aller und ohne Ansehen der Person. Knaben sollten «natürlich und in der freien Luft aufwachsen und nicht vor fünfzehn Jahren Unterricht erhalten».

Er überschäumte ständig vor Begeisterung für irgendeine neue Sache und steckte auch Michel mit seinen Ideen an, so daß

mein Vater, der doch als junger Mann mit seinen wissenschaftlichen Erfindungen so fortschrittlich gewesen war,
nicht begreifen konnte, was seine Söhne gepackt hatte.

Meine Mutter nahm es gelassener hin.

«Sie sind jung, und die Jugend hat immer ein neues Stek-
kenpferd. Das wird vorübergehen.»

Eines Tages kam Robert unter dem Vorwand nach La Pierre geritten, es seien Angelegenheiten zwischen den beiden
Glashütten zu erledigen, in Wirklichkeit aber um mich
schwören zu lassen, daß ich kein Wort über einen neuen
Plan verraten würde, von dem nur ich und Pierre wissen
dürften.

«Ich bin in das Elitekorps der Schützen eingetreten», erzählte er mir in großer Aufregung. «Natürlich nur als Offizier auf begrenzte Zeit, aber das bedeutet trotzdem, daß ich
jedes Jahr drei Monate in Paris Dienst tun muß. Einige meiner Freunde in Le Mans haben mich dazu überredet, und ich
habe die nötigen Empfehlungen erhalten. Nun kommt es vor
allem darauf an, daß mein Vater abgehalten werden muß,
während dieser Zeit nach Le Chêsne-Bidault zu fahren.»

Ich schüttelte den Kopf. «Das ist unmöglich! Er wird es
erfahren!»

«Nein», sagte Robert. «Pierre hat auch Verschwiegenheit
gelobt und ebenso die Arbeiter. Sollte der Vater nach Le
Chêsne-Bidault kommen, so erklärt man ihm, daß ich unbedingt nach Le Mans mußte. Er bleibt ja nie länger als einen
Tag.»

Während der nächsten Woche tat ich mein möglichstes,
um mich meinem Vater unentbehrlich zu machen. Ich begleitete ihn morgens in die Glashütte und erwartete ihn, wenn er
zurückkam, und mit einem Male heuchelte ich das größte
Interesse an der täglichen Arbeit. Er war geschmeichelt und
überrascht und meinte, daß ich mich zu einem vernünftigen
Mädchen entwickelte und eines Tages für einen Glasermeister eine tüchtige Frau abgeben würde.

Meine Pläne waren so erfolgreich, und er hatte so viel
Freude an meiner Gesellschaft in La Pierre, daß er nie nach

Le Chêsne-Bidault hinüberritt. Doch eines Tages – Robert war noch in Paris – schaute er mich beim Abendessen über den Tisch hinweg an und sagte:

«Wie würde es dir gefallen, zum ersten Mal nach Paris zu fahren?»

Zuerst glaubte ich, alles sei entdeckt, und dies sei nur eine List, um mich zum Reden zu bringen. Ich warf einen raschen Blick zu meiner Mutter, aber sie lächelte mir ermutigend zu.

«Ja, warum denn nicht?» sagte sie zu meinem Vater. «Sophie ist alt genug, um dich zu begleiten. Und überdies werde ich ruhiger sein, wenn sie bei dir ist.»

Die kleine Sorge, mein Vater könnte in der Hauptstadt zu Schaden kommen, war ein ständiger Scherz zwischen meinen Eltern.

«Nichts auf der Welt wäre eine größere Freude für mich!» erklärte ich, und mein Vertrauen wuchs wieder.

Sogleich verlangte Edmée, sie müsse auch mitfahren; da aber blieb meine Mutter fest.

«Du kommst später an die Reihe. Wenn du dich aber gut aufführst, wollen wir, während der Vater und Sophie fort sind, zu Robert nach Le Chêsne-Bidault fahren.»

Das war wohl das letzte, was ich mir wünschte, doch da war nichts zu machen, und als ich zwei Tage später neben meinem Vater in der Diligence auf dem Weg nach Paris war, vergaß ich alle meine Sorgen. Paris . . . mein erster Besuch . . . und ich, ein unwissendes Landmädchen, das bisher in seinem Leben nur eine einzige Stadt gesehen hatte, Le Mans! Zwölf Stunden oder mehr waren wir unterwegs, denn wir waren sehr früh aufgebrochen, und es mußte sechs oder sieben Uhr abends gewesen sein, als wir uns der Hauptstadt näherten, und ich saß, das Gesicht an das Fenster gepreßt, halb krank vor Erregung und Erschöpfung in der Kutsche.

Es war, daran erinnere ich mich, im Juni, über der Stadt lag ein warmer Dunst, überall leuchtete die Dämmerung, die Bäume standen dicht belaubt, die Menschen drängten sich in den Straßen, und Reihen von Karossen kehrten von den Rennen in Versailles zurück. König Ludwig XVI. und seine junge Königin Marie Antoinette waren erst vor einem Jahr gekrönt worden, und schon hatten Veränderungen am Hof stattgefunden, das alte Zeremoniell verblich, die Königin gab mit Bällen und Opernbesuchen den Ton an, und der Bruder des Königs, der Graf von Artois, und sein Cousin, der Herzog von Chartres, wetteiferten miteinander bei den Pferderennen, einem in England sehr beliebten Sport. Vielleicht, dachte ich und schaute eifrig aus der Diligence, würde ich einen Herzog oder eine Herzogin auf dem Rückweg von den Rennen zu sehen bekommen; vielleicht waren diese jungen Edelleute, die sich vor dem Tuilerienpalast drängten, die Brüder des Königs. Ich zeigte sie meinem Vater, er aber lachte nur.

«Lakaien», sagte er, «oder Barbiere. Sie alle äffen ihre Herren nach. Aber einen Prinzen von königlichem Blut wirst du nie zu Fuß sehen.»

Die Diligence setzte uns an ihrer Endstation in der Rue Boulay ab. Hier ging es wild durcheinander, aber keiner war da, in dem ich einen Edelmann oder auch nur einen Barbier erkennen konnte. Die Gassen waren eng und übelriechend, und in der Mitte lief ein breiter Graben, das war die Kloake, und Bettler streckten ihre Hände nach Almosen aus. Ich entsinne mich, daß mich plötzlich die Angst überfiel, als mein Vater sich umdrehte, um nach unserem Gepäck zu sehen, und im Nu eine Frau mit zwei barfüßigen Kindern sich zwischen uns drängte und Geld verlangte. Als ich zurückwich, schüttelte sie die Faust nach mir und fluchte. Das war nicht das Paris, das ich erwartet hatte, wo alles Fröhlichkeit, Lachen, Opernbesuche und strahlende Lichter war.

Mein Vater stieg gewöhnlich im Hotel du Cheval Rouge in der Rue St. Denis ab, in der Nähe der Kirche St. Leu und des großen Marktes. Ich gebe zu, daß ich enttäuscht war. Wir rührten uns kaum aus diesem überfüllten, stinkenden Viertel mit dem armseligsten Volk, und wenn wir ausgingen, so geschah es nur, um die verschiedenen Geschäfte zu besuchen, mit denen mein Vater zu tun hatte. Die Kohlenbrenner daheim im Wald von La Pierre hatte ich für rauhe Leute gehalten, doch sie waren sanft und höflich, verglichen mit den Menschen auf den Straßen von Paris, die uns anstießen, ohne sich zu entschuldigen, und einen frech an-

49

gafften. Ich, als Kind, wagte mich nicht allein hinaus, sondern ging die ganze Zeit mit meinem Vater oder blieb im Schlafzimmer des Cheval Rouge hocken.

Am letzten Abend unseres Besuches führte mein Vater mich zu der Porte St. Martin, um die Kutschen und Karossen zu sehen, die zur Oper fuhren, und hier allerdings ging es anders zu als in dem kümmerlichen Viertel unseres Hotels. Elegante Damen, deren bloßer Busen von Juwelen glitzerte, stiegen aus ihren Wagen, geleitet von ihren Verehrern, die ebenso prächtig gekleidet waren wie sie selber. Alles war Farbe und Glanz und hohe gezierte Stimmen – es war, als sprächen sie nicht dasselbe Französisch wie wir – und die Art, wie die Damen sich bewegten und ihre Röcke hoben und die Herren an ihrer Seite tänzelten und schrien: «Platz, Platz für Madame la Marquise» und das Gedränge vor den Stufen der Oper beiseite schoben, wirkte auf mich wie eine Komödie. Eine Welle von Duft strömte von diesen feinen Leuten aus, ein seltsam fremdartiger Duft wie von verwelkten Blumen, deren Blätter sich kräuseln, und diese schale Üppigkeit vermengte sich irgendwie mit dem schmutzigen Grau jener, die sich ganz wie wir vorwärts schoben, in dem Verlangen, die Königin zu sehen.

Schließlich fuhr ihre Karosse, gezogen von vier prächtigen Pferden, vor, und die Lakaien sprangen ab, um den Schlag zu öffnen, und Hofbeamte tauchten stäbeschwingend aus dem Nichts auf, um die Menge fernzuhalten.

Der Bruder des Königs, der Graf von Artois, stieg zuerst aus, denn der König selber machte sich, wie es hieß, nichts aus der Oper und ging nie hin. Er war ein rundlicher junger Mann von rosig-weißer Hautfarbe, und sein Seidenrock war mit Sternen und Orden bedeckt. Ihm folgte auf dem Fuß eine junge Dame ganz in Rosa, auf deren gepudertem Haar ein Edelstein glänzte und die verächtlich dreinschaute. Später hörten wir, daß es die Gräfin Polignac war, die vertraute Freundin der Königin; dann erblickte ich sekundenlang die junge Königin selbst, die als letzte ausstieg. Sie war ganz in Weiß gekleidet, um ihren Hals und in ihrem Haar funkelten Diamanten, ihre hellblauen Augen glitten völlig gleichgültig über uns hinweg, als sie dem Grafen Artois ihre Hand reichte und unserer Sicht entschwand. Sie war so köstlich und so zart anzuschauen wie jene Porzellanfiguren, die mein Vater mir am Morgen in dem Laden eines seiner Geschäftsfreunde gezeigt hatte.

»Das wäre es also«, sagte mein Vater, «bist du jetzt zufrieden?»

Ob zufrieden oder nicht, das konnte ich nicht sagen, es war ein Blick in eine andere Welt. Ich fragte mich, ob diese Menschen wirklich aßen und sich auszogen und dieselben Bedürfnisse hatten wie wir. Es war kaum zu glauben.

Den Rest des Abends strichen wir durch die Straßen, um uns «abzukühlen», wie mein Vater es ausdrückte. Als wir in der Rue St. Honoré stehengeblieben waren, um mit einem Geschäftsfreund meines Vaters zu reden, bemerkte ich eine vertraute Gestalt in der glänzenden Uniform eines Offiziers im Schützenkorps. Es war mein Bruder Robert.

Er sah uns sofort, blieb eine Sekunde stehen, dann drehte er sich mit einem Ruck um, sprang über die Gosse, die mitten durch die Rue St. Honoré lief, und verschwand in den Gärten des Tuileriepalastes. Mein Vater, der gerade zufällig den Kopf gewandt hatte, sah der Gestalt nach.

«Wenn ich nicht wüßte, daß mein ältester Sohn in der Glashütte von Le Chêsne-Bidault ist», bemerkte er trocken zu seinem Geschäftsfreund, »hätte ich geglaubt, ihn in der Person des jungen Offiziers zu erkennen, den Sie dort drüben verschwinden sehen.»

«In Uniform», erwiderte der andere, «sehen alle jungen Leute einander ähnlich.»

«Mag sein», meinte mein Vater, «und haben die gleiche Leichtigkeit, sich aus dem Staub zu machen.»

Es fiel kein weiteres Wort. Wir verabschiedeten uns, kehrten in unser Hotel in der Rue St. Denis zurück, und am nächsten Tag fuhren wir heim zum Schloß in La Pierre. Mein Vater machte nie wieder eine Anspielung auf den Vorfall, aber als ich meine Mutter fragte, ob sie unterdessen in Le Chêsne-Bidault gewesen sei, sah sie mir scharf in die Augen und sagte:

«Ich bin sehr beeindruckt von der Art, wie Robert die Glashütte führt und es fertigbringt, sich zur gleichen Zeit zu amüsieren.»

Soldatenspielen war eines, für die Pariser Häuser Glaswaren zu liefern, ohne sie in die Geschäftsbücher einzutragen, war ein anderes. Doch jeder, der versuchte, meine Mutter zum Narren zu halten, wenn es sich um Geschäfte handelte, konnte einem leid tun. Sie überprüfte wie gewöhnlich die Aufträge in Le Chêsne-Bidault und stellte fest, daß fünfzig Kisten fehlten, und das Pech wollte, daß gerade an diesem Nachmittag der Fuhrmann in der Glashütte vorsprach. Von meiner Mutter befragt, erklärte er ihr in aller Unschuld, daß die fehlenden Kisten derzeit mit einer Lieferung von ganz besonderem Tafelglas für das Dragonerregiment vom Bruder des Königs in Chartres seien, wo dieses Regiment in Garnison stehe.

Meine Mutter dankte dem Fuhrmann für seine Auskunft, und dann forderte sie meinen Bruder Robert auf, mit ihr in das Meisterhaus zurückzukehren.

«Und nun», sagte sie, «wüßte ich gern, warum diese Lieferung nicht in den Büchern eingetragen ist.»

Diesmal wäre es für meinen ältesten Bruder von Nutzen gewesen, wenn er an den gleichen Sprachschwierigkeiten gelitten hätte wie mein jüngster Bruder Michel. Doch Robert erklärte schlagfertig:

«Du mußt begreifen, daß man im Geschäft mit Adligen, wie dem Obersten des Regiments, dem Grafen de la Châtre, der, wie jeder weiß, ein vertrauter Freund von Monsieur, dem Bruder des Königs, ist, nicht mit unverzüglicher Bezahlung rechnen kann. Die Ehre seiner Kundschaft ist schon an und für sich beinahe eine Bezahlung.»

Meine Mutter klopfte mit dem Federkiel auf das offene Hauptbuch.

«Sehr wahrscheinlich, aber dein Vater und ich haben nicht das zweifelhafte Vergnügen, mit ihm Geschäfte zu machen. Alles, was ich von dem Grafen de la Châtre weiß, ist, daß sein Schloß für jede Ausschweifung, jede Intrige berüchtigt ist, daß er sich selbst und jeden Kaufmann im Bezirk zugrunde gerichtet haben soll und kein Mensch auch nur einen Sou aus ihm herauskriegt.»

«Völlig unwahr!» Mein Bruder zuckte verächtlich die Achseln. «Ich staune nur, daß du auf so niederträchtigen Klatsch hörst.»

«Ich nenne es nicht niederträchtigen Klatsch, wenn ehrbare Kaufleute, die dein Vater kennt, gezwungen sind, um Hilfe zu bitten oder zu hungern», erwiderte meine Mutter, «während dein vornehmer Freund sich auf seinem Gut ein Privattheater baut.»

«Zur Ermutigung der Künste ist das sehr notwendig», erklärte mein Bruder.

«Notwendig ist es, die Schulden zu zahlen. Ich werde selbst an den Grafen de la Châtre schreiben, und wenn ich von ihm keine Genugtuung erhalte, dann wende ich mich eben an Monsieur, den Bruder des Königs. Gewiß wird doch einer von beiden so höflich sein, zu antworten und die Schuld zu bezahlen.»

Roberts Gesicht konnte ich ansehen, daß diese äußerste Maßnahme keinen Erfolg hätte.

«Diese Mühe kannst du dir sparen», sagte er. «Kurz – das Geld ist bereits ausgegeben worden.»

Jetzt drohte ein Unheil. Ich begann für meinen Bruder zu zittern. Wie, in aller Welt, konnte er fünfzehnhundert Livres ausgegeben haben? Meine Mutter blieb ruhig. Sie warf einen Blick auf die einfachen Möbel, mit denen sie und mein Vater das Meisterhaus eingerichtet hatten.

«Soweit ich feststellen kann», sagte sie, «sind weder hier noch in den andern Gebäuden große Ausgaben gemacht worden.»

«Da hast du vollkommen recht», erwiderte Robert. «Das Geld ist nicht in Le Chêsne-Bidault ausgegeben worden.»

«Und wo sonst?»

«Darüber verweigere ich die Auskunft.»

Meine Mutter schlug das Hauptbuch zu, stand auf und ging zur Tür.

«Du wirst binnen drei Wochen über jeden Sou Rechenschaft ablegen. Wenn ich bis dahin keine Erklärung habe, so werde ich deinem Vater sagen, daß wir die Glashütte hier in Le Chêsne-Bidault wegen Unterschlagung schließen, und ich werde deinen Namen von der Liste der Glasermeister löschen lassen.»

Sie verließ das Zimmer. Mein Bruder erzwang ein Lachen, setzte sich in den Stuhl, von dem sie eben aufgestanden war, und legte die Füße auf den Tisch.

«Das wird sie nie wagen! Es wäre meinRuin!»

«Sei dessen nicht so sicher», warnte ich ihn. «Das Geld muß auf jeden Fall aufgetrieben werden. Wie aber hast du es ausgegeben?»

«Das werde ich dir nicht sagen.» Trotz seiner ernsten Lage lächelte er.

Auf erstaunliche Art kam die Wahrheit an den Tag. Ungefähr eine Woche später besuchten uns Onkel und Tante Déméré in La Pierre, und wie gewöhnlich wurde von den Ereignissen in der Gegend gesprochen und darüber hinaus auch von dem Klatsch in Paris, Chartres, Vendôme und anderen großen Städten.

«In Chartres soll es große Aufregung wegen des Maskenballs gegeben haben», begann meine Tante Déméré. «Alle nichtsnutzigen Frauenzimmer der Stadt waren dabei, mit oder ohne ihre Gatten.»

Bei der Erwähnung von Chartres horchte ich auf und sah zu meinem Bruder Robert hinüber, der auch im Zimmer war.

«Wirklich?» fragte mein Vater. «Wir haben nichts von einem Ball gehört. Aber hier draußen auf dem Land sind wir von solchen leichtlebigen Dingen weit entfernt.»

Meine Tante, die grundsätzlich jede Fröhlichkeit mißbilligte, spitzte verächtlich den Mund.

«Ganz Chartres redete davon, als wir vor vierzehn Tagen dort waren», fuhr sie fort. «Es muß einen Wettstreit zwischen den Offizieren der Dragoner von Monsieur und den jungen Burschen vom Schützencorps gegeben haben, welches Regiment die Damen des Bezirks besser bewirten könnte.»

Mein Onkel Déméré zwinkerte meinem Vater zu. «Die Damen von Chartres sind dafür bekannt, daß sie Gastfreundschaft zu schätzen wissen.»

Mein Vater nickte verständnisvoll und spöttisch.

«Es hat bis in die hellen Morgenstunden gedauert», setzte die Tante ihre Erzählung fort, «mit Trinken und Tanzen, und dann haben sie einander auf die schmählichste Art rund um die Kathedrale gejagt. Der Offizier vom Schützencorps soll ein Vermögen für die Geschichte vergeudet haben.»

«Da bin ich gar nicht überrascht», sagte mein Vater, «aber da der junge Hof in Versailles für diese Herren den Ton angibt, ist nichts anderes zu erwarten. Hoffentlich können sie es sich wenigstens leisten.»

Robert hatte die Augen auf die Zimmerdecke gerichtet, und man konnte glauben, daß er in Gedanken versunken war oder eine schadhafte Stelle entdeckt hatte.

«Und die Dragoner von Monsieur?» fragte meine Mutter. «Welche Rolle haben sie dabei gespielt?»

«Wie es heißt, haben sie ihre Wette verloren», antwortete mein Onkel. «Das Festessen, das sie gaben, konnte sich nicht mit dem Maskenball vergleichen lassen. Jedenfalls sind die Dragoner anderswo in Quartier, und die Schützen, die nur eine kurze Dienstzeit haben, ruhen sich wahrscheinlich auf ihren Lorbeeren aus.»

Es gereicht meiner Mutter zur Ehre, daß kein Wort von diesem Streich je an meines Vaters Ohren drang, aber sie überließ es mir, so jung ich war, im Schloß in La Pierre die Wirtschaft zu führen, während sie mit meinem Bruder Robert in die Glashütte in Le Chêsne-Bidault zurückkehrte und dort blieb, bis er mit seinen eigenen Händen das Tafelglas ersetzt hatte, das den Dragonern von Monsieur geliefert worden war.

Im Frühling des Jahres 1777 ging die Pacht von Schloß und Glashütte in La Pierre, wo wir so lange eine Heimat gehabt hatten, zu Ende. Der Sohn von Madame le Gras de Luart hatte andere Dinge damit vor, und mit traurigen Herzen nahmen wir Abschied von dem schönen Heim, wo Edmée und ich auf die Welt gekommen und wo unsere drei Brüder zu jungen Männern herangewachsen waren.

Was die Glashütte selbst betraf, die mein Vater aus einem kleinen Familienbetrieb zu einem der ersten Häuser des Landes entwickelt hatte, so mußte sie jetzt in andere Hände übergehen oder abermals in Verfall geraten oder von Fremden ausgebeutet werden. Unsere Eltern trugen es gelassener als wir. Ein Glasermeister muß sich daran gewöhnen, seinen Wohnort zu wechseln. In früheren Zeiten waren sie immer Wanderer gewesen, von einem Ort zum anderen gezogen, und hatten sich nur für wenige Jahre niedergelassen. Wir mußten uns glücklich schätzen, daß wir in

La Pierre aufgewachsen waren und dort so schöne Kinderjahre erlebt hatten. Zum Glück lief die Pacht von Le Chêsne-Bidault noch viele Jahre und die der Brûlonnerie auch, so daß sich die Familie die beiden teilen konnte.

Vater, Mutter, Edmée und ich zogen nach Le Chêsne-Bidault, und Robert und Pierre übernahmen die Brûlonnerie. Michel, in jenem Jahr einundzwanzig geworden, hatte vorgezogen, den Familienkreis für einige Zeit ganz zu verlassen, um Erfahrungen zu sammeln, und arbeitete als Meister bei Bourges. Meine drei Brüder hatten, um sich im Geschäftsleben voneinander zu unterscheiden, ihren Namen Bezeichnungen angehängt. Robert nannte sich ‹Busson l'Aîné›, Pierre ‹Busson du Charme› und Michel ‹Busson-Challoire›. Diese Unterscheidungen waren, überflüssig zu sagen, Roberts Idee gewesen. Le Charme und Le Challoire waren kleine Bauernhöfe, die unseren Eltern gehörten und Teile ihres Heiratsguts waren.

Meine Mutter fand diese Zusätze überspannt.

«Dein Vater und sein Bruder», sagte sie zu mir, «haben es nie für nötig gehalten, sich voneinander zu unterscheiden. Sie waren einfach die Brüder Busson, und das genügte ihnen. Immerhin, jetzt, da es Robert beliebt, sich Busson l'Aîné zu nennen, wird er vielleicht zum Bewußtsein seiner Verantwortung kommen und sich seßhaft machen. Kann er nicht selber eine Frau finden, die auf Ordnung hält, so muß ich eine für ihn suchen.»

Ich glaubte, daß sie scherzte, denn Robert war mit siebenundzwanzig gewiß alt genug, um seine Wahl selber zu treffen. Und so sah ich zunächst auch nicht den Zusammenhang zwischen den häufigen Reisen meiner Mutter nach Paris, wohin sie meinen Vater begleitete, und ihrem mit einem Mal geäußerten Wunsch, die Familien einiger seiner Geschäftsfreunde kennenzulernen.

Erst als sie zu dritt im Cheval Rouge abstiegen, scheinbar um die Angelegenheiten der beiden Glashütten zu erörtern, und meine Mutter bei ihrer Rückkehr gelegentlich erwähnte, Monsieur Fiat, ein wohlhabender Kaufmann, habe eine einzige Tochter, da begann ich die Ursache ihrer Reisen zu vermuten.

«Wie ist die Tochter?» fragte ich.

«Sehr hübsch», sagte meine Mutter, und das war aus ihrem Mund ein hohes Lob. «Und Robert scheint ihr sehr zu gefallen und sie ihm auch. Zumindest hatten sie einander eine Menge zu sagen. Ich hörte, wie er um Erlaubnis bat, sie bei seiner nächsten Reise nach Paris zu besuchen; und das wird schon in der kommenden Woche sein.»

Ich war eifersüchtig, denn bisher war ich Roberts einzige Vertraute gewesen.

«Robert wird nie eine Kaufmannstochter heiraten», erklärte ich energisch. «Auch dann nicht, wenn sie das hübscheste Mädchen in ganz Paris ist. Es würde seinem Ansehen bei seinen Freunden schaden.»

Meine Mutter lächelte.

«Und was, wenn sie ihm eine Mitgift von zehntausend Livres bringt und wir die gleiche Summe dazulegen? Und wenn dein Vater ihnen die Pacht der Brûlonnerie abtritt?»

Diesmal wußte ich keine Antwort. Schmollend zog ich mich in mein Zimmer zurück. Doch solche Verheißungen als Zugabe zu der reizenden zwanzigjährigen Catherine Adèle erwiesen sich als gar zu lockend, als daß mein Bruder Robert ihnen widerstanden hätte.

Zwischen den Eltern von Braut und Bräutigam wurden die nötigen Abreden getroffen, und am 21. Juli 1777 fand in der Kirche St. Sauveur, Paris, die Hochzeit zwischen Robert Mathurin Busson und Catherine Adèle Fiat statt.

Viertes Kapitel

Die erste Überraschung erfolgte drei Monate nach der Trauung. Mein Onkel Démeré kam nach Le Chêsne-Bidault geritten, um meinem Vater zu berichten, daß Robert die Brúlonnerie einem Meister namens Caumont verpachtet und selber die prachtvolle Glashütte von Rougemont in Pacht genommen hatte, die mit ihrem herrlichen Schloß dem Marquis de la Touche gehörte.

Mein Vater war über diese Nachricht zuerst völlig fassungslos und wollte sie nicht glauben.

«Es ist wahr», beharrte mein Onkel. «Ich habe die Dokumente unterzeichnet und gesiegelt gesehen. Der Marquis, wie so viele andere seines Schlags, ist ständig abwesend und kümmert sich nicht um sein Gut, solange es ihm Einkünfte verschafft. Du kennst ja die Hütte. Seit Jahren ist daran nur Geld verloren worden.»

«Das muß rückgängig gemacht werden», sagte mein Vater. «Robert wird sich zugrunde richten. Er wird alles verlieren, was er besitzt, und seinen Ruf dazu.»

Schon am nächsten Tag machten wir uns auf die Reise, mein Vater, meine Mutter, mein Onkel Démeré und ich – denn ich war entschlossen, mit von der Partie zu sein, und meine Eltern waren viel zu sehr mit den Ereignissen beschäftigt, als daß sie gemerkt hätten, wie überflüssig meine Gegenwart eigentlich war. Wir blieben ein oder zwei Stunden in der Brúlonnerie, mein Vater sprach mit dem neuen Pächter, sah mit eigenen Augen die unterzeichneten Dokumente, und dann fuhren wir durch den Wald nach Rougemont.

«Er ist verrückt», wiederholte mein Vater dauernd. «Verrückt . . . verrückt . . .»

«Uns trifft die Schuld», sagte meine Mutter. «Er kann La Pierre nicht vergessen. Er stellt sich vor, daß er mit siebenundzwanzig tun darf, was du erst nach Jahren harter Arbeit fertiggebracht hast. Uns trifft die Schuld. Wir haben ihn verdorben.»

Rougemont war tatsächlich ein großartiger Besitz. Die Glashütte selbst bestand aus vier getrennten Gebäuden an einem riesigen Hof. Das Gebäude zur rechten Hand war die Wohnstätte der Meister, und daneben stand das große Kesselhaus mit zwei Schornsteinen und dahinter die Lagerhäuser, die Werkstätten der Schleifer und gegenüber die Quartiere der Arbeiter. Hinter einem mächtigen Eisentor erhob sich das Schloß selbst, prachtvoll eindrücklich, inmitten eines wohlgepflegten Parks. Mein Vater hatte gehofft, meinen Bruder zu überraschen, doch wie es stets in der Welt des Glases zugeht, hatte schon irgendwer die Nachricht von unserem Kommen weitergegeben, und Robert erschien, sobald wir in den Hof einfuhren, heiter und lächelnd, vor Selbstvertrauen sprühend wie gewöhnlich.

«Willkommen in Rougemont!» rief er. «Ihr hättet in keinem besseren Augenblick eintreffen können. Heute früh haben wir mit dem Schmelzen begonnen, und beide Kessel sind in Gebrauch, wie ihr den Schornsteinen anmerken könnt, und jeder Arbeiter im ganzen Betrieb beschäftigt. Kommt und seht selber!»

Er trug keinen Arbeitskittel, wie mein Vater das während der Schicht immer tat, sondern spielte sich in einem blauen Samtrock von übertrieben modischem Schnitt auf, der mehr für einen jungen Adligen auf den Terrassen von Versailles paßte als für einen Glasermeister, der in sein Kesselhaus trat. Ich fand, daß er darin wunderbar aussah; als ich aber den Ausdruck meines Vaters bemerkte, wurde mir bange um meinen Bruder.

«Cathie wird Mutter und Sophie im Schloß empfangen», fuhr Robert fort. «Wir verwenden dort einige Räume zu unserem persönlichen Gebrauch.» Er klatschte in die Hände und schrie wie ein Potentat aus dem Osten, der einen Mohren ruft, und darauf erschien ein Diener, verbeugte sich tief und riß das eiserne Tor auf, das zum Schloß führte. Das Gesicht meiner Mutter war zum Malen, als wir dem Diener zum Schloßeingang folgten und durch Vorräume in einen großen Salon mit steiflehnigen Stühlen an den Wänden und langen Spiegeln kamen, in denen wir uns sahen. Hier erwartete uns – sie mußte unsere Ankunft vom Fenster aus bemerkt haben – Roberts Frau Cathie, einst die Kaufmannstochter Mademoiselle Fiat, gekleidet in ein loses Musselinegewand mit rosa und weißen Schleifen verziert, reizend wie eine Zuckerpuppe von ihrem eigenen Hochzeitskuchen.

«Was für eine angenehme Überraschung», zwitscherte sie und lief auf uns zu; dann aber erinnerte sie sich der Anwesenheit des Dieners, blieb steif stehen und befahl ihm, Erfrischungen zu bringen. Nun erst wurde sie wieder umgänglich, bot uns Stühle an, und so saßen wir drei da und musterten einander.

«Du siehst sehr hübsch aus», sagte meine Mutter schließlich, um das Gespräch zu eröffnen. «Und wie gefällt es dir denn, die Frau eines Glasermeisters hier in Rougemont zu sein?»

«Recht gut», antwortete Cathie, «aber ich finde es ziemlich ermüdend.»

«Ganz gewiß», sagte meine Mutter, «und eine große Verantwortung ist es auch. Wie viele Arbeiter gibt es hier, und wie viele von ihnen sind verheiratet und haben Familien?»

Cathie riß die Augen weit auf.

«Davon habe ich keine Ahnung. Ich habe nie mit einem von ihnen gesprochen.»

Ich hatte geglaubt, das würde meiner Mutter die Sprache verschlagen, doch sie erholte sich rasch.

«Was fängst du dann mit deiner Zeit an?» fragte sie.

Cathie zögerte. «Ich erteile den Dienstleuten Befehle, ich sehe zu, wie sie die Böden schrubben – die Zimmer sind ja, wie Sie sehen, sehr geräumig.»

«Ja, das sehe ich», sagte meine Mutter, «kein Wunder, daß du müde bist.»

«Und dann haben wir auch Gesellschaft», fuhr Cathie fort. «Manchmal zehn oder zwölf zum Abendessen und alle, ohne sich lange vorher anzusagen. Das bedeutet, daß die Vorratskammer voll sein muß. Es ist ganz anders als das Leben in der Rue des Petits-Carreaux in Paris, wo man auf den Markt ging, wenn unerwartet Gäste kamen.»

Arme Cathie! Es war richtig. Sie war wirklich müde. So leicht war es am Ende für eine Kaufmannstochter nicht, die Lebensformen einer Schloßherrin anzunehmen.

«Wer sind denn deine Gäste?» fragte meine Mutter. «Es ist nie Gebrauch der Meister gewesen, beieinander zu speisen.»

«Ach, die Leute hier laden wir nie ein», erklärte sie. «Es sind Roberts Freunde und Bekannte aus Paris, die uns entweder hier aufsuchen oder unterwegs zwischen der Hauptstadt und Blois sind. In der Brûlonnerie war es nicht anders. Einer der entscheidenden Gründe Roberts für die Übersiedlung nach Rougemont war es, daß wir die Säle im Schloß für Gesellschaften verwenden können.»

«Ich verstehe», sagte meine Mutter.

Cathie tat mir leid. Obwohl ich an ihrer Liebe für meinen Bruder nicht zweifelte, empfand ich doch, daß sie sich in der Rue des Petits-Carreaux wohler gefühlt hätte. Jetzt fragte sie uns, ob wir die Räume sehen wollten, die ihr zur Verfügung gestellt worden waren. Und so wanderten wir hinter ihr her und besichtigten die Zimmer, von denen jedes größer war, als wir sie in La Pierre gehabt hatten. Cathie zeigte uns die zwei großen Lüster im Speisesaal, die je dreißig Kerzen trugen und, wie sie uns erzählte, jedesmal, wenn sie hier speisten, frisch besteckt werden mußten.

«Es sieht sehr schön aus, wenn sie angezündet sind», sagte Cathie stolz, «Robert sitzt an dem einen Ende der Tafel und ich am anderen, wie das in England Sitte ist, und die Gäste zu beiden Seiten, und er gibt mir ein Zeichen, wenn es an der Zeit ist, in den Salon zu übersiedeln.»

Sie schloß die Läden, damit das Sonnenlicht dem langen Teppich nichts anhaben könnte, der sich durch den ganzen Raum erstreckte.

«Sie ist wie ein Kind, das Hausfrau spielt», flüsterte meine Mutter. «Ich frage mich, wo das alles enden soll.»

Es endete genau elf Monate später. Die Erhaltung der Glashütte und des Schlosses von Rougemont überstieg die Berechnungen meines Bruders bei weitem, und verschlimmert wurde die Lage dadurch, daß er Lieferungen an Pariser Häuser falsch kalkuliert hatte. Cathies Mitgift von elftausend Livres war auf diese Art in weniger als einem Jahr aufgezehrt, Roberts Vermögen ebenfalls, und der einzige Vorteil an der ganzen Geschichte war, daß die Pacht nach zwölf Monaten ablief.

Trotz der bitteren Enttäuschung über Roberts Torheit und der Vergeudung von so viel Geld beschwor mein Vater Robert, nach Le Chêsne-Bidault zurückzukehren und neben ihm als Leiter zu arbeiten. Dort, unter Aufsicht meines Vaters, könnte er nicht zu Schaden kommen.

Robert lehnte ab.

«Nicht, daß ich für deinen Vorschlag nicht dankbar wäre», erklärte er meinen Eltern, als er heimkam, um die Frage zu erörtern, und eine ziemlich bekümmerte und wehmütige Cathie mitbrachte, die es schwer gehabt hatte, den erzürnten Monsieur und Madame Fiat in der Rue des Petits-Carreaux die Dinge zu erklären. «Aber ich habe bereits Aussichten in Paris – mehr kann ich derzeit nicht sagen –, die sich sehr gut anlassen. Ein gewisser Monsieur Cannette, einer der Bankiers des Hofs von Versailles, beabsichtigt, auf meinen Rat, in dem Quartier St. Antoine eine Glashütte zu eröffnen, und, wenn alles gutgeht, wird er mich zum Direktor ernennen.»

Mein Vater und meine Mutter sahen einander an, und dann schauten sie in das eifrig lächelnde Gesicht meines Bruders, das keinerlei Besorgnis verriet, und dem man auch keine Spur der kaum überstandenen Katastrophe anmerkte.

«Du hast gerade ein kleines Vermögen durchgebracht», sagte mein Vater. «Wie kannst du sicher sein, daß sich das nicht wiederholen wird?»

«Mühelos! Das Risiko trägt Monsieur Cannette und nicht ich. Ich werde für meine Dienste bezahlt.»

«Und wenn das Unternehmen fehlschlägt?»

«Dann wird Monsieur Cannette ärmer geworden sein und nicht ich.»

Ich war damals nur fünfzehn Jahre alt, doch selbst als Kind konnte ich erkennen, daß meinem Bruder irgendein Sinn fehlte –

nennt es Moral, nennt es, wie ihr wollt, aber was es auch sein mochte, es verriet sich in seiner Art zu sprechen, in seiner Sorglosigkeit, wenn es sich um den Besitz oder die Gefühle anderer Menschen handelte, in seiner Unfähigkeit, einen anderen Standpunkt zu begreifen als den eigenen.

Meine Mutter unternahm noch einen letzten Versuch, ihn von seinem neuen Vorhaben abzubringen.

«Gib den Gedanken auf», flehte sie; «komm heim, oder, wenn es dir lieber ist, geh nach der Brûlonnerie zurück und arbeite dort auf eigene Rechnung. Hier im Lande kennt jeder den andern, wir sind hier alle zu Hause. In Paris werden ständig neue Firmen eröffnet, die zugrunde gehen.»

Ungeduldig wandte Robert sich zu ihr.

«Das ist es ja gerade! Hier auf dem Lande seid ihr in euren Bahnen festgefahren, das Leben hier ist – offen gestanden – provinzlerisch. Hier wird's nie einen Fortschritt geben. Während in Paris . . .»

«In Paris», beendete meine Mutter seinen Satz, «ein Mensch in weniger als einem Monat ruiniert sein kann.»

«Gott sei Dank habe ich Freunde! Männer von Einfluß. Monsieur Cannette ist nur ein Beispiel; aber da gibt es noch andere, Männer, die den Hofkreisen näherstehen, und die nur am rechten Ort das rechte Wort zu sagen brauchen, und ich bin fürs Leben ein gemachter Mann.»

«Oder ein erledigter», sagte meine Mutter.

«Wie du meinst. Aber ich spiele lieber um hohe Einsätze als um gar keine.»

«Laß ihn gehen», sagte mein Vater. «Da ist jedes Wort nutzlos.»

Die Glashütte wurde eröffnet, Robert war Direktor, und innerhalb von sechs Monaten hatte Monsieur Cannette, der Hofbankier, so viel Geld verloren, daß er das Unternehmen über den Kopf meines Bruders hinweg verkaufte, und Robert mußte Cathies Vater, Monsieur Fiat, um ein größeres Darlehen bitten, das ihm über «vorübergehende» Schwierigkeiten helfen sollte.

Nach unserem Besuch hörten wir lange nichts voneinander. Robert schrieb uns nicht nach Le Chêsne-Bidault, noch fuhren wir nach Paris, denn wir alle waren in großer Sorge wegen der Gesundheit meines Vaters. Er war eines Tages, als er von Chateaudun heimritt, vom Pferd gefallen und lag seit mehr als sechs Wochen im Bett, während meine Mutter, Edmée und ich ihn abwechselnd pflegten. Schließlich kam die Nachricht, daß Robert zum Direktor der Glashütte von Villeneuve-St. Georges bei Paris bestimmt wurde. Das erfuhren wir nicht durch Robert selbst, sondern durch eine Fachzeitschrift vom November 1779, die mein Vater monatlich erhielt, und die einer von uns ihm in sein Zimmer brachte, als er noch nicht völlig erholt war.

Edmée und ich hatten den Artikel in der Zeitung erst später gelesen. Zunächst wußten wir nur, daß ein heftiges Läuten der Glocke im Gang unten uns an das Krankenbett unseres Vaters rief. Er lag quer über dem Bett, das Nachthemd mit Blut befleckt, und auch auf der Bettdecke war Blut.

«Ruft die Mutter!» keuchte er, und Edmée eilte hinunter, während ich mich bemühte, ihn auf seine Kissen zu betten. Es war das zweite Mal, daß er so eine Blutung erlitt; das erste Mal sofort nachdem er vom Pferd gestürzt war. Meine Mutter war im Nu da, es wurde nach dem Arzt geschickt, und obgleich er erklärte, mein Vater sei nicht in unmittelbarer Gefahr, machte er doch meine Mutter darauf aufmerksam, daß jede größere Aufregung sich als verhängnisvoll erweisen könnte.

Dann, als mein Vater sich erholt hatte, wies er auf die Zeitung, die auf den Boden gefallen war, und da ahnten wir den Grund dieses plötzlichen Anfalls.

«Sobald ich ihn ohne Sorge verlassen kann», sagte meine Mutter später zu mir, «fahre ich selber nach Paris und will sehen, ob sich noch etwas tun läßt, um weiteres Unheil zu verhüten. Wenn Robert sich bereit erklärt, nur als Direktor nach Villeneuve zu gehen, muß kein Schaden daraus entstehen. Wenn er sich aber auch finanziell verpflichtet hat, dann steuert er auf eine Katastrophe zu, weit schlimmer als die von Rougemont.»

Wir konnten nichts tun als abwarten. Der Zustand meines Vaters schien sich zu bessern, und meine Mutter konnte ihn meiner Pflege überlassen und nach Paris fahren. Als sie eine Woche später heimkehrte, sahen wir ihrem Gesicht sogleich an, daß das

Schlimmste geschehen war. Robert war nicht nur Direktor der Glashütte in Villeneuve-St. Georges geworden, sondern er hatte sich auch bereit erklärt, Monsieur de Quèvremont-Delamotte für den Betrag von achtzehntausend Livres, zahlbar innerhalb von sechs Monaten vom Tage des Vertragsabschlusses, den ganzen Besitz abzukaufen.

«Bis zum Mai des nächsten Jahres hat er Zeit, das Geld aufzutreiben», sagte meine Mutter, und ich hatte noch nie vorher Tränen in ihren Augen gesehen. «Das bringt er nie fertig. Tausende sind schon in dieser Glashütte aufgezehrt worden, und es bedarf noch vieler Tausende, bevor sie anfangen kann, einen Nutzen abzuwerfen. Sie braucht einen neuen Kessel und neue Werkstätten, und die Arbeiterwohnungen sind schlimmer als Schweinekoben. Der größte Teil des Geldes ist bisher auf den Bau provisorischer Wohnstätten für die englischen Handwerker draufgegangen, die der bisherige Besitzer über den Kanal kommen ließ. Und er selber scheint, wie sich jetzt herausstellt, nichts getan zu haben, als zu trinken.»

«Warum hat Robert sich aber darauf eingelassen?» fragte ich. «Hat er irgendeinen Grund angegeben?»

«Den gewöhnlichen. Er wird, wie er behauptet, von ‹einflußreichen› Freunden unterstützt. Ein gewisser Marquis de Vichy interessiert sich für das Projekt und kann, wenn man deinem Bruder glauben will, schließlich die Glashütte von ihm kaufen.»

«Warum hat dann Robert sich überhaupt mit dem Kauf belastet?» wollte Edmée wissen.

«Weil er spekulieren wollte», erklärte meine Mutter wild. «Dein Bruder ist ein Spieler. Das ist der Kern der ganzen Sache.»

Dann wurde sie weicher. Sie legte die Arme um uns, und wir versuchten sie zu trösten. «Mich trifft die Schuld. All dieser törichte Hochmut stammt von mir. Wir sind beide zu stolz.»

Jetzt war Edmée den Tränen nah.

«Du bist nicht stolz! Wie kannst du dich nur selber anklagen? Roberts Benehmen hat nichts mit dir zu tun.»

«Doch, doch», erwiderte meine Mutter. «Ich lehrte ihn, hoch hinaus zu wollen, und er weiß es. Jetzt ist es zu spät, daß er sich ändert.»

Sie hielt inne und sah uns beide an.

«Und wißt ihr, was mich am meisten grämt? Was mich mehr bedrückt als die Sorge um seine Zukunft? Er hat mich in all diesen Monaten nicht wissen lassen, daß Cathie ein Kind erwartet hat. Sie haben ein kleines Mädchen; es ist am ersten September auf die Welt gekommen. Mein erstes Enkelkind.»

Robert als Vater . . . in dieser Rolle konnte ich ihn mir ebensowenig vorstellen, wie ich Cathie als Mutter sah. Zu ihr würde eine Puppe besser passen.

«Was haben sie ihr für einen Namen gegeben?» fragte Edmée.

In den Zügen meiner Mutter ging eine leichte Veränderung vor.

«Elisabeth Henriette; nach Madame Fiat natürlich.»

Dann ging sie hinauf, um meinem Vater die Nachricht zu bringen.

Während der nächsten Monate hörten wir Gerüchte, aber nicht mehr. Der Marquis de Vichy habe das Interesse an der Glashütte in Villeneuve-St. Georges verloren . . . mein Bruder habe die Verbindung zu einem anderen Bankier aufgenommen . . . Monsieur de Quèvremont-Delamotte erwäge angeblich, sich wieder mit seinem früheren Partner zusammenzutun und eine Glashütte in Sèvres zu führen . . .

Mein Vater war noch nicht fähig zu reisen, und so schickte er anfangs Februar Pierre nach Villeneuve-St. Georges.

Pierre war mit siebenundzwanzig nicht mehr der sorglose junge Mensch, der er mit siebzehn gewesen war, hoffte aber dennoch, Robert werde in seinem neuen Unternehmen Erfolg haben.

«Wenn es schiefgeht», sagte er zu meinem Vater, «kann er über alle meine Ersparnisse verfügen; ich brauche sie ja nicht.»

Ein Beweis dafür, daß sein Herz sich auch in seinen reiferen Jahren nicht verändert hatte. Ach, es hätte mehr als Pierres Ersparnisse bedurft, um meinen ältesten Bruder vor der Schande des Bankrotts zu schützen!

Ende des Monats kehrte Pierre von Villeneuve-St. Georges zurück und brachte eine Locke von dem Haar des Kindes für meine Mutter, eine ungewöhnlich schön gearbeitete Uhr, deren kristallene Hülle Robert selbst für meinen Vater entworfen hatte, und eine Abschrift einer vor den Richtern des königlichen Gerichts im Châtelet unterzeichnete Erklärung von Roberts Zahlungsunfähigkeit.

Mein Vater, so schlecht er dran war, fuhr vierzehn Tage später nach Paris, begleitet von meiner Mutter und mir. Mit ganz anderen Gefühlen als vor vier Jahren, bei meinem ersten Besuch, schaute ich aus den Fenstern der Diligence. Damals war die Reise, trotz aller Anstrengung, ein Vergnügen gewesen, mein Vater hatte sich wohl und gesund gefühlt, ich war erfüllt von Aufregung und Erwartung; jetzt, bei schlechtem Wetter, mit meinem kranken Vater und meiner verängstigten Mutter, hatte ich nichts zu erwarten als die öffentliche Schmach meines Bruders.

Diesmal stand Robert nicht wie am Tage unserer unvermuteten Ankunft in Rougemont, um uns willkommen zu heißen, und hier gab es auch keine eindrucksvollen Bauten oder ein prächtiges Schloß, sondern nur kümmerliche Werkstätten in armseligem Zustand mit zwei Kesselhäusern, die ein Graben voll von Mauerwerk und zerbrochenem Glas trennte. Nirgends ein Zeichen von Leben, kein Rauch aus den Schornsteinen; die Stätte lag bereits verödet da.

Mein Vater klopfte an das Fenster unseres Mietwagens und rief einen vorübergehenden Arbeiter.

«Hat die Arbeit in der Glashütte vollkommen aufgehört?»

Der Mann zuckte die Achseln.

«Das könnt Ihr ja selber sehen. Vor einer Woche bin ich wie die übrigen ausbezahlt worden, und man hat uns gesagt, wir könnten noch von Glück reden, daß wir überhaupt etwas bekommen haben. Hundertfünfzig von uns plötzlich ohne Arbeit. Ohne leiseste Warnung. Dabei müssen wir unsere Familien ernähren! Aber von hier ist Ware nach Rouen und anderen Städten im Norden gegangen. Ganze Kisten voll. Tag für Tag. Irgendwer ist dafür bezahlt worden, das sagen wir alle. Und wo ist das Geld hingekommen?»

Mein Vater sah sehr bedrückt aus.

«Könnt Ihr anderswo Arbeit finden?» fragte er.

Wieder zuckte der Arbeiter die Achseln.

«Was stellt Ihr Euch vor? Die Glashütte ist geschlossen, und hier gibt's keine Arbeit für uns. Wir müssen uns eben auf die Wanderung machen.»

Er starrte meine Mutter die ganze Zeit an, und plötzlich fragte er: «Ihr seid doch schon einmal dagewesen, nicht wahr? Seid Ihr nicht die Mutter des Direktors?»

«Ja», sagte meine Mutter.

«Nun, im Meisterhaus werdet Ihr ihn nicht finden, das kann ich Euch sagen. Wir haben ihm die Fenster eingeschlagen, und er ist mit Frau und Kind auf und davon.»

Mein Vater hatte inzwischen einige Geldstücke aus der Tasche gezogen, um sie dem Arbeiter zu geben, der sie, ohne zu danken, annahm, was unter diesen Umständen nicht weiter verwunderlich war.

«Zurück in die Rue St. Denis!» sagte mein Vater zum Kutscher, und wir wandten uns ab von der verödeten Glashütte meines armen Bruders, wo er nicht nur ein fehlgeschlagenes Wagnis zurückgelassen hatte, sondern auch den Groll von hundertfünfzig Arbeitern.

«Was sollen wir jetzt tun?» fragte meine Mutter.

«Was wir gleich zu tun gehabt hätten», sagte mein Vater. «Uns bei Cathies Vater in der Rue des Petits-Carreaux erkundigen. Sie und das Kind werden dort sein, wenn auch Robert vielleicht nicht.»

Er hatte sich geirrt. Fiats wußten nichts von dem, was geschehen war, und hatten Robert oder Cathie seit zwei Monaten nicht mehr gesehen.

Als wir wieder ins Hotel du Cheval Rouge kamen, erwartete uns dort eine Botschaft Roberts. Sie war an meine Mutter gerichtet: «Ich habe erfahren, daß Du in Paris bist. Ich möchte meinen Vater nicht unnötigerweise beunruhigen, aber ich darf, während der Untersuchung meines Falles, das Hotel du St. Esprit in der Rue Montorgueil nicht verlassen. Ich muß eine Liste meiner Aktiva und Passiva aufstellen und würde gern Deine Meinung hören. Ich bin überzeugt, daß die Aktiva höher sein werden als die Passiva, zumal da die Brûlonnerie noch immer mir gehört und Cathies Eltern mir einen Teil der Mitgift schuldig geblieben sind.

Der Marquis de Vichy hat mich, wie Du wohl schon gehört hast, im Stich gelassen, aber um die Zukunft mache ich mir keine Sorge. Englisches Flintglas ist groß in Mode, besonders in Hofkreisen, und ich weiß aus guter Quelle, daß die Herren Lambert und Boyer die Bewilligung erhalten werden, im Park von St. Cloud unter der unmittelbaren Gönnerschaft der Königin eine Glashütte zur Erzeugung von Flintglas zu errichten. Wenn ich mich ohne zu große Schwierigkeiten der jetzigen Notlage entziehen kann, darf ich mit Sicherheit damit rechnen, dort als erster Schleifer angestellt zu werden, da ich der einzige Franzose im Lande bin, der etwas von dem Verfahren versteht.

Dein Dich liebender Sohn Robert.»

Kein Wort von Cathie und dem Kind, nicht das leiseste Bedauern über das, was geschehen war.

Meine Mutter reichte meinem Vater stumm den Brief – die Wahrheit vor ihm verborgen zu halten, war ein zweckloses Unternehmen –, und miteinander suchten sie meinen Bruder in seinem Hotel auf. Sie trafen ihn in bester Stimmung an; seine Zahlungsunfähigkeit hatte ihm nichts anzuhaben vermocht.

«Er hatte die Unverschämtheit», erzählte mir mein Vater, der in dieser Stunde um zehn Jahre gealtert zu sein schien, «zu erklären, es sei eine gute Lehre gewesen, daß er in diese Patsche geraten ist. Er hat irgendeinem Bekannten in Villeneuve Vollmacht erteilt, weil er selber nichts unterzeichnen darf.»

Mein Vater schickte sich an, noch einmal auszugehen, um bei den besten Anwälten von Paris Rat einzuholen, doch meine Mutter hielt ihn ab.

«Du wirst dich nur umbringen», sagte sie, «und das hilft weder Robert noch sonstwem. Zuerst müssen wir das überprüfen, was er seine Aktiva nennt, und ich habe die betreffenden Akten hier bei mir.»

Etwas mußte aus dem Schiffbruch der Geschäfte ihres Sohnes gerettet werden, und niemand war für diese Aufgabe besser geeignet als sie.

«Wo ist denn die arme Cathie und das Kind?» fragte ich.

«Sie hält sich in einem möblierten Zimmer in Villeneuve-St. Georges verborgen.»

«Je früher jemand sie nach Paris bringt, desto besser», sagte ich, denn in diesem Augenblick hatte ich mehr Mitleid mit der Frau und dem Kind als mit meinem Bruder.

Am nächsten Tag fuhren wir nach Villeneuve und fanden Cathie und die kleine Elisabeth Henriette, die bei einem der Fuhrleute, dem Ehepaar Boudin, wohnten. Der Mann hatte nicht mitgemacht, als seinem Direktor die Fenster eingeschlagen wurden, sondern Mitleid für dessen Familie empfunden. Cathie selbst war zu aufgeregt und zu stolz gewesen, um zu ihren Eltern zu gehen.

Sie sah elend aus, ihr hübsches Gesicht vom Weinen entstellt, das Haar wirr und ungekämmt, ganz anders als jene Cathie, die junge Frau, die uns in Rougemont durch das Schloß geführt hatte. Schlimmer jedoch war, daß das Kind krank war, viel zu krank, sagte sie, als daß man eine Reise unternehmen dürfte. Meine Mutter wagte nicht, meinen Vater allein im Cheval Rouge zu lassen, und so wurde, mit Zustimmung der braven Boudins, beschlossen, daß ich in Villeneuve-St. Georges bleiben sollte, um Cathie zu helfen.

Höchst klägliche Wochen folgten. Cathie, durch Roberts Schande aus der Fassung gebracht, war unfähig, sich um das Kind zu kümmern, das durch falsche Ernährung und Vernachlässigung krank geworden war. Davon war ich überzeugt. Aber ich war erst sechzehn und kaum klüger als meine Schwägerin. Wir hingen völlig von Madame Boudins Ratschlägen ab, und obgleich sie ihr Möglichstes tat, starb das arme kleine Wesen am 18. April. Ich glaube, daß es mich härter traf als Cathie. Es war ein so überflüssiger Verlust. Das Kind lag in dem kleinen Sarg wie eine Wachspuppe. Sieben Monate nur hatte es gelebt, aber es wäre bestimmt noch am Leben gewesen, wenn Robert nie nach Villeneuve-St. Georges gegangen wäre.

Am Tag nachdem das Kind gestorben war, kam meine Mutter, und wir brachten die arme Cathie zu ihren Eltern in die Rue des Petits-Carreaux, denn Robert durfte jetzt wohl schon bei meinen Eltern im Cheval Rouge wohnen, doch seine Angelegenheiten waren noch nicht erledigt, und die endgültige Abrechnung würde erst Ende Mai erfolgen.

Roberts Gläubigerliste war gewaltig, größer noch, als mein Vater befürchtet hatte. Abgesehen von den 18 000 Livres, die er Monsieur de Quévremont-Delamotte für die Glashütte in Villeneuve-St. Georges schuldete, hatte er noch bei Kaufleuten in ganz Paris Schulden im Betrag von annähernd 50 000 Livres. Die Gesamtsumme belief sich auf etwa 70 000 Livres, und um diesen erschreckenden Verpflichtungen nachzukommen, gab es nur ein einziges Mittel, und das war, den einzigen Besitz von Wert, der ihm geblieben war, zu verkaufen, die Glashütte in der Brûlonnerie, die ihm bei der Hochzeit anvertraut worden war und die mein Vater auf 80 000 Livres schätzte.

Das war ein harter Schlag für meine Eltern. Es war die Glashütte, in der mein Vater einst unter Monsieur Brossard seine Lehrzeit gemacht und in die er meine Mutter als junge Frau heimgeführt hatte. Diese Hütte, die er nachher mit meinem Onkel Déméré zu einem der besten Unternehmen des Landes entwickelt hatte, sollte jetzt Fremden verkauft werden, um die Schulden meines Bruders zu bezahlen.

Die kleineren Gläubiger, Weinhändler, Stoffhändler, Lebensmittelhändler – auch den Fuhrmann, der meinem Bruder den Wagen für eine Fahrt nach Rouen und zurück gestellt hatte, wo Robert irgendwelche ausgefallenen Materialien kaufte, die nie verwendet wurden – bezahlte meine Mutter aus ihrem kleinen privaten Einkommen, das aus Farmverpachtungen in St. Christophe stammte.

Selbst dann, als er Ende Mai zum letzten Mal vor den Richtern erschien und freigesprochen wurde, glaube ich nicht, daß mein Bruder den ganzen Umfang dessen, was er getan hatte, begriff.

«Es handelt sich nur darum, die richtigen Leute zu kennen», vertraute er mir an, als wir packten, um nach Le Chêsne-Bidault zurückzukehren. «Ich habe bisher großes Pech gehabt, aber in Zukunft wird das anders werden. Warte nur ab! Ich werde nicht versuchen, eine Glashütte zu leiten, die Verantwortung ist zu schwer. Aber als erster Schleifer mit hohem Gehalt – und man wird mich gut bezahlen müssen, sonst nehme ich die Stelle nicht an – da läßt sich gar nicht absehen, wohin ich es noch bringen kann. Vielleicht ins Petit Trianon selbst! Mir tut's leid, daß der

Vater sich so aufgeregt hat, aber, wie ich schon so oft erklärt habe, er hat völlig provinzlerische Ansichten.»

Er lächelte mir ebenso zuversichtlich, heiter und selbstsicher zu, wie er das immer getan hatte. Mit dreißig Jahren und als hervorragender Fachmann hatte er kein größeres Verantwortungsgefühl als ein zehnjähriges Kind.

«Du mußt wissen», sagte ich ihm mit dem ganzen Gewicht meiner sechzehn Jahre und sein armes totes Kind noch frisch in Erinnerung, «daß du Cathie beinahe das Herz gebrochen hast und unserm Vater auch.»

«Unsinn», erwiderte er. «Cathie freut sich schon darauf, in St. Cloud zu wohnen, und ein anderes Kind wird sie trösten. Das nächste Mal wird es ein Sohn sein. Und der Vater? Sobald er zurück in Le Chêsne-Bidault ist und fern von Paris, das er immer gehaßt hat, wird er sich rasch wieder erholen.»

Darin irrte sich mein Bruder. Schon am nächsten Tag, als wir die Diligence bestiegen und heimfahren sollten, erlitt mein Vater abermals einen Blutsturz. Meine Mutter brachte ihn sogleich zu Bett und ließ einen Arzt kommen. Doch er konnte nur wenig tun. Mein Vater war zu schwach, um zu reisen, und so lag er noch sieben Tage in dem Zimmer im Cheval Rouge. Meine Mutter wich nicht von seiner Seite; oder wenn sie es tat, dann nur, um im Nebenzimmer ein wenig zu schlafen, während ich ihren Platz einnahm. Die verschossenen Vorhänge am Bett, die Sprünge in den gegipsten Wänden, die Kanne und das Waschbecken, die angeschlagen in der Ecke standen, das alles grub sich in mein Gedächtnis ein, während ich zusah, wie mein Vater dahinschwand.

Über Paris hatte sich eine erstickende Hitze gelegt, die das Leiden meines Vaters noch steigerte, doch das Fenster nach der engen, geräuschvollen Rue St. Denis konnte man nur wenige Zollbreit öffnen, es ließ einen wüsten Lärm und eine übelriechende Luft herein, und das Zimmer wurde noch unerträglicher.

Wie er sich heimsehnte – nicht bloß nach der Vertrautheit seiner Umwelt in Le Chêsne-Bidault, sondern nach seinem eigenen Grund und Boden, nach den Wäldern und Feldern, wo er geboren und aufgewachsen war! Robert mochte diese Gesinnung provinzlerisch nennen, aber Vater und Mutter hatten ihre Wurzeln tief im Boden; und auf diesem Boden, der sie beide genährt hatte, auf der üppigen Touraine, dem wahren Herzen Frankreichs, hatte er seine Glashütten gebaut, hatte mit seinen Händen und mit dem Atem seines Lebens Sinnbilder der Schönheit geschaffen, die seine Zeit überdauern sollten. Jetzt verebbte sein Leben, verging wie die Luft in einer zur Seite gelegten Pfeife, und in der letzten Nacht, als wir noch beisammen waren, während meine Mutter schlief, sah er mich an und sagte:

«Gib gut acht auf deine Brüder! Halte die Familie zusammen!»

Er starb am 8. Juni 1780 im Alter von neunundfünfzig Jahren und wurde neben der Kirche St. Leu in der Rue St. Denis begraben.

Damals waren wir von unserer Trauer zu sehr überwältigt, um es wahrzunehmen, doch später war es für uns alle eine Quelle des Stolzes, daß jeder Kaufmann und jeder Arbeiter im Glashandel, mit dem er je zu tun gehabt hatte, an jenem Tage in die Kirche kam, und daß es sich dadurch erwies, wie sehr man sein Andenken achtete.

Fünftes Kapitel

Das persönliche Vermögen meines Vaters belief sich auf etwa 167 000 Livres, und meine Mutter und der Notar in Montmirail hatten bis Ende Juli zu tun, um seine Papiere zu sichten, das Inventar und die Liste der Passiva und Aktiva zu vervollständigen, um schließlich auf eine reine Ziffer von 145 804 Livres zu gelangen. Die Hälfte dieser Summe fiel meiner Mutter zu, und die andere Hälfte wurde zwischen uns fünf Kindern zu gleichen Teilen aufgeteilt. Robert und Pierre, die ihre Großjährigkeit bereits erreicht hatten, erhielten ihren Anteil auf der Stelle, während Michel, Edmée und ich, als Minderjährige und im Hause lebend, unsere Fünftel verwalten lassen mußten, doch diese Verwaltung lag in den Händen unserer Mutter. Die Pacht von Le Chêsne-Bidault, die auf den Namen unserer Eltern ging, sollte jetzt unter dem Namen meiner Mutter weiterdauern, und sie beschloß, die Glashütte als Glasmeisterin selber zu leiten, ein Titel, den keine andere Frau im Glasgeschäft je getragen hatte. Sie beschloß auch, für den Fall, daß sie sich zurückziehen wollte, die kleinen Ländereien in St. Christophe zu behalten, die sie von ihrem Vater, Pierre Labbé, geerbt hatte. Unterdessen würde sie aber über die Gemeinschaft in Le Chêsne-Bidault herrschen.

Ich erinnere mich sehr wohl, wie wir im August 1780 in unserem Hause versammelt waren, um über die Zukunft zu reden. Meine Mutter saß an der Spitze der Tafel, und die

Witwenhaube auf ihrem grau-goldenen Haar erhöhte irgendwie ihre Würde; der Beiname la Reyne de Hongrie schien ihr jetzt, in ihrem fünfundfünfzigsten Jahr, angemessener zu sein als je.

Robert stand zu ihrer Rechten oder ging unruhig durch das Zimmer und berührte ständig irgend etwas, das, wie er meinte, ihm zufallen müßte. Zu ihrer Linken saß Pierre, tief in seinen eigenen Träumen versunken, die, dessen war ich sicher, wenig mit Gesetz und Erbrecht zu tun hatten.

Michel, am anderen Ende des Tisches, hatte sich äußerlich am meisten zum Ebenbild unseres Vaters entwickelt. Klein, brünett, untersetzt, war er jetzt vierundzwanzig Jahre alt und Glasermeister in Aubigny im Berry. Wir hatten ihn seit vielen Monaten nicht gesehen, und ich weiß nicht, ob es das Fernsein war, das ihn gereift hatte, oder die plötzliche Erkenntnis von unseres Vaters Tod, aber er schien seine alte Zurückhaltung verloren zu haben und war der erste von uns, der eine Meinung über die Zukunft aussprach.

«W-was mich b-betrifft», begann er mit geringerem Zaudern als sonst, «s-so habe ich in Aubigny n-nichts mehr zu l-lernen. Ich bin jetzt be-bereit, hier zu arbeiten, w-wenn die Mutter mich haben will.»

Ich beobachtete ihn mit einiger Neugier. Da war tatsächlich ein neuer Michel, der nicht mit verdrossenem Ausdruck den Blick zu Boden gesenkt hielt, sondern meine Mutter fest ansah, als wollte er sie herausfordern.

«Sehr gut», erwiderte sie; «wenn dir danach zumute ist, will ich dich gern anstellen. Denk aber daran, daß ich die Herrin von Le Chêsne-Bidault bin, und ich erwarte, daß meine Anordnungen befolgt und ausgeführt werden.»

«Das p-paßt mir», erklärte er, «v-vorausgesetzt, daß die Anordnungen vernünftig sind.»

So hätte er vor einem Jahr nicht gesprochen, und wenn sein Wagemut mich auch überraschte, so war ich doch insgeheim von Bewunderung erfüllt. Robert hielt in seinen beständigen Wanderungen inne, um einen Blick auf Michel zu werfen und billigend zu nicken.

«Ich habe bisher noch nie eine Anordnung getroffen», bemerkte die Mutter, «die nicht von unmittelbarem Nutzen für die von mir verwaltete Glashütte war. Mein einziger Irrtum war, daß ich eurem Vater empfahl, Robert zu seiner Heirat die Brûlonnerie zu geben.»

Michel verstummte. Der Verkauf der Brûlonnerie, um Roberts Schulden zu bezahlen, war für uns alle ein Schlag gewesen.

«Ich sehe keine Notwendigkeit», sagte Robert, als die Stille allzu peinlich wurde, «die alte Geschichte von meiner Heiratsgabe wiederaufleben zu lassen. Das ist vorbei und erledigt. Und meine Schulden sind bezahlt. Wie ihr alle wißt, ist meine Zukunft sehr verheißungsvoll. Ich bin innerhalb weniger Monate erster Kristallschleifer in der neuen Fabrik in St. Cloud geworden. Sollte ich den Wunsch hegen, mich in geringem Umfang finanziell an dem Unternehmen zu interessieren, so wird das jetzt möglich sein.»

Das war eine Spitze gegen meine Mutter. Als Nutznießer der Erbschaft nach dem Vater war er jetzt von ihr unabhängig und konnte sein Geld nach Belieben verwenden. Das Testament war lange vor meines Vaters Krankheit aufgesetzt worden und bevor Robert seine unsinnige Laufbahn begonnen hatte. Meine Mutter überhörte klugerweise diese Bemerkung und wandte sich zu Pierre.

«Nun, Träumer?» sagte sie. «Wir wissen alle, daß du das Handwerk deines Vaters ergriffen hast, weil du zu nichts anderem Lust hattest. Wie es sich herausgestellt hat, bist du sehr tüchtig gewesen. Bilde dir aber nicht ein, daß ich dich jetzt, da du deinen Teil an der Erbschaft hast, zwingen werde, Glasbläser zu bleiben. Du kannst gehn und à la Jean-Jacques leben, wenn es dir Spaß macht – Einsiedler im Wald werden und dich von Haselnüssen und Ziegenmilch ernähren.»

Pierre erwachte aus seinem Traum, gähnte, räkelte sich und lächelte langsam.

«Du hast vollkommen recht», sagte er. «Ich habe kein Verlangen, im Glasgeschäft zu bleiben. Vor einigen Monaten habe ich ernstlich daran gedacht, nach Nordamerika zu gehen und in dem Unabhängigkeitskrieg mitzukämpfen. Es ist eine großartige Sache! Aber ich habe beschlossen, in Frankreich zu bleiben. Hier, unter meinem eigenen Volk, kann ich mehr Gutes tun.»

Wir schauten auf. Das war ja ein richtiges Programm von unserm lieben, trägen Pierre, dem «Überspannten», wie mein Vater ihn zu nennen pflegte.

«So?» Meine Mutter nickte ihm ermutigend zu. «Und was hast du im Sinn?»

Pierre beugte sich in seinem Stuhl vor, Entschlossenheit in den Zügen.

«Ich will eine Notarpraxis in Le Mans kaufen und meine Dienste jedem Klienten anbieten, der sich keinen Advokaten leisten kann. Es gibt Hunderte von armen Teufeln, die nicht lesen und schreiben können und gesetzlichen Beistand brauchen, und ich werde es zu meinem Beruf machen, ihnen zu helfen.»

Pierre als Notar! Hätte er Löwenbändiger gesagt, wäre ich nicht erstaunter gewesen.

«Sehr menschenfreundlich», meinte meine Mutter. «Aber ich warne dich; zu einem Vermögen wirst du es auf diese Art nicht bringen.»

«Ich habe gar nicht den Wunsch, es zu einem Vermögen zu bringen», entgegnete Pierre. «Wer sich selbst bereichert, tut es auf Kosten irgendeines armen Kerls. Mögen jene, die reich sein wollen, sich erst mit ihrem Gewissen auseinandersetzen!»

Ich bemerkte, daß er Robert nicht ansah, während er sprach, und mit einem Mal fragte ich mich, ob die Katastrophen seines Bruders, erst in Rougemont und dann in Villeneuve-St. Georges, auf Pierre stärker gewirkt hatten, als es uns bewußt geworden war, so daß er jetzt, auf seine eigene, seltsame Art, Buße dafür tun wollte.

Jetzt war es Michel, der, trotz seines Stotterns, etwas zu sagen wußte.

«M-meine Glückwünsche, P-pierre! D-da ich wohl auch n-nie zu einem V-vermögen k-kommen werde, dürfte ich zu deinen ersten K-klienten gehören. Jedenfalls, wenn s-sonst niemand d-deinen Rat verlangt, kannst d-du die H-heiratskontrakte für Sophie und Aimée aufsetzen.»

Es gelang ihm nie, das «d» in Edmée über die Zunge zu bringen, und so war sie in langer Gewohnheit zu Aimée geworden. Meine junge Schwester, von uns allen und vor allem von Vater sehr verwöhnt, war während all dieser Reden merkwürdig still geblieben, jetzt aber äußerte auch sie ihre Meinung.

«Pierre kann meinen Heiratskontrakt aufsetzen, wenn er will; aber ich stelle die Bedingung, daß ich mir meinen Gatten selber wähle. Er wird fünfzig Jahre alt sein und reich wie Krösus.»

Das, mit der Entschiedenheit ihrer vierzehn Jahre ausgesprochen, half, die Spannung zu lösen – nachher fragte ich sie, und sie gestand, daß sie es zu diesem Zweck gesagt hatte, denn wir alle waren zu ernst geworden. Und so wurde über die Zukunft meiner drei Brüder gesprochen, ohne daß in einem von uns ein Groll geweckt worden wäre.

Noch ein letzter Punkt war zu erledigen. Robert trat an den Glasschrank in einer Ecke des Zimmers, öffnete ihn und nahm den kostbaren Kelch heraus, der anläßlich des königlichen Besuchs in La Pierre angefertigt worden war.

«Das», erklärte er, «gehört nach Erbrecht mir.»

Zunächst blieben wir stumm und sahen meine Mutter an.

»Glaubst du, daß du es verdienst?» fragte sie.

«Vielleicht nicht», erwiderte er, «aber der Vater sagte, es solle mir gehören und später auf meine Kinder übergehen, und ich habe keinen Grund zu glauben, daß er sein Wort zurückgenommen hätte. In meinem neuen Haus in St. Cloud wird es sich sehr gut ausnehmen . . . übrigens erwartet Cathie im Frühling wieder ein Kind.»

«Nimm es», sagte meine Mutter, «denk aber an die Worte deines Vaters, als er es dir zugesagt hatte. Es sollte ein Merkmal für hohe Handwerkskunst sein, nicht aber Ruhm oder Vermögen bringen.»

«Mag sein», meinte Robert. «Doch das hängt wohl von der Hand ab, die es hält.»

Als Robert uns verließ, um nach Paris zurückzukehren, hatte er den Kelch mit seinen anderen Besitztümern eingepackt, und im April, als sein Sohn Jacques auf die Welt kam, tranken Robert und die vielen vornehmen Freunde in St. Cloud, die er zu der Taufe eingeladen hatte, aus diesem Kelch Champagner auf die Gesundheit des Kindes.

Unterdessen richteten wir uns unser Leben ohne meinen Vater in Le Chêsne-Bidault ein – mit Ausnahme von Pierre, unserem überspannten Bruder, der seinem Entschluß treu blieb, eine Notarpraxis in Le Mans kaufte und jene beriet, die schlechter dran waren als er. Ich fand, er hätte den Kelch eher verdient als Robert, denn wenn er auch nichts mehr mit Glas zu tun hatte, war er doch auf seine eigene Art ein guter Arbeiter und hatte sich bewußt dazu entschieden, nach dem hohen Maßstab zu leben, den mein Vater gesetzt hatte. Natürlich fehlte es ihm nie an Kunden, und je ärmer sie waren, desto lieber war es ihm; vor seiner Schwelle wartete immer eine Reihe armer Teufel. Ich hatte vor, nach Le Mans zu ziehen und ihm den Haushalt zu führen – das war im Grunde zwischen der Mutter und mir schon verabredet – doch dann verlobte er sich mit einer Kaufmannstochter und heiratete sie einen Monat später.

«Das ist ganz Pierre», meinte meine Mutter. «Er rettet den Kaufmann aus einem schwierigen Handel und landet bei der Tochter.»

Daß Marie Dumesnil älter als Pierre war und ihm nur sehr wenig Mitgift brachte, mißfiel meiner Mutter. Doch sie war eine brave Frau und eine ausgezeichnete Köchin, und wenn sie nicht nach dem Geschmack meines Bruders gewesen wäre, hätte er sie nie genommen.

«Wir wollen hoffen», sagte die Mutter, «daß Michel sich nicht so leicht fangen läßt.»

«D-darüber mach d-dir keine S-sorgen», erwiderte ihr jüngster Sohn. «Ich habe in Le Chêsne-Bidault g-genug zu tun, mich nicht von d-dir regieren zu lassen, auch ohne d-daß ich m-mir eine Frau nehme.»

In Wirklichkeit kamen Michel und die Mutter sehr gut miteinander aus, und jetzt, da mein Vater nicht mehr bei uns war, der immer etwas an ihm auszusetzen gehabt hatte und über sein Stottern verzweifelt gewesen war, erwies Michel sich als hervorragender Glasermeister – unter der Leitung meiner Mutter; das braucht wohl nicht erst betont zu werden.

Ja, wir waren wirklich eine Gemeinschaft in Le Chêsne-Bidault mit meiner Mutter als dem lenkenden Geist und Michel, der seinen Leuten mehr ein Kamerad als ein Direktor war. Er war von

Natur aus ein Führer, wie es mein Vater vor ihm gewesen war, doch auf ganz andere Art. Wenn mein Vater in das Kesselhaus trat, wo gerade mit dem Schmelzen begonnen wurde, dann verstummten im Nu das lärmende Reden und die rauhen Scherze, wie sie im engen Zusammenleben der Arbeiter üblich waren; jeder ging schweigend an seine Aufgabe. Nicht, daß sie ihren Herrn gefürchtet hätten, aber sie hatten größten Respekt vor ihm. Michel erwartete weder Schweigen noch Respekt. Seine Theorie war, je größer der Lärm, desto größer die Arbeitsfreude, zumal wenn das lauteste Singen und die gröbsten Scherze aus seinem eigenen Mund kamen.

Er wußte immer, wenn meine Mutter gerade die Runde machen wollte, und das tat sie grundsätzlich jeden Tag; dann gab er ein Zeichen, daß es nun ruhig zugehen müsse, und die Leute gehorchten ihm. Sie mochte wohl vermuten, was sich in ihrer Abwesenheit begab, aber die Leistung der Glashütte blieb weiterhin gut, und so hatte sie keinen Anlaß zur Klage.

Edmée und ich wurden dazu erzogen, uns um die Familien zu kümmern, wie es auch meine Mutter tat. Das bedeutete, daß man jeden Tag einige besuchen und ihnen behilflich sein mußte – denn keine der Frauen konnte schreiben oder lesen, und vielleicht wollten sie Verwandten in der Ferne schreiben; dann mußten eben wir die Briefe abfassen. Oft erwies es sich auch als notwendig, in eine der nächstgrößeren Städte zu fahren, um etwas für die Familien zu besorgen, denn ihre Wohnungen waren recht dürftig.

Immer wieder wurden wir gebeten, Paten zu sein, und das hieß, daß wir unseren Patenkindern besondere Aufmerksamkeit zuwenden mußten. Edmée und ich fanden, das sei doch eine übertriebene Bürde, doch meine Mutter bestand darauf. Sie mußte schließlich wohl dreißig Patenkinder gehabt haben, und nie vergaß sie den Geburtstag eines der Kinder.

In Le Chêsne-Bidault hatten wir nie Langeweile. Wenn wir nicht die Familien besuchten, so fand die Mutter immer Beschäftigung für uns im Hause. Da gab es zu nähen, zu flicken, einzukochen; oder wir mußten im Garten arbeiten und je nach der Jahreszeit Obst ernten. Die Mutter ließ nie zu, daß irgendwer untä-

tig blieb, und im Winter, wenn draußen der Schnee lag und wir
nicht ausgingen, mußten wir Wäsche für die Frauen und Kinder
flicken.

Ich erwartete mir kein anderes Leben und war nie unzufrie-
den. Dennoch sah ich es als großes Ereignis an, wenn ich etwa
zwei- oder dreimal im Jahr Robert und Cathie in Paris besuchen
durfte.

Bisher hatten sich seine früheren Torheiten nicht wiederholt.
Seine Stellung als erster Kristallschleifer in der Glashütte im
Park von St. Cloud hatte ihn ziemlich bekannt gemacht, und im
Jahre 1784 trug die Glashütte den Namen «Manufacture des Cri-
staux et Emaux de la Reine». Mein Bruder und Cathie wohnten
neben der Glashütte, und obgleich sie nur zwei oder drei Räume
hatten, die erheblich kleiner waren als die Säle in Rougemont,
waren sie nach der letzten Mode eingerichtet worden, und Cathie selbst ging angezogen wie eine Hofdame. Sie war so hübsch
wie immer, freute sich, mich zu sehen, und der kleine Jacques
war ein reizendes Kind.

Und Robert selbst? Ich konnte nie umhin, sein Äußeres und
seine Manieren mit denen von Michel und Pierre zu vergleichen.
Wenn ich in Le Mans über Nacht blieb, wie ich das manchmal tat,
kam Pierre immer sehr spät aus seiner Kanzlei, denn einer seiner
unglückseligen Klienten hatte ihn aufgehalten. Sein Haar war
ungekämmt, sein Taschentuch schmutzig, nur seine Jacke war
geflickt – oder auch nicht. Er aß rasch ein paar Bissen, merkte
kaum, wie es schmeckte, während er mir irgendeinen Fall von armen Leuten erzählte, den man ihm vorgetragen hatte, und den er
jetzt zu vertreten entschlossen war.

Auch Michel gab wenig auf sein Äußeres. Meine Mutter war
immer hinter ihm her, damit er sich rasierte, seine Nägel säuber-
te, das Haar schneiden ließ, denn er ging ungepflegt herum wie
ein Köhler.

Roberts Haar war immer gepudert, was ihm sogleich eine gewisse Vornehmheit verlieh. Seine Röcke und Hosen stammten
von den besten Schneidern. Seine Strümpfe waren aus Seide, nie
aus Wolle, und seine Schuhe waren, je nach der letzten Mode,
spitzig oder breit. Er kam abends zu Cathie und mir genauso zu-

rück, wie er am Morgen weggegangen war – oder umgekehrt, je nach Schicht –, und sein Gespräch bewegte sich nicht, wie ich das von Pierre und Michel gewohnt war, um die Tagesarbeit, sondern war immer anregend und heiter, häufig boshaft, manchmal erzählte er auch Skandalgeschichten, und im allgemeinen brachte er Klatsch aus Hofkreisen heim.

Um die Königin kreiste viel Gerede. Ihre Verschwendungssucht, ihre Leidenschaft für Bälle und Theaterbesuche waren wohlbekannt; und obgleich die Geburt des Dauphins mit großer Freude aufgenommen wurde und eine willkommene Gelegenheit für Festlichkeiten und Feuerwerk in der ganzen Hauptstadt bot, wurde doch auch gleichzeitig viel gespottet und geflüstert, und es hieß sogar, daß nicht der König der Vater des Kindes sei.

«Man sagt . . .» Eine sehr unangebrachte Wendung, von meinem Bruder hundertmal wiederholt, der es doch besser wissen sollte, da die Königin ja die Glashütte in St. Cloud begünstigte.

«Man sagt, daß die Königin ein halbes Dutzend Geliebte habe, darunter den Bruder des Königs, und nicht einmal wisse, wer der Vater ihres Sohnes sei.

Man sagt, daß ihr letztes Ballkleid zweitausend Livres gekostet habe und daß die kleinen Schneiderinnen, um es zur rechten Zeit fertigzukriegen, sich derart übermüdet hätten, daß eine von ihnen gestorben sei . . .

Man sagt, daß, wenn der König erschöpft von der Jagd heimkehrte und sich sogleich ins Bett legte, die Königin mit ihrem Schwager, dem Grafen von Artois, und ihren Freunden, den Polignacs, und der Prinzessin Lamballe nach Paris verschwand, und daß die Damen sich, als Dirnen verkleidet, in den verrufensten Vierteln herumtrieben . . .»

Wer diese Gerüchte aufbrachte, das wußte niemand, bestimmt aber amüsierte es meinen Bruder, sie zu verbreiten, und er betonte immer, daß er sie aus erster Hand habe.

Als ich im Frühjahr 1784 bei Robert und Cathie zu Besuch war, sollte ich der unschuldige Anlaß eines Zwischenfalls sein, der eine tiefe Wirkung auf die Zukunft meines Bruders hatte. Am 28. April wollte ich heimfahren und am Tag zuvor, den 27., sollte die erste Aufführung von Beaumarchais' neuem Stück *Le Maria-*

ge de Figaro stattfinden. Robert hatte beschlossen, das Stück zu sehen – ganz Paris würde dasein, und wie es hieß, wäre es sehr anstößig, mit Anspielungen auf Ereignisse in Versailles gespickt, wenn auch der Schauplatz nach Spanien verlegt worden war. Und Robert wollte, daß ich auch mitkäme.

«Da wirst du etwas lernen, Sophie», erklärte er; «du bist noch viel zu provinzlerisch, und Beaumarchais ist heute der Held des Tages. Wenn du sein Stück gesehen hast, kannst du den Rest des Jahres zu Hause davon reden.»

Genau das aber war sehr unwahrscheinlich. Michel würde mich auslachen, meine Mutter nur die Brauen heben, und Pierre würde feststellen, daß dies nur ein neuer Beweis für den Niedergang der Gesellschaft sei.

Nun, da es mein letzter Tag war, ließ ich mich überreden. Cathie blieb in St. Cloud und hütete den kleinen Jacques, wir aber setzten uns in einen Mietwagen, ich in einem Kleid von meiner heimischen Schneiderin, doch Robert als vollendeter Kavalier.

Vor dem Theater drängte sich eine riesige Menge, und ich wäre am liebsten nach St. Cloud zurückgefahren, doch davon wollte Robert nichts wissen.

«Nimm meinen Arm», sagte er. «Wir werden schon irgendwie hineingelangen, wenn du mir versprichst, nicht ohnmächtig zu werden. Nachher kannst du alles mir überlassen.»

Wir drängten, wir kämpften, und am Ende waren wir drin. Überflüssig zu sagen, daß kein Platz zu finden war.

«Bleib hier und rühr dich nicht», befahl mein Bruder und ließ mich an einer Säule stehen. «Ich werde schon etwas beschaffen. Es muß ja irgendwer dasein, den ich kenne.»

Und damit verschwand er in der Menge.

Alles in der Welt hätte ich dafür gegeben, in Cathies Schuhen zu stecken und den kleinen Jacques zu hüten. Die Hitze war unerträglich, und ebenso unerträglich waren Schminke und Puder der plappernden Frauen rund um mich herum, alle in großen Toiletten mit Rüschen und Falbeln.

Ich sah, wie die Musiker ins Orchester traten und ihre Plätze einnahmen. Bald würde die Ouvertüre beginnen, und noch immer war nichts von meinem Bruder zu sehen. Dann erblickte ich ihn, wie er mir über die Köpfe der Menge hinweg zuwinkte, und ich, beinahe ebenso stotternd wie mein Bruder Michel, entschuldigte mich und quetschte mich durch die Menge bis zu ihm.

«Es könnte nicht besser sein», flüsterte er mir zu. «Du wirst den besten Platz im ganzen Theater haben.»

«Wo . . . was . . .», begann ich, und zu meinem Entsetzen führte er mich in eine Loge in nächster Nähe der Bühne, wo ein prunkvoll gekleideter Adliger, der den *Grand cordon bleu* trug, ganz allein saß.

«Der Herzog von Chartres», flüsterte Robert. «Großmeister des Grand Orient und der ganzen französischen Freimaurerei. Ich gehöre derselben Loge an.»

Bevor ich ihn hindern konnte, klopfte er an die Tür, machte ein maurerisches Erkennungszeichen – das wenigstens setzte er mir nachher auseinander – und erklärte dem Vetter des Königs in wenigen hastigen Worten die Lage.

«Wenn Sie meiner Schwester einen Platz gönnen wollten», sagte mein Bruder, schob mich vorwärts, und ehe ich begriff, was geschah, reichte der Herzog von Chartres mir seine Hand und wies lächelnd auf den Stuhl neben dem seinen.

Das Orchester setzte ein. Der Vorhang hob sich. Das Spiel begann. Ich sah nichts, ich hörte nichts, zu sehr war ich mir der Verwegenheit meines Bruders bewußt und meiner eigenen peinlichen Verlegenheit, um irgend etwas wahrzunehmen, das sich auf der Bühne ereignete. Nie zuvor und nie seither habe ich so jämmerliche Stunden durchgemacht. Weder dem Lachen noch dem Beifall konnte ich mich anschließen; und als der Zwischenakt kam – es gab ihrer vier – und die Loge sich mit Freunden des Herzogs von Chartres füllte, die alle prächtig gekleidet waren und darauf brannten, über das Stück zu sprechen, da saß ich reglos, das Gesicht dunkelrot, und wagte nicht, den Kopf zu heben.

Der Herzog selbst mußte meine Verwirrung bemerkt haben, denn er überließ mich klugerweise mir selbst. Erst als das Stück zu Ende war, Robert mich holen kam und mir einen Blick zuwarf, gelang es mir, einen tiefen Knicks zu machen, und dann zog ich mich mit meinem Bruder in die Menge zurück.

«Nun?» fragte Robert, und seine Augen glänzten vor Vergnügen und Erregung. «War das nicht der herrlichste Abend, den du je erlebt hast?»

«Im Gegenteil», erwiderte ich und brach in Tränen aus. «Der schrecklichste!»

Ich erinnere mich, wie er da im Foyer stand und mich völlig verblüfft ansah, während die Scharen der geschminkten, gepuderten und juwelenbesäten Damen an uns vorbei zu ihren wartenden Wagen strömten.

«Ich verstehe dich nicht», wiederholte Robert immer wieder, während wir in unserem Mietwagen nach St. Cloud zurück rumpelten. «Du hast die Gelegenheit, neben dem künftigen Herzog von Orleans zu sitzen, der derzeit der einflußreichste und beliebteste Mann in ganz Frankreich ist, und wenn ein Wort in sein Ohr genügt hätte, um deinem Bruder vielleicht für sein ganzes Leben zu nützen, weißt du nichts Besseres zu tun, als zu plärren!»

Nein, Robert verstand nicht. Schön, heiter, lebensfroh, selbstsicher, hatte er nicht begriffen, daß seine junge Schwester mit ihrem bißchen Bildung und in ihrem Provinzkleid zu einer Welt gehörte, die er längst hinter sich gelassen hatte, zu einer Welt, die, trotz ihrer scheinbaren Rückständigkeit und bäurischen Schlichtheit, doch erheblich besser war als seine.

«Lieber möchte ich eine ganz Schicht vor dem Kessel in Le Chêsne-Bidault arbeiten», sagte ich zu meinem Bruder, «als noch so einen Abend zu erleben!»

Das Abenteuer hatte seine Folgen. Der Herzog von Chartres, der im nächsten Jahr nach dem Tode seines Vaters Herzog von Orleans wurde, hatte seinen Wohnsitz im Palais-Royal, und trotz großer Widerstände ließ er eine Anzahl von Gebäuden niederreißen, von denen aus man in seine Gärten schauen konnte, und entwarf vollkommen neue Paläste. Sein Palast war jetzt von Arkaden umgeben, wo das Pariser Volk sich nach Belieben ergehen konnte, und unter diesen Arkaden waren Caféhäuser, Läden, Restaurants, Billardräume, *salles de spectacles* und jede Art von Lustbarkeit, die den Blick der Öffentlichkeit fesseln konnte. Und über diesen Lokalen waren Spielsäle und Clubräume.

In das Palais-Royal zu wandern, die Schaufenster der Läden zu betrachten, die Treppen hinaufzusteigen, das alles war derzeit der beliebteste Zeitvertreib von Paris. Mein Bruder führte mich eines Sonntags hin, und obgleich ich tat, als amüsierte mich das alles, war ich doch in meinem ganzen Leben nie so abgestoßen. Es überraschte mich darum auch, da ich die Keckheit meines Bruders kannte, der sich einmal in die Nähe des künftigen Herzogs von Orleans gewagt hatte, keineswegs, daß er dieses Wagnis wiederholte. Der Abend im Theater, der Dank für die große Ehre, die seiner kleinen Schwester aus der Provinz erwiesen worden war, lieferten ihm den Vorwand zu einem Besuch im Palais-Royal. Und er dachte auch daran, etwa zwei Dutzend Kristallgläser für den persönlichen Gebrauch des Prinzen zurückzulassen, die mit einem abermaligen Austausch von maurerischen Zeichen und Symbolen angenommen wurden.

Etwa drei Monate nach der Aufführung der *Mariage de Figaro* – das Stück wurde nachher vom König wegen seiner Anspielung auf die Hofgesellschaft verboten – wurde mein Bruder Robert, der nach wie vor erster Kristallschleifer im Glashaus in St. Cloud blieb, auch Besitzer eines Ladens im Palais-Royal.

Hier stellte er nicht nur Kunstgegenstände aus, die er selber in St. Cloud graviert hatte, sondern auch gewisse andere Seltenheiten orientalischer Herkunft, die fast noch teurer waren und zu deren Ankauf die Kunden einer besonderen Empfehlung bedurften, dann aber eingeladen wurden, in das mit Vorhängen abgeschlossene Hinterzimmer einzutreten.

«Vermutlich», bemerkte meine Mutter in aller Unschuld, als sie von diesem Bric-à-brac aus dem Osten hörte, «tauschen Freimaurer gern Gegenstände ritueller Art miteinander aus.»

Sechstes Kapitel

Als die Zeit gekommen war, da die Pacht von Le Chêsne-Bidault erneuert werden sollte – es war im Herbst 1784 –, da entschied meine Mutter, daß nun Michel die volle Verantwortung übernehmen müsse. Zunächst einmal hatten wir es mit einem neuen Eigentümer zu tun. Der ganze Besitz von Montmirail und allem, was dazugehörte, darunter auch die Glashütte, waren in die Hände eines reichen jungen Spekulanten übergegangen, der drohte, die Waldungen zu vernichten und das Holz zu überhöhten Preisen zu verkaufen. Und auch sonst beabsichtigte er allerlei Veränderungen.

Meine Mutter hatte grundsätzlich eine Abneigung gegen Spekulanten – zu viel davon hatte sie bei ihrem ältesten Sohn gesehen, und sie wußte, zu welchen Katastrophen es führen konnte – und so zog sie es vor, sich von der Leitung der Glashütte zurückzuziehen, bevor sie mit ansehen müßte, wie der ganze Wald vor ihren Augen zerstört wurde. Wie sich später herausstellte, ließ der neue Besitzer von Montmirail den Wald und die Glashütte in Frieden und richtete sich bei einer Liegenschaft in Bordeaux zugrunde, doch das wußte meine Mutter nicht, als sie meinem Bruder Michel die Pacht von Le Chêsne-Bidault überließ.

Michel nahm sogleich einen aufgeweckten jungen Freund als Partner, einen gewissen François Duval, der in den letzten Jahren die Eisenwerke bei Vibraye geleitet hatte. Die beiden hatten sich innig befreundet, Michel, um drei Jahre älter, war stets der tatkräftigere, und sein Partner unterstützte ihn bei seinen Plänen.

Meine Mutter erhob gegen die Zusammenarbeit keinen Einwand. Im Gegenteil, der junge Duval war ihr Liebling, denn er legte Wert darauf, ihre Meinung in allen Fragen einzuholen, ob es nun um seine Eisenwerke ging oder um die Marktpreise. Und das alles tat er sehr taktvoll und bescheiden. Daß mein Bruder ihm das nahegelegt hatte, fiel meiner Mutter nicht auf, bevor der Vertrag unterzeichnet worden war, doch es hätte bei ihr auch keinen Unterschied ausgemacht.

«Ich habe ihn gern, den jungen Duval», sagte sie immer wieder. «Er hat Respekt vor größeren Kenntnisse und weiß sich im Umgang mit älteren und höherstehenden Personen gut zu benehmen.»

Sie war sorgfältig darauf bedacht, sich nie in die Leitung der Glashütte einzumischen, aber nach wie vor lag ihr die Wohlfahrt der Familie am Herzen, und zudem behielt sie die Aufsicht über den Haushalt für Michel und seinen Freund.

Edmée verbrachte den größten Teil ihrer Zeit bei Pierre und dessen Frau in Le Mans, denn sie war mehr auf Bildung bedacht als ich, und Pierre unterrichtete sie abends in Geschichte, Geographie und Grammatik und brachte ihr ein wenig mehr als nur oberflächliche Kenntnisse der Philosophie Rousseaus bei.

So blieb ich die Haustochter, half meiner Mutter und war gleichzeitig die Vertraute Michels und seines Freundes.

«W-weißt du, w-was du tun mußt?» fragte Michel eines Abends, als wir drei allein waren; die beiden hatten keine Nachtschicht, und meine Mutter war früh zu Bett gegangen. «D-du mußt tun, als w-wärst du verliebt in François und er in dich, und dann wird unsere Mutter s-solche Angst kriegen, d-daß sie dich auf der Stelle nach St. Christophe bringt.»

Die Idee war zweifellos glänzend, doch ich hatte keineswegs den Wunsch, Le Chêsne-Bidault zu verlassen und mit der Mutter in die Touraine zu verschwinden.

«Vielen Dank, aber ich bin vollkommen unfähig, Theater zu spielen.»

Michel war anscheinend enttäuscht.

«D-du brauchtest g-gar nichts zu tun», drängte er, «nur s-seuf-
zen und w-wenig essen, und w-wenn François ins Zimmer
kommt, m-mußt du unglücklich aussehen.»

Das war wahrhaftig zuviel. Erst benützte mich Robert, um seine Geschäfte in Paris zu fördern, und jetzt versuchte Michel,
mich zu einer geheuchelten Verliebtheit zu zwingen!

«Damit will ich nichts zu tun haben», sagte ich sehr entrüstet,
«und du solltest dich schämen, daß du dir so einen Schwindel
ausgedacht hast!»

«Quäl deine Schwester nicht», sagte der junge Duval. «Wenn
es so ein Opfer ist, wollen wir darauf verzichten. Aber Sie können nicht hindern, daß ich Ihnen Aufmerksamkeiten erweise,
Mademoiselle Sophie. Daß ich in Ihrer Gegenwart erröte und
mich unbehaglich fühle und gleich darauf neben Ihnen sitzen
möchte. Das dürfte vielleicht die nötige Wirkung auf Ihre Mutter haben.»

Wie dieses recht verwerfliche Benehmen auf meine Mutter
wirkte, darauf kam es wenig an; das stellte sich bald heraus. Worauf es aber ankam, war die Veränderung, die es für uns beide, für
François Duval und mich, mit sich brachte.

Das Spiel begann mit Scherzen und Zublinzeln und Zwinkern
zwischen Michel und seinem Freund und verschiedenen Finten,
damit wir beide allein blieben und nachher von meiner Mutter
überrascht wurden. Doch statt darüber entrüstet zu sein, daß sie
ihre Tochter entweder stumm oder in Unterhaltung mit einem
jungen Mann fand, blieb sie anscheinend ganz gelassen, war sogar höchst duldsam und sagte, wenn sie ins Zimmer trat:

«Laßt euch nicht stören. Ich hole mir nur Schreibpapier und
werde meine Briefe oben im Zimmer schreiben.»

So ergab sich, daß François und ich die Gelegenheiten ausnützten, die sich uns boten, um einander näher kennenzulernen.
Er stand nicht so völlig unter Michels Einfluß, wie ich angenommen hatte, und war durchaus willig, diesen Einfluß gegen den
meinen zu vertauschen. Auch war ich, wie sich zeigte, nicht mehr
die schlichte Haustochter und Vermittlerin, die er zuerst in mir
gesehen hatte, sondern ich war eine junge Frau, die auch von sich
selber eine Menge zu sagen wußte und außerdem die Zärtlich-

keit in sich entdeckte. Kurz, wir verliebten uns wirklich ineinander, und von Theaterspielen war gar keine Rede. Wir gingen Hand in Hand zu meiner Mutter und baten sie um ihren Segen zu unserer Verlobung. Sie war entzückt.

«Ich habe es kommen sehen», erklärte sie. «Ich habe nichts gesagt, aber ich habe es kommen sehen. Jetzt weiß ich, daß Le Chêsne-Bidault in sicheren Händen sein wird.»

François und ich sahen einander an. War es am Ende möglich, daß meine Mutter, gleichsam hinter unseren Rücken, das alles geplant hatte?

«Ihr heiratet, sobald Sophie großjährig ist», sagte meine Mutter zu François, «und das ist nicht vor dem Herbst 88 der Fall. Dann kommt sie in den Besitz ihres Erbteils, und ich werde noch aus meinem eigenen Vermögen etwas zulegen. Unterdessen wird sich Neigung und Verständnis zwischen euch entwickeln, und jungen Leuten schadet es nie zu warten.»

Das hielt ich für ungerecht. Meine Mutter hatte mit zweiundzwanzig geheiratet. Schon wollten wir Einwände erheben, doch sie schnitt uns das Wort ab.

«Ihr habt Michel vergessen! Er wird einige Zeit brauchen, um sich diesem neuen Stand der Dinge anzupassen. Wenn ihr meinem Rat folgt, so haltet eure Verlobung geheim und laßt ihm Zeit, sich nach und nach an die Idee zu gewöhnen.»

So hatte Michel keine Ahnung davon, daß François und ich einander gefunden hatten, und sollte die Wahrheit erst viel später erfahren.

Unterdessen war mein Bruder Robert wieder in Schwierigkeiten geraten. Er hatte, wie sich jetzt herausstellte, ganz ohne das Wissen meines Vaters oder meiner Mutter die Brûlonnerie und das gesamte Inventar einem Kaufmann gegen einen Juwelierladen verpfändet. Zur Zeit seines Bankrotts, als er die Brûlonnerie verkauft hatte, um seine Schulden zu zahlen, hatte er diese Hypothek verschwiegen oder vergessen, weil das ihm sehr gelegen war. Jetzt, da die Miete des Ladens in der Rue St. Denis im Rückstand war, wollte der Kaufmann die Hypothek auf die Brûlonnerie als verfallen erklären und entdeckte, daß der Besitz schon im Jahre 1870 verkauft worden war.

Sogleich erhob er gegen meinen Bruder Klage wegen Betrugs. Cathie schrieb uns einen verzweifelten Brief, in dem sie uns mitteilte, daß Robert in La Force gefangensaß. Das war im Juli 1785.

Abermals unternahmen meine Mutter und ich, in Begleitung von Pierre, die lange Reise nach Paris, und das ganze unglückselige Prozeßverfahren mußte von neuem beginnen, diesmal aber war Robert ein überführter Betrüger und mit gewöhnlichen Verbrechern zusammen eingesperrt.

Pierre und ich ließen es um keinen Preis zu, daß unsere Mutter ihren Sohn im Gefängnis besuchte. Sie blieb mit Cathie und dem Kleinen daheim, wir aber gingen; und mir war es, als wäre ich wieder im Théâtre Français . . . mein Bruder war noch immer der vollendete Kavalier, gekleidet wie für einen Empfang, sein Hemd und sein Taschentuch waren tadellos, denn jeden Tag brachte sie ihm einer seiner Angestellten aus dem Laden im Palais Royal, außerdem Wein und Speisen, die er mit den Mitgefangenen teilte – einer sehr gemischten Schar von Schuldnern, Schelmen und Dieben.

Diese Edelmänner, etwa ein Dutzend an der Zahl, waren in einem Raum zusammengedrängt, halb so groß wie das Zimmer des Meisters in Le Chêsne-Bidault; hoch oben in der Mauer ließ ein vergittertes Fensterchen Luft ein, und als Betten dienten Strohsäcke.

«Ich bitte um Entschuldigung», Robert kam mit seinem gewohnten Lächeln auf uns zu und wies auf seine Umgebung. «Recht eng hier, aber reizende Leute, alle miteinander.»

Dann machte er sich daran, uns seine Gefährten vorzustellen, als wäre er der Hausherr in einem Salon und dies seine Gäste.

«Wie glaubst du, aus dieser Patsche herauszukommen?» fragte ich.

«Das überlasse ich Pierre. Pierre hat für alles einen Ausweg. Zudem habe ich Freunde am rechten Ort, und die werden alles mögliche für mich tun . . .»

Ach, wie oft hatte ich das schon gehört! Nie aber war ich einem seiner einflußreichen Freunde begegnet – mit Ausnahme Seiner Hoheit, des Herzogs von Chartres, der aber kaum im Gefängnis erscheinen würde, um ihm zu helfen.

«Ich will dir etwas sagen», erklärte ich. «Die Mutter wird kein Geld aufbringen, um dich aus dieser neuen Fatalität zu retten. Und auch von meinem Erbteil kannst du nichts erwarten.»

Robert klopfte mir auf die Schulter.

«Es würde mir nicht im Traum einfallen, mich an eine von euch beiden zu wenden. Irgendwas wird sich schon finden.»

Pierres Beredsamkeit konnte meinen Bruder nicht retten, ebensowenig nützte es, bei den Richtern vorstellig zu werden. Diesmal war es Cathie, die sich als Roberts Retterin erwies. Sie stellte sich selber hinter die Theke des Ladens im Palais-Royal Nummer 255 und ließ den kleinen Jacques drei Monate in der Obhut ihrer Eltern. Im Oktober hatte sie bereits so viel Geld erspart, daß es als Bürgschaft für Robert genügte, und er konnte sich mit seinem Gläubiger verständigen und wurde freigelassen.

«Ich wußte, daß Cathie das Zeug in sich hat, einer Krise gewachsen zu sein», erklärte meine Mutter, als wir die Nachricht vernahmen, denn unterdessen waren wir nach Le Chêsne-Bidault zurückgekehrt.

Die Monate der Sorge hatten, zusammen mit den Reisen nach Paris und zurück, die den ganzen Sommer über unternommen werden mußten, ihren Preis von meiner Mutter verlangt. Sie hatte nie etwas für Paris übriggehabt, und jetzt, sagte sie uns, legte sie gar keinen Wert mehr darauf, hinzufahren.

«Ich habe nur noch einen Wunsch; ich möchte dich und Edmée verheiratet sehen. Dann ziehe ich mich nach St. Christophe zurück und verbringe den Lebensabend zwischen meinen Reben.»

Das sagte sie ohne jeden Groll, ohne jedes Bedauern. Ihr Arbeitsleben war vorüber, und das wußte sie. Nach und nach fuhr sie immer häufiger in die Touraine, nahm Edmée und mich mit und sorgte dafür, daß ihr kleiner Besitz in Ordnung gehalten wurde. Denn hier sollte sich in Zukunft ihr Leben abspielen.

«Einsam?» schalt sie uns, wenn wir vorsichtig den Einwand erhoben, daß das Gehöft doch ziemlich weit vom Dorf selbst entfernt sei. «Wie kann jemand einsam sein, der so viele Interessen hat wie ich? Kühe, Hühner, Schweine, meine Äcker zu bestellen, einen Obstgarten und die Reben an dem Hügelhang! Wer sich mit solchen Dingen nicht beschäftigen kann und damit zufrieden ist, macht am besten mit dem Leben überhaupt ein Ende.»

François hätte es gern gesehen, daß Edmée wenigstens bei uns bliebe, wenn schon die Mutter wegging.

Ich fragte bei Edmée an, ob es ihr recht wäre, in Le Chêsne-Bidault zu bleiben und die Tätigkeit meiner Mutter – die Buchhaltung – zu übernehmen, denn sie hatte einen guten Kopf für Zahlen. Doch sie wollte nichts davon wissen.

«Ich habe andere Pläne», erklärte sie. «Und da du nun einmal die Frage nach meiner Zukunft aufgeworfen hast, magst du auch wissen, was diese Pläne sind.»

Und dann teilte sie mir mit, daß ein Monsieur Pomard, der erheblich älter war als sie und Steuerpächter der Mönche im Kloster St. Vincent in Le Mans war, sich mit Pierres Wissen, wenn auch nicht mit seiner Billigung, um sie beworben habe, denn Pierre waren Steuerpächter, die mit großem Nutzen für sich selber Steuern und Abgaben eintrieben, grundsätzlich verhaßt.

«Und Monsieur Pomard wartet nur darauf, die Verlobung öffentlich bekanntzugeben», sagte Edmée, «und mit der Mutter darüber zu reden.»

So hatte sie ihren Vorsatz wahr gemacht, einen älteren Mann zu heiraten, der vielleicht kein Krösus war, aber nicht allzu weit davon entfernt.

«Bist du auch sicher», fragte ich zweifelnd, «daß du das Richtige tust und nicht bloß versuchst, mir nachzueifern?»

Über diese Idee regte sie sich sehr auf.

«Natürlich bin ich sicher! Monsieur Pomard ist ein Mann von großer Bildung, und es wird viel interessanter sein, mit ihm in Le Mans zu leben als mit euch dreien hier oder mit der Mutter in St. Christophe!»

Nun, das mußte sie selber entscheiden. Meine Sache war es nicht. Und nicht viel später wurden, mit der vollen Billigung meiner Mutter, beide Verlobungen bekanntgegeben. Überdies war sie damit einverstanden, daß Edmée nicht ihre Großjährigkeit abwarten solle, und so könnten wir im Sommer des Jahres 1788 eine Doppelhochzeit feiern.

«Viel einfacher», erklärte sie, «das in einer einzigen Zeremonie zu erledigen und beide im gleichen Kleid. Auf die Art wird es später keinen Groll geben.»

In den Monaten vor der Hochzeit gab es eine Menge zu tun, die Ausstattung mußte beschafft, eine Liste der Gäste aufgesetzt werden, und zudem wurde viel zwischen Le Chêsne-Bidault, Le Mans und St. Christophe hin und her gereist, denn meine Mutter hatte darauf bestanden, daß die Doppelhochzeit in ihrem Heimatdorf stattfinden müsse.

Sie hielt bei solchen Gelegenheiten sehr viel auf Etikette; darum wurden die beiden Bräutigame häufig zur Beratung zugezogen. Ich gestehe, daß ich Edmées Wahl nicht gerade bewunderte – ihr zukünftiger Mann war für meinen Geschmack zu wohlbeleibt und sah aus, als hätte er nicht nur Steuern und Abgaben für das Kloster eingenommen, sondern auch den Wein – aber er war anscheinend recht gemütlich und hing sehr an ihr.

Unter diesen Umständen war es unvermeidlich, daß mein Bruder Michel häufiger allein in Le Chêsne-Bidault blieb, als es für ihn gut war. Er hatte, abgesehen von seinen Kameraden, nur wenige Freunde, denn sein Stottern machte ihn in fremder Umgebung zu einem unerwünschten Gast. Behaglich fühlte er sich nur in dem engen Kreis seiner Glashütte oder unter den Köhlern im Wald oder auch in der seltsamen gemischten Gesellschaft von Kesselflickern, Hausierern, wandernden Zigeunern und Vagabunden, die auf der Suche nach einer Saisonarbeit durch das Land streunten.

Ich bemerkte an ihm während des Herbstes 1787 eine gewisse Fahrigkeit, zumal im November, als wir drei – François, Michel und ich – bei dem Kind eines unserer Arbeiter Pate standen. Er konnte lustig und sogar roh sein, was bei ihm ungewöhnlich war, und im nächsten Augenblick schweigsam und anscheinend unbehaglich.

«Was hat Michel denn?» fragte ich François.

«Er wird sich schon wieder beruhigen», sagte er, «wenn du und ich im Hause sind und für ihn sorgen.»

Ich jedoch war keineswegs beruhigt und stellte die gleiche Frage an die gute Madame Verdelet, die seit vielen Jahren für uns kochte.

94

«Monsieur Michel ist immer draußen», sagte sie brüsk. «Das heißt an den Abenden, wenn er keine Schicht hat. Er geht zu den Köhlern im Wald, zu den Pelagies und zu andern. Er hatte ihre nichtsnutzige Schwester hier arbeiten lassen, bis ich sie davongejagt habe.»

Ich kannte die Pelagies, es war ein rauhes, wildes Bruderpaar, und ich kannte auch die Schwester, ein schönes, freches Mädchen und älter als Michel.

«Es wird alles besser werden», setzte Madame Verdelet hinzu, «wenn Sie ständig hier sein und Madames Platz einnehmen werden.»

Das hoffte ich aufrichtig. Unterdessen hatte es keinen Zweck, meine Mutter zu beunruhigen. Ende April 1788 veranstalteten wir ein Fest für alle Arbeiter und ihre Familien, die nicht zur Trauung nach St. Christophe kamen, denn nur die älteren Arbeiter waren zu der Zeremonie eingeladen; Monsieur Pomards Gäste und die unseren zusammen – das hätte doch eine allzu große Zahl ergeben.

Das Abendessen war im Kesselhaus für mehr als hundert Menschen gerüstet, nachher sollte, wie das der Brauch war, gesungen, Trinksprüche ausgebracht und Reden gehalten werden. Noch ein letztes Mal würde meine Mutter den Vorsitz in der Gesellschaft führen – denn bei allen künftigen Ereignissen wäre das meine Pflicht.

Alles ging gut. Die jubelnden Zurufe für François und auch für Michel bewiesen, daß unsere Gemeinschaft der Glashütte glücklich und zufrieden war. Erst als alles vorbei war und die Gäste sich verzogen hatten, brachte meine Mutter eine Botschaft zum Vorschein, die sie von dem Pfarrer erhalten hatte, der sich entschuldigte, weil er nicht bei der Feier erschienen war.

«Wie die Dinge liegen und ohne Ihnen gegenüber, Madame, unhöflich sein zu wollen, bin ich nicht imstande, die Gastfreundschaft Ihres Sohnes anzunehmen», hieß es darin.

«Ich wüßte gern», sagte sie, «in welcher Beziehung du den Pfarrer gekränkt hast, der doch ein guter Freund von mir und von uns allen ist.»

Michel war blaß geworden, wie früher, wenn mein Vater ihn ausfragte.

«D-dein Freund m-ag er sein», sagte er mürrisch. «M-mein Freund ist er n-nicht. Er m-mischt sich in Dinge, die ihn nichts angehen.»

«Wie zum Beispiel?» fragte meine Mutter.

«A-am besten s-suchst du ihn auf, um d-das festzustellen.» Und damit verließ Michel das Zimmer.

Meine Mutter wandte sich zu François.

«Haben Sie eine Erklärung dafür?»

François war es unbehaglich zumute. «Ich weiß, daß es Verdruß gegeben hat», erklärte er. «Mehr kann ich auch nicht sagen.»

«Schon gut», meinte meine Mutter.

Das hatte sie in früherer Zeit immer gesagt, wenn wir Kinder ungezogen gewesen waren und Strafe verdient hatten. Und an jenem Abend fiel kein weiteres Wort darüber. Doch am nächsten Morgen bat meine Mutter mich, sie zum Pfarrer zu begleiten, der uns bereits erwartete.

«Was ist das für eine Geschichte mit Michel?» fragte meine Mutter ohne Umschweife.

Als Antwort schlug der Geistliche sein Register auf, das er schon bereitgelegt hatte, und wies auf eine Eintragung hin.

«Sie brauchen nur dies hier zu lesen, Madame; dann werden Sie verstehen.»

Da stand eingetragen:

«Am 16. April, 1788, wurde Elisabeth Pelagie, Frucht einer unehelichen Beziehung zwischen Elisabeth Pelagie, Magd, und Michel Busson-Challois, ihrem Brotgeber, getauft. Pate Duclos, Arbeiter, Patin die Tochter des Arbeiters Durocher. Gezeichnet Cosnier, Pfarrer.»

Meine Mutter stand wie angewurzelt. Sekundenlang versagte ihr die Sprache. Dann wandte sie sich an den Pfarrer.

«Ich danke Ihnen; weiter darüber zu reden, ist zwecklos. Wo sind Mutter und Kind?»

Der Pfarrer zauderte, bevor er ihr eine Antwort gab.

«Das Kind ist tot», sagte er dann. «Um seinetwillen vielleicht ein Glück. Soviel ich weiß, ist die Mutter nicht mehr bei ihren Brüdern, den Pelagies, sondern zu Verwandten in einen anderen Bezirk gegangen.»

Wir nahmen Abschied vom Pfarrer und gingen zurück, den Hügel hinauf, nach Le Chêsne-Bidault. Meine Mutter sagte nichts. Erst als wir schon in der Nähe unseres Hauses waren, blieb sie auf halber Höhe des Hügels stehen und holte Atem. Ich sah ihr an, daß sie zutiefst entrüstet war.

«Warum muß es sein», begann sie, «daß zwei deiner Brüder mit voller Absicht gegen meine Grundsätze handeln?»

«Ich glaube nicht», erwiderte ich schließlich, «daß sie es mit voller Absicht tun. Robert, Michel und Pierre sind nun einmal Rebellen. Es ist, als wollten sie mit Tradition und Autorität und all den Dingen, die du und Vater geachtet haben, ein Ende machen. Wärst du eine weniger starke Persönlichkeit gewesen – vielleicht wäre es dann anders gekommen.»

«Vielleicht . . .», wiederholte meine Mutter. «Vielleicht . . .»

Michel hatte gerade Schicht, als wir heimkamen, aber Mutter hatte keine Bedenken, ihn unverzüglich holen zu lassen und ganz offen mit ihm zu sprechen.

«Du hast deine Stellung als Meister hier mißbraucht und deinen Namen entehrt», sagte sie. «Ich weiß nicht, was mich mehr anwidert – dein Benehmen oder Roberts Bankrott.»

Mein Bruder verteidigte sich nicht. Er beschuldigte auch nicht die Pelagies und ihre unglückselige Schwester. Nur gegen einen einzigen Mann richtete sich sein Haß, gegen den Pfarrer.

«Er h-hat sich g-geweigert, d-das Kind zu b-begraben», sagte er wild. «Und er h-hat es auf sich g-genommen, das Mädchen von hier f-fortzuschicken. W-was mich angeht – ich hab m-mit ihm n-nichts mehr zu sch-schaffen; und d-das gilt für jeden G-geistlichen in der Provinz!»

Ohne ein weiteres Wort ging er zur Schicht zurück, und auch zum Abendessen kehrte er nicht wieder. Am nächsten Tag fuhren die Mutter und ich nach St. Christophe, und nachher nahm die Vorbereitung der Doppelhochzeit unsere ganze Zeit in Anspruch. Dennoch hatte diese unglückselige Geschichte einen Schatten auf unsere Stimmung geworfen; es war, als wäre uns die Vorfreude genommen worden.

Seltsam schien es, daß ich mich wenige Monate später in Le Chêsne-Bidault als Frau des Mitdirektors niederließ, um den Platz meiner Mutter in der Gemeinschaft einzunehmen. Ich erinnere mich noch, wie sie kam, um ihre letzten Besitztümer zu holen, und uns versprach, sie werde uns häufig besuchen, um zu sehen, ob auch alles in Ordnung sei.

Wir standen an dem Tor der Glashütte und sahen sie in einen unserer Wagen steigen, der sie nach der Touraine bringen sollte. Heiter lächelnd küßte sie uns drei, gab François und Michel die letzten Anweisungen bezüglich einer Sendung, die für Lyon bestimmt war, und da der Besteller ein ihr und meinem Vater wohlbekanntes Handelshaus war, lag ihr diese Lieferung besonders am Herzen.

Die Arbeiter, die nicht gerade beschäftigt waren, hatten sich auf der Straße aufgereiht, und auch die Frauen und Kinder waren da. Manche hatten Tränen in den Augen. Unsere Mutter beugte sich aus dem Fenster und winkte uns allen zu. Dann knallte der Kutscher mit der Peitsche, und sie war fort, und der Wagen rumpelte den Hügel abwärts.

«Es ist das Ende einer Epoche», sagte Michel, und als ich zu ihm aufschaute, merkte ich, daß er aussah wie ein verlassenes Kind. Ich berührte seinen Arm, und wir drei gingen durch das Tor von Le Chêsne-Bidault, um unser gemeinsames Leben zu beginnen.

So endete nicht nur die Epoche der Reyne de Hongrie, die vierzig Jahre über unsere Gemeinschaft von Glashütten geherrscht hatte, nein, zwölf Monate später, was wir allerdings jetzt noch nicht wissen konnten, das Ende des Ancien Régime in Frankreich, das fünf Jahrhunderte gedauert hatte.

Siebtes Kapitel

Der Winter des Jahres 1789 war seit Menschengedenken der härteste. Keiner, auch unter den ältesten Leuten des Bezirks, hatte je so etwas erlebt. Die Kälte setzte sehr früh ein, und da sie unmittelbar auf eine schlechte Ernte folgte, verursachte sie großes Elend unter den Pächtern und Bauern. Auch wir in der Glashütte wurden schwer betroffen, denn der Zustand der Straßen war durch den Frost, das Eis und schließlich den Schnee sehr schlecht geworden; und wir waren außerstande, unsere Waren nach Paris und in die anderen großen Städte zu liefern. Das bedeutete, daß wir mit unverkauftem Glas dasaßen und wenig Aussicht hatten, es im Frühjahr zu verkaufen, denn in der Zwischenzeit würden die Händler sich anderwärts versorgen – wenn sie überhaupt etwas kauften. Die Nachfrage nach Luxusartikeln war ja ganz allgemein gesunken, und das war die Folge der Unruhe, die im ganzen Land herrschte. Ich hatte schon früher meine Brüder mit meiner Mutter darüber sprechen gehört, wie die Besteuerungen das Glas und die anderen Waren belasteten, und wie sich dadurch die Produktionskosten erhöhten, doch erst als ich selber die Frau eines Glasfabrikanten wurde, begannn ich die Schwierigkeiten zu begreifen, unter denen wir arbeiteten.

Wir bezahlten dem Besitzer von Le Chêsne-Bidault eine Jahrespacht von zwölfhundert Livres, was nicht sehr belastend war, aber wir waren für den Zustand der Gebäude und alle Reparaturen verantwortlich. Wir hatten überdies noch Taxen und Zehnten zu bezahlen und hatten nur das Recht, einen Teil des Holzes für unsere Kessel zu schlagen. Wir wurden bestraft, wenn unser Vieh außerhalb der Grenzen unseres Pachtlandes graste, und wenn einer der Arbeiter dabei angetroffen wurde, daß er sich Holz in den Teilen des Waldes holte, die für die Jagd vorbehalten waren, mußten wir jedesmal eine Buße von vierundzwanzig Livres entrichten.

Seit dem Tode meines Vaters waren mit den steigenden Lebenskosten auch die Löhne gestiegen. Die besten Handwerker, die Schleifer und Bläser, erhielten etwa sechzig Livres im Monat, die weniger geschulten zwanzig bis dreißig und die Knaben fünfzehn bis zwanzig Livres. Trotzdem war für sie das Leben hart, denn sie hatten eine Kopfsteuer und eine Salzsteuer zu bezahlen; was aber am schwersten auf allen unseren Arbeitern und ihren Familien lastete, war der Preis des Brotes, der in den letzten Monaten auf elf Sous für einen Vierpfundlaib gestiegen war. Brot war ihre Hauptnahrung, denn Fleisch konnten sie sich nicht leisten, und ein Mann, der einen Livre oder zwanzig Sous am Tag verdiente und eine hungrige Familie zu ernähren hatte, gab die Hälfte seines Lohnes allein für Brot aus.

Jetzt wurde mir bewußt, wieviel meine Mutter für die Frauen und die Kinder in der Gegend getan hatte, und wie schwer es war, wenn man versuchte, sie vor der Not zu bewahren und gleichzeitig die Herstellungskosten in der Glashütte möglichst niedrig zu halten.

Es war unmöglich, die Männer daran zu hindern, daß sie in diesem harten Winter Holz aus dem Wald holten oder ein Stück Wild fingen. Und wir taten es auch gar nicht, denn bei dem Zustand der Straßen war das Leben auch für uns nicht leicht.

Wegen der hohen Preise verbreitete sich viel Erbitterung in ganz Frankreich, doch auf dem Lande blieben wir wenigstens von Arbeitseinstellungen und Streitigkeiten verschont. Nichtsdestoweniger drang die Not auch bis zu uns in den Wald, wo gerade durch unsere Abgelegenheit die Gerüchte unermeßlich wuchsen.

Pierre, Michel und mein François, sie waren im vergangenen Jahr alle Freimaurer geworden und gehörten verschiedenen Logen in Le Mans an, der Saint-Julien de l'Etroite-Union, der Moi-

ra und der St. Hubert. Hier trafen sich, bevor der harte Winter
das Reisen erschwerte, meine beiden Direktoren mit den fortschrittlichen Bürgern von Le Mans, unter denen viele Anwälte
oder Notare waren wie mein Bruder Pierre oder auch Kaufleute
und Handwerksmeister wie sie selber. Es fanden sich immerhin
auch aufgeklärtere Mitglieder des Adels und der Geistlichkeit
dabei ein, doch die Interessen der Bourgeoisie und des Mittel-
stands überwogen.

Ich verstand wenig von der Leitung der Gemeindegeschäfte
und noch weniger davon, wie das Land im ganzen regiert wurde
– und das war anscheinend das wichtigste Gesprächsthema bei
all diesen Begegnungen –, aber ich konnte selber erkennen, daß
die Steuern und Einschränkungen den Handel für uns alle immer mehr behinderten, daß der hohe Brotpreis die ärmeren Arbeiter am schwersten belastete, und daß diejenigen, die am meisten Geld angehäuft hatten – der Adel und die Geistlichkeit –,
von jeglicher Steuer befreit waren.

Frankreich war nach allgemeiner Ansicht am Rand des Bankrotts.

«Das habe ich seit Jahren vorausgesagt», erklärte mein Bruder
Pierre, als er uns besuchte. «Was wir brauchen, ist eine geschriebene Verfassung, wie man sie in Amerika hat, mit gleichen Rechten für alle und ohne privilegierte Klassen. Unsere Gesetze und
unser Gerichtssystem sind ebenso veraltet wie unsere Wirtschaft; und der König kann da gar nichts tun. Der Feudalismus
hat ihn ebenso in den Klauen wie das ganze Land.»

Das erinnerte mich an die Zeit, als er Rousseau gelesen und
meinen Vater damit verärgert hatte. Jetzt war er begeisterter als
je und brannte darauf, die Philosophie Jean-Jacques' in die Praxis
umzusetzen.

«Inwiefern», fragte ich, «würde eine geschriebene Verfassung
uns helfen?»

«Weil durch die Abschaffung des Feudalsystems die Macht
der privilegierten Klassen gebrochen würde, und das Geld, das
sie uns aus den Taschen nehmen, könnte dazu dienen, die Wirtschaft des Landes gesunden zu lassen. Dann würden auch die
Preise fallen, und das wäre eine Antwort auf deine Frage.»

Das alles schienen mir, wie so vieles, was Pierre sagte, Hirngespinste zu sein. Das System konnte man wohl eines Tages ändern, aber die menschliche Natur änderte sich nicht, und es würde immer Leute geben, die sich auf Kosten der anderen bereicherten.

Gerade jetzt vereinigte uns der Haß gegen die Getreidespekulanten, jene Kaufleute und Grundbesitzer, welche große Vorräte an Getreide anhäuften und es erst auf den Markt brachten, wenn die Preise gestiegen waren. Manchmal plünderten Banden hungriger Bauern und beschäftigungsloser Arbeiter die Speicher oder raubten sogar das Getreide von den Karren, die zu den Märkten fuhren, und wir hatten volles Verständnis für sie.

«G-gewalt ist das einzige Mittel, das wirkt», pflegte Michel zu sagen. «H-hängt ein paar G-getreidehändler und G-grundbesitzer an den G-galgen, und der B-brotpreis wird sehr bald fallen.»

Unser Geschäft stand beinahe still, und wir waren gezwungen, Arbeiter zu entlassen, darunter auch solche, die schon seit Jahren bei uns waren. Um sie vor dem Verhungern zu retten, gaben wir ihnen eine Unterstützung von zwölf Sous am Tag, doch die Pacht, die Steuern und Abgaben, die wir zu bezahlen hatten, wurden nicht gesenkt.

Robert schrieb aus Paris, wo es ständig Arbeitseinstellungen und Unruhen gab, und anscheinend gingen auch seine Geschäfte schlecht. Die Glashütte in St. Cloud hatte den Besitzer gewechselt und war kurz nach seiner Gefangennahme geschlossen worden; jetzt hing er ausschließlich davon ab, was er in dem Laden im Palais-Royal verkaufen konnte, den er mit Artikeln versorgte, die er selber und einige Schüler in einem Laboratorium anfertigten, das er inzwischen eingerichtet hatte.

In Paris war er dem Mittelpunkt der politischen Entwicklung nahe, und als Freimaurer, überdies im Palais-Royal ansässig, zitierte er ständig den Herzog von Orleans, der mir als Herzog von Chartres Gastfreundschaft gewährt hatte.

«Die Großherzigkeit dieses Mannes ist über alles Lob erhaben», schrieb mein Bruder. «Während der schlimmsten Tage dieses Winters, als die Seine wochenlang fest zugefroren war, hat er täglich für tausend Livres Brot unter den Armen von Paris verteilen lassen. Jede schwangere Frau in unserem Teil des Palais-Royal ist auf seine Kosten gepflegt worden. Er hat leere Gebäude im Faubourg St. Germain gemietet und dort Volksküchen für die Heimatlosen eingerichtet, wo die armen Teufel von seinen eigenen Dienern in Livrée bedient und gefüttert wurden. Der Herzog von Orleans ist ohne Zweifel der beliebteste Mann von ganz Paris, was man ihm bei Hof, wo er verhaßt ist, sehr übel nimmt. Es heißt, daß die Königin nicht mit ihm redet. Neben dem Herzog von Orleans ist der Finanzminister Necker der Mann der Stunde, und er soll aus seinem eigenen Vermögen dem Staatsschatz zwei Millionen Livres gegeben haben. Wenn das Land zusammenhalten kann, bis im Mai die Generalstände einberufen werden, können wir große Veränderungen erleben, um so mehr als es Necker gelungen ist, die Vertretung des Dritten Standes zu verdoppeln, der dann den Adel und die Geistlichkeit an Stimmenzahl übertreffen wird. Inzwischen lege ich einige Flugschriften bei, die Pierre in Le Mans und Michel und François in ihrer Gegend verteilen können. Sie entstammen dem Hauptquartier des Herzogs von Orleans hier im Palais-Royal und enthalten die neuesten politischen Informationen.»

So folgte auch Robert der Mode des Tages und ließ sich auf die gerade gängigen Schlagworte ein. Politische Intrigen hatten den Platz von Hofskandalen eingenommen, und die Frage «Was ist der Dritte Stand?» war jetzt brennender als die Frage «Wer ist der neueste Liebhaber der Königin?»

Wie sehr viele aus meiner Generation hatte ich von den Generalständen nie etwas gehört, und Pierre mußte mir erklären, daß sie die Vertretung der ganzen Nation waren und sich in drei Körperschaften aufteilten: den Adel, die Geistlichkeit und den Dritten Stand, der die anderen Klassen der Bevölkerung umfaßte. Diese Körperschaften sollten sich zum ersten Mal seit 1614 in Paris versammeln, um über die Zukunft des Landes zu verhandeln.

«Verstehst du denn nicht«, sagte Pierre, «daß es Leute wie wir selber sind, die der Dritte Stand vertreten wird? Abgeordnete von Städten und Bezirken ganz Frankreichs werden nach Paris gehen und für uns sprechen. Das ist seit länger als hundertsiebzig Jahren nicht mehr geschehen.»

Er war in großer Aufregung, und das war in Le Mans anscheinend jedermann.

«Hat die Versammlung im Jahre 1614 irgend etwas Gutes gebracht?» fragte ich.

«Nein», gab er zu, «die Vertreter konnten sich nicht einigen. Diesmal aber wird es anders sein. Diesmal wird, dank Necker, der Dritte Stand die anderen überstimmen.»

Er, Michel und François lasen die Flugschriften, die Robert geschickt hatte, mit lebhaftem Interesse, und, wie ich vermutete, tat das Edmée hinter dem Rücken ihres Mannes – denn als Generalpächter der Steuern für die Mönche übte Monsieur Pomard einen Beruf aus, gegen den sich die heftigsten Angriffe richteten. Die Flugschriften regten auch an, daß in jeder Kirchengemeinde Beschwerdelisten aufgesetzt und den Abgeordneten, sobald sie gewählt waren, übergeben werden sollten. Auf diese Art würde tatsächlich die ganze Masse des Volkes vertreten sein und seine Ansichten bekanntgegeben werden, wenn die Generalstände sich in Versailles versammelten.

Die Idee einer neuen Verfassung war unseren Arbeitern in Le Chêsne-Bidault gleichgültig. Alles, was sie verlangten, war ein Ende der verhaßten Salz- und Kopfsteuern, die Zusagen einer ständigen Beschäftigung und eine Senkung des Brotpreises. Ich versuchte wie meine Mutter, die Familien zu besuchen und ihre Beschwerden anzuhören; doch die Tage, an denen Krüge mit Suppe oder Wein und ein paar warme Decken aus dem Haus des Meisters in Zeiten der Not als willkommener Luxus angenommen wurden, waren vorbei. Diese Frauen hatten nicht genug Brot, um ihre Kinder zu füttern; in jeder Wohnung stieß ich auf Armut, Krankheit und Hunger. Ich konnte ihnen nur immer wieder sagen, daß der Winter bald vorbei wäre, der Handel aufleben und die Preise fallen würden, und wenn die Abgeordneten mit dem König zusammenträfen, für uns alle etwas getan würde.

Am schwersten drückten die Lebensbedingungen die Kinder und die alten Leute. Kaum eine Behausung in unserer Gemeinde, wo in diesem Winter nicht einer starb. Lungenkrankheit, zu allen Jahreszeiten die Geißel der Glasfabrikation, verdreifachte die Zahl ihrer Opfer unter den älteren Arbeitern, während das nackte Elend unter den jüngeren und jüngsten Kindern seinen Tribut forderte.

Meine traurigste Erinnerung an jenen Winter dürfte sein, als mir Durocher, einer unserer besten Arbeiter, sein totes Kind in den Armen, die Tür öffnete und erklärte, die Erde sei zu hart, um ein Grab ausgraben zu können, und er wolle die kleine Leiche in den Wald tragen und unter einem Stoß von gefrorenem Holz verbergen.

«Und noch eines, Madame Sophie», sagte er zu mir, und die Furchen seines Gesichts verrieten Verzweiflung, «ich bin immer ein redlicher Mann gewesen, das wissen Sie, aber heute werden einige von uns aus Le Chêne-Bidault die Getreidewagen auf ihrem Weg zwischen Authon und Châteaudun überfallen, und sollten die Kutscher sich wehren, so schlagen wir ihnen die Schädel ein.»

Durocher . . . dem meine Mutter jeden Tag der Woche die Glashütte mit all ihren Vorräten anvertraut hätte!

«Ich bitte dich», sagte ich zu Michel, «tu etwas, um sie davon abzuhalten; man wird sie erkennen und sofort anzeigen. Durocher hilft weder seiner Frau noch seinen Kindern, wenn man ihn in den Kerker wirft.»

«Sie w-werden nicht angezeigt werden«, erwiderte Michel. «D-das werden die K-kutscher nicht wagen. W-wir in Le Chêne-Bidault haben uns mit unserer K-kühnheit schon einen Namen gemacht. W-wenn Durocher die G-getreidewagen erbeutet, so hat er meinen S-segen.»

Ich sah zu François hinüber, der zur Seite schaute, und da erkannte ich, daß er sich in seine alte Rolle als Gefolgsmann meines Bruders gefunden hatte.

«Nicht, daß ich für das, was Durocher tun will, kein Verständnis hätte», sagte ich den beiden. «Aber es ist ein Bruch des Gesetzes, und wie soll das einem von uns helfen?»

«Diese G-gesetze sind dazu bestimmt, g-gebrochen zu werden», entgegnete Michel; «w-weißt du, was ein Bischof vorige Woche g-gesagt haben soll? Es g-gäbe genug Brot für alle, w-wenn die Bauern ihre Kinder in die Flüsse w-werfen würden. Und k-keinem Menschen würde es schaden, eine Weile von W-wurzeln und Gras zu leben.»

«Das ist wahr», erklärte François, als er meinen ungläubigen Blick bemerkte. «Es war der Bischof von Rouen oder von Rennes; welcher von beiden, das habe ich vergessen. Diese Kirchenmänner sind die schlimmsten Hamsterer. Jeder weiß, daß sie in ihren Kellern viele Säcke aufgespeichert haben.»

«Jeder weiß . . .», das klang ungefähr wie jenes «man sagt», mit dem der Hofklatsch eingeleitet wurde. Bedauerlich war nur, daß auch Michel und François solche Gerüchte verbreiteten.

Und die Getreidewagen? Durocher und seine Gefährten taten, was sie beabsichtigt hatten, und kein Mensch verriet sie den Behörden.

Mitte April, als der Winter endlich überstanden war, empfing ich von Cathie plötzlich die Aufforderung, nach Paris zu kommen. Sie erwartete Ende des Monats abermals ein Kind und wünschte, ich solle bei ihr sein. Ihre Eltern waren anscheinend beide während des Winters krank gewesen und vermochten nicht die Aufsicht über den kleinen Jacques zu übernehmen, der ein stämmiger Bursche war und bald seinen achten Geburtstag hatte. Robert hatte sich, neben seinem Laden und seinem Laboratorium, mit den Freunden des Herzogs von Orleans eingelassen und war ständig bei politischen Versammlungen. Ich war selber im vierten Monat schwanger und hatte wenig Lust, nach Paris zu fahren; doch in Cathies Botschaft war etwas, das mich aufrüttelte, und ich überredete François, mich reisen zu lassen.

Mein Bruder Robert holte mich bei der Endstation der Diligence ab; über Cathies Zustand verlor er nur wenige Worte, ging gleich zu den Ereignissen des Tages über – dem bevorstehenden Zusammentreten der Generalstände – und erklärte mir, daß eine nationale Krise im Anzug sei und ganz Paris in politischer Gärung.

«Gewiß, gewiß», sagte ich, «aber wie geht es Cathie und eurem Sohn?»

Er war viel zu aufgeregt, um über so gleichgültige Dinge zu reden wie über die nahe Entbindung seiner Frau oder den Geburtstag seines Sohnes.

«Weißt du, wie es steht?» Er rief einen Fiaker und verstaute mein Gepäck darin. «Wäre der Herzog von Orleans mit der Leitung der Geschäfte betraut, dann wäre auch die Krise zu Ende.» Das ließ er sich vom Kutscher bestätigen. «Siehst du? Dieser Meinung sind alle ... ich sage dir, Sophie, da ich im Palais-Royal wohne, habe ich den Finger auf dem Puls des Landes. Wir haben unsere Zimmer jetzt über dem Laden. Es gibt nichts, was ich nicht hören könnte.»

Und wiederholen, dachte ich. Und tausendfach übertreiben, das paßte zu meinem Bruder.

«Wir im Palais-Royal sind durchwegs Patrioten», fuhr er fort. «Und ich bekomme die Nachrichten aus erster Hand vom *Club de Valois* um die Ecke. Nicht daß ich selber Mitglied wäre, aber ich habe viele Bekannte, die es sind.»

Er begann eine lange Reihe von Namen der hochgestellten Persönlichkeiten aufzuzählen, die mit der Führung der öffentlichen und privaten Geschäfte des Herzogs von Orleans betraut waren. Laclos – der Verfasser der *Liaisons Dangereuses*, eines Buches, das meine Mutter mir nie zu lesen erlaubt hatte – war offenbar die rechte Hand des Prinzen und leitete alles.

«Es gibt Hunderte von Leuten, deren Interessen eng mit denen des Herzogs verbunden sind. Laclos braucht nur ein Wort zu sagen und ...»

«Und? Was?» fragte ich.

Mein Bruder lächelte.

«Wie gewöhnlich rede ich zuviel.» Er kreuzte die Arme und schob den Hut auf die Seite. «Wie wär's, du würdest mir erzählen, was man in Le Mans sagt.»

Das behielt ich lieber für mich. In unserem Teil des Landes war die Unruhe schon groß genug, auch ohne daß Robert sich dafür interessierte.

Cathie war müde und verstört, aber glücklich, als sie mich erblickte.

Kaum daß Robert mich an der Türe abgesetzt hatte, war er schon wieder fort. In, wie er das unbefangen nannte, «Staatsgeschäften».

«Ich wollte, es wäre nicht wahr», flüsterte Cathie, doch mehr konnte sie in diesem Augenblick nicht sagen, denn mein lebhafter kleiner Neffe Jacques fiel über uns her – blond, blauäugig, eine Miniatur meines Bruders –, und ich mußte von all dem Spielzeug entzückt sein, das er zum Geburtstag erhalten hatte.

Später, am Abend, erzählte mir Cathie, was sie bedrückte.

«Robert ist mit Haut und Haar den Agenten und Hetzern des Herzogs von Orleans verschrieben. Ihr Ziel ist es ausschließlich, Gerüchte zu verbreiten und Unruhe zu stiften. Robert nimmt Geld von ihnen an.»

«Der Herzog von Orleans hat es doch gewiß nicht nötig, Unruhe zu stiften», meinte ich. «Dazu ist er beim Volk viel zu beliebt. Und wenn die Generalstände zusammentreten, wird alles in Ordnung kommen. Das sagt Pierre.»

Cathie seufzte.

«Ich verstehe wenig von all dem», gab sie zu. «Ich glaube auch, daß der Herzog von Orleans, wie du sagst, keine Unruhe stiften will. Seine Umgebung ist es, die daran die Schuld trägt. In diesen Monaten, seit Monsieur de Laclos in das Palais-Royal gekommen ist, hat sich alles verändert. Die Gärten, die Arkaden, wo man sich früher so gut amüsiert hat, sind jetzt voll von Geflüster, und in den Ecken stehen Männer in Gruppen beisammen. Ich bin fast überzeugt, daß die meisten von ihnen Spione sind.»

Arme Cathie! In ihrem Zustand spiegelte sie sich allerlei Phantasiegebilde vor. Wie sollte es auf den Straßen von Paris Spione geben? Das Land war ja nicht im Krieg. Ich versuchte sie dadurch zu zerstreuen, daß ich von dem Kind sprach, das sie erwartete, und welche Freude es für Jacques sein werde, einen Bruder oder eine Schwester zu haben. Doch das alles nützte wenig.

«Wenn wir nur von Paris fort und bei euch in Le Chêsne-Bidault leben könnten!» gestand sie. «Euer Winter war hart, das verstehe ich, aber ihr lebt doch nicht in ständiger Angst vor Aufruhr wie wir.»

Etwas von ihrer Furcht begann ich in der folgenden Woche zu

begreifen. Paris hatte sich seit meinem letzten Besuch vor etwa vier Jahren tatsächlich verändert. Die Gesichter der Leute auf den Straßen und in den Läden waren entweder finster oder verschlossen oder vergrämt wie Cathies Gesicht; oder auch erregt und irgendwie erwartungsvoll wie das meines Bruders. Und Cathie hatte recht; überall wurde geflüstert, in den Arkaden, an den Straßenecken oder in kleinen Gruppen in den Gärten des Palais-Royal.

Am nächsten Morgen, als ich für Cathie auf den Markt ging, wurde allgemein davon geredet, daß einige der reichen Fabrikanten im Faubourg St. Antoine die Löhne ihrer Arbeiter auf zehn Sous am Tag herabsetzen wollten, und eine dicke Fischhändlerin, die mir mein Päckchen reichte, rief laut:

«Das sind die Leute, die das brave Volk plündern. Und sie verdienen, daß man sie aufhängt!»

Sonntag war gewöhnlich ein lebhafter Tag im Laden, denn die Pariser flanierten in den Arkaden und in den Gärten des Palais-Royal, doch Cathie und ich hatten an jenem Sonntag, dem 26. April, den Eindruck, daß das Gedränge ungewöhnlich groß war, daß die Menge sich vor dem Palast und durch die Rue St. Honoré zu den Tuilerien hin und her schob. Roberts prächtige Auslage mit Glas und Porzellan lockte keinen Käufer an, und an diesem Abend schloß er den Laden sehr früh. Der nächste Tag, der Montag, war ein Ruhetag für die Arbeiter, und gewöhnlich führten Cathie und Robert dann den kleinen Jacques in einen andern Teil von Paris oder zu seinen Großeltern Fiat, oder sie gingen mit ihm im Bois spazieren. Heute aber erklärte mein Bruder uns beim Frühstück, wir müßten daheim bleiben, den Laden geschlossen halten und dürften uns um keinen Preis auf die Straße wagen.

Cathie wurde blaß und fragte nach dem Grund.

«Es kann Unruhen geben», sagte er nur. «Und da ist es klüger, vorsichtig zu sein. Ich gehe ins Laboratorium, um mich zu vergewissern, daß dort alles in Ordnung ist.»

Wir flehten ihn an, zu bleiben und sich nicht der Gefahr auszusetzen, daß ihm im Gedränge etwas zustoßen könnte, doch er wollte nicht hören und behauptete, ihm könne gar nichts zustoßen. Ich konnte spüren, und Cathie spürte es auch, daß er zutiefst erregt war; er hatte kaum seinen Kaffee hinuntergeschluckt und eilte davon. Den geschlossenen Laden ließ er in der Obhut des Lehrlings Raoul.

Die Putzfrau, die Cathie im Haushalt half, war nicht gekommen, und auch das war ein Zeichen dafür, daß etwas Ungewöhnliches im Gange war. Wir gingen in die Zimmer über dem Laden, und ich versuchte, Jacques zu zerstreuen, der sich dagegen wehrte, daß er den ganzen Feiertag in der Wohnung bleiben sollte.

Da winkte mir Cathie, die gerade in ihrem Schlafzimmer gewesen war.

«Ich habe Roberts Anzüge in Ordnung gebracht», flüsterte sie. «Und sieh her, was ich gefunden habe!»

Sie zeigte mir einen großen Haufen Münzen; auf der einen Seite war der Kopf des Herzogs von Orléans mit der Umschrift *Monseigneur le duc d'Orléans, citoyen* und auf der Rückseite «Die Hoffnung Frankreichs».

«Das ist es, was Laclos und seine Helfer unter dem Volk verteilen», sagte Cathie. «Jetzt weiß ich auch, warum Roberts Taschen heute früh so dick waren.»

Wir starrten auf das Geld, und dann rief Jacques uns aus dem Nebenzimmer zu: «Draußen laufen die Leute! Darf ich das Fenster aufmachen?»

Auch wir hörten das Geräusch hastender Füße und öffneten die Fenster, doch das Mauerwerk und die Bögen versperrten uns die Aussicht; alles, was wir merkten, war, daß der Lärm von der Place du Palais-Royal und der Rue St. Honoré kam. Überdies war ein Brummen zu hören, das immer lauter anschwoll, wie ein Sturzbach dröhnte, und schließlich wurde es zu etwas, das ich nie gehört hatte, zum Brüllen einer wütenden Menge. .

Bevor wir es verhindern konnten, war Jacques hinuntergelaufen, und der Lehrling hatte den Riegel der Tür zurückgezogen und war auf den Platz hinausgegangen, um zu sehen, was denn los war. Bald war er zurück, atemlos und aufgeregt, und berichtete, irgendwer in der Menge habe ihm gesagt, die Arbeiter zögen in großen Scharen zum Faubourg St. Antoine; sie wollten bei einem Fabrikanten eindringen, der gedroht hatte, die Löhne herabzusetzen.

«Sie werden alles verbrennen, was sie nur sehen!» rief der Lehrling.

In diesem Augenblick fiel Cathie in Ohnmacht, und als wir sie die Treppe hinaufgetragen und auf ihr Bett gelegt hatten, wußte ich, daß noch Schlimmeres passieren würde. Es war sehr wahrscheinlich, daß die Entbindung noch an diesem Tag, und vielleicht innerhalb weniger Stunden stattfinden würde. Ich schickte Raoul nach dem Arzt, der ihr beistehen sollte, und während wir warteten, verstärkte sich draußen das Gebrüll der Menge, die zum Faubourg St. Antoine zog. Als Raoul nach Stunden zurückkehrte, meldete er uns, der Arzt sei mit anderen Ärzten in das Viertel gerufen worden, wo die Aufrührer sich versammelten, und ich, am Ende meiner Weisheit, denn Cathies Wehen hatten schon eingesetzt, schickte den Burschen noch einmal aus, er solle doch irgendwen von der Straße holen, der vielleicht eine Ahnung hatte, was in solchen Fällen zu tun war.

Der arme Jacques war ebenso verängstigt wie ich. Ich sagte ihm, er solle Wasser kochen und alte Leintücher zerreißen, während ich Cathie bei der Hand hielt und zu trösten versuchte.

Eine Unendlichkeit verstrich – so wenigstens schien es mir, denn in Wirklichkeit waren es nur etwa vierzig Minuten –, und als Raoul wiederkam, brachte er zu meinem Entsetzen das dicke Fischweib vom Markt mit. Sie mußte mir meine Gefühle angemerkt haben, denn sie lachte rauh, aber gutmütig.

«Es gibt ohnehin keinen Doktor im Viertel«, erklärte sie. «Jedenfalls kaum vor Mitternacht; die Unruhen sollen sich von der Rue Montreuil bis zu der königlichen Glashütte in der Rue Reuilly ausgedehnt haben. Was ist denn hier los? Ein Kind unterwegs? Ich habe Dutzenden in die Welt geholfen.»

Sie schob die Decken zur Seite, um Cathie zu untersuchen, die mich angstvoll ansah; doch was hätten wir tun sollen? Wir waren gezwungen, die Hilfe der Frau anzunehmen, denn trotz meines eigenen Zustandes war ich fast ebenso ahnungslos wie der kleine Jacques. Wie sehnte ich mich nach meiner Mutter oder nach einer der Arbeiterfrauen in Le Chêsne-Bidault . . .

Jetzt bat ich Raoul, in das Laboratorium zu gehen, um meinen Bruder zu holen, daß heißt, wenn er sich einen Weg durch die

Menge bahnen konnte; und er flitzte davon, begieriger zu sehen, was los war, als uns in unserer Not zu helfen. Erst als er gegangen war, verkündete unsere Geburtshelferin fast heiter:

«Dort kommt er nie hin! Gott weiß, wo der landen wird!»

Ich ließ die Fenster in den oberen Zimmern offen, und obgleich wir von dem aufrührerischen Viertel weit entfernt waren, hörten wir doch das Brüllen der Menge und hin und wieder das Geklapper von Pferdehufen, als jetzt die Truppen ausrückten, um die Aufrührer zu zerstreuen.

Der Tag schleppte sich hin, die Schmerzen der armen Cathie wuchsen, und noch immer war nichts von meinem Bruder zu sehen. Es dämmerte bereits, als die Fischverkäuferin mich ins Schlafzimmer rief, damit ich ihr half. Ich ließ Jacques in der Küche Kaffee kochen – das arme Kind war sehr verstört, als es seine Mutter schreien hörte – und die dicke Fischfrau und ich brachten Cathies Kind zur Welt, ein totgeborenes Kind, die Nabelschnur um den Hals.

«Ein Jammer», murmelte unsere Helferin, «aber kein Doktor hätte es retten können. Zu viele habe ich so gesehen. Die Füße voran und dann erdrosseln sie sich selber.»

Wir betteten Cathie so gut es ging. Sie war wohl viel zu erschöpft, als daß sie imstande gewesen wäre, um ihr Kind zu weinen. Ich hatte mit Jacques zu tun, der mit kindlichem Eifer das tote Neugeborene sehen wollte, das wir in einen Korb gelegt und zugedeckt hatten. Und dann merkten wir plötzlich, daß es ganz dunkel geworden und der Lärm draußen verstummt war.

«Mehr kann ich nicht tun», sagte die Fischverkäuferin. «Jetzt sollte ich selber nachsehen, ob mein guter Mann nicht mit eingeschlagenem Schädel heimgekommen ist. Morgen schau ich wieder nach der armen Frau. Lassen Sie sie nur schlafen. Das ist die beste Heilung für sie.»

Ich dankte ihr und wollte ihr ein wenig Geld in die Hand drücken, doch das nahm sie nicht an.

«Kommt nicht in Frage!» sagte sie. «In der Not sind wir doch alle gleich. Ein Jammer um das Kind. Aber sie ist jung; sie kann noch andere kriegen . . .»

Nie hätte ich geglaubt, daß es mir leid tun könnte, sie fortgehen zu sehen. Doch als ich die Tür des Ladens unten verschloß, spürte ich ein seltsames Frösteln.

Robert kam in jener Nacht nicht heim. Jacques schlief bald und Cathie auch, aber ich saß am offenen Fenster und lauschte auf Schritte.

Früh am nächsten Morgen, dem Dienstag, begann der Aufruhr von neuem. Ich mußte ein paar Stunden geschlafen haben, als ich abermals von hastenden Tritten und Geschrei geweckt wurde. Und jetzt wurde an die Tür gedonnert. Ich dachte, es könnte Raoul sein, doch es war ein Fremder.

«Aufmachen . . . aufmachen!» brüllte er. «Jeder Arbeiter wird heute auf der Straße gebraucht. Wir werden den Aufruhr über die Brücken nach dem linken Ufer tragen. Aufgemacht! Aufgemacht . . .»

Ich schloß das Fenster und hörte ihn an die nächste Tür schlagen und so fort. Bald folgten ihm andere johlend und brüllend, und im Verlauf des Tages hörten wir die Volksmenge bald aus dem einen, bald aus dem anderen Viertel; immer mehr Schüsse knallten, und die Kavallerie sprengte dahin und dorthin.

Von unserer Geburtshelferin war nichts zu sehen. Entweder hatte sie sich der Menge angeschlossen oder war, wie wir selber, hinter ihrer Tür verriegelt, denn draußen war anscheinend keiner, der nicht am Aufruhr teilnahm: Jacques, der aus seinem kleinen Dachfenster spähte, behauptete, er habe Männer mit verbundenen Köpfen gesehen, die andere Männer mit offenen Wunden trugen – ob das seiner Phantasie entsprungen war oder nicht, konnte ich nicht feststellen.

Zwei Tage waren wir jetzt ohne frische Nahrungsmittel gewesen, Brot hatten wir auch keins mehr, aber aus Furcht vor den Unruhen wagte ich nicht, das Haus zu verlassen und auf den Markt zu gehen. Cathie erwachte und war anscheinend hungrig, was ich für ein gutes Zeichen hielt. Ich kochte ihr ein wenig Suppe, doch kaum hatte sie sie geschluckt, als ihr auch schon übel wurde und sie über Schmerzen klagte. Im Verlauf des Tages steigerten sich die Schmerzen, und sie wurde zusehends schwächer. Ich wußte nicht, was ich tun sollte, denn ich sah, daß sie viel Blut verlor, und das schien mir nicht in Ordnung zu sein. Ich konnte nichts anderes tun, als noch mehr Leintücher zu zerreißen, um den Blutstrom zu stillen.

Weil seine Mutter nicht mehr stöhnte wie am Tag zuvor, war Jacques zufrieden, daß er sich aus dem Fenster lehnen durfte, und dann und wann rief er mir zu, daß der Lärm des Aufruhrs anschwoll oder abnahm, je nachdem, wie die Lage wechselte, und machmal rief er auch:

«Ich kann die Soldaten hören – ich höre das Traben der Kavallerie – und die Pferde – wenn ich sie doch nur sehen könnte.» Und bei jedem Musketenschuß, der bis zu uns widerhallte, schrie er: «Paff . . . paff . . . paff!»

Cathie war jetzt totenblaß. Wieder war es Abend geworden, und sie hatte sich seit drei Uhr nachmittags nicht mehr gerührt. Jacques wurde des beständigen «Paff . . . paff . . .» müde und wollte sein Abendessen haben. Ich kochte noch ein wenig Suppe, aber wir hatten kein Brot zum Einbrocken, und er klagte, er sei hungrig. Dann lief er – schließlich war er erst acht Jahre alt und hatte seit Sonntag nicht aus dem Haus dürfen – die Treppe zwischen dem Laden und den oberen Räumen hinauf und hinunter, und dieses Geräusch war betäubender für meine Ohren als das Schießen und Lärmen, das aus dem fernen Faubourg St. Antoine zu uns herüberdrang.

In der Luft war ein beizender Geruch von brennendem Stroh – irgendwo mußten Häuser in Flammen stehen, oder war es das Pulver der Musketen? – und ununterbrochen sprang Jacques die Treppe hinauf und hinunter, und abermals wurde es dämmrig in Cathies Zimmer, und ich kniete neben ihrem Bett und hielt ihre schlaffe Hand.

Und wieder hörten wir die Schritte der Mitläufer, die in unser Viertel zurückkehrten – jener, die wenigstens Zeugen des Aufruhrs sein wollten –, und endlich wurde es vor der Tür laut. Jacques schrie erregt: «Das ist der Vater, der heimkommt!» und sprang die Treppe hinunter, um die Tür zu öffnen.

Ich stand auf und zündete die Kerzen an, und ich hörte Robert lachen und mit dem Knaben reden. Ich trat mit einer Kerze in der Hand auf den Treppenabsatz und schaute nach meinem Bruder, der noch unten war.

«Hat Raoul dir meine Botschaft nicht gebracht?» fragte ich.

Er sah lächelnd zu mir auf und begann, Jacques hinter sich her, die Treppe hinaufzusteigen.

«Eine Botschaft? Natürlich hat er mir keine Botschaft gebracht. Zwischen uns und der Rue Traversière sind in den letzten sechsunddreißig Stunden dreitausend Menschen gewesen. Ich habe recht gehabt, heute abend heimzukommen. Nun, Reveillons Fabrik ist zerstört worden, und weiß der Himmel, was sonst noch für Schaden angerichtet worden ist – wenn in Paris die Menge in Wallung gerät, dann macht sie keine halbe Arbeit. Von meinen Fenstern im Laboratorium habe ich das meiste beobachten können, und es war ein prächtiger Anblick, und die Leute schrien: «Es lebe der Dritte Stand!» und «Es lebe Necker!» – wenn ich auch nicht weiß, was der Dritte Stand oder der Minister mit den Unruhen zu tun haben sollen. Arme Teufel, ein paar von ihnen haben's mit ihrem Leben bezahlt, als die Truppen feuerten. Mindestens zwanzig Tote und mehr als fünfzig Verwundete! Und das war nur in der Rue Traversière!»

Jetzt war er auf dem Treppenabsatz angelangt und stand vor mir.

«Wo ist Cathie?» fragte er. «Warum ist's so dunkel?»

Wir gingen miteinander in das Schlafzimmer. Ich stellte die Kerze neben das Bett.

«Wir sind seit gestern abend ganz allein hier. Ich habe nicht gewußt, was ich tun sollte.»

Ich beleuchtete Cathies Gesicht mit der Kerze; es war wächsern und weiß. Robert beugte sich vor, nahm ihre Hand, und dann sagte er: «O mein Gott, mein Gott, mein Gott!» Dreimal sagte er es, und dann wandte er sich zu mir: «Sie ist tot, Sophie! Hast du das nicht bemerkt?»

Draußen hörte man noch immer das Stapfen der letzten Heimkehrenden. Eine Gruppe lachte laut und sang:

> «Es lebe König Ludwig,
> Er ist ein braver Mann,
> Es lebe Monsieur Necker
> Und der Herzog von Orleans!»

Jacques kam in das Zimmer gelaufen, kletterte auf das Fenstersims und schrie den Vorüberziehenden nach: «Piff ... paff!» Und dann verhallte der Lärm in der Rue St. Honoré.

Achtes Kapitel

Mein erster Gedanke war, Jacques aus dem unruhigen Paris mit mir nach Le Chêsne-Bidault zu nehmen, Robert aber, nachdem er sich von dem ersten Schlag erholt hatte, erklärte, er könne es nicht ertragen, sich von dem Knaben zu trennen, und sie würden miteinander zunächst zu Monsieur und Madame Fiat ziehen, die jetzt bei den Hallen wohnten, nicht allzu weit von dem Laden im Palais-Royal entfernt.

«Ich werde hart arbeiten», sagte er, als er mich zur Diligence begleitete. «Für Kummer gibt es kein anderes Heilmittel.»

Aber ich fragte mich, ob er nicht eher an ein Geschäft im Dienst des Herzogs von Orleans dachte als an die Erzeugung von Glas und Porzellan in seinem Laboratorium.

Während ich von der Hauptstadt in südwestlicher Richtung wegfuhr, drehte die Unterhaltung in der Diligence sich nur um die Verwüstung einiger Fabriken.

Ich verhielt mich still, lauschte aber sehr aufmerksam, zumal als ein Mitreisender, ein wohlgekleideter Mann, sichtbar zu den höheren Ständen gehörend, berichtete: «Mein Schwager hat mir erzählt, daß Mitglieder der Geistlichkeit im gewöhnlichen Bürgergewand die Zuschauer bestochen hätten, an den Unruhen teilzunehmen.»

Das, dachte ich, sollte Michel zurückerzählt werden!

Die Diligence setzte mich in La Ferté-Bernard ab, wo ich etwa eine halbe Stunde lang unbehaglich im Petit Chapeau Rouge warten mußte, weil der Postwagen zu früh angekommen war.

Dieses kleine Gasthaus war der Treffpunkt aller Taugenichtse in unserer Gegend; Hausierer, Kesselflicker, Jahrmarktsgaukler jeder Art, die ihren kümmerlichen Lebensunterhalt dadurch verdienten, daß sie an die Türen der Bauernhöfe klopften und allerlei Ramsch verkauften.

Ich warf einen Blick auf einen Kerl hinter mir, der blind zu sein schien – bis er die schwarze Binde hob und ich feststellte, daß er ebenso gut sah wie wir alle; aber dergleichen war bei Bettlern Sitte, weil sie dadurch Mitleid erregen wollten. Er klopfte mit seinem Stock auf den Boden und schrie:

«Alle Getreidewagen sollte man überfallen und die Kutscher hängen! Dann brauchten wir nicht zu hungern!»

Ich konnte es nicht ertragen, an den braven Durocher und unsere andern Arbeiter zu denken, die durch solche Leute verdorben wurden.

Dann kamen François und Michel, um mich zu holen, und sie verhielten sich nicht anders als alle Daheimgebliebenen, wenn jemand von einer Reise zurückkehrt. Ihnen war es wichtiger, mir ihre Neuigkeiten mitzuteilen, als meine anzuhören. Cathies Tod, die Unruhen in Paris, das alles wurde nach einer kurzen Äußerung des Mitgefühls verdrängt, und ich erfuhr, wie viele Landarbeiter in den abgelegenen Gegenden fortgeschickt worden waren, weil es keine Arbeit für sie gab, und jetzt in Banden umherzogen und die Nachbarschaft in Schrecken versetzten. Das Vieh der Bauern wurde aus Rache verstümmelt, Ernten vernichtet, und den streunenden Plünderern schlossen sich andere an, die aus dem Westen kamen, aus der Bretagne und von der Küste, und ebenso in Not waren wie sie selber.

«Diese Kerle sind Räuber», erklärte François, «denen es gar nichts bedeutet, nachts einzudringen und das ganze Haus zu plündern, um etwas Geld zu erbeuten. Bald werden wir in jeder Kirchengemeinde eine Miliz aufstellen müssen.»

«W-wenn wir uns nicht den Räubern anschließen», meinte Michel. «Die M-mehrzahl unserer L-leute täte es, wenn ich ein Z-zeichen gäbe!»

So war ich denn wieder zurück inmitten von Mangel und Not und schlechtem Geschäftsgang. Vielleicht war es ganz gut, daß ich den kleinen Jacques nicht mitgebracht hatte. Doch als ich mich an jenem Abend aus meinem Fenster beugte und die gute, süße Luft einatmete, die duftend aus dem blühenden Obstgarten aufstieg, da war ich dankbar dafür, daß ich wieder daheim war, unter meinem eigenen Dach und fern von dem bedrohlichen Murren der Pariser Menge, die mich in den kommenden Monaten jede Nacht verfolgen sollte.

Als mein Bruder Robert aus Paris schrieb, sagte er wenig von seinen eigenen Gefühlen noch von denen seines Sohnes; abermals war es der politische Drang in der Hauptstadt, der ihn in Atem hielt. Irgendwie hatte er es fertiggebracht, am Rand des Gedränges zu sein, als die Generalstände sich am 5. Mai in Versailles versammelten, und so hatte er die ersten Berichte von Augenzeugen erfahren. Was ihn am meisten schmerzte, war, daß die Abgeordneten des Dritten Standes sämtlich in nüchternes Schwarz gekleidet waren und neben den Würdenträgern der Kirche und dem Adel mit seinen üppigen Gewändern recht armselig wirkten.

«Mehr noch», schrieb er, «sie waren miteinander wie eine Herde Vieh in eine Einfriedung gedrängt, während Adel und Geistlichkeit sich um den König scharten. Das war eine wohlüberlegte Kränkung des Bürgertums. Der Herzog von Orleans wurde mit großem Jubel empfangen, und auch dem König und Necker wurden Ovationen dargebracht; die Königin aber wurde beinahe gar nicht beachtet, und man sagt, daß sie sehr blaß war und kein einziges Mal lächelte. Die Reden, nun, die Reden waren enttäuschend. Der Erzbischof von Aix, der für die Geistlichkeit sprach, machte einen guten Eindruck und brachte sogar ein erbärmliches Stück Schwarzbrot zum Vorschein, um zu zeigen, was für abscheuliches Zeug das Volk essen muß. Doch er wurde völlig an die Wand gedrückt von einem der Vertreter des Dritten Standes, einem jungen Advokaten namens Robespierre – kennt Pierre ihn? –, der meinte, der Erzbischof täte besser, wenn er den andern Geistlichen riete, sich den Patrioten anzuschließen, welche Freunde des Volkes seien, und wenn die Priester helfen wollten, so könnten sie ein Beispiel geben, indem sie ihren üppigen Lebenswandel einschränkten und zu dem schlichten Leben des Gründers ihrer Religion zurückkehrten.

Ich kann mir vorstellen, daß Pierre dieser Rede Beifall gezollt hätte! Verlaßt euch darauf – von diesem Mann werden wir noch mehr hören!»

Inzwischen hatten wir den Kessel wieder in Gang gesetzt, aber nur für drei Tage in der Woche, und einige unserer jüngeren Arbeiter sahen sich nach anderer Beschäftigung um und wollten abwarten, bis der Handel wieder blühen würde. Es fiel mir schwer, sie fortgehen zu sehen, denn die Wahrscheinlichkeit war gering, daß sie mehr als Gelegenheitsarbeit bei Bauern fanden, und so würden sie nur die Zahl jener vermehren, die arbeitslos durch das Land zogen.

Nun waren, Gott sei Dank, die Leiden des Winters vorüber, und unsere kleine Gemeinschaft wurde nicht mehr so hart geprüft; dagegen kamen Tag für Tag neue Nachrichten von Unruhen und Aufruhr in allen Teilen des Landes, und ich hatte den Eindruck, daß das Zusammentreten der Generalstände in Versailles bisher nichts zustande gebracht hatte. Pierre war, wie gewöhnlich, von Optimismus erfüllt, als er Ende Juni zu uns zu Besuch kam. Er war diesmal von seiner gutmütigen Frau begleitet und auch von den beiden Knaben, die er ganz nach Rousseau erzog. Sie kannten das Alphabet nicht, aßen mit den Fingern und waren wild wie Habichte, aber alles in allem doch liebe Kinder.

Ich erinnere mich, daß wir an jenem Tag das gute Wetter ausnützten, um das Heu in die Scheune neben dem Meisterhaus zu schaffen.

«Zugegeben, wir sind derzeit an einem toten Punkt», sagte Pierre und pfiff den Buben, damit sie endlich aufhörten, das sorgsam aufgeschichtete Heu wieder in Unordnung zu bringen. «Aber der Dritte Stand hat sich schließlich zu einer Nationalversammlung erklärt; es ist nicht gelungen, sie auseinanderzutreiben, und der König wird gezwungen sein, einer neuen Verfassung zuzustimmen. Keiner der Abgeordneten kehrt heim, bevor das nicht durchgesetzt ist. Hast du von dem Schwur gehört, den sie am 23. geleistet haben? Sich nie zu trennen, bevor es eine Verfassung gibt! Wie gern wäre ich dabeigewesen! Das ist die Stimme des wahren Frankreich!»

Noch immer pfiff er den Knaben, und noch immer hörten sie nicht auf ihn.

«Der König ist schlecht beraten, das ist der Jammer», sagte François. «Wäre er allein, so stieße die Versammlung auf keine Schwierigkeiten. Es ist die Hofpartei, die den Schaden anrichtet, und ganz besonders die Königin.»

«D-diese Dirne!» explodierte Michel.

Wie viele andere Familien mochten heute im ganzen Land über das gleiche Thema reden, den gleichen Klatsch wiederkauen!

«Nenn sie, wie du willst», sagte ich zu Michel. «Vergiß aber nicht, daß sie vor kaum drei Wochen ihr Kind verloren hat.»

In der ersten Juliwoche kam abermals ein Brief von Robert. Im Palais-Royal hatte es große Aufregung gegeben. Anhänger des Herzogs von Orleans, der übrigens seinen Platz als schlichter Bürger unter den Vertretern des Dritten Standes einnahm, hatten die Menge dazu aufgehetzt, elf Gardisten aus dem Gefängnis zu befreien – die Gardisten waren eingesperrt worden, weil sie sich geweigert hatten, am 23. Juni auf die Demonstranten zu schießen –, und in vielen Kaffeehäusern und Restaurants verbrüderten sich die Soldaten der Garde mit der aufrührerischen Menge und erklärten, wenn es zu Unruhen käme, würden sie nie auf ihre französischen Landsleute schießen.

«Man sagt», fuhr Robert fort, «daß fremde Truppen schon ins Land einmarschiert sind, um die Hofpartei zu unterstützen, wenn es sich als notwendig erwiese, und viele Brücken sind bereits bewacht. Das letzte Gerücht besagt, daß der Bruder des Königs, der Graf von Artois, und die Königin den Befehl zum Bau eines geheimen unterirdischen Ganges unter die Bastille gegeben haben, wo Hunderte von Soldaten mit der Munition Platz hätten, und auf ein Zeichen sollten sie, wenn die Nationalversammlung störrisch wäre, eine Mine anzünden, stark genug, um die ganze Nationalversammlung und fast ganz Paris in die Luft fliegen zu lassen.»

Ich schrieb sogleich an Robert, flehte ihn an, Paris zu verlassen, obgleich ich kaum hoffen durfte, daß er meiner Bitte Folge leisten würde. War er noch im Dienst von Laclos oder anderen

Anhängern des Herzogs von Orleans, so war zu befürchten, daß ihre letzte Stunde schlagen könnte.

Die abscheuliche Geschichte von dem Komplott der Königin, die Nationalversammlung in die Luft zu sprengen, wenn nicht sogar ganz Paris, hatte Le Mans erreicht und war Tagesthema, als Michel und François in der nächsten Woche Pierre besuchten.

Pierre erzählte ihnen, daß, falls in Paris ein Aufruhr ausbrach, die Patrioten und Wahlmänner in Le Mans einen Ausschuß bilden und die Stadtverwaltung übernehmen würden. Jeder taugliche Bürger hätte sich im Rathaus zu melden, und dann würde eine Volksmiliz gebildet werden.

«Und die Dragoner von Chartres», setzte er bedeutungsvoll hinzu, «würden keine Schwierigkeiten machen!»

Wir allerdings beschäftigten uns mehr mit Le Chêsne-Bidault, mit dem Reifen des Getreides auf unsern Äckern als mit den Vorbereitungen auf mögliche Erhebungen in Le Mans. Die Banden der Arbeitslosen, die durch das Land streiften, drangen in die Gehöfte ein und schnitten den Weizen und die Gerste. Ob sie das Getreide verzehrten oder aufspeicherten, das wußte niemand, aber wir alle bangten um unsere Ernte, denn sollte auf diesem Gebiet eine Katastrophe hereinbrechen, so würden wir im nächsten Winter zweifellos hungern.

Michel und François stellten jede Nacht Wachen auf, um die Felder zu hüten, dennoch aber gingen sie sorgenvoll zu Bett, denn es hieß, daß diese Banden bewaffnet waren. Sie plünderten auch die Holzstapel in den Wäldern, um das Holz als Heizmaterial für den kommenden Winter zu verkaufen, und auch das war eine Bedrohung für unsere ganze Existenz. Denn wenn die Holzvorräte geplündert wurden, könnten wir den Kessel nicht heizen.

«D-dagegen gibt es n-nichts», sagte Michel, «als Patrouillen ausschicken, die Tag und N-nacht zwischen hier und M-montmirail hin- und her-m-marschieren.»

Er und François beteiligten sich auch an diesen Patrouillengängen, und während der ersten zehn Julitage lag ich wach, allein und verängstigt, wenn mein Mann fort war; wenn er aber an meiner Seite war, so sorgte ich mich um Michel, der irgendwo draußen im Wald Wache stand und auf die Räuber wartete, die nicht kamen.

Es mußte Montag oder Dienstag, am 13. oder 14. Juli, gewesen sein, so genau weiß ich das nicht mehr, als François aus Mondoubleau die Nachricht brachte, daß die Hofpartei den König überredet hatte, Necker von seinem Posten als Finanzminister zu entlassen, und nun sei Necker in die Verbannung gegangen, Paris war im Belagerungszustand, die Zollschranken vor der Stadt seien verbrannt oder niedergerissen worden, und die Zollbeamten hätten fliehen müssen, um ihr Leben zu retten – überall empörte sich das Volk und plünderte die Waffenlager.

«Das Schlimmste ist», sagte François, «daß die Pariser Unterwelt auf das Land losgelassen wurde. Gefangene, Bettler, Diebe, Mörder – alle Beschäftigungslosen der Hauptstadt –, sie ziehen südwärts und überlassen es den redlichen Bürgern, die Sache mit der Hofpartei und dem Adel auszukämpfen.»

Fast unverzüglich begann Michel, unsere Leute in Gruppen einzuteilen – vorläufig sollte jede Arbeit eingestellt werden. Sie sollten den Leuten in unserer Gegend mitteilen, was sich in Paris ereignete. Man müsse sich gegen die Räuber rüsten! Eine andere Gruppe sollte in Le Chêsne-Bidault bleiben und die Glashütte bewachen. Er oder François würden nach La Ferté-Bernard gehen, um, sobald die Postkutsche aus Paris ankam, die neuesten Meldungen zu erfahren.

Natürlich fiel es mir zu, die Familien zu beraten, von einer zur andern zu gehen und ihnen einzuschärfen, daß sie sich nicht aus der Glashütte rühren und die Kinder nicht außer Hörweite spielen lassen sollten. Als ich die Angst der Familien sah, da wurde ich von ihrer Besorgnis angesteckt; Zweifel und Unsicherheit waren in der Luft, keiner von uns wußte, was im nächsten Augenblick geschehen mochte, und der Gedanke an die Räuber, die so weit nach dem Süden vordringen konnten, um zu sengen und zu brennen, erfüllte uns alle mit Schrecken.

An jenem Abend erreichten uns keine Nachrichten. Samstag, den 18. Juli, war François an der Reihe, nach La Ferté-Bernard zu gehen, um Nachrichten bei den Reisenden einzuholen, die mit der Diligence von Paris nach Le Mans fuhren.

«Ich gehe mit dir», sagte ich zu meinem Mann. «Lieber mich den Gefahren der Straße aussetzen, als hier Stunde um Stunde zu warten, ohne daß auch nur das Feuer im Kessel mir Gesellschaft leisten würde.»

In La Ferté-Bernard herrschte ein wildes Durcheinander. Kein Mensch arbeitete, alle waren auf den Straßen. Die Glocken von Notre-Dame-des-Marais läuteten Sturm. Zum ersten Mal in meinem Leben hörte ich Glocken, die Sturm läuteten, statt zum Gebet zu rufen, und dieses unablässige Dröhnen war weit aufpeitschender und eindringlicher als ein Hornsignal oder das Rasseln der Trommeln.

Plötzlich regte es sich in der Menge, sie teilte sich, und wir sahen, wie die Postkutsche in den Ort einfuhr. Wie die Menge liefen auch wir ihr entgegen, vom gleichen leidenschaftlichen Hunger nach Neuigkeiten gepackt, und dann, als der Kutscher die Pferde zügelte und die Kutsche anhielt, stiegen die ersten Reisenden aus und waren im Nu von einer Schar Neugieriger umringt.

Eine schlanke Gestalt erregte meine Aufmerksamkeit; es war ein Mann, der sekundenlang stehenblieb, um einem Kind beim Aussteigen zu helfen.

«Das ist ja Robert!» rief ich und faßte François' Hand. «Das ist Robert mit Jacques!»

Wir drängten uns zum Wagen durch, und schließlich gelang es, uns bis zu den Reisenden vorzuschieben. Da war mein Bruder, gelassen, lächelnd, ein Dutzend Fragen beantwortend, während der kleine Jacques mir in die Arme sprang.

Robert nickte uns zu. «Gleich bin ich bei euch!» rief er. «Aber ich habe einen Brief des Bürgermeisters von Dreux und muß ihn selber dem Bürgermeister von La Ferté-Bernard bringen.»

Die Menge wich zurück, betrachtete François und mich respektvoll, denn wir waren mit diesem anscheinend sehr wichtigen Reisenden befreundet, und wir folgten Robert. Jacques klammerte sich an mich, während mein Bruder und eine Gruppe von Ortsgrößen auf das Rathaus zugingen.

Aus Jacques' Reden konnten wir nicht klug werden. Zwei Tage lang sei in Paris gekämpft worden, erzählte er, überall habe es

Verwundete und Tote gegeben, und wir mußten uns an die anderen Reisenden halten, die jetzt den Umstehenden die neuesten Ereignisse berichteten.

Die Bastille sei vom Pariser Volk erstürmt worden. Die Nationalversammlung beherrschte die Hauptstadt mit Hilfe einer Bürgermiliz unter dem Befehl des Generals La Fayette, des Helden aus dem amerikanischen Krieg.

François wandte sich ganz verblüfft zu mir.

«Wir haben sie besiegt!» sagte er. «Wir haben sie besiegt!»

Die Leute rund um uns begannen zu schreien und zu jubeln, schwenkten die Arme, lachten, und scheinbar aus dem Nichts erschien der Kutscher, ein großer Mann mit rotem Gesicht, und begann rosa-blaue Kokarden, die er von der Diligence in Bellême mitgebracht hatte, unter den Umstehenden zu verteilen.

«Vorwärts!» brüllte er. «Helft euch selber! Das sind die Farben des Herzogs von Orleans, der mit der Hilfe des Volks von Paris die Aristokraten geschlagen hat!»

Alle drängten sich, um so eine Kokarde zu erhaschen. Und die Begeisterung sprang auf uns über. François bekam eine Kokarde, die er mir lachend gab, und ich wußte nicht, ob ich lachen oder weinen sollte, als einer schrie: «Es lebe der Dritte Stand . . . es lebe die Nationalversammlung . . . es lebe der Herzog von Orleans . . . es lebe der König!»

Dann sahen wir Robert aus dem Rathaus kommen, noch immer war er von Wahlmännern und anderen wichtigen Persönlichkeiten umgeben. Die Herren redeten besorgt miteinander, und mit einem Mal verbreitete sich unter den Wartenden ein Geflüster:

«Die Gefahr ist nicht vorbei . . . die Kämpfe dauern an.»

Dann trat der Bürgermeister von La Ferté vor und hob die Hand. Über das Gemurmel der Menge hinweg konnten wir seine Worte hören: «Die Nationalversammlung hat in Paris die Regierungsgewalt übernommen, aber ein Heer von Räubern, sechstausend Mann stark, soll vollbewaffnet aus der Hauptstadt geflohen sein. Jeder Mann muß bereit sein, sich einer Bürgermiliz anzuschließen. Frauen und Kinder, Greise und Gebrechliche haben in den Häusern zu bleiben.»

Neuntes Kapitel

In jener Nacht dürfte, außer Jacques und Robert, keiner von uns geschlafen haben. Jacques fiel in das Bett, das ich ihm bereitet hatte, mit der Erschöpfung eines Kindes, das mehr als zehn Stunden gereist war, und sein Vater bemerkte, nachdem er uns die unter dem Mantel verborgene Pistole gezeigt hatte, es bedürfte mehr als ein Dutzend Räuber mit geschwärzten Gesichtern, um ihm den Schlaf zu rauben, ihm, einem Mann, der den Sturm auf die Bastille mit angesehen hatte. Ich schleppte mich hinauf, zog mich aus, legte mich ins Bett, doch der Schlaf, nach dem ich mich sehnte, wollte nicht kommen. Ich hörte, wie François unten einer Arbeiterpatrouille den Auftrag erteilte, Michel und dessen Schar im Wald abzulösen, und dieses Hin und Her im Hof der Hütten verursachte auch Aufregung in den Ställen. Die Kühe brüllten, die Pferde stampften, denn seit die Unruhen begonnen hatten, wagten wir nicht mehr, das Vieh nachts draußen weiden zu lassen.

Michel mußte Warnungen nach Montmirail und Melleray weitergegeben haben, denn auch die Glocken dieser Kirchen läuteten Sturm, nicht anders als die Kirche von Plessis.

Ich dachte ununterbrochen an die Räuber, an die Tausende, von denen Robert gesprochen hatte, aus den Gefängnissen, aus den Seitengassen von Paris, hungrig, bewaffnet, verzweifelt auf das Land entfesselt! Vielleicht schlichen schon jetzt einige von ihnen durch den Wald, wo Michel und seine Schar Wache hielten, warteten ihre Zeit ab, um unsere Ernte zu rauben, unser Vieh zu schlachten.

Jetzt kam François herauf, legte sich neben mich, zog sich aber nicht aus, und auf dem Stuhl neben ihm war eine Pistole.

Vielleicht schlief ich – wie lange, das weiß ich nicht. Ich weiß nur, daß ich müde und mit schweren Lidern erwachte. Mein Zustand trug keineswegs dazu bei, mich Ermüdung leichter ertragen zu lassen, ich war damals mit meinem ersten Kind im siebten Monat.

Jacques fand ich bereits unten, wo er in der Küche von Madame Verdelet sein Frühstück verlangte, und Robert erklärte: «Ich habe die Absicht, ihn heute nach St. Christophe zu Mutter zu bringen . . .»

St. Christophe war eine Reise von fünfzehn Meilen oder mehr, und Gott mochte wissen, wie viele Tausende von Räubern das Land durchstreiften.

«Bist du verrückt?! Keiner von uns hat doch eine Ahnung vom Zustand der Straßen zwischen Le Chêsne-Bidault und der Touraine!»

«Dieses Wagnis nehme ich auf mich», entgegnete Robert. «In jedem Fall kommen wir den Räubern zuvor, und es gehört zu den Aufgaben meiner Reise, die Leute auf dem Land zu warnen.»

Die Sicherheit seines Kindes bedeutete ihm derzeit nur wenig. Seine Aufgabe war, Zwietracht zu säen, und ob es sein Ziel war, eine eigene überspannte Laune zu befriedigen oder den Befehlen aus der Umgebung des Herzogs zu gehorchen, darauf kam es mir nicht an. Mir war nur das Wohl meines achtjährigen Neffen wichtig.

«Wenn du vorhast, Münzen mit dem Kopf deines Brotgebers auszuteilen, um zu Gewalttaten zu ermutigen, so ist das deine Sache. Aber zieh um Himmels willen deinen Sohn nicht in die Geschichte.»

Mein Bruder hob die Brauen.

«Meine kleine Schwester ist überreizt», sagte er leichthin, und dann wandte er sich zu meinem Mann. «Wenn du deine Sache richtig verständest, so würde sie an deinem Hals hängen, statt mit ihrem Bruder zu streiten.»

Das brachte mich in Wut. François hätte mich nie in der Stunde der Not verlassen, wie Robert Cathie verlassen hatte.

«Ich habe deiner Frau in ihren schweren Stunden beigestanden, und ich werde auch deinem Sohn beistehen. Wenn du darauf bestehst, Jacques heute nach St. Christophe zu bringen, so bin ich bereit, mitzufahren.»

Da trat François hinzu und erklärte, ich sei in meinem Zustand nicht fähig, eine lange Tagereise auf schlechten Straßen zu unternehmen. Zu besonderer Angst sei kein Anlaß. Die Berichte über die Räuber, die angeblich in der Nacht zuvor in der Gegend gesichtet wurden, seien ein falscher Alarm gewesen. Ihm wäre es lieber, wenn ich in Le Chêsne- Bidault bliebe.

«Und du?» fragte ich ihn. «Was hast du für heute vor?»

Er zauderte. «Die Gemeinden in unserem Bezirk müssen gewarnt werden. Morgen oder übermorgen kann es zu Unruhen kommen. Ist man gewarnt, so ist man gewappnet.»

«Mit andern Worten», sagte ich, «du und Michel seid damit einverstanden, Roberts Spiel zu spielen. Statt Glas zu blasen, willst du Gerüchte über die Gegend blasen. Unter diesen Umständen würde ich es vorziehen, bei meiner Mutter in St. Christophe zu sein.»

Wir fuhren, sobald ich ein paar Sachen eingepackt, Jacques gerufen hatte, der auf dem Hof spielte, und Madame Verdelet eingeschärft hatte, in den wenigen Tagen meiner Abwesenheit nach dem Rechten zu sehen.

Sie war sehr besorgt darüber, daß ich reisen wollte.

«Wegen der Gefahr!» meinte sie. «Sind denn die Räuber nicht in der Nähe?»

Ich beruhigte sie, so gut ich konnte, doch als wir wegfuhren, sah ich zahlreiche Familien, die mir nachschauten, und ich hatte das unbehagliche Gefühl, daß sie glauben mochten, ich wolle sie im Stich lassen.

«Was ist die Wahrheit?» fragte ich meinen Bruder auf der Reise, von Zweifeln gequält. Hatte ich unrecht gehabt, meinen Mann seinem möglichen Verhängnis in Le Chêsne-Bidault zu überlassen? Setzten Horden von Räubern schon mein Heim und alles, was mir teuer war, in Brand?

«Die Wahrheit», wiederholte Robert. «Kein Mensch kennt je die Wahrheit auf dieser Welt.»

Er lockerte die Zügel, pfiff zwischen den Zähnen ein Liedchen, und ich erinnerte mich an die längst vergangene Zeit, da er, hinter dem Rücken meiner Mutter, Glas nach Chartres geliefert und den Erlös dazu verwendet hatte, einen Maskenball zu veranstalten. Trieb er sein Spiel mit meiner Angst und mit der Angst von Hunderten, wie er damals mit der Ahnungslosigkeit meiner Mutter sein Spiel getrieben hatte? Und das alles nur, um sein Machtgefühl zu blähen?

Ich warf ihm einen Blick zu, wie er da neben mir saß, die Zügel in den Händen, die Augen auf die Straße gerichtet, den Knaben auf dem Platz hinter ihm, und es wurde mir bewußt, daß ich, durch sein unveränderliches jugendliches Äußeres getäuscht, vergessen hatte, wie alt er wirklich war. Mein ältester Bruder näherte sich jetzt den Vierzig! Keiner der Schicksalsschläge, keine der Katastrophen, die über ihn hereingebrochen waren, hatten ihn ändern können; höchstens hatten sie bewirkt, daß er mehr denn je ein Abenteurer war, ein Mann, der nicht nur mit seinem und mit anderer Leute Geld spielte, sondern auch mit der menschlichen Schwäche.

«Gib acht», hatte mein Vater oft gesagt, als er Robert in der Kunst des Glasblasens zu unterweisen begann. «Selbstbeherrschung ist von höchster Wichtigkeit. Eine falsche Bewegung, und das Glas springt.»

Ich erinnerte mich daran, wie die Erregung in den Augen meines Bruders aufblitzte – konnte er über die vorgeschriebene Grenze gehen? Würde er es wagen? Es war, als sehnte er sich nach der Explosion, die seinem ersten eigenen Versuch ein böses Ende bereiten und überdies den Zorn meines Vaters reizen würde. Immer kommt jener höchste Augenblick für den Glasbläser, da er der vor seinen Augen wachsenden Blase Leben und Form einhauchen oder sie in tausend Splitter zerbrechen konnte. Die Entscheidung liegt beim Bläser, er muß es beurteilen können. Und dieses Urteil in die Waage zu werfen, das war es, was bei meinem Bruder die Erregung schürte.

«In St. Calais», sagte er plötzlich, «können wir die ersten sein, die die Nachricht bringen. Jedenfalls wäre es klug, in das Rathaus zu gehen.»

Jetzt war ich überzeugt, daß ich recht hatte. Ob er dabei von den Anhängern des Herzogs von Orleans bezahlt wurde oder von den Brüdern des Königs oder sogar von der Nationalversammlung selbst, war für meinen Bruder nicht allzu wichtig. Was ihn heute auf die Straße getrieben hatte, war das gleiche Verlangen nach dem Rausch, das ihn vor zwölf Jahren dazu gereizt hatte, die Glashütte in Rougemont zu kaufen. Ihn berauschte eine Macht, die er nicht besaß.

St. Calais war vollkommen ruhig. Alles war wie gewöhnlich. Ja, sagte ein Vorübergehender, man habe von Unruhen in Paris gesprochen, von Räubern aber habe kein Mensch etwas gehört. Mein Bruder ließ mich die Zügel halten und verschwand für etwa zwanzig Minuten ins Rathaus.

An diesem ganzen langen, heißen Sommertag, an dem wir durch die Dörfer fuhren, wo fast alle Einwohner auf den Feldern arbeiteten, war nirgends ein Zeichen von Aufwallung – nur der Staub unter unsern Rädern wallte auf. Doch an wem wir auch vorüberfahren mochten, ob ein alter Mann, der im Schatten eines Baumes schlummerte, ob eine Frau auf ihrer Türschwelle, jedem erzählte Robert von den Räubern, die auf dem Weg von Paris nach dem Süden seien und den Frieden des Landes bedrohten.

In La Chartre, wo wir Rast machten, um unser Pferd zu füttern und selber zu essen, stürmte eine Woge von Gerüchten auf uns ein – die Bretonen marschierten angeblich zu Tausenden von der Küste landeinwärts. Das wog wohl unsere eigenen Räuber auf, und ich weiß nicht, wer betroffener war, Robert oder ich. An den Räubern hatte ich schon seit einigen Stunden meine Zweifel . . . aber die Bretonen? Hatten wir nicht schon früher im Jahre gehört, daß die Leute im Westen sich weigerten, die Salzsteuer zu bezahlen? Daß viele Getreidespeicher geplündert und verbrannt worden waren?

«Wie habt ihr hier in La Chartre die Nachricht erfahren?» fragte mein Bruder im Wirtshaus. Der Wirt, der kaum wußte, ob er uns bedienen oder sein Haus gegen die heranziehenden Bretonen verbarrikadieren sollte, berichtete uns, daß die Postkutsche von Le Mans kurz nach sieben Uhr an diesem Morgen die Neuigkeit gebracht hatte.

«Gestern, spät am Abend, sind die Nachrichten mit der Pariser Diligence gekommen», sagte der Wirt. «Räuber ziehen von der Hauptstadt südwärts, und Bretonen marschieren von der Küste her. Zwischen den beiden werden wir gut zugerichtet werden!»

Der Kutscher der Diligence, dachte ich, hatte seine Arbeit wakker ausgeführt. Den Gerüchten waren Flügel gewachsen.

«Bist du jetzt zufrieden?» fragte ich meinen Bruder.

Und ich versicherte dem unglücklichen Wirt, wir seien heute über Mondoubleau gefahren und hätten keine Räuber auf den Straßen gesehen.

La Chartre mit seiner dröhnenden Sturmglocke und der aufgeregten Menge war kein Ort, wo man verweilte, und so waren wir bald wieder auf der Straße, das üppige Hügelland der Touraine meiner Mutter öffnete sich zu beiden Seiten, und das reife Getreide glänzte golden im Licht des Sonnenuntergangs. Da gab es keine Räuber mit geschwärzten Gesichtern, da gab es keine sonnverbrannten Bretonen, sondern die gebeugten Körper der Landarbeiter, die ihren Weizen und ihre Gerste schnitten – denn hier war man mit der Ernte früher dran als wir im Wald.

Wir fuhren aus dem Dorf St. Christophe zur kleinen Farm meiner Mutter, die in einer Mulde lag; von einem Obstgarten und wenigen Morgen Land umgeben; und war es auch spät am Abend, so war meine Mutter mit ihren Helfern doch noch immer auf den Feldern. Ich erkannte ihre hohe Gestalt, die sich vom Horizont abhob. Mein Bruder rief, und wir sahen, wie sie sich umwandte und über das Feld nach dem Wagen blickte, und dann kam sie auf uns zu.

«Ich habe gar nicht gewußt», rief der kleine Jacques erstaunt, «daß die Großmutter auf dem Feld arbeitet wie eine Bäuerin!»

Im nächsten Augenblick war ich aus dem Wagen geklettert, lag in ihren Armen und weinte – ob vor Ermüdung oder vor Freude oder vor Erleichterung, das wußte ich nicht.

In ihren Armen war Sicherheit, war alles, was in unserer alten, zerrissenen Welt noch Bestand hatte; an ihrem Herzen war ein Zufluchtsort für meine Furcht von heute, meine eigenen Zweifel an der Zukunft.

«Das ist genug, das ist genug», sagte sie, hielt mich an sich gedrückt, und dann gab sie mich mit einem Klaps auf die Schulter frei, als wäre ich ein Kind, jünger noch als Jacques. «Wenn ihr den ganzen langen Weg von Le Chêsne-Bidault gefahren seid, werdet ihr hungrig, durstig und müde sein. Wir wollen sehen, was Berthe uns auftischen kann. Jacques, du bist gewachsen. Robert, du siehst wirrköpfiger aus als je. Was treibst du denn hier, und was soll das alles?»

Ja, von den Unruhen in Paris hatte sie gehört, sie hatte gehört, daß die ersten zwei Stände dem Dritten Stand Schwierigkeiten machten.

«Was kann man von solchen Leuten erwarten?» fragte sie. «Sie haben allzulang ihren Willen gehabt und finden es unerfreulich, daß andere sie jetzt herausfordern.»

Nein, von der Erstürmung der Bastille am 14. Juli hatte sie nichts gehört, noch war sie vor Räubern gewarnt worden.

«Wenn ein Räuber mit schwarzer Fratze sich in unserer Gegend sehen läßt, dann erwischt er viel mehr, als er erwartet hat!»

Sie schaute zu der Mistgabel hinüber, die an der Scheune lehnte; und ich glaube, sie hätte einem ganzen Heer mit dieser Waffe standgehalten und hätte es, bloß mit der Mistgabel und mit ihrer Entschlossenheit, davongejagt.

Als wir mit unseren Erklärungen fertig waren, hatten sie und Berthe schon den Tisch in der Küche gedeckt und ein Mahl für uns angerichtet – ein großes Stück hausgeräuchertes Schweinefleisch und Käse und Brot aus dem eigenen Backofen und sogar eine Flasche Wein von ihren Reben, um das alles hinunterzuspülen.

«So», sagte meine Mutter, die auf ihrem gewohnten Platz am Ende des Tisches saß und in mir die Vorstellung weckte, als wären wir wieder unter ihrer Aufsicht in der Glashütte. «Die Nationalversammlung hat die Lage in der Hand, der König hat eine neue Verfassung versprochen – wozu denn all die Aufregung? Da sollte doch jeder zufrieden sein.»

«Du vergißt die zwei anderen Stände», erwiderte Robert, «den Adel und die Geistlichkeit. Kampflos werden sie das nicht hinnehmen.»

«Laß sie kämpfen», sagte meine Mutter. «Unterdessen können

wir die Ernte einbringen. Wisch dir den Mund ab, Jacques, wenn du getrunken hast.»

Robert erzählte ihr von den Verschwörungen des Adels, von den sechstausend Räubern, die das Land verwüsteten.

Meine Mutter blieb ungerührt.

«Wir haben den härtesten Winter seit Menschengedenken überstanden. Natürlich streichen Leute durchs Land und suchen Arbeit. Vorige Woche habe ich selber drei beschäftigt und gefüttert. Sie schienen recht dankbar zu sein. Wenn in Paris die Gefängnisse sich geöffnet haben, wie du sagst, dann wäre das um so mehr ein Grund für Leute wie dich, in Paris zu bleiben. Jetzt, da die Gefangenen fort sind, sollte es drüben doch ruhiger sein.»

Welche Gerüchte auch immer mein Bruder die vielen Meilen von Paris mitgebracht hatte, sie konnten die Unerschütterlichkeit der Farm nicht beeinträchtigen.

Früher, als Robert wegen Betrugs in La Force eingesperrt saß, war es ihm gelungen, die Haltung meiner Mutter ins Wanken zu bringen. Das würde er nicht noch einmal tun, nicht einmal mit der Nachricht einer Revolution.

«Und du, Sophie», sie musterte mich unverhohlen wie immer, «du hast hier nichts zu suchen, wenn doch dein Kind in acht Wochen auf die Welt kommt.»

«Ich hatte gehofft», murmelte ich tollkühn, «daß ich bleibe und das Kind hier kriegen könnte.»

«Kommt gar nicht in Frage», erwiderte meine Mutter. «Dein Platz ist bei deinem Mann in Le Chêsne-Bidault – und außerdem, wer wollte sich denn um die Familien kümmern, wenn du nicht dort bist? Noch nie habe ich so etwas gehört! Ich bin bereit, Jacques bei mir zu behalten, wenn Robert will – die Luft ist hier besser als in Paris, und wenn's auch in den letzten Monaten knapp war, kann ich ihn durchfüttern.»

Wie immer war sie Herr über die Lage und schulmeisterte uns; auch Robert fiel es schwer zu erklären, warum er Paris verlassen hatte. Daß er es getan hatte, um seinen Sohn in Sicherheit zu bringen, machte meiner Mutter keinen Eindruck.

«Ich staune, daß du gar nicht an die Sicherheit deines Ladens gedacht hast», bemerkte sie. «Wenn das Palais-Royal jetzt derart der Mittelpunkt des Trubels ist, wie du erzählst, hätte ich Angst um mein Lager. Hast du irgendwen, der es behütet?»

Mit gehobenen Brauen hörte sie, daß Freunde sich um seinen Laden kümmerten.

«Das ist mir lieb», sagte sie. «In unruhigen Zeiten hängen wir von unsern Freunden ab. Vor einigen Jahren, als du sie am dringendsten gebraucht hättest, waren keine da. Vielleicht wird diese Revolution das alles ändern.»

«Da mein Beschützer, der Herzog von Orleans, wahrscheinlich zwischen dem König und dem Volk von Paris vermitteln und Generalleutnant des Königreichs werden wird, hoffe ich das aufrichtig», erwiderte mein Bruder.

Sie sahen einander über den Tisch hinweg an wie zwei Kampfhähne, und sehr wahrscheinlich hätte dieses Gespräch bis Mitternacht gedauert, wenn nicht ein neuer Klang, der mir vertraut war, nicht aber meiner Mutter, sie veranlaßt hätte, den Kopf zu heben und zu lauschen.

«Hör doch», sagte sie. «Wer auf der Welt läutet um diese späte Stunde die Kirchenglocke?!»

Die Sturmglocke tönte von St. Christophe über die Felder. Jacques war jetzt müde und erschöpft; er brach in Tränen aus und lief auf mich zu.

«Das sind die Räuber!» schrie er. «Die Räuber sind uns von Paris hierher nachgekommen!»

Selbst Robert sah verwundert aus. Als wir vorher durch das Dorf gefahren waren, hatten wir keinen Menschen angetroffen, mit dem wir geredet hätten. Meine Mutter stand auf und rief dem Kuhhirten im Hof draußen zu:

«Sieh zu, daß das Vieh in Sicherheit ist! Und du solltest deine Türe verriegeln, bevor du schlafen gehst.»

Sie drehte sich um und verriegelte auch ihre Haustüre hinter sich.

«Räuber oder nicht – es hat keinen Sinn, unvorbereitet zu sein! Der Pfarrer hätte nie die Sturmglocke läuten lassen, wenn ihm nicht irgendeine Warnung zugekommen wäre. Es muß ihn eine Nachricht von Le Mans erreicht haben.»

Ich hatte unrecht gehabt, im Dorf meiner Mutter Frieden zu erwarten. Der Kutscher der Diligence hatte sein Werk nur allzu gründlich getan. Die Gerüchte und die Revolution hatten uns abermals eingeholt.

Zehntes Kapitel

Wie blieben Montag und Dienstag bei meiner Mutter in St. Christophe, und Donnerstag, den 22. Juli, da in unserer unmittelbaren Nachbarschaft keine Räuber zu sehen waren, beschloß mein Bruder, unsere Rückkehr nicht länger zu verzögern; doch statt wieder über La Chartre und St. Calais zu fahren, wollte er die Straße von Le Mans einschlagen, um dort von Pierre die neuesten Nachrichten aus Paris zu hören.

Ich wollte nicht zurück, aber ich fühlte, daß ich keine Wahl hatte. Meine Mutter hielt es offenbar für meine Pflicht, nach Le Chêsne-Bidault zurückzukehren, und ich hätte lieber tausend Räubern standgehalten, als mir ihre Mißbilligung zuzuziehen. Um den kleinen Jacques machte ich mir keine Sorgen; er war bereits der Schatten meiner Mutter und so eifrig darauf bedacht, auf den Feldern bei der Ernte zu helfen, daß er sich kaum die wenigen Minuten gönnte, um seinem Vater Lebewohl zu sagen. Keiner von uns wußte, daß der kleine achtjährige Knabe zweiundzwanzig Jahre alt werden sollte, bevor er seinen Vater wiedersah und wie schmerzlich dieses Wiedersehen sein würde. Für meine Mutter aber war es das letzte Mal, daß sie ihren Sohn in den Armen halten konnte.

«Du hast deine Cathie verloren», sagte sie. «Bewahre gut, was dir geblieben ist.»

«Nichts ist geblieben», erwiderte mein Bruder. «Darum habe ich meinen Sohn zu dir gebracht.»

Jetzt lächelte er nicht, und man sah ihm seine vierzig Jahre an.

War seine gewohnte Unbefangenheit am Ende nur eine Maske? Keiner von uns wußte, wieviel von seiner Jugend mit Cathie zu Grabe gegangen war.

«Ich will ihn sehr gut behüten», sagte meine Mutter. «Wenn ich nur glauben könnte, daß du auch auf dich selber achtgeben wirst!»

Wir stiegen in den Wagen und fuhren den Hügel aufwärts und dann auf die Straße. Als wir uns umdrehten, sahen wir Großmutter und Enkel uns zuwinken, und es war, als stellten sie alles dar, was in Vergangenheit und Zukunft standfest und dauernd war, während unserer eigenen Generation – Roberts und meiner – dieses Gleichgewicht fehlte und auf Gnade und Ungnade den Ereignissen ausgeliefert war, die sich für uns als allzu gewaltig erweisen mochten.

«Wir sind jetzt nicht weit von Chérigny, wo ich auf die Welt gekommen bin», sagte Robert und wies mit der Peitsche nach links. «Der Marquis von Cherbon hat keinen Erben hinterlassen. Ich habe vergessen, Mutter zu fragen, wem das Gut jetzt gehört.»

«Unsere Cousins führen noch immer die Glashütte», meinte ich. «Wir könnten sie aufsuchen, wenn du Lust hast.»

Robert schüttelte den Kopf.

«Nein. Was vergangen ist, ist vergangen. Aber der Gedanke an dieses Schloß und an alles, was sich daran knüpft, wird mir bleiben bis zu meinem letzten Tag.»

Er trieb das Pferd zu rascherem Trab an, und auch jetzt war es mir unklar, ob mein Bruder aus Neid oder aus Heimweh so sprach; ob das Schloß Chérigny etwas war, das er besitzen oder zerstören wollte.

Wir kamen in den Marktflecken Château-du-Loir, und im Nu waren wir inmitten von widersprüchlichen Gerüchten. Vor der Mairie drängten sich die Menschen, und manche Leute riefen: «Es lebe die Nation . . . es lebe der Dritte Stand!» Aber sie taten es so unsicher, als sollten diese Worte ihnen gleichsam als eine Zauberformel dienen, die die Gefahr abwenden sollte.

Es war Markttag, und es mußte Unruhen gegeben haben, denn Buden waren umgeworfen worden, und Hühner flatterten in alle Richtungen. Frauen weinten, und eine, kühner als ihre Gefährtinnen, schüttelte die Faust gegen eine Gruppe Männer, die auf das Rathaus zugelaufen kamen.

Unser Wagen wurde, da er den Leuten unbekannt war, zum Mittelpunkt der allgemeinen Aufmerksamkeit, wir wurden umringt und befragt, was wir hier suchten. Einer der Kerle packte die Zügel, riß daran, zwang das arme Tier zurückzuweichen und schrie auf uns ein: «Seid ihr für den Dritten Stand?»

«Ganz bestimmt», antwortete mein Bruder. «Ich bin der Cousin eines Abgeordneten. Laß mein Pferd in Frieden!»

Und er zeigte auf die rosa-blaue Kokarde, die er in der Diligence aus Paris mitgebracht und vorsorglich auf dem Dach des Wagens angesteckt hatte.

«Steck sie dir an den Hut, wo jeder sie sehen kann!» schrie der Mann, und hätte Robert das nicht sofort getan, so hätten sie ihn wahrscheinlich vom Bock gezerrt; ob einer von ihnen die Bedeutung der Worte «Dritter Stand» kannte oder wußte, was die Farben für einen Sinn hatten, das war wieder eine andere Frage. Man wollte wissen, warum wir unterwegs waren und wohin wir fuhren – auf jede Frage hatte Robert eine Antwort –, doch als er Le Mans als unser Ziel nannte, da riet uns einer in der Schar, kehrtzumachen und nach St. Christophe zurückzufahren.

«Le Mans ist auf allen Seiten von den Räubern umzingelt», berichtete er. «Es sind zehntausend Mann. Jedes Dorf zwischen hier und der Stadt ist gewarnt worden.»

«Wir wollen's trotzdem wagen», meinte Robert. «Ich muß heute abend bei einer Sitzung der Wahlmänner sein.»

Das Wort «Wahlmänner» hatte große Wirkung. Die Menge wich zurück, und wir durften weiterfahren.

Vielleicht hatte mich, wie vor drei Monaten die arme Cathie, meine Schwangerschaft nervöser und phantasiereicher gemacht, als ich es sonst war, aber ich sehnte mich aus ganzem Herzen, wieder bei meiner Mutter und bei Jacques zu sein. Je näher wir an diesem langen Tag Le Mans kamen, desto deutlicher wurde es, daß die Bewohner sämtlicher Dörfer große Angst hatten. Die Dörfer waren entweder tot und stumm, die Türen waren geschlossen, und aus den oberen Fenstern starrten die Leute uns an, als wären wir Gespenster; oder aber es gärte, wie etwa in Châ-

138

teau-de-Loir, wo die Sturmglocke dröhnte und die Menschen uns sogleich umringten, um Neuigkeiten zu hören.

Zwei- oder dreimal im Verlauf des Tages sahen wir Menschengruppen vor uns auf der Straße, die auf den ersten Blick die gefürchteten Räuber zu sein schienen. Und vorsichtshalber lenkte Robert den Wagen seitwärts in die Dekkung der Bäume; auf diese Art, hoffte er, würden wir ihrer Aufmerksamkeit entgehen. Doch jedesmal sah man uns, kam auf uns zu, um uns auszufragen, und es stellte sich heraus, daß es Scharen bewaffneter Dorfbewohner waren, die zwischen den Kirchengemeinden patrouillierten, wie es Michel und François von Le Chêsne-Bidault aus taten. Jede Gruppe hatte ein neues Gerücht vernommen – Schlösser waren niedergebrannt und ihre Besitzer gezwungen worden zu flüchten, wenn sie ihr Leben retten wollte, La Ferté-Bernard stehe in Flammen. Die Räuber zogen just heute gegen Le Mans, der Graf von Artois habe das Land nicht verlassen, sondern habe zwanzigtausend englische Soldaten aufgeboten, um ganz Frankreich zu verheeren.

Als wir uns spät am Nachmittag den Vororten von Le Mans näherten, war ich darauf gefaßt, die Stadt in Schutt und Asche und das Blut auf den Straßen strömen zu sehen – auf alles, nur nicht auf die unnatürliche Ruhe, die über allem lagerte, und darauf, daß wir höchst plötzlich und ohne Zeremonien gezwungen wurden, aus dem Wagen zu steigen.

Am Stadttor wurden wir von den Dragonern von Chartres angehalten, die hier Wache hielten, dann wurden wir und der Wagen untersucht, und wir durften erst in die Stadt weiterfahren, nachdem Robert Pierres Namen genannt hatte. Dann wurde uns befohlen, ins Rathaus zu gehen und uns dort bei den Beamten zu melden.

«Endlich eine Organisation», flüsterte Robert mir zu. «Was hätte man auch anderes von ihrem Obersten erwarten sollen, dem Grafen von Valence, dem persönlichen Freund des Herzogs von Orleans?»

Mir war es sehr gleichgültig, wer ihr Oberst war. Der Anblick von Männern in Uniform weckte Vertrauen in mir.

Wenn dieses Regiment über die Sicherheit der Stadt wachte, würden die Räuber es nicht wagen, weiter vorzurücken.

Im Zentrum der Stadt war es weniger ruhig. Überall auf den Straßen versammelten sich in großer Erregung Leute. Die meisten trugen rot-weiß-blaue Kokarden, und Roberts rosa-blaue schien hier sichtlich fehl am Ort zu sein.

«Diesmal hat die Mode dich überholt», sagte ich. «Der Herzog von Orleans ist wohl doch nicht Generalleutnant des Königreichs geworden.»

Sekundenlang wirkte meine Bruder bestürzt, doch er erholte sich schnell.

«General La Fayette hat an dem Tage, da ich Paris verließ, der Bürgermiliz rot-weiß-blaue Kokarden gegeben», sagte er. «Kein Zweifel, daß diese Farben mit der Billigung des Herzogs von Orleans vom ganzen Land anerkannt werden.»

Die Ordnung, die uns am Stadttor so großen Eindruck gemacht hatte, fehlte im Rathaus. Bewaffnete Bürger mit der dreifarbigen Kokarde taten ihr Möglichstes, um die Menge zurückzuhalten, die sie aber kaum beachtete. Es tönten die unvermeidlichen Rufe: «Es lebe die Nation . . . es lebe der König . . .», doch kein einziges Mal hörte man: «Es lebe der Herzog von Orleans!»

Mein Bruder entfernte, vielleicht aus Vorsicht, die aus der Mode geratenen Farben von seinem Hut.

In einer Ecke des Platzes waren auch andere Wagen, und wir ließen unsern in der Obhut eines alten Mannes, der ein Stück mit Stricken abgegrenzt und auf eine Tafel geschrieben hatte: «Den Wahlmännern des Dritten Standes vorbehalten!» Roberts überlegene Art und sein reichliches Trinkgeld weckten in dem Mann die Überzeugung, daß mein Bruder zumindest Abgeordneter war.

Wir kämpften uns durch die Menge bis ins Innere des Rathauses. Hier gab es noch mehr bewaffnete Bürger der neuen Miliz, erfüllt von Stolz und dem Gefühl von Wichtigkeit, und sie führten uns zu einer geschlossenen Türe, hinter der wir vierzig Minuten oder länger warteten und mit uns eine kleine Gruppe von Menschen, die ebenso verwirrt waren wie wir selber. Dann öffnete sich die Türe, und wir zogen an einem langen Tisch vorüber, hinter dem Beamte der verschiedensten Art saßen, doch alle trugen die rot-weiß-blaue Kokarde. Unsere Namen, unsere Adresse, der Grund unseres Kommens wurden sorgfältig notiert und von einem vielgeplagten Individuum eingetragen, dem es viel weniger Sorge machte, daß Robert aus Paris kam und somit ein verkleideter Räuber sein konnte, als daß wir nicht wußten, welcher Kompanie der Miliz unser Bruder Pierre angehörte.

«Ich habe es Ihnen doch schon erklärt», sagte Robert geduldig, «daß wir drei Tage in der Touraine gewesen sind. Wir wissen nichts von der Bürgermiliz hier in Le Mans.»

Der Mann musterte uns argwöhnisch. «Aber Sie wissen doch wenigstens, in welchem Stadtviertel Ihr Bruder wohnt?»

Wir gaben die Adressen von Pierres Haus und seiner Kanzlei an. Am Ende wurde uns erlaubt, wegzugehen, nachdem man uns mit Pässen ausgestattet hatte, die bewiesen, daß wir Bruder und Schwester von Pierre Busson du Charme waren, dem Mitglied der Loge St. Julien de l'Etroite Union, was, als Robert es erwähnte, sofort große Wirkung auf unsern Beamten ausübte.

«Einfluß ist alles», flüsterte Robert mir zu. «Selbst wenn eine Stadt mitten in der Revolution steckt.»

Während wir von der Miliz und den Beamten umgeben waren, verschonte man uns mit Gerüchten, doch kaum waren wir vor dem Rathaus, als sie wieder auf uns einstürmten. Banden terrorisierten das ganze Land von La Ferté-Bernard bis Le Mans. Als ich das vernahm, war ich dafür, trotz der Gefahr so rasch wie möglich heimzukehren, doch Robert steuerte mich durch das Gedränge und zum Wagen zurück.

«Zunächst können du und ich und das Pferd heute abend nicht mehr weiter. Und dann sind Michel, François und die ganze Glashütte sehr wohl in der Lage, sich selber zu wehren.»

Als er vor Pierres Haus ankam, fanden wir es bis zum Dach angefüllt, und zwar nicht nur mit seinen Söhnen, die winzige Kokarden trugen und aus voller Kehle «Es lebe die Nation!» schrien, sondern auch mit den Pechvögeln, die seine Klienten waren und bei ihm Hilfe suchten. Ein alter Kaufmann, der sich von den Geschäften zurückgezogen hatte, eine Witwe mit ihrer Tochter und ein junger Bursche, der nicht imstande war, auf andere Art sein Leben zu verdienen, wurden von Pierre dafür bezahlt, seine Söhne zu hüten. Pierres Jüngster stand splitternackt in seiner Wiege, die rot-weiß-blau geschmückt war.

Mein Bruder hatte mit seiner Abteilung der Bürgermiliz die Wache bezogen, aber Marie, seine Frau, führte mich rasch in den Oberstock und in das Bubenzimmer – die Knaben waren, wie ich dankbar feststellte, auf den Dachboden übersiedelt worden –, und ich versank sogleich in einen Erschöpfungsschlaf, aus dem mich erst am nächsten Morgen die verhaßte Sturmglocke weckte, die von der nahen Kirche herüberdröhnte.

Die Sturmglocke ... sollten wir sie denn nie loswerden? Mußte ihr Ruf uns wirklich Tag und Nacht verfolgen? Nur um die Furcht zu steigern? Ich schleppte mich vom Bett bis ans Fenster. Ich konnte unten auf der Straße Leute laufen sehen. Ich ging zur Türe und rief meine Schwägerin. Die einzige Antwort, die ich erhielt, war ein Wimmern des jüngsten Kindes in seiner Wiege. Langsam zog ich mich an und ging hinunter. Es war kein Mensch im Hause, abgesehen von der Witwe und ihrer Tochter, die sich um das Kind kümmern sollten. Alle waren auf die Straße geeilt.

Ich wollte mir Kaffee kochen, doch die Knaben mußten alles in Unordnung gebracht haben, und ich konnte nicht einmal ein Stückchen Brot finden. Wenn mein Bruder bei der Rückkehr aus dem Dienst ein Abendessen erwartete, nun, in seiner eigenen Küche war nicht viel vorhanden, was man ihm hätte geben können.

Noch immer schrien draußen auf der Straße die Leute, noch immer dröhnte die Glocke. Wenn das Revolution ist, dachte ich, so sind wir ohne Revolution besser dran – dann aber erinnerte ich mich an den Winter, an die Familien in der Glashütte, und alles, sogar die jetzige Angst, war besser als das, was sie erduldet hatten.

Meine Schwägerin machte sich daran, aus dem, was auf dem Marktplatz zu finden gewesen war, eine Mahlzeit für uns alle zu bereiten, und da mein Bruder darauf bestand, daß alle Mitglieder des Haushalts die Gemüse roh essen und sich des Fleisches völlig enthalten müßten, nahm das unter diesen Umständen nicht viel Zeit in Anspruch.

Dann blieben wir im Haus und warteten auf die Männer, denn ich war entschlossen, keinen Fuß vor die Türe zu setzen, wenn die Bauern noch immer rebellierten – und während die Buben mit dem jungen Mann, der sie unterrichten sollte, Bockspringen spielten, gab ich dem Jüngsten sein Essen, meine Schwägerin schlief, und die Witwe erzählte mir die ganze Geschichte ihres Prozesses.

Es war fünf oder sechs, als meine Brüder heimkamen, und als sie beide zur gleichen Zeit erschienen, trug Pierre stolz seine Muskete und die Trikolore, und auch Robert hatte die nationale Kokarde angesteckt. Sie sahen beide ernst drein.

«Was gibt's Neues? Was ist geschehen?»

Von allen Lippen, auch von denen der Witwe, tönten diese Fragen.

«Zwei Bürger von Le Mans sind bei Ballon ermordet worden», sagte Robert. Ballon war ein Dorf, etwa fünf Meilen von der Stadt entfernt. «Man kann es nicht den Räubern zur Last legen», setzte er hinzu. «Die Männer wurden von Strolchen aus der Nachbargemeinde umgebracht. Eben sind Kuriere mit der Nachricht nach Le Mans gekommen.»

Pierre trat näher und umarmte mich, denn wir hatten uns, seit ich am Abend zuvor in sein Haus gekommen war, noch nicht gesehen. Er bestätigte Roberts Nachrichten.

«Es war ein Silberschmied, der reichste Mann in Le Mans», sagte er. «Bei allen Leuten verhaßt und im Verdacht, Getreide zu hamstern. Immerhin entschuldigt das nicht den Mord. Er hatte sich im Schloß Nouans zwei Tage lang verborgen gehalten, und heute früh ist eine Bande aufgeregter Bauern dort eingedrungen und hat ihn und seinen Schwiegersohn, einen Bruder des Abgeordneten, gezwungen, nach Ballon zurückzukehren. Dort haben sie den unglückseligen Mann mit einer Axt totgeschlagen, den Schwiegersohn erschossen, haben die Köpfe auf Piken gesteckt und sind damit durch das Dorf gezogen. Das ist kein bloßes Gerücht. Einer der Kuriere, die heute gekommen sind, hat es mit eigenen Augen gesehen.»

Meine Schwägerin, zumeist gelassen und ruhig, war sehr blaß geworden. Ballon war nur ein kurzes Stück Weg von

Bonnétable entfernt, ihrer Heimat, wo ihr Vater mit Getreide handelte.

«Ich weiß, woran du denkst», sagte Pierre und legte den Arm um sie. «Dein Vater ist nicht beschuldigt worden, Getreide zu hamstern . . . vorläufig. Und er ist als guter Patriot bekannt. Jedenfalls müssen wir hoffen, daß, sobald diese Nachricht bekannt ist, jede Gemeinde im Bezirk ihre eigene Miliz aufstellen wird, um für Ruhe und Ordnung zu sorgen.»

Ich setzte mich zu meiner Schwägerin und nahm ihre Hand. Obgleich ich nichts von den ermordeten Männern wußte, machte die Nachricht, daß sie von Bauern in einer Nachbargemeinde und nicht von Räubern abgeschlachtet worden waren, ihren Tod noch gräßlicher. Ich dachte an unsere Arbeiter in der Glashütte, an Durocher und andere, die in der Winternacht ausgezogen waren, um die Getreidewagen zu überfallen. Wäre Durocher, von Groll und Haß verblendet, auch imstande, einen Mord zu begehn?

«Du sagst, daß es Bauern waren, die diese scheußliche Tat vollbracht haben?» fragte ich Pierre. «Waren sie ohne Arbeit? Haben sie gehungert? Was haben sie denn damit zu erreichen gehofft?»

«Die Genugtuung eines Augenblicks», erwiderte Pierre. «Nach Monaten, Jahren, Jahrhunderten der Unterdrückung. Es hat keinen Zweck, den Kopf zu schütteln, Sophie. Es ist so. Allerdings ist Blutvergießen solcher Art sinnlos. Man muß ihm ein Ende machen und die Schuldigen bestrafen. Sonst bricht die Anarchie über uns herein.»

Er ging in die Küche, wo seine Frau ihm eine Mahlzeit aus Obst und rohem Gemüse zubereitet hatte. Doch die Jungen waren schon darüber hergefallen und hatten ihm nichts übrig gelassen. Ich dachte an meinen Vater und was geschehen wäre, wenn seine Söhne gewagt hätten, sich über das Essen herzumachen, das für ihn warm gehalten wurde, wann immer er von der Schicht kam. Pierre dagegen war es anscheinend gleichgültig.

«Die Buben sind im Wachsen», sagte er. «Und ich nicht. Und wenn ich hungrig bin, kann ich überdies einiges davon begreifen, was diese armen Teufel durchgemacht haben müssen, bevor ihr Elend sie bis zum Mord trieb.»

«Die armen Teufel, die dir so leid tun», sagte Robert, «waren weder hungrig noch verzweifelt, als die Greueltat geschah. Das habe ich unmittelbar von einem Beamten im Rathaus, der mit einem der Kuriere gesprochen hat. Zwei der Mörder waren Diener in Bürgerhäusern, der eine bei einem deiner Kollegen und ganz besonders gut genährt. Ihre Ausrede war, daß sie von Landstreichern im Wald dazu aufgehetzt worden sind.»

Wir sprachen noch von dem Mord, als wir abends zu Bett gingen, und am Morgen meldeten die Jungen, die, obgleich ihre Mutter es ihnen verboten hatte, durch die Stadt gestreunt waren, daß die Leute allerorten kaum von etwas anderem redeten. Die Wache vor dem Rathaus war verdoppelt worden; nicht aus Angst vor den Räubern, die sich jetzt, wie es hieß, zerstreuten, sondern weil die Bauern außerhalb der Stadt alle Gutgekleideten bedrohten und beschuldigten, Aristokraten zu sein.

Ich brachte meinen ganzen Mut auf und wagte mich, von Pierres Jungen eskortiert, hinaus, um am Nachmittag Edmée zu besuchen, doch das Gedränge an diesem Freitag, dem vierundzwanzigsten, war noch schlimmer als am Mittwoch, als wir angekommen waren.

Als wir zum Kloster St. Vincent kamen, neben dem Edmée und ihr Mann wohnten, sah ich beunruhigt, daß eine noch dichtere Menge sich um Mauern und Gebäude drängte. Einige besonders kühne Geister waren sogar auf die Mauer gestiegen, schwenkten, ermutigt von der Menge, Stöcke und grölten: «Nieder mit den Getreidehamsterern! Nieder mit denen, die das Volk aushungern!»

Einige Leute der Bürgermiliz standen vor dem Tor des Klosters wie Strohmänner und hatten keine Ahnung, wie sie mit ihren Musketen umgehen sollten.

«Weißt du, was geschehen wird?» sagte Emile, Pierres ältester Sohn. «Die Menge wird die Miliz überwältigen und in das Kloster eindringen.»

Diesen Gedanken hatte ich auch, und so versuchte ich, so rasch wie möglich aus dem Gedränge hinauszukommen. Die Jungen waren klein und behend, sie duckten die Köpfe und schoben sich unter den Armen hindurch bis an den Rand des Gedränges, ich aber geriet in die Masse, die sich zum Kloster preßte, wurde hilflos und kraftlos mitgeschleppt, ein Teilchen einer menschlichen Flut.

Die größte Angst jeder schwangeren Frau, umgeworfen und zerstampft zu werden, hatte mich jetzt in vollem Maße gepackt. Ich war mitten drin und wurde an meine Nachbarn gequetscht, die zum Teil, nicht anders als ich, bloße Zuschauer gewesen waren, die meisten aber waren angriffslustig, den Insassen des Klosters feindlich gesinnt und wahrscheinlich auch gegen Edmées Gatten, Monsieur Pomard, aufgebracht, den Steuereintreiber der Mönche. Die Frage war, ob sie wußten, wo er wohnte.

Wir wogten vor den Mauern des Klosters vorwärts und zurück, und ich wußte, wenn ich jetzt ohnmächtig würde – und weit davon war ich nicht entfernt –, wäre meine Lage hoffnungslos. Ich würde niedergeworfen und zertrampelt werden.

«Wir wollen ihn draußen haben», schrien die Leute vor mir. «Wir wollen ihn draußen haben, und dann soll's ihm gehen wie seinen Kumpanen in Ballon.»

Ich wußte nicht, ob sie den Abt meinten oder meinen Schwager, denn die Worte «Getreidehamsterer» und «Hungerhändler» wurden immer wieder laut. Auch dachte ich daran, daß die Unglücklichen, die in Ballon niedergemacht worden waren, keine Aristokraten gewesen waren, sondern Bürger, die sich durch ihren Reichtum den Haß des Volkes zugezogen hatten, und daß die Mörder keine darbenden Bauern waren, sondern ganz gewöhnliche Menschen, die sich, wie die Leute hier in der Menge, für einige Zeit in Teufel verwandelt hatten.

Ich konnte den Haß wie eine Flut aus tausend Kehlen rund um mich aufsteigen spüren, und jene, die vorher friedfertig gewesen waren, wurden jetzt angesteckt.

Dann, als gerade ein neuer Druck von der Menge hinter uns einsetzte und uns auf das Kloster zuschob, stieg ein Schrei auf:

«Die Dragoner . . . Die Dragoner kommen . . .»

Und aus der Ferne hörte man das Klappern von Hufen und die hohe Kommandostimme eines Offiziers. Im Nu waren sie auf uns eingedrungen, zerstreuten uns nach rechts und nach links, und die kräftige Gestalt des Mannes neben mir diente mir, ohne daß er etwas dazu tat, als Schutzwehr gegen die heranrückenden

Pferde. Irgendwo stieß er mich aus der Gefahrenzone, doch ich konnte das warme Pferdefleisch riechen und sah, wie die gehobenen Säbel der Dragoner die Menge bedrohten, und die Frau, die eben noch vor mir gewesen war und gebrüllt hatte, fiel unter die Pferdehufe. Nie werde ich ihren Schrei vergessen noch das schrille Wiehern des Pferdes, das über sie stolperte.

Die Menschen wichen nach beiden Seiten auseinander, mitten drin waren die Dragoner, auf meinem Kleid war Blut – das Blut der Frau. Ich ging, kaum wissend, was ich tat, auf die Türe von Edmées Haus neben dem Kloster zu. Ich klopfte, doch keiner meldete sich. Ich klopfte wieder, rief, schrie, und ein Fenster im oberen Stockwerk öffnete sich, und ein schreckensblasses Männergesicht starrte zu mir hinunter, ohne mich zu erkennen. Es war mein Schwager Pomard, und er schloß das Fenster unverzüglich und ließ mich an die Türe klopfen.

Das Geschrei der Menge, die Rufe der Dragoner, das Summen in meinen Ohren, das alles vereinigte sich, und ich sank ohnmächtig auf Edmées Schwelle nieder. Ich spürte auch die Hände nicht, die mich berührten, mich aufhoben, mich ins Haus trugen. Als ich die Augen aufschlug, lag ich auf einem schmalen Bett in einem kleinen Salon, den ich als den Salon meiner Schwester erkannte, und Edmée selbst kniete neben mir. Ungewöhnlich an ihr war, daß sie fast ebenso verstaubt und abgerissen war wie ich selber, mit rußschwarzem Gesicht und lose hängendem Haar; befremdender aber war noch das große dreifarbige Band, das sie um die Schultern geschlungen hatte. Ich ahnte, was geschehen war. Auch sie war in der Menge gewesen, doch nicht als bloße Zuschauerin. Ich schloß die Augen.

«Ja, es ist wahr», sagte Edmée, als hätte sie meine Gedanken gelesen. «Ich war dort, ich war eine von ihnen. Du verstehst diesen Drang nicht. Du bist keine Patriotin.»

Ich verstand gar nichts, nur daß ich eine Frau war, die ein Kind trug, das tot geboren werden konnte wie Cathies Kind, und daß ich selber dem Tod nur knapp entronnen war, als ich mich in einer brüllenden Menge verfangen hatte, die nicht wußte, warum sie brüllte.

«Und dein Mann, Edmée?» fragte ich. «Haben die Leute seinetwegen gebrüllt?»

Sie lachte verächtlich.

«Er hat's jedenfalls geglaubt. Darum hat er sich auch im oberen Stock versteckt und wollte dich nicht reinlassen. Gott sei Dank, daß ich dich gefunden habe; dann habe ich ihn gezwungen, herunterzukommen und dich ins Haus zu tragen. Aber damit ist's zu Ende. Ich bin fertig mit ihm!»

«Was meinst du damit, daß du mit ihm fertig bist?»

Sie richtete sich auf und stand am Ende des Bettes, die Arme verschränkt, und ich dachte, wie sie doch mit einem Mal zur Frau geworden war, und eine Frau, die es für richtig hielt, über ihren Gatten zu urteilen, der um fünfundzwanzig Jahre älter war als sie.

«Ich habe in allen diesen Monaten den Beweis dafür erhalten, daß er sein Vermögen mit den Prozenten gemacht hat, die er von den Steuern und Abgaben nimmt», sagte sie. «Vor einem Jahr wäre mir das vielleicht gleichgültig gewesen; jetzt aber nicht. Die ganze Welt hat sich in diesen letzten drei Monaten verändert. Ich will nicht, daß man mit Fingern auf mich zeigt, weil ich die Frau eines Generalpächters bin. Und darum habe ich mich der Menge draußen angeschlossen. Es war eine Heimkehr, und ich habe dazugehört und wurde zu einem Teil davon, und ich bin froh, daß ich's getan habe. Ich gehöre zu dem Volk dort draußen. Nicht hierher in seine privilegierte Wohnung.»

Sie sah sich angewidert um, und ich fragte mich, inwiefern ihr Ekel in Wahrheit dem patriotischen Aufschwung entstammte und inwiefern es ihre Wut darüber war, daß sie einen alten Mann geheiratet hatte.

Vor einem Jahr war Edmée, meine leichtfertige, auf ihre geistige Entwicklung bedachte kleine Schwester, eine Braut gewesen, hatte nur ihre Ausstattung im Kopf gehabt und sich mit der Frage beschäftigt, welche Rolle sie in der bürgerlichen Gesellschaft spielen werde. Jetzt war sie eine Revolutionärin, war heftiger als Pierre, sprach davon, ihren Gatten zu verlassen, weil sie seinen Beruf mißbilligte.

Plötzlich umwölkte sich ihr Gesicht, und sie musterte mich argwöhnisch:

«Ich habe dich noch gar nicht gefragt, was du eigentlich in Le Mans machst.»

Ich berichtete ihr kurz, daß Robert mit Jacques letzten Samstag angekommen war, daß wir nach St. Christophe gefahren waren und daß wir jetzt bei Pierre auf eine Gelegenheit warteten, nach Le Chêsne-Bidault zurückzukehren.

«Seit dem 14. Juli ist niemand mehr imstande gewesen, mit Sicherheit zu sagen, wer ein Patriot und wer ein Spion ist», erklärte sie. «Sogar Mitglieder ein und derselben Familie lügen einander an. Ich bin froh zu hören, daß Robert zu uns gehört. Ich weiß ja nur wenig von seinem Leben in Paris, und da hatte ich das Gegenteil befürchtet. Das ist das Gute an Michel und an deinem François. Kein Mensch wird einen von beiden beschuldigen, nach dem gestrigen Tag Verräter der Nation zu sein.»

Ich lag auf dem Bett, wurde mir meiner tiefen Erschöpfung bewußt und hörte kaum auf das, was sie sagte. Jetzt wurde an die Türe geklopft. Es waren Robert und Pierre, von den erschrockenen Jungen davon verständigt, was mir zugestoßen sein könnte. Edmées Gatte blieb im oberen Stockwerk, und obgleich ich in dem Gespräch der drei häufig seinen Namen nennen hörte, ging doch keiner meiner Brüder zu ihm hinauf, um mit ihm zu reden.

Vor dem Haus hatten sie einen Fiaker warten lassen, und als ich mich wohl genug fühlte, halfen sie mir einsteigen, denn ich zog es vor, unter Pierres Dach zu sein, so unordentlich es dort auch zugehen mochte, als bei Edmée in dieser Atmosphäre von Groll und Mißtrauen.

Meine Brüder stellten keine Fragen. Vermutlich beunruhigte sie zu sehr die Vorstellung, was mir in diesem Gedränge möglicherweise zugestoßen wäre, als daß sie mich noch mit Fragen geplagt hätten. Und sobald wir sicher im Haus waren, legte ich mich zu Bett.

Ich blieb wach und sah in meinem Geist noch einmal die abscheulichen Ereignisse des Nachmittags vor mir. Wie knapp war ich dem Tod entgangen! Ich sehnte mich nach meinem Heim und nach meinem Mann.

Elftes Kapitel

Am Sonntag, den 26. Juli, brachte Robert mich heim nach Le Chêsne-Bidault. Wir fuhren über Coudrecieux und unsere alte Heimat und dann durch den Wald von Vibraye, diesmal aber, obgleich wir anhielten, um unterwegs mit Leuten zu reden, hatte kein Mensch einen Räuber zu Gesicht bekommen. Sie hatten sich zerstreut, hieß es.

Als wir in Le Chêsne-Bidault ankamen, war alles ruhig. Alles wirkte verödet, als wäre in unserer Abwesenheit die Arbeit eingestellt worden. Aus dem Schornstein stieg kein Rauch auf, die Schuppen, die Vorratshäuser waren versperrt, und selbst das Haus des Meisters war geschlossen, ohne daß wir ein Lebenszeichen erkennen konnten. Wir gingen um das Haus, durch den Obstgarten, hämmerten dort an die Türe, und bald hörten wir, wie die Läden in der Küche geöffnet wurden, und Madame Verdelet, bleich wie ein Gespenst, spähte durch die Spalten zu uns heraus. Sie atmete auf, als sie uns erblickte, dann ging sie an die Türe und öffnete sie; und dann stürzte sie auf mich zu und brach in Tränen aus.

«Es hieß, Sie würden nicht zurückkommen», weinte sie, nahm meine Hand und hielt sie fest. «Es hieß, Sie würden bei Madame in St. Christophe bleiben, bis die Unruhen vorüber wären, wochenlang vielleicht, bis das Kind da wäre. Gelobt sei die gesegnete Jungfrau, gelobt seien alle Heiligen, daß Sie wohlauf und in Sicherheit sind!»

Ich trat ins Haus und schaute mich um. Von der Küche abgesehen wirkte das Haus leer, verschlossen, unwohnlich, und im großen Wohnzimmer hatte man den Eindruck, daß seit unserer Abreise kein Mensch die Stühle benützt hatte.

«Wer hat Ihnen gesagt», fragte ich, «daß ich nicht zurückkommen würde?»

«Monsieur Michel und Monsieur François», antwortete sie. «Am Tag, als Sie wegfuhren, hielten Sie mich an, das Haus versperrt und verschlossen zu halten. Aus Angst vor Räubern. Zum Glück hatte ich Lebensmittel genug und konnte damit haushalten – und ein paar von den Männern blieben, um die Glashütte zu bewachen; den Frauen aber hatte man ebenso wie mir befohlen, im Haus zu bleiben oder sich keinesfalls über das Gebiet der Glashütte hinaus zu rühren.»

Ich warf Robert einen Blick zu. Seine Züge verrieten nichts, aber er ging durch das Zimmer, öffnete die Läden und ließ Licht und Luft herein.

«Jetzt ist es vorüber», sagte er. «Die Räuber haben sich nach Süden verzogen. Wir werden nicht mehr belästigt werden.»

Ich war durchaus nicht beruhigt. Nicht daß ich noch Angst vor den Räubern gehabt hätte, aber ich befürchtete etwas Schlimmeres, etwas, das ich Madame Verdelet nicht erklären konnte.

«Wo sind Monsieur Michel und Monsieur François jetzt?» fragte ich.

«Das weiß ich nicht, Madame Sophie», sagte sie. «Sie und die meisten Männer von der Hütte sind die ganze Woche im Wald gewesen. Die Wächter hier haben mir erzählt, daß in La Ferté-Bernard und weiter westlich in Bonnétable viel gekämpft worden ist, und vielleicht waren unsere Leute auch dabei. Das weiß kein Mensch.»

Sie war wieder den Tränen nahe, und ich führte sie in die Küche zurück, um sie zu trösten, und damit sie uns eine Mahlzeit vorbereitete. Dann, mit schwerem Herzen, dachte ich daran, wo meine Pflicht war und was meine Mutter an meiner Stelle getan hätte, und so ging ich über den Hof der Glashütte und zu den Häuschen, um nach den Familien zu sehen.

Eine oder zwei hatten uns ankommen gesehen, und jetzt drängten sie sich aus ihren Wohnstätten, um mich zu begrüßen;

die meisten waren ebenso benommen und verängstigt, wie es Madame Verdelet gewesen war. Ich konnte nichts tun, als Roberts Erklärungen wiederholen; die Räuber hätten sich zerstreut, das Schlimmste sei vorüber, und wir seien auf der Straße von Le Mans nirgends belästigt worden.

«Wenn hier die Gefahr vorüber ist», fragte eine der Frauen, «warum kommen dann unsere Männer nicht zurück?» Und das riefen sie jetzt alle: «Wo sind unsere Männer? Was treiben sie?»

Darauf konnte ich ihnen keine Antwort geben. Ich konnte nur erklären, die Männer seien noch immer im Wald oder müßten vielleicht der Bürgermiliz in La Ferté-Bernard helfen, wenn es dort tatsächlich zu Kämpfen gekommen sein sollte.

Madame Delalande, die Frau eines unserer besten Arbeiter, hatte die Arme gekreuzt und beobachtete mich.

«Ist es wahr», fragte sie, «daß die Leute in Ballon zwei Verräter getötet haben?»

«Von Verrätern weiß ich nichts», sagte ich vorsichtig. «Donnerstag sind zwei ehrbare Bürger von Le Mans ermordet worden. Mehr kann ich Ihnen nicht sagen.»

«Kornhamsterer», meinte sie. «Mitglieder der Aristokratie. Recht ist ihnen geschehen! Das sind die Kerle, derentwegen wir den ganzen Winter hungern mußten. Sie verdienen es, daß man sie in Stücke reißt; alle miteinander!»

Damit fand sie bei den anderen Frauen Verständnis; sie nickten und brummten untereinander, und eine rief laut, ihr Mann habe ihr, bevor er fortging, gesagt, die Aristokratie habe eine große Verschwörung angezettelt, um alle armen Leute im Lande umzubringen. Das Gerücht war in Paris aufgekommen und hatte sich in unserm Bezirk verbreitet, und jetzt seien Monsieur Busson-Challoir und Monsieur Duval ausgezogen, um gegen die Aristokraten zu kämpfen.

«Das ist recht so», sagte Madame Delalande. «Mein André hat es mir auch erzählt. Der König ist auf unserer Seite und der Herzog von Orleans, und sie haben versprochen, daß in Zukunft alles dem Volk gehören solle und nichts den Aristokraten. Wenn wir wollen, können wir ihnen ihre Schlösser wegnehmen.»

Diese Nachricht hielt ich für ebenso unwahrscheinlich wie das

Anrücken von sechstausend Räubern in unserer Gegend oder das allgemeine Blutbad unter den Armen in Frankreich.

«Wir werden bald erfahren, was in Paris wirklich los war», sagte ich. «Inzwischen müssen wir vor allem an die Ernte denken, ob die Männer bei uns sind oder nicht. Die Felder der Glashütte sind reif zum Schnitt, und wir könnten morgen damit anfangen. Je mehr wir einbringen, desto unwahrscheinlicher ist es, daß wir im nächsten Winter hungern müssen.»

Ich fand Robert im Gespräch mit den Wächtern, die schließlich aus dem Kesselhaus aufgetaucht waren, wo sie wahrscheinlich geschlafen hatten. Es waren nicht mehr als ein Dutzend, gähnende, verschlafene Leute.

Das Feuer war ausgegangen, nachdem Michel es so befohlen hatte, und in der Glashütte war nicht mehr gearbeitet worden. Sie hatten keine Ahnung, wohin die Meister mit den andern Arbeitern gegangen waren. Ob sie gegen die Räuber oder gegen die Aristokraten kämpften, es war immer dasselbe. Robert und ich gingen ins Haus und nahmen das Abendessen ein, das Madame Verdelet für uns bereitet hatte.

«Vielleicht», fragte ich meinen Bruder, «weißt du, was aus François und Michel geworden ist?»

Robert war zu sehr mit dem Essen beschäftigt, um mir gleich zu antworten. Dann setzte er jene spöttische Miene auf, die ich so gut an ihm kannte:

«Es gibt keinen Grund anzunehmen, daß ihnen irgend etwas zugestoßen sein sollte. Wenn sie die Instruktionen befolgt haben, so sind sie durch den Wald patrouilliert und haben sich von den Ortschaften ferngehalten.»

«Instruktionen? Was für Instruktionen?»

Er hatte sich verplaudert und merkte es. Und so zuckte er nur die Achseln und aß weiter.

«‹Ratschläge› ist das Wort, das besser am Platz wäre», sagte er nach einer Weile. «Das alles ist beschlossen worden, bevor du und ich nach St. Christophe fuhren. Wenn Räuber von Paris südwärts vordrangen, waren sie leichter in den Wäldern abzufangen und zu zerstreuen als auf den Straßen.»

«Wenn es wirklich Räuber abzufangen gab», meinte ich.

Er schenkte sich Wein ein und sah mich über den Rand seines Glases an.

«Du hast die Gerüchte, daß man Räuber gesehen hat, ebenso gehört wie wir alle. Das Mindeste, was man tun konnte, war, die Leute auf dem Land zu warnen.»

Ich schob meinen Teller fort; mit einem Mal fühlte ich mich vom Essen angeekelt und von allem, was ich durchgemacht hatte, und ich erinnerte mich lebhaft an die schreiende Frau, die vor dem Kloster St. Vincent unter das Pferd gestürzt war.

«Du hast die Gerüchte in der Diligence von Paris gebracht», sagte ich. «Du und sonst niemand.»

Er wischte sich den Mund und sah mich an.

«Die Diligence, in der ich mit Jacques reiste, war nur eine von mehreren. Es muß an dem Samstag morgen, als wir abfuhren, etwa ein Dutzend gegeben haben, die auf andern Straßen die Hauptstadt verließen. Als wir abfuhren, wurde kaum von etwas anderem geredet als von Räubern und davon, was uns unterwegs zustoßen könnte.»

«Das glaube ich dir», sagte ich. «Und waren in den andern Diligencen Agenten, wie du selber einer bist, bezahlt von Laclos im Auftrag des Herzogs von Orleans, um Gerüchte zu verbreiten und im ganzen Land Furcht und Panik zu säen?»

Mein Bruder lächelte. Er griff nach Messer und Gabel, die er neben den Teller gelegt hatte.

«Meine kleine Schwester», sagte er in auffallend gutmütigem Ton, «deine Reisen haben dir übel mitgespielt, und du weißt nicht, was du redest. Ich schlage vor, daß du zu Bett gehst und dich ausschläfst.»

«Nicht bevor du mir die Wahrheit gesagt hast! Und auf wessen Instruktion François und Michel mit den Arbeitern in den Wald gegangen sind!»

«Wenn ich zugäbe, was ich nicht tue», begann er schließlich, «daß ich dafür bezahlt wurde, um das anzustellen, was du meinst – Gerüchte zu verbreiten um das Land zu beunruhigen –, dann würdest du nie, keine Sekunde lang, den Grund begreifen. Keine Frau könnte es.»

«Nur weiter!»

Er stand auf und ging im Zimmer hin und her, und es war, als kämpfte etwas in ihm um Befreiung, etwas, das allzu lange, vielleicht seit seiner Knabenzeit, gestaut gewesen war und noch nie eine Lösung gefunden hatte.

«Mein ganzes Leben lang», sagte er, «wollte ich von hier fort. Nein, nicht von Le Chêsne-Bidault, nicht gerade von dieser Glashütte – denn als ich die Hütte hier für den Vater leitete, konnte ich eine Zeitlang tun und lassen, was ich wollte –, doch aus diesem Rahmen, aus dem umgrenzten Raum der Glashütte, aus jeder Glashütte überhaupt. Einmal, in Rougemont, dachte ich, es wäre mir gelungen – erinnerst du dich, wie du und Vater und Mutter damals zu uns kamt? Es war ein stolzer Tag, nichts schien für uns zu hoch zu sein; doch das Wagnis schlug fehl, wie du weißt, und seither hat's noch andere Fehlschläge gegeben. Du wirst sagen, der Vater hätte gemeint, nur ich allein sei schuld; aber damit finde ich mich nicht ab. Die Gesellschaft hat versagt, bevor ich selbst versagt habe. Der Marquis von Vichy, der mir dreißigtausend Livres versprach und sein Versprechen zurücknahm, und andere Leute haben mir den Erfolg unmöglich gemacht.»

Er hielt inne, blieb an der anderen Seite des Tisches stehen und sah mich an.

«Jetzt ist der Augenblick gekommen, da ich mich rächen kann», fuhr er fort. «Nein, Rache ist ein zu dramatisches Wort. Sagen wir lieber, daß man dem Leben auf gleicher Stufe entgegentreten kann? Was sich in diesen letzten Monaten, seit Mai, ereignet hat, oder richtiger in den letzten vierzehn Tagen, hat die Gesellschaft umgestürzt. Ich kann dir nicht sagen, niemand kann dir sagen, was die Zukunft bringen, in welche Richtung der Wind wehen wird. Doch für einen, der die Zeit nützen will, ist dies die Stunde. Mir macht's nichts aus, keinem von uns macht's etwas aus, welche Vernichtung folgen mag.»

Abermals, wie auf der Fahrt nach St. Christophe, sah man ihm seine vierzig Jahre an; doch noch etwas anderes sprach aus seinen Zügen. Er war ein Mensch, der alles auf seine letzte Karte setzt, ohne jede Rücksicht auf die mögliche Katastrophe. Verlor er, dann wäre er darauf bedacht, daß die Menschen rund um ihn auch verlieren sollten.

«Hat Cathies Tod dich so weit heruntergebracht?»

«Laß Cathie aus dem Spiel. Diese Erinnerungen sind auch tot.»

Plötzlich wirkte er einsam und verwundbar. Mein Herz schmerzte um seinetwillen, und schon war ich nahe daran, auf ihn zuzugehen und die Arme um ihn zu legen, als er in ein Gelächter ausbrach und die alte heitere Maske trug.

«Wie ernst wir geworden sind!» rief er. «Statt uns zu freuen, daß die Welt mit jedem Tag aufregender wird. Denn das tut sie, und die allernächsten Monate werden dir das beweisen. Geh zu Bett, Sophie.»

Es war eine Warnung. Nur dem Gefühl keinen Raum lassen! Und ich begriff es. Ich gab ihm einen Kuß und ging hinauf. Und am nächsten Tag waren wir beide früh draußen auf den Feldern mit den Männern und den Familien; Robert in Hemdsärmeln wie die andern, las die Ähren, schichtete das Getreide auf, als hätte er sein ganzes Leben nichts anderes getan, und er lachte und scherzte und hatte sein gewohntes Getue, seine übliche Anmaßung abgelegt. Ich fand es schwer, mich seiner guten Stimmung anzupassen, denn noch gab es kein Zeichen von François oder Michel, und der lange Tag verging, ohne daß ein Fremder zu sehen gewesen oder neue Gerüchte von der anderen Seite des Waldes zu uns gedrungen wären.

An jenem Abend ging ich früh zu Bett und Robert auch, denn er war von der Feldarbeit erschöpft. Ich wachte zwischen drei und vier auf, als ein trügerisches Morgengrauen ein fahles Licht in das Zimmer warf. Irgendein Geräusch mußte mich geweckt haben, obgleich ich nicht sagen konnte, was es war. Doch mein Instinkt sagte mir: «Sie sind zurück!»

Ich stand auf und ging in Pierres altes Zimmer, und da waren sie alle, etwa dreißig oder vierzig, glitten in dem grauen Licht umher wie Gespenster, flüsternd, als müßten sie still sein und daran denken, daß sie noch immer im Wald in einem Hinterhalt lauerten. Dann und wann lachte einer, wie Knaben lachen, wenn sie einem Kameraden einen Streich gespielt haben. Sie hatten die Hintertüre des Kesselhauses geöffnet und gingen, mit Säcken auf den Schultern, ein und aus.

Ich hörte Roberts Schritte auf dem Gang vor Pierres Zimmer,

hörte ihn auf der Treppe – so war auch er geweckt worden! –, und wenige Minuten später hatte er die Türe unten aufgeriegelt und trat in den Hof hinaus. Dann wandte ich mich um und ging in mein Zimmer, in der törichten Vorstellung, François würde, von der Sorge um mich getrieben, im nächsten Augenblick bei mir sein. Und ich nahm mir vor, ein wenig kühl zu bleiben, damit es ihm leid täte. Doch ich wartete fast eine halbe Stunde, und er kam nicht.

Da siegte die Unruhe über den Stolz. Ich nahm einen Umhang und trat auf den Treppenabsatz, um zu lauschen. Ich konnte Stimmen aus dem Zimmer des Meisters hören, Michels Stimme recht laut, wie immer, wenn er aufgeregt war, und Roberts Lachen. Ich ging hinunter und öffnete die Türe.

Das erste, was ich sah, war François, der, Kissen unter sich, auf dem Boden lag. Robert und Michel saßen rittlings auf Stühlen, Michel mit einem Verband um den Kopf. Im Nu eilte ich auf meinen Mann zu und kniete bei ihm nieder, um zu sehen, wo er verwundet war. Seine Augen waren geschlossen, und er atmete schwer, aber ich konnte weder Blut noch einen Verband erblikken.

«Was ist denn geschehen? Wo ist er verwundet?» fragte ich meine Brüder.

Zu meinem großen Erstaunen und Ärger schienen sie gar nicht besorgt zu sein, und Robert schnitt Michel eine Grimasse.

«N-nichts ist g-geschehen», sagte Michel. «Er ist b-betrunken; d-das ist a-alles.»

Abermals schaute ich auf meinen Mann hinunter, den ich in den wenigen Jahren, seit ich ihn kannte, nie derart betrunken gesehen hatte, und da merkte ich, daß sie recht hatten – ich konnte seinen Atem riechen.

«Laß ihn liegen», bemerkte Robert. «Es ist kein Schaden angerichtet worden. Er wird's ausschlafen.»

Dann sah ich den Tisch, den sie auf eine Seite des Zimmers gerückt hatten und der hoch mit Dingen aller Art belegt war, von Nahrungsmitteln bis zu Möbelstücken. Eine große Speckseite lag auf einem seidenbezogenen Stuhl, Mehlsäcke waren mit Brokatvorhängen umwickelt, zwischen Stangen von Salz und Töpfen mit eingemachten Lebensmitteln lag eine Menge Silber.

Sie warteten darauf, daß ich ein Wort sagte. Ich konnte ihre Blicke auf mich gerichtet sehen. Ich wußte, wenn ich lange genug wartete, würde Michel das Schweigen brechen.

«Nun?» sagte er. «W-wirst d-du denn g-gar nichts s-sagen?»

Ich trat an den Tisch und berührte die Brokatvorhänge. Sie erinnerten mich an jene, die in dem großen Saal in La Pierre gehangen hatten.

«Warum sollte ich? Das habt ihr doch wohl nicht im Wald gefunden. Und damit ist alles gesagt. Wenn ihr vorzieht, die Glashütte zu schließen und auf solche Art euer Leben zu verdienen, ist das eure Sache, nicht meine. Aber das nächste Mal, wenn ihr in den Kampf gegen Räuber zieht, könnt ihr meinen Mann daheim lassen.»

Ich wandte mich ab, um die Treppe hinaufzugehen; da rief Michel:

«T-täusch d-dich nicht, Sophie! François mußte nicht lange überredet werden, das k-kann ich dir v-versichern. Und w-was du auf dem T-tisch siehst, ist g-gar nichts. W-wir haben das K-kesselhaus b-bis ans Dach v-voll. Eines w-will ich dir sagen. W-weder F-françois noch ich haben L-lust, unsere L-leute noch einen W-winter so durchmachen zu s-sehen wie den l-letzten. Das steht ein f-für allemal fest!»

«Das wird wohl auch nicht nötig sein», erwiderte ich. «Wenn das, was Robert sagt, wahr ist, hat sich die ganze Welt verändert. Gleich um die Ecke ist das Paradies. Unterdessen wäre ich euch beiden sehr verbunden, wenn ihr François ins Bett brächtet. Nicht in meinem Zimmer, sondern in Pierres Zimmer.»

Ich ging, ohne mich nach ihnen umzusehen, und nachdem ich die Türe meines Zimmers geschlossen hatte, hörte ich, wie sie meinen Mann die Treppe heraufschleppten. Er wehrte sich und brummte dummes Zeug, wie das Betrunkene tun, meine Brüder aber lachten.

Ich legte mich ins Bett und wartete, bis der Morgen hell wurde.

Es war ein seltsames Gefühl, hier in dem Zimmer meiner Mutter zu liegen, in demselben Zimmer, das sie mit meinem Vater geteilt hatte und das ich seit meiner Heirat zu dem meinen gemacht hatte, weil ich glaubte, François und ich würden, wenn auch auf andere Art, ihre Tradition fortsetzen. Jetzt, gleichsam über Nacht – oder war es in Wahrheit schon viel länger her? –, jetzt wußte ich völlig eindeutig, daß sich ein tiefer Abgrund zwischen unserer Zeit und dem, was früher gewesen war, auftat.

Meine Brüder, mein Mann, sogar Edmée, meine kleine Schwester, sie alle hatten auf diesen Augenblick gewartet, hießen die Wandlung wie etwas willkommen, das sie selber gestalten und besitzen konnten, wie sie Glas in eine neue Form modelten. Was ihnen als Kinder gelehrt worden war, hatte heute keine Bedeutung mehr. Diese Dinge waren vorbei und erledigt; nur die Zukunft zählte, eine Zukunft, die in jeder Hinsicht von allem verschieden sein mußte, was wir gekannt hatten. Warum also blieb ich dahinter zurück? Warum mußte ich zaudern? Ich dachte an den Winter, dachte daran, wie die Familien und wir selber gelitten hatten, und ich wußte, was Michel meinte, wenn er sagte, das dürfe sich nie wiederholen. Und doch wehrte sich alles in mir gegen das, was er getan hatte.

Ich machte mir nichts vor. Die Dinge, die auf dem Tisch unten lagen, waren gestohlenes Gut, sehr wahrscheinlich von der Plünderung des Schlosses in Nouans, wo der unglückselige Silberschmied und sein Schwiegersohn sich versteckt gehalten hatten, bevor man sie fortgeschleppt hatte, um sie in Ballon zu ermorden. Was ich nicht wußte, was ich vielleicht nie wissen würde, war, ob mein Mann, ob mein Bruder unter denen gewesen waren, die die beiden Männer hingeschlachtet hatten.

Endlich schlief ich fest ein, jedes Gefühl in mir war betäubt, und als ich erwachte, fand ich François an meiner Seite, und er bat mich um Verzeihung. Er schämte sich so sehr, daß er stammelte wie ein Kind, und ich konnte nichts tun, als ihn in die Arme schließen und trösten.

Ich hatte nicht vor, ihn auszufragen, aber er fing selber an, anscheinend eifrig darauf bedacht, das Geheimnis loszuwerden. Ich hatte richtig vermutet; sie waren in Nouans gewesen. Die Patrouille war weit über die Grenze hinausmarschiert, die ihr gesetzt worden war, Gerüchte von einer Adelsverschwörung hatten sie dazu veranlaßt. Im ganzen Bezirk war die Panik groß, und kein Mensch wußte, was bloß ein Gerücht und was die Wahrheit war – irgendwer erzählte ihnen, es gebe Räuber, die sich als Mönche verkleidet hatten; dieselbe alberne Geschichte, die wir auf der Straße gehört hatten.

«Das war es, was Michel wütend gemacht hat», sagte François. «Eine Geschichte von bewaffneten Mönchen, die in die Dörfer eindrangen und das Volk in Schrecken versetzten. Wir hörten, der Pfarrer aus Nouans sei ein Kornhamsterer, und er sei in Paris, um Waffen und Munition zu holen und in das Schloß zu bringen und das alles gegen seine eigenen Pfarrkinder zu verwenden. Und so zogen wir zum Schloß. Schon waren einige eingedrungen, hatten sich des Silberschmieds und seines Schwiegersohns als Geiseln bemächtigt. Die beiden wurden nach Ballon geschleppt. Aber wir sind nicht mitgegangen.»

«Du weißt, was nachher mit ihnen geschehen ist?»

Er schwieg sekundenlang.

«Ja», sagte er schließlich. «Ja, wir haben es gehört.»

Dann richtete er sich auf, beugte sich über mich und sagte: «Mit dem Mord hatten wir nichts zu schaffen, Sophie. Das Volk war toll geworden. Es mußte sein Opfer haben. Einzelne trifft keine Schuld, es war, als hätte ein Fieber sie gepackt!»

Das gleiche Fieber hatte die Menge vor dem Kloster St. Vincent gepackt, so daß eine Frau zu Tod getrampelt worden war. Das gleiche Fieber hatte meine Schwester gepackt, so daß sie Gatten und Heim vergessen hatte.

«François», sagte ich, «wenn das so weitergeht mit Morden und Plündern, Leben und Eigentum rauben, dann ist's mit Gesetz und Ordnung vorbei, ist's eine Rückkehr zur Barbarei. So baut man nicht die neue Gesellschaft, von der Pierre redet.»

«Aber es ist ein Weg dazu», erwiderte er. «Das wenigstens sagt auch Michel. Bevor man etwas aufbauen kann, muß man zuerst zerstören – oder wenigstens den Boden sauberfegen. Diese Männer, die . . . die in Ballon gestorben sind, Sophie, sie hatten sich gegen das Volk verschworen. Sie hätten nicht gezaudert, auf das Volk zu schießen, wenn sie Feuerwaffen auf dem Schloß gehabt hätten. Sie haben den Tod verdient – als Beispiel für ihresgleichen. Michel hat das alles erklärt, als die Leute ihn fragten.»

Michel hat gesagt . . . Michel hat erklärt . . . Es war, wie es immer gewesen war. Mein Mann folgte seinem Freund, folgte seinem Führer.

«Du hast also aus dem Schloß genommen, worauf du gerade Lust hattest, und bist heimgezogen?»

«Du kannst es auch so auslegen», antwortete er. «Michel hat gesagt, jeder, der im Winter gefroren und gehungert hat, mag sich jetzt dafür schadlos halten. Die Männer haben sich das nicht zweimal sagen lassen, das kannst du dir vorstellen. Wir haben vier Nächte im Wald kampiert, bis alles sich beruhigt hatte. Wir hatten reichlich Essen und Wein mit uns, das hast du ja selber gesehen. Und da habe ich . . .»

«Getan, was du getan hast, um dein Gewissen zu beruhigen», beendete ich den Satz.

Und nun blieben wir eine Weile stumm. Wir waren alle beide in der Woche, da wir getrennt waren, wohl nicht im Raum, aber in der Zeit sehr weit gereist. Es war wirklich die neue Gesellschaft, und es würde nicht leicht sein, sich ihr anzupassen.

«Denk nicht allzu schlecht von mir», sagte er schließlich. «Ich weiß gar nicht, was geschehen ist. Wir haben im Wald ein Feuer angezündet und gegessen und getrunken – Michel, ich und unsere Leute. Es war ein eigentümliches Gefühl – nichts war uns wichtig, nur wir selber, wir dachten nicht an gestern, nicht an morgen. Michel sagte immerzu: ‹Es ist zu Ende . . . es ist zu Ende . . . die alten Lebensformen sind für immer vorbei. Das Land gehört uns.› Es ist, wie ich vorhin gesagt habe . . . ein Fieber hatte uns gepackt . . .»

Dann schlief er ein, lag in meinem Arm, und später, als er wieder erwachte und wir uns anzogen und hinuntergingen, war das Meisterzimmer sauber und in Ordnung, der Tisch stand wieder in der Mitte, und das einzige Zeichen einer Veränderung war, daß wir an jenem Abend schönes Silber auf dem Tisch hatten mit Monogrammen auf Gabeln und Löffeln und der Zuckerdose.

«Ich frage mich», sagte ich zu Madame Verdelet, um zu wissen, wie sie dachte, «was meine Mutter sagen würde, wenn sie das sehen könnte.»

Wir standen vor den Buffets in der Küche, wo das übrige Silber jetzt säuberlich aufgehoben wurde. Madame Verdelet nahm einen großen Kerzenhalter, blies darauf, putzte ihn eine Weile und stellte ihn wieder hin.

«Sie würde dasselbe tun wie ich», sagte sie. «Solche Segnungen in Empfang nehmen und keine Fragen stellen. Es ist, wie Monsieur Michel sagt; Leute, die solche Schätze besitzen und das arme Volk hungern lassen, das für sie arbeitet, verdienen, daß sie alles verlieren, was sie haben.»

Das war eine tröstliche Philosophie, ich wußte nur nicht genau, warum gerade wir Nutzen daraus ziehen sollten. Ich wußte nur, daß ich mich im Verlauf der Tage an den Anblick des Silbers mit den Monogrammen auf unserem Eßtisch gewöhnte, und eine Woche später war ich es selbst, die Madame Verdelet dabei behilflich war, die Brokatvorhänge so zurechtzuschneiden, daß sie in das Meisterzimmer paßten.

Von Räubern war nicht mehr die Rede. Die große Furcht, die über ganz Frankreich und über uns selber gefegt war, nachdem die Bastille gefallen war, zerrann, wurde vergessen. Aus dem Hauch von Gerüchten geboren, von unserer Angst weitergetragen, verzog sie sich so rasch, wie sie gekommen war; doch der Eindruck, den sie in unserem Leben hinterlassen hatte, blieb unauslöschlich.

In jedem von uns war etwas geweckt worden, von dessen Vorhandensein wir nichts gewußt hatten; manch ein Traum, manch ein Verlangen, manch ein Zweifel war mit diesen Gerüchten in unser Leben geflackert, faßte Wurzel und blühte. Keiner von uns war nachher genau so, wie er vorher gewesen war. Robert, Michel, François, Edmée, ich selber, wir hatten uns unmerklich verändert. Das Gerücht, ob wahr oder falsch, hatte Hoffnungen und Ängste zutage treten lassen, die, bisher verborgen, jetzt ein Teil unseres Alltags-Ichs sein würden.

Der einzige unter uns, der sich aufrichtig freute und von den Ereignissen unverdorben blieb, war Pierre. Er war es, der zu uns kam und uns in der zweiten Augustwoche von den großen Entscheidungen berichtete, die in der Nacht des 4. August von der Nationalversammlung getroffen worden waren. Sämtliche feudalen Rechte sollten abgeschafft werden, die Menschen sollten als gleich erklärt werden, ohne Rücksicht auf Geburt und Stand.

Titel gäbe es nicht mehr, und die Menschen sollten Gott anbeten dürfen, wie es ihnen gefiel, die Ämter sollten allen offenstehen, alle Privilegien sollten dahinfallen.

Die Versammlung hatte einhellig dem Antrag des Abgeordneten zugejubelt. Viele waren in Tränen ausgebrochen. Einer nach dem andern schwor, daß ihre jahrhundertealten Rechte hiermit abgeschafft seien. Ein gewisser Zauber, sagte Pierre, mußte über die Versammlung in Versailles hereingebrochen sein. Der Adel, die Geistlichkeit, der Dritte Stand – alle drei waren mit einem Mal einig.

«Das ist das Ende von aller Ungerechtigkeit und Tyrannei», sagte Pierre. «Es ist der Anfang eines neuen Frankreichs.»

Er stand im Meisterzimmer, als er uns das erzählte, und ich sehe es deutlich vor mir, wie er in Tränen ausbrach, Pierre, den ich als Knaben nie weinen gesehen hatte, es sei denn über den Tod eines Kätzchens, und im nächsten Augenblick weinten wir alle und lachten und umarmten einander. Madame kam mit ihrer Nichte, die ihr half, aus der Küche. Michel eilte auf den Hof hinaus, läutete die Glocke und rief alle Arbeiter zusammen, um ihnen zu sagen, daß er und François, Pierre und Robert und sie alle fortan Brüder seien.

«Die alten G-gesetze sind t-tot!» brüllte er. «Alle M-menschen sind g-gleich. Jeder ist w-wiedergeboren!»

Die Glocke der Hütte läutete andauernd; diesmal nicht als Sturmglocke, Gott sei Dank, sondern es war ein Geläute der Freude. Die Männer, die Frauen, die Kinder begannen in das Haus zu strömen, erst schüchtern, dann unbefangen, als wir sie willkommen hießen und ihnen die Hände schüttelten. Es war kein vorbereitetes Fest, aber wir fanden Wein für alle; und die Kinder waren bald ihre Scheu los und schrien und johlten und jagten einander im Hof der Glashütte.

«H-heute ist a-alles erlaubt», sagte Michel.

Ich sah, wie François ihn anschaute und lächelte, und zum ersten Mal sah ich es ohne Eifersucht. Auch auf mir mußte die Hand Gottes geruht haben.

An die Wochen, die folgten, habe ich keine Erinnerung. Alles, was ich noch weiß, ist, daß die Ernte in aller Ruhe eingebracht wurde, daß der Kessel wieder angezündet wurde und daß Edmée zu mir kam und bei mir blieb, als am 26. September mein Sohn geboren wurde.

Er war ein reizendes Kind, diese erste Frucht der Revolution, wie Edmée sagte. Und da er gute Zeiten verkündete, nannte ich ihn Gabriel. Er lebte nur zwei Wochen. Und dann war unsere Pfingststimmung vorbei.

Zwölftes Kapitel

Viele Frauen verlieren ihr erstes Kind. Meine Mutter hatte in der Zeit vor meiner Geburt in zwei Jahren zwei Kinder verloren. Ich hatte es zweimal bei Cathie miterlebt, und bei dem zweiten war sie selber gestorben. Die Männer nennen uns das schwächere Geschlecht. Vielleicht ist das richtig. Und doch – ein Leben in sich zu tragen, wie wir es tun, es keimen und blühen zu spüren und als lebendes Geschöpf in vollendeter Gestalt erscheinen zu sehen, von uns getrennt und dennoch ein Teil von uns, und dann schauen zu müssen, wie es stirbt, das verlangt Kraft und Zähigkeit.

Die Männer sind in solchen Zeiten fern, hilflos, jede ihrer Bewegungen ist linkisch und unbehaglich, als wäre von allem Anfang an – wie es ja auch wirklich ist – ihr Anteil an der ganzen Sache untergeordnet.

Von den beiden Meistern im Glashaus war es vor allem Michel, auf den ich mich stützte. Er hatte eine rauhe Zärtlichkeit, einen praktischen Sinn und schaffte die Wiege aus meinem Zimmer, damit ich nicht ständig an meinen Sohn erinnert würde. Er erzählte mir – vor langer Zeit hatte ich die Geschichte auch von meiner Mutter gehört – von seinen ersten Ängsten, als Bruder und Schwester starben, daß er vielleicht die Mitschuld an ihrem Tod getragen haben konnte, weil er ihnen im Scherz die Decke weggezogen hatte.

François war zu demütig, um mir ein Trost zu sein. Er ging niedergeschlagen umher, als wäre er allein schuld am Tod des Kindes; und um das noch deutlicher zu machen, sprach er nur im Flüsterton und ging auf Fußspitzen durch die Zimmer. Wenn er, gleichsam geduckt, zu mir sprach, machte mich das beinahe verrückt. Er sah die Gereiztheit in meinen Zügen oder hörte sie meiner Stimme an, und das, obgleich ich dagegen machtlos war, trug noch dazu bei, daß er eine klägliche Miene machte und mir nur desto mehr auf die Nerven ging. Ich hatte kein Mitleid mit ihm, und er durfte mir sechs Monate lang nicht in die Nähe kommen. Und auch dann war es vielleicht – wer weiß? – mehr Abspannung als Abneigung. Man sagt, daß es eine Frau die volle Zeit einer Schwangerschaft kostet, um sich von der Geburt eines Kindes zu erholen, das sie verliert.

Unterdessen hatte die Erklärung der Menschenrechte alle Menschen gleichgemacht, wenn sie sie auch nicht zu Brüdern machte, und schon eine Woche nachdem sie zum Gesetz erhoben war, gab es Unruhen in Le Mans und Revolten in Paris, denn der Brotpreis war ebenso hoch wie zuvor, und die Arbeitslosigkeit wuchs. In jeder Stadt gab man den Bäckern die Schuld, weil sie für den Vierpfundlaib zu viel verlangten, sie aber wälzten die Schuld auf die Getreidehändler ab; alle Menschen waren schuld, ausgenommen jene, die die Anklage erhoben.

Das Kloster St. Vincent war von den Dragonern von Chartres besetzt worden, und das Amt von Edmées Gatten, als Steuereinnehmer der Mönche, hatte man mit vielen andern Berufen und Vorrechten abgeschafft. Er verließ die Stadt, und wohin er sich verzog, das weiß ich nicht, denn Edmée folgte ihm nie. Die Offiziere der Dragoner quartierten sich in ihrem Hause ein, und sie zog zu Pierre.

Die Behörde blieb fest gegen die Schlächter von Ballon, ein Rädelsführer wurde zum Tode, ein anderer zu den Galeeren verurteilt. Der dritte entkam, glaube ich. Und so war die Anarchie, die Pierre befürchtet hatte, bezwungen. Bei den wenigen Gelegenheiten, da ich nach Le Mans kam, war von unserer schönen neuen Gleichheit wenig zu sehen, nur daß die Verkäufer auf dem Markt frecher waren und jene, die das nötige Material besaßen, ihre Buden dreifarbig ausschmückten.

In Paris hatte man einen zweiten Bastillentag überlebt, dies-

mal ohne Blutvergießen. Ein Volkshaufe, darunter die Hälfte
Frauen – Fischweiber, wie Robert, unsere Nachrichtenquelle, sie
nannte, und ich dachte an die Frau, die mir an jenem unseligen
Tag bei Cathies Entbindung geholfen hatte – war am 5. Oktober
nach Versaille gezogen, hatte sich dort im Schloßhof gelagert
und nach der königlichen Familie geschrien. Nur das Eingreifen
La Fayettes und der Nationalgarde hatte die nahe Katastrophe in
einen Triumph verwandelt.

Der König und die Königin mit ihren zwei Kindern und der
Schwester des Königs waren überredet oder vielmehr gezwungen worden, Versailles zu verlassen und ihre Residenz in den
Tuilerien in Paris aufzuschlagen, und der Zug von dem einen
Schloß zum andern war, wie Robert uns schrieb, das phanta-
stischste Schauspiel gewesen, das man sich vorstellen konnte.
Die königliche Karosse, von La Fayette und einer Truppe seiner
Nationalgarde begleitet, inmitten einer buntscheckigen Menge
von sechs- oder siebentausend Menschen mit Brecheisen, Musketen, Knüppeln, Besen bewaffnet, und alle brüllten und grölten
aus Leibeskräften: «Lang lebe der Bäcker und die Bäckersbrut!»

La Fayette war der Mann der Stunde – oder so sah es wenigstens aus. Dann – und es war nicht Robert, der das schrieb, sondern Pierre, der die Nachricht in einer Zeitung in Le Mans gelesen und auch eine Bestätigung erhalten hatte – erfuhren wir, daß
der Herzog von Orleans, Laclos und einige Gleichgesinnte am
14. Oktober Paris verlassen hatten und auf der Fahrt nach England in Boulogne eingetroffen waren. Als Vorwand diente ihnen
eine Mission im Ausland.

Ich erinnerte mich an den Wagen, der auf dem Weg nach Vin-
cennes aus dem Palais-Royal rollte, ich sah den Herzog mit seiner Geliebten auf die Kissen geräkelt und dem Volk lässig zu-
winkend. Hatte Robert am Ende alles auf ein falsches Pferd gesetzt?

Der November verging, und wir hatten keine Nachrichten von
ihm. Michel und François waren mit der Glashütte beschäftigt,
denn der Absatz hatte glücklicherweise wieder zugenommen,
wenn auch langsam, denn bevor all die neuen Gesetze in Kraft
traten, wußte kein Mensch, wie sie sich auf den Handel auswir-

ken würden. Dann, anfangs Dezember, kam ein Brief von Robert, an mich gerichtet.

«Ich bin wieder in großen Schwierigkeiten», schrieb er, «und am Rand der gleichen Katastrophe, die mich 1780 und 1785 befallen hatte.»

Das mußte sich natürlich auf seinen Bankrott beziehen. Vielleicht auch auf seine Haft.

«Wie Du Dir vorstellen kannst, war es für mich ein schwerer Schlag», fuhr er fort, «als der Herzog von Orleans und Laclos Paris verließen, ohne jene, die in den vergangenen Monaten treu zu ihm standen, wie ich selber, auch nur mit einem Wort zu warnen. Ich weiß nicht mehr, wer gesagt hat: ‹Vertraue nicht auf Fürsten!› Es kann natürlich eine Erklärung dafür geben, von der vorläufig keiner etwas weiß. Da ich ein Optimist bin, lebe ich in Hoffnungen. Für meine finanziellen Angelegenheiten gibt es unterdessen nur einen einzigen Weg. Darüber kann ich Dir in einem Brief nicht schreiben, auch nichts, was die Zukunft betrifft. Ich möchte, daß Du nach Paris kommst. Bitte, schlag mir das nicht ab.»

Vierundzwanzig Stunden lang behielt ich den Inhalt dieses Briefes für mich. Er war an mich gerichtet und erwähnte weder Pierre noch Michel. Meine Mutter war zu weit weg, sonst hätte ich mich mit ihr beraten. Pierre war der gegebene Berater, und er kannte sich auch in den Gesetzen aus, aber ich war mir bewußt, daß er zu jener Zeit mit den Geschäften der Stadtverwaltung von Le Mans belastet war und es sich kaum leisten konnte, zu verreisen. Überdies konnte die Tatsache, daß er Anwalt war, meinem ältesten Bruder peinlich sein. Hätte er Pierre gebraucht, so hätte er sich ja an ihn gewendet. Ich erwog die Frage, und schließlich brachte ich Michel den Brief.

«D-du mußt natürlich f-fahren», sagte er, ohne zu zaudern. «M-mit François w-werde ich die S-sache schon ordnen.»

«Das ist überflüssig», meinte ich.

Zwei Monate waren seit Gabriels Tod verstrichen, und ich hatte mich noch immer nicht mit François versöhnt. Ich wußte, daß es vorübergehen würde, derzeit aber konnte ich ihn kaum ansehen. Ein paar Tage ohne das Schuldbewußtsein, daß ich ihn

168

kränkte, konnten uns beiden guttun. Dann, da die Erinnerung an meinen letzten Besuch noch sehr lebhaft und sehr unglücklich war, sagte ich zu Michel:

«Komm doch mit mir!»

Von seiner Lehrzeit in Berry abgesehen, hatte Michel die Gegend unserer Glashütte nie verlassen, nie eine größere Stadt als Le Mans erblickt. Früher hätte ich ihm das nie vorgeschlagen; er war gleichsam ein Produkt der Glashütte, manchmal schwarz wie ein Kohlenbrenner und auch ebenso ungehobelt. Jetzt aber, da alle Menschen gleich waren und die Revolution die Unterschiede abgeschafft hatte, konnte mein jüngster Bruder, wenn er Lust dazu hatte, sehr wohl einen Pariser vom Trottoir stoßen. Vielleicht war ihm der gleiche Gedanke gekommen. Er lächelte mir zu, wie er das vor Jahren getan haben mochte, wenn er in der Schicht neben älteren Arbeitern zugelassen wurde.

«S-sehr gut», sagte er. «Ich k-komme gern.»

Nach ein oder zwei Tagen traten wir unsere Reise an. Das einzige Zugeständnis, das Michel dem Geschmack und der Mode machte, war, daß er sich bei einem Barbier das Haar schneiden ließ und ein Paar Schuhe kaufte. Sonst aber würde sein Sonntagsanzug wohl genügen müssen!

«H-hätte ich vor f-fünf Monaten gewußt, daß ich d-dich begleiten sollte», bekannte er schüchtern, «s-so hätte ich die Sch-schränke in Nouans aufgemacht und m-mich ausstaffiert w-wie ein Pfau.»

Das erste, was ich bemerkte, als die Diligence in der Hauptstadt einfuhr, war, daß weniger Wagen durch die Straßen rollten und daß die Hauptverkehrsadern, bis auf Wagen mit Waren, leer waren. Viele der hellbeleuchteten Kaffeehäuser und kleinen Läden, an die ich mich erinnerte, hatten Schilder ausgehängt, darauf stand «Zu verkaufen» oder «Zu vermieten», und obgleich viele Menschen zu sehen waren, fanden sich weniger Bummler unter ihnen, und die meisten gingen sichtlich ihren Geschäften nach und waren ebenso einfach gekleidet wie wir. Gewiß, als ich Paris zum letzten Mal gesehen hatte, war es April gewesen, und jetzt war es Dezember, ein trüber, feuchter Dezember, doch irgend etwas schwer zu Umschreibendes war vom Schauplatz verschwunden. Die Wagen und die Leute, die darin fuhren, üppig und manchmal unsinnig aufgeputzt, hatten einen gewissen Zauber ausgeübt und der Stadt einen Märchenglanz verliehen. Jetzt war Paris nicht anders als irgendeine andere Stadt, und Michel, der durch die Fenster der Diligence in die düstere Stimmung hinausblickte, fand, die Häuser seien gewiß sehr schön, aber alles in allem sei es gar nicht anders als in Le Mans.

In der Rue du Boulay warteten keine Fiaker, um die Reisenden der Diligence aufzunehmen, und der Mann, der unser Gepäck auf den Boden stellte, erklärte uns, die Kutscher hätten gefunden, es lohne sich jetzt nicht mehr, auf die Passagiere zu warten. Die meisten hatten sich den Abgeordneten zur Verfügung gestellt.

«Dort steckt heut das Geld», sagte der Mann zwinkernd. «Sich als Kutscher oder Kurier bei einem Mitglied der Versammlung unterzubringen, da hat man keine Sorgen mehr. Fast alle Abgeordneten kommen aus den Provinzen und sind so leicht zu scheren wie ein nicht entwöhntes Lamm.»

Michel lud unsere Sachen auf die Schultern, und bald waren wir im Cheval Rouge in der Rue St. Denis angelangt. Ich wollte nicht überraschend bei Robert eindringen, und das war der einzige Gasthof, den ich kannte.

Der Wirt war der Sohn der früheren Besitzer zur Zeit meines Vaters, und der erinnerte sich noch dunkel an unsere Namen und hieß uns willkommen. Ein Abgeordneter hatte mit seiner Frau das beste Zimmer besetzt, jenes, das meine Eltern immer bewohnt hatten – der neue Wirt konnte das gar nicht genug hervorheben, denn offenbar waren die beiden seine bedeutendsten Kunden –, und später begegneten wir ihnen auf der Treppe, einem häßlichen, kleinen Mann mit einem vor Wichtigkeit aufgeblähten Gesicht und dem Stolz eines Puters und seiner unansehnlichen Frau, die das Essen zumeist im Zimmer kochte, weil sie dem Koch des Hotels nicht traute. Der Abgeordnete war irgendwo in den Vogesen Notar gewesen und hatte vor seiner Wahl in die Versammlung in seinem ganzen Leben Paris noch nicht gesehen.

Man trug eine Mahlzeit auf, bestehend aus Suppe und Rindfleisch, kaum so gut zubereitet wie bei uns daheim, und der Wirt, der an unsern Tisch kam und schwatzte, berichtete uns, seit der Erstürmung der Bastille könne man keinen Kellner längere Zeit behalten. Sie lebten alle in der Hoffnung, selber Wirte zu werden, und hielten es kaum mehr als eine Woche an ein und derselben Stelle aus.

«Solange die Abgeordneten in Paris bleiben, wird das Haus offen sein», sagte er. «Wenn sie sich aber verlaufen . . .» Er zuckte die Achseln. «Dann wird sich's für mich kaum lohnen. Ich sollte lieber ein kleines Haus in der Provinz kaufen. Kein Mensch will mehr nach Paris kommen. Das Leben ist teuer, die Verhältnisse sind zu unsicher.»

Nachdem wir fertig waren, warf Michel einen Blick auf den Regen, der auf die leere, dunkle Straße fiel, und schüttelte den Kopf.

«D-die hellen L-lichter des Palais-Royal k-können warten», sagte er. «Wenn d-das die Hauptstadt ist, so g-gebt mir nur mein K-kesselfeuer in Le Chêsne-Bidault!»

Am nächsten Morgen war ich früh auf, schaute in sein Zimmer, wo er noch fest schlief, weckte ihn nicht und hinterließ ihm eine Botschaft mit den genauen Angaben des Wegs zum Palais-Royal. Dann brach ich allein auf, denn irgendwie hielt ich es für das beste, zu Robert zu gehen und ihn davon zu verständigen, daß Michel mich begleitet hatte.

Ein Morgen in den Pariser Straßen war immer geschäftig durch die Händler und durch die Leute, die an ihre Arbeit gingen. Darin war kaum ein Unterschied zu merken; es war das übliche Drängen und Puffen, dessen ich mich gut erinnerte. Neu war, daß die Nationalgarde durch die Straßen patrouillierte; die Männer gingen paarweise und verliehen dem Schauspiel etwas Martialisches. Und wenn sie sonst zu nichts gut waren, so waren sie doch ein Schutz gegen Diebe.

Das Palais-Royal trug das übliche öde Aussehen jedes unbewohnten Schlosses zur Schau, und da es ein sehr großer Palast war, steigerte sich auch dementsprechend der Eindruck von Leere. Die Fenster waren hinter den Läden verborgen, die großen Tore geschlossen. Nur die Seitentore waren offen, um das Publikum in die Gärten und zu den Arkaden zuzulassen. Mitglieder der Nationalgarde taten Dienst als Schildwache, doch sie ließen mich unbehindert passieren, und ihr Vorhandensein schien überhaupt nicht viel Zweck zu haben.

Es war früh am Morgen und immerhin zu spät in der Jahreszeit für Spaziergänger; doch ob es nun die Abwesenheit des Herzogs von Orleans und seines Hofstaats war oder einfach, wie mein Bruder sagte, daß der Handel ruhte, jedenfalls bot das Palais-Royal ein verändertes Bild. Die Arkaden waren in winterlichem Grau, und das Pflaster war voller Lachen. Es erinnerte mich an einen Messeplatz, wenn die Messe vorüber ist. Viele Geschäftslokale waren mit Brettern verschlagen und trugen die Aufschrift «Zu verkaufen», und jene, die noch offen waren, stellten in ihren Schaufenstern Waren aus, die schon seit Monaten hier liegen mochten. War es nun der Nachahmungstrieb oder das Gefühl für die Atmosphäre der Zeit, was alle Kaufleute ergriffen hatte, jedenfalls waren alle Auslagen mit verblichenen dreifarbigen Bändern geschmückt, und inmitten allerlei Kram erhob sich ein Modell der Bastille aus Wachs oder Schokolade.

Als ich zum Geschäft meines Bruders kam, sah ich auch dort die Aufschrift «Zu verkaufen» an der Türe. Die Auslagen waren zwar nicht verschalt, aber völlig leer.

Wie anders war es doch, trotz der Unruhen, vor acht Monaten gewesen! Die Auslagen waren mit Samt ausgeschlagen, und etwa ein halbes Dutzend von Roberts verkäuflichen «Kunstgegenständen» waren recht auffällig ausgestaltet, um den Käufer anzulocken. «Nie zuviel in die Auslage», sagte er immer wieder. «Das schreckt den Käufer ab. Ein einziges gutes Stück, das man ausstellt, läßt zwanzig weitere im Laden ahnen. Die Auslage herzurichten, ist eine Kunst wie eine andere. Je kostbarer der Köder, desto eifriger der Kunde.»

Nun, jetzt war gar nichts da, was einen Kunden anlocken konnte. Nicht einmal eine vereinzelte Kokarde.

Ich zog an der Glocke, hatte aber nur geringe Hoffnung, daß man mir antworten würde, denn die Räume im Oberstock wirkten ebenso verlassen wie die im Erdgeschoß. Doch bald hörte ich Schritte im Haus, und irgendwer riegelte die Türe auf und öffnete sie.

«Ich bedaure, aber der Laden ist geschlossen. Kann ich Ihnen sonst zu Diensten sein?»

Ihre Stimme war weich und tief, das Benehmen zurückhaltend. Ich sah eine junge Frau vor mir, etwa in Edmées Alter oder jünger, von unverkennbarer Schönheit, deren verdutzter Blick verriet, daß eine Person ihres eigenen Geschlechts, zu einem Morgenbesuch gekleidet, ungefähr der letzte Mensch in der Welt war, den sie erwartet hatte.

«Monsieur Busson?» fragte ich.

Sie schüttelte den Kopf.

«Er ist nicht hier. Er wohnt zeitweilig über seinem Laboratorium in der Rue Traversière. Später am Vormittag kommt er vielleicht, wenn Sie Wert darauf legen, ihn zu sehen. Welchen Namen soll ich nennen?»

Schon war ich im Begriff, ihr zu sagen, daß ich Monsieur Bussons Schwester war, doch die Vorsicht hemmte mich.

«Vor einigen Tagen habe ich einen Brief von ihm erhalten», sagte ich. «Er hat mich gebeten, falls ich nach Paris käme, ihn in einer geschäftlichen Angelegenheit aufzusuchen. Ich bin erst gestern abend angekommen, und mein erster Weg hat mich hierher geführt.»

Noch immer musterte sie mich, die Hand auf der Türklinke. Das Seltsame war, daß sie mich auf unklare Art an Cathie erinnerte. Sie war größer, schlanker, hatte aber die gleichen übergroßen Augen, obgleich in einem blassen Gesicht; und das Haar fiel ihr über die Schultern, wie Cathie ihr Haar getragen hatte, als sie meinen Bruder heiratete.

«Verzeihen Sie meine Neugier», sagte ich, «aber was machen Sie eigentlich hier? Sind Sie Monsieur Bussons Türhüterin?»

«Nein. Ich bin seine Frau.»

Sie mußte die Veränderung in meinen Zügen bemerkt haben. Ich konnte sie selber spüren. Mein Herz begann zu pochen, und die Farbe schwoll in meinen Wangen.

«Ich bitte um Verzeihung», sagte ich. «Er hat mich nie wissen lassen, daß er wieder geheiratet hat.»

«Wieder?» Sie hob die Brauen, und zum ersten Mal lächelte sie. «Da müssen Sie sich wohl irren», sagte sie. «Monsieur Busson ist noch nie verheiratet gewesen. Sie verwechseln ihn vielleicht mit seinem Bruder, der ein großes Schloß zwischen Le Mans und Angers besitzt. Soviel ich weiß, ist dieser Bruder Witwer.»

Das war ein völliges Durcheinander. Mir wurde ganz schwindlig. Sie mußte das gemerkt haben, denn sie schob mir einen Stuhl zurecht, und ich ließ mich hineinsinken.

«Vielleicht haben Sie recht», sagte ich. «Brüder werden manchmal verwechselt.»

Als ich jetzt zu ihr aufschaute, fand ich ihr Lächeln liebenswürdig. Es hatte nicht die offene Wärme von Cathies Lächeln, aber es war irgendwie ungekünstelt, jugendlich.

«Sind Sie schon lange verheiratet?» fragte ich.

«Ungefähr sechs Wochen. Offen gestanden – es ist noch ein Geheimnis. Ich glaube, daß seine Familie Schwierigkeiten machen könnte.»

«Seine Familie?»

«Ja, dieser Bruder vor allem, dem das Schloß gehört. Mein Mann ist sein Erbe, und man hat erwartet, er würde eine Frau aus seinem Stand heiraten. Nun, und ich bin eine Waise ohne Vermögen. Das ist etwas, das der Adel selbst in der heutigen Zeit nicht verzeihen kann.»

Ich begann, alles zu verstehen. Robert hatte seine alten Komödien wieder in Szene gesetzt. Das war ein Streich wie einst sein Eintritt bei der Schützenkompanie und wie der Maskenball, den er für die Damen von Chartres veranstaltet hatte. Immerhin würde er seiner ganzen Unverfrorenheit bedürfen, wenn er diesen Betrug aufrechterhalten wollte.

«Wo haben Sie einander kennengelernt?»

«Im Waisenhaus in Sèvres. Dort gab es, wie Sie wahrscheinlich wissen, eine große Glasfabrik, die jetzt geschlossen ist. Mein Mann hatte daran einmal Geld verloren. Irgendwie hatte er den Direktor des Waisenhauses kennengelernt – das war bald nach dem Sturz der Bastille –, und sie trafen meinetwegen ein Abkommen. Ich hatte nämlich als Mädchen bei dem Direktor

174

und seiner Frau gearbeitet. Jedenfalls kam ich hier ins Geschäft, und einige Wochen später waren wir verheiratet.»

Sie warf einen Blick auf ihren Ehering und einen zweiten auf einen schönen Rubin, der meinen Bruder ein kleines Vermögen gekostet haben mußte, wenn er ihn nicht gestohlen hatte.

«Erschreckt es Sie nicht», fragte ich, «einen Mann zu haben, der beinahe zwanzig Jahre älter ist als Sie?»

«Im Gegenteil; dafür ist er doch ein erfahrener Mann!»

Diesmal war ihr Lächeln noch liebenswürdiger. Ich dachte an Cathie, aber meinem Bruder konnte ich kaum einen Vorwurf machen.

«Ich bin nur erstaunt, daß er Sie nachts allein hier läßt.»

Sie war sichtlich überrascht.

«Mit den Läden vor den Fenstern und der verriegelten Türe?»

«Dennoch . . .», ich stockte.

«Wir sehen einander tagsüber», sagte sie. «Die Geschäfte können dringend sein, und seine Angelegenheiten sind in den Händen von Anwälten; aber Robert findet immer ein oder zwei Stunden für seine Frau.»

«Das kann er bestimmt», sagte ich und merkte erheitert, daß meine Stimme ebenso säuerlich geklungen haben mußte, wie die Stimme meiner Mutter unter diesen Umständen geklungen hätte. Dann aber senkte sich jäh ein Schatten über meine Laune. Ich sah die Treppe hinauf und wurde nur allzu schnell an meinen letzten Besuch erinnert, als ich der lieben, armen Cathie in ihr Zimmer und in das Bett geholfen hatte, das sie nie mehr lebend verlassen sollte. Hier war ihre Nachfolgerin, freundlich, taufrisch, ohne eine Ahnung von jener andern Frau, die vor kaum acht Monaten über dieselbe Treppe gegangen war. Mein Bruder mochte imstande sein zu vergessen, ich war es nicht.

«Jetzt muß ich gehen.» Ich stand auf. Plötzlich überkam mich ein Ekel, und gleichzeitig fand ich das abscheulich von mir – Gott weiß, dachte ich, wenn das Robert über seine Einsamkeit hinweghilft, so sei es willkommen. Sie fragte mich, welchen Namen sie nennen sollte, und ich sagte Duval, Madame Duval. Wir verabschiedeten uns voneinander, und sie schloß hinter mir die Tür des Ladens.

Es regnete wieder, und in den Gärten des Palastes lagen die Herbstblätter verstreut, die gerade Knospen hatten, als ich zum letzten Mal hier gewesen war. Ich eilte weiter, wollte nicht an einem Ort verweilen, der für mich vom Geist der armen Cathie erfüllt war und von dem lebendigen kleinen Jacques, der seinen Reifen vor mir hergerollt hatte. Die verschlossenen Fenster des Palais-Royal und die gähnenden Wachen der Nationalgarde waren die Wahrzeichen einer andern Welt als jener, die ich im Frühling gesehen hatte.

Ich kehrte niedergeschlagen ins Cheval Rouge zurück und fand Michel auf der Schwelle. Er wollte gerade ausgehen, um mich zu suchen. Ein Instinkt veranlaßte mich, warum, weiß ich nicht, das Geheimnis zu wahren, und ich sagte ihm, ich sei bei Roberts Laden gewesen, hätte aber alles verschlossen gefunden und weit und breit keinen Menschen. Er nahm das als ganz natürlich hin. Wenn Robert dem Bankrott wieder einmal so nahe war, mußte sein Geschäft wohl zunächst daran glauben.

«K-komm, gehen wir durch d-die Straßen», drängte Michel mit der ganzen Ungeduld des Fremden in der Hauptstadt. «R-robert können w-wir später suchen.»

Um meine Mißstimmung zu vertreiben, ließ ich mich von ihm führen; wohin, war ziemlich gleichgültig. Es waren ungefähr dieselben Straßen, durch die ich schon gegangen war. Michel kannte keine einzige. Schließlich kamen wir zu den Tuilerien, wo jetzt der König und die Königin residierten. Wir betrachteten den großen Palast oder was wir über den Hof hinweg davon sehen konnten und beobachteten die Schweizer Gardisten, die auf und ab marschierten, und fragten uns, wie es sich wohl viele Provinzler vor uns gefragt haben mochten, ob der König und die Königin uns von den Fenstern bemerkt hatten.

«Stell d-dir das vor», sagte Michel. «A-all diese Z-zimmer, um v-vier Menschen zu b-beherbergen. F-fünf, wenn du die Schwester des K-königs mitzählst. W-was mögen d-die den ganzen T-tag anfangen?»

Wer konnte es wissen? Das Haus wirkte an diesem Dezembertag grau, abschreckend. Ich sah die Königin vor mir, wie sie vor

176

mehr als zehn Jahren an jenem Abend aus ihrer Kutsche gestiegen und in die Oper gegangen war, ein Porzellanfigürchen, das ein Windhauch zerbrechen konnte, und der Graf von Artois hatte ihr den Arm gereicht, und die Pagen waren hinter ihr hergegangen. Jetzt war er ein Emigrant, fast konnte man sagen ein Flüchtling, und die Königin war, allem Gerede zufolge, verhaßt und zettelte hinter diesen Fenstern der Tuilerien beständig Verschwörungen an, um die Nationalversammlung zu stürzen. Ob das wahr war oder nicht, eines schien gewiß – die Tage des Opernbesuchs und der Maskenbälle waren vorbei.

«Es ist t-tot», sagte Michel plötzlich. «S-sieht aus wie ein Grab. M-mögen sie d-drin verwesen!»

Wir gingen über die Quais zurück, wo immerhin, bei allem Gestank, doch Zeichen von Leben und Arbeit zu sehen waren, flache Kähne am Ufer vertäut und Männer, die einander mit heisern Stimmen zuriefen. Ich brauchte mich hier des provinziellen Aussehens meines Bruders nicht zu schämen. In diesem Teil von Paris gab es wenig Leute, die das gestört hätte. Überall waren Bettler, und wenn ich ihm erlaubt hätte, jedem ein Almosen zu geben, so hätten wir unsere Rechnung im Cheval Rouge nicht bezahlen können.

«W-wenn das d-die Leute waren, die die B-bastille gestürmt haben, s-so kann m-man ihnen kaum einen V-vorwurf daraus machen», bemerkte Michel. «W-wäre ich hier gewesen, ich hätte auch die T-tuilerien dem E-rdboden g-gleichgemacht.»

Er wollte sehen, wo die Bastille gestanden hatte, und schließlich fanden wir den Weg und betrachteten den Schutthaufen und die Steinblöcke. Das war einmal eine Festung gewesen! Gruppen von Arbeitern waren hier mit Hacken tätig.

«D-das war ein T-tag!» sagte Michel. «W-was hätte ich d-dafür gegeben, w-wenn ich unter den S-stürmenden gewesen wäre!»

Ich dagegen hatte mit den Unruhen zu Ende des Jahres und dem Schießen vor dem Kloster St. Vincent genug von der Revolution.

Unterdessen war Mittag längst vorbei, wir hatten beide Hunger und waren zudem müde. Wie alle Fremden in der Hauptstadt, waren wir zu weit gegangen und hatten auch nicht viel

Sinn für die Richtung. Das Cheval Rouge konnte im Osten sein oder im Westen oder in unserer nächsten Nähe. Wir hatten keine Ahnung. Wir fanden unweit von uns ein kleines Kaffeehaus, nichts Besonderes und auch nicht allzu sauber, aber wir aßen hier und aßen gut, und der Bursche, der uns bediente, erklärte Michel, wir seien im Faubourg St. Antoine. Ich erinnerte mich, daß hier irgendwo Robert sein Laboratorium hatte.

Nach Tisch fragte ich, wo die Rue Traversière sei, und der Bursche zeigte sie uns. Es war kaum fünf Minuten weit. Michel und ich erwogen, was wir tun sollten, und dann beschlossen wir, ins Laboratorium zu gehen und zu sehen, ob unser Bruder dort war. Ich riet Michel, draußen zu warten. Zuerst wollte ich mit Robert allein reden. Die Rue Traversière wollte kein Ende nehmen, nichts als Lagerhäuser und Läden, und ich war froh, daß Michel bei mir war. Sie war auch voll von Arbeitern, die uns anstarrten, und von Wagen, deren Kutscher mit ihren Pferden fluchten.

«I-ich k-kann's nicht verstehen», sagte Michel plötzlich. «Man s-sollte doch glauben, R-robert wäre zufrieden gewesen, in der Brûlonnerie zu b-bleiben. Er ist w-wie Esau, der sein Erstgeburtsrecht f-für eine L-linsensuppe verkauft hat. Und n-nicht einmal für eine Linsensuppe! K-kannst du mir s-sagen, wozu er's d-damit im Leben gebracht hat?»

Er wies auf die grauschwarzen Gebäude, die schmutzigen Straßen, wo die Kloaken rannen, auf den Kutscher, der seine Pferde peitschte.

«Zu nichts», sagte ich. «Bis auf das Recht, sich Pariser nennen zu dürfen. Für uns mag das nicht viel bedeuten, für ihn aber ist es alles.»

Wir gelangten schließlich zu der Nummer 144. Ein feuchtes, hohes Haus neben einem kleinen Hof. Ich gab Michel ein Zeichen, draußen zu bleiben, überquerte den Hof und las eine Liste von Namen, die an eine innere Türe gekritzelt waren. Mit der Zeit entdeckte ich in verblaßten Buchstaben den Namen Busson und einen Pfeil, der zum Keller wies. Ich stieg die Stufen hinunter, kam in einen Gang, wo Kisten aufgestapelt waren, und dahinter in einen großen, kahlen Raum, in dessen Mitte ein Kessel stand – das mußte wohl das Laboratorium sein – unbeleuchtet natürlich, und auf dem Boden Abfall und Staub, seit Wochen nicht mehr fortgefegte Überreste.

Aus einem kleinen Raum daneben, dessen Türe halb offen war, hörte ich Stimmen und ein Hämmern. Ich bahnte mir einen Weg durch die Unordnung im Laboratorium, und dort, in dem kleinen Raum, sah ich meinen Bruder an einem mit Papier bedeckten Tisch, gleichfalls in größtem Durcheinander, und auf dem Boden kniete ein Arbeiter und schlug Nägel in eine Kiste. Als ich eintrat, hob Robert den Kopf. Und sekundenlang hatte er in seiner Überraschung, seiner Angst den Ausdruck eines Tiers in der Falle. Im Nu faßte er sich und sprang auf.

«Sophie!» rief er. «Warum in Gottes Namen hast du mich nicht davon verständigt, daß du in Paris bist?»

Er schloß mich in die Arme und küßte mich; dann hieß er den Mann, die Arbeit liegen zu lassen und zu verschwinden.

«Seit wann bist du hier, und wie hast du dieses Haus gefunden? Du mußt die Unordnung entschuldigen. Wie du wahrscheinlich gemerkt hast, räume ich das Feld.»

Er wies mit halbem Lachen um sich und zuckte die Achseln; gleichzeitig beobachtete er mich scharf, und ich meinte, daß es nicht die Unordnung war, um derentwillen er sich entschuldigte, sondern das armselige Viertel überhaupt. Das Wort «Mein Laboratorium» hatte, wenn er es aussprach, an einen großen, schönen Raum denken lassen, wohlgeordnet und eingerichtet; nicht an diesen halbdunklen Keller mit einem Gitterfenster hoch oben in der Wand, durch das man die Straße ahnen konnte.

«Ich bin gestern angekommen», sagte ich. «Ich bin im Cheval Rouge abgestiegen. Und heute früh habe ich dich im Laden im Palais-Royal gesucht.»

Er holte tief Atem, starrte mich an, und dann brach er in ein Gelächter aus.

«Nun? So kennst du jetzt mein Geheimnis – das heißt, eines meiner Geheimnisse. Wie gefällt sie dir?»

«Sie ist sehr hübsch; und auch sehr jung.»

Er lächelte. «Zweiundzwanzig. Gerade aus dem Waisenhaus in Sèvres. Sie weiß nichts vom Leben, sie kann nicht einmal ihren Namen unterschreiben. Aber ich habe von den Leuten, die das

Waisenhaus verwalten, alles über ihre Herkunft erfahren, und es ist nichts dabei, dessen man sich schämen müßte. Sie ist in Doudan auf die Welt gekommen, ihr Vater war ein kleiner Kaufmann, und ihre Mutter war eine Nichte von Jean Bart, dem Freibeuter. Sie hat gutes Blut in sich.»

Jetzt war ich es, die lächelte. Glaubte er wirklich, daß mir ihre Herkunft etwas bedeutete? Wenn er sie lieb genug hatte, um sie zu heiraten, so war das alles, worauf es ankam.

«Du weißt mehr von ihrer Familie als sie von deiner», bemerkte ich. «Ich wußte gar nicht, daß du einen Bruder hast, der ein Schloß zwischen Le Mans und Angers besitzt.»

Sekundenlang verlor er die Fassung. Dann lachte er wieder, streifte den Staub von einem Stuhl, und ich setzte mich.

«Na ja», sagte er, «sie ist so unschuldig, und das ist für sie eine Sensation. Sie freut sich meiner Liebe um so mehr, weil sie mich für einen vom Mißgeschick verfolgten Adligen hält. Ein Glasbläser am Rand des Bankrotts ist kein großer Fang. Warum soll man die Träume eines jungen Mädchens stören?»

Ich sah mich in dem Wirrwarr des Raumes um.

«Es ist also wahr?» fragte ich. «Du bist wieder soweit?»

Er nickte. «Ich habe einem Freund von mir Vollmacht gegeben. Er wird mit allen meinen Gläubigern verhandeln, wird auch den Verkauf dieses Laboratoriums und des Ladens besorgen, und wenn er etwas herausholen kann, was ich bezweifle, wird er es an Pierre nach Le Mans überweisen. Jedenfalls wird er Pierre schreiben, nachdem ich fort bin, wird ihm alle Einzelheiten berichten, die viel zu verwickelt sind, als daß ich sie dir jetzt erklären könnte.»

Ich sah ihn an. Er tat, als wollte er seine Papiere in Ordnung bringen.

«Fort?» fragte ich. «Wohin?»

«Nach London», erwiderte er nach kurzer Pause. «Ich wandere aus. Ich mache mich aus dem Staub. Für mich ist hier nichts mehr zu holen. Und drüben sind Kristallschleifer gesucht. Bei einem der größten Londoner Glasfabrikanten wartet schon eine Stelle auf mich.»

Ich war wie betäubt. Ich hatte mir vorgestellt, er wolle Paris verlassen, vielleicht in die Normandie gehen, wo es mehrere Glashütten gab, vielleicht sogar in unsere Gegend zurückkehren, wo er bekannt und geachtet war. Doch nicht das Land verlassen, nicht auswandern wie ein verängstigter Aristokrat, der sich unter dem neuen Regime nicht zurechtfinden konnte . . .

«Tu das nicht, Robert! Ich bitte dich! Tu das nicht!»

«Warum nicht?» Seine Stimme tönte scharf. Er gestikulierte ärgerlich und schob dabei etliche Papiere auf den Boden hinunter. «Was hält mich noch hier?» rief er. «Nichts als Schulden, immer mehr Schulden und bestimmt das Gefängnis. In England kann ich ein neues Leben beginnen, kein Mensch wird mir Fragen stellen, und ich habe eine junge Frau, die mir Mut gibt. Das alles ist bereits erledigt, und niemand wird mich davon abbringen.»

Ich erkannte, daß nichts, was ich sagen konnte, seinen Entschluß zu ändern vermochte.

«Robert», sagte ich sanft. «Michel ist mit mir gekommen. Er wartet oben auf der Straße.»

«Michel?» Abermals der Ausdruck des Tiers in der Falle! «War er mit dir im Palais-Royal?»

«Nein. Ich bin allein hingegangen; auch von deiner zweiten Heirat habe ich ihm nichts gesagt.»

«Das würde mich nicht stören. Er könnte es begreifen. Aber das andere . . . daß ich fortgehe . . .» Er hielt inne, schaute vor sich. «Pierre würde mit mir diskutieren, aber vernünftig genug sein, beide Seiten der Sache zu sehen. Michel nicht. Er ist ein Fanatiker.»

Ich fühlte, wie mich die Niedergeschlagenheit überkam. Ich hatte einen Fehler gemacht, als ich Michel mitbrachte. Hätte ich Roberts Absicht auszuwandern gekannt, so hätte ich es nie getan. Denn mein ältester Bruder hatte das richtige Wort ausgesprochen. Michel würde das nie verstehen. Ja, er war in Wahrheit ein Fanatiker.

«Er wird es erfahren müssen», sagte ich. «Ich will ihn lieber holen.»

Er ging unter das Gitterfenster und rief hinauf: «Michel! Komm doch herunter, du Lump!»

Ich sah die Füße meines Bruders an dem Gitterfenster vorübergehen und dann stehenbleiben. Dann tönte eine Antwort, und die Füße verschwanden. Robert ging in das Laboratorium, und gleich darauf hörte ich, wie sie einander begrüßten, hörte sie lachen, und dann kamen sie, Arm in Arm, in das kleine Zimmer.

«Nun, du hast mich im Loch aufgespürt wie einen Dachs», sagte Robert. «Und wie du sehen kannst, ist von meiner Einrichtung nichts mehr übrig. Das Loch ist leer. Aber zu meiner Zeit habe ich hier ganz gute Arbeit geleistet.»

Michels verdutzter Miene merkte ich an, daß er genauso erstaunt wie ich darüber war, Robert, seinen bewunderten ältesten Bruder, in einem Keller zu finden.

«Davon bin ich überzeugt», sagte er höflich. «K-kein Raum sieht b-besonders gut aus, wenn er l-leer ist und man das Feuer gelöscht hat.»

Um eine Auseinandersetzung zu vermeiden, bückte Robert sich plötzlich und hob ein Päckchen vom Boden auf.

«Hier ist immerhin etwas gerettet.» Er packte einen Gegenstand aus und stellte ihn triumphierend auf den Tisch. «Das berühmte Glas!»

Es war jener Kelch mit den Lilien, der vor fast zwanzig Jahren in La Pierre für Ludwig XV. geblasen worden war.

«Ich habe es nachgemacht», sagte Robert, «und werde das auch weiter tun. Dort, wo ich hingehe, wird ein solcher Kelch doppelt gewertet.»

«Wo gehst du denn hin?» fragte Michel.

Ich hatte jenes unbehagliche Gefühl, das einen vor einer Katastrophe erfaßt. Robert sah mit geheuchelter Verlegenheit zu mir hinüber und sagte: «Erzähl ihm doch, was du heute im Laden gefunden hast.»

«Robert hat wieder geheiratet. Das wollte ich dir erst sagen, nachdem er es mir erlaubt hat.»

Ein warmes Lächeln trat in Michels Züge, und er klopfte seinem Bruder auf die Schulter.

«D-da bin ich sehr f-froh! D-das Beste, w-was du tun konntest! Es war sehr töricht von S-sophie, daß sie es m-mir nicht gleich g-gesagt hat. W-wer ist sie denn?»

Robert begann seine Erzählung vom Waisenhaus, und Michel nickte zustimmend.

«S-sie scheint ja sch-schön zu sein und k-kein Wesen aus sich zu m-machen. Ich hatte e-erwartet, daß du wieder heiraten würdest, aber eine Hochnäsige mit a-aristokratischen Vorurteilen. Nun, und wenn du d-das hier verkauft hast und den L-laden auch, w-wo willst du dann leben?»

«Das ist's ja gerade», sagte Robert. «Ich muß Paris verlassen. Wie ich schon Sophie erklärt habe, sind meine Gläubiger hinter mir her, und ich will keinesfalls noch einmal meine Zeit in La Force verbringen.»

Er hielt inne, und ich merkte, daß er erwog, wie er seinem Bruder diesen Schlag versetzen sollte.

«Ich b-bin auch d-dafür, daß du Paris v-verläßt», sagte Michel. «W-wie du diese Stadt a-all die Jahre a-ausgehalten hast, g-geht über meine Begriffe. Komm zu uns, mein L-lieber. Wenn n-nicht nach Le Chêsne-Bidault, s-so doch wenigstens nicht weit davon. Du k-könntest dich mit dem jetzigen P-pächter von La Pierre verständigen. A-alles wechselt den B-besitzer. Jetzt, d-da so viele verängstigte G-grundbesitzer aus dem L-land laufen wie die R-ratten, gibt es g-grenzenlose M-möglichkeiten. W-wir finden schon etwas für d-dich, nur keine Angst! V-vergiß deine Schulden!»

«Das hat keinen Zweck», sagte Robert. «Es ist zu spät.»

«Unsinn! Es ist n-nie zu spät! In d-diesen letzten Monaten sind d-die Geschäfte schlecht g-gegangen, ich weiß, aber jetzt w-wird's jeden Tag besser. W-wir haben alle eine g-große Zukunft vor uns.»

«Nein», erklärte Robert. «Mit Frankreich ist's aus.»

Michel starrte ihn an. Er schien nicht recht gehört zu haben.

«Das ist jedenfalls meine Ansicht», sagte Robert. «Und so mache ich mich davon. Ich wandere aus. Ich fahre mit meiner jungen Frau nach London. Dort braucht man Kristallschleifer, und wie ich vorhin Sophie erzählt habe, wartet dort schon eine Stelle auf mich. Das haben Freunde so eingerichtet.»

Das Schweigen begann schmerzlich zu werden. Ich fühlte mich elend, als ich Michels Gesicht sah. Seine Brauen trafen sich in gerader Linie über der Nasenwurzel, ganz wie es bei meinem Vater gewesen war, und sie wirkten tintenschwarz.

«F-freunde?» sagte er schließlich. «D-du meinst V-verräter!»

Robert lächelte und trat einen Schritt näher auf seinen Bruder zu.

«Nun, nun! Nicht gleich so übereilte Schlüsse ziehen! Es verhält sich einfach so, daß ich kein großes Vertrauen zu dem habe, was die gegenwärtige Nationalversammlung für den Handel oder für sonst etwas tun wird. Diese letzten Monate in Paris haben mich viel gelehrt. Es ist ganz schön, ein Patriot zu sein, aber ein Mann muß doch auch an seine eigene Zukunft denken. Und wie die Dinge derzeit in Frankreich stehen, habe ich hier keine Zukunft. Und darum gehe ich fort.»

Als Robert im Todesjahr meines Vaters Bankrott gemacht hatte, war Michel weg gewesen. Die Schmach der Familie war gleichsam an ihm vorübergegangen und hatte ihn nicht berührt. Wenn er überhaupt darüber nachgedacht hatte, so mochte er angenommen haben, daß Robert Pech gehabt hatte. Zur Zeit der zweiten Schwierigkeiten im Jahre 1785 war Michel viel zu sehr mit der Leitung von Le Chêsne-Bidault beschäftigt gewesen und mit seiner neuen Freundschaft zu François, um sich allzu große Sorgen um seinen ältesten Bruder zu machen. Robert war eben immer leichtsinnig gewesen, und seine vornehmen Freunde hatten ihn hineingelegt. Dies aber war anders.

«Hast d-du Pierre geschrieben?» fragte er.

«Nein. Das werde ich tun, bevor ich abreise. Jedenfalls wird der Anwalt, der meine Vollmacht hat, ihm schreiben und die ganze Sache auseinandersetzen.»

«U-und wie steht es m-mit Jacques?»

«Auch das habe ich in Ordnung gebracht. Pierre wird sein Vormund sein. Ich habe vorgeschlagen, daß Jacques bei unserer Mutter bleiben soll. Ich nehme an, daß sie für ihn sorgen wird. Er wird seinen Weg im Leben selber gehen müssen.»

Genausogut hätte er von der Absendung einer Kiste mit Waren sprechen können, nicht von der Zukunft seines Sohnes. Diese Unbekümmertheit in seiner Stimme war mir nicht neu. Das war jener Robert, mit dem ich nach St. Christophe gefahren war, der Mann, der Cathie verloren hatte, der Mann, der von einem Tag zum andern lebte. Das war ein Mensch, der seinem jüngsten Bruder unbekannt war; ich konnte es in Michels Augen lesen, daß die Vorstellungen eines anderen Lebens zerstört worden waren. All die Geschichten, die Robert aufgetischt hatte, als er nach dem Sturz der Bastille in Le Chêsne-Bidault gewesen war, all die schönen Reden von Patriotismus und dem Morgengrauen einer neuen Welt erwiesen sich jetzt als Fabeln. Robert selbst hatte nie ein Wort davon geglaubt.

Vielleicht hatte der Tod meines ersten Kindes mich abgehärtet. Nichts, was Robert je sagen oder tun würde, konnte mich überraschen. Wenn er sich entschloß, uns auf solche Art zu verlassen, obgleich mein Herz an ihm hing, war es seine Wahl, nicht unsere.

Michels Glaube war jedoch erschüttert. Er hob die Hand, um seine Krawatte zu lockern. Zunächst glaubte ich, er sei dem Erstikken nahe; das Weiß seines Gesichts war zu einem stumpfen Grau geworden.

«Das ist dein letztes Wort?»

«Mein letztes.»

Michel wandte sich zu mir. «Ich gehe z-zurück ins Cheval Rouge. K-komm mit, wenn du w-willst. Morgen früh n-nehme ich die Diligence. W-willst du lieber b-bleiben, so tu, was du willst.»

Robert sagte nichts. Er war blaß geworden. Ich schaute von einem zum andern; ich liebte sie ja alle beide.

«Du kannst nicht so gehen», sagte ich zu Michel. «In früheren Zeiten wart ihr drei gegen den Vater geeint, wenn's schiefging. Wir haben nie einen Zank miteinander gehabt. Bitte, Michel –»

Michel antwortete nicht. Er drehte sich um und ging durch das Laboratorium. Ich warf Robert einen hilflosen Blick zu und eilte Michel nach.

«Michel», rief ich. «Vielleicht sehen wir ihn nie wieder. Du wirst ihm doch wenigstens Glück wünschen, wenn schon sonst nichts.»

«Glück?» Michel wandte gerade nur den Kopf. «E-er hat alles G-glück, das er b-braucht, in dem G-glas, das er mitnimmt. Ich d-danke Gott, daß der Vater d-diesen Tag nicht erlebt hat!»

Noch einmal schaute ich zu Robert zurück, der uns nachsah,

eine seltsam fremde Gestalt inmitten der Unordnung seiner Papiere in diesem kahlen Kellergewölbe.

«Morgen komme ich zu dir», sagte ich. «Ich komme ins Palais-Royal, um dir Lebewohl zu sagen.»

Halb erheitert, halb verzweifelt zuckte er die Achseln.

«Du solltest besser heimfahren.»

Ich zögerte, dann trat ich rasch auf ihn zu und legte die Arme um ihn.

«Und wenn's in England schiefgeht», sagte ich, «so werde ich auf dich warten, Robert. Immer!»

Er küßte mich, und ein leeres Lächeln flackerte über sein Gesicht.

«Du bist die einzige in der Familie, die begreift. Das werde ich nie vergessen.»

Hand in Hand gingen wir durch den Wirrwarr im Laboratorium und folgten Michel die Treppe hinauf. Der Arbeiter war verschwunden. Michel wartete in dem kleinen Hof auf mich.

«Sorge für Le Chêsne-Bidault», sagte Robert zu ihm. «Du bist ein ebenso tüchtiger Mann wie der Vater, das weißt du. Das Glas nehme ich mit mir nach London, die Ehre der Familie aber lasse ich in deinen Händen.»

Ich fühlte, daß eine einzige Geste Michels genügen würde, um Robert zurückzuhalten. Ein Lächeln, ein Klaps auf die Schulter, und sie hätten miteinander diskutiert, hätten die Entscheidung hinausgeschoben und irgendwie den Tag gerettet. Wäre es Pierre gewesen, der hier im Hof stand, so hätte es keine Verbitterung gegeben. Täuschungen hätten entlarvt werden können, aber das Mitgefühl wäre geblieben. Michel war aus einer andern Form gegossen. Wer seinen Stolz kränkte, der kränkte alles in ihm. Vergebung kannte er nicht. Er schaute über den kleinen, schmutzigen Hof auf Robert, und es war so viel Schmerz in seinem Gesicht, daß ich Lust hatte zu weinen.

«Sprich m-mir nicht von Ehre», sagte er. «Du hast n-nie Ehre besessen, d-das sehe ich jetzt. D-du bist nichts als ein V-verräter und ein B-betrüger. W-wenn das Land in Z-zukunft zusammenbricht, so s-sind Menschen wie d-du d-aran schuld!» Er wandte sich ab, lief beinahe über den Hof und auf die Straße und stammelte immer noch: «W-wie du! W-Wie du!»

Die Zeit schien plötzlich stehengeblieben zu sein.

Er war wieder ein Kind und tiefer verwundet, als er begreifen konnte. Ich sah mich nicht nach Robert um. Ich lief auf die Straße, lief Michel nach, und wir gingen nebeneinander durch die Rue Traversière, bis wir – dem Himmel sei Dank – einen leeren Fiaker fanden und zum Cheval Rouge fuhren. Michel ging in sein Zimmer hinauf und verschloß die Türe.

Am nächsten Morgen nahmen wir die Diligence und sprachen kein Wort von Robert und von dem, was geschehen war. Erst gegen Ende des Tages, als unsere Reise beinahe beendet war, wandte Michel sich zu mir und sagte: «Du kannst François erzählen, was sich begeben hat. Ich will nie wieder davon reden!»

Das Licht der neuen Welt war auch für ihn verblaßt.

Dreizehntes Kapitel

Roberts Auswanderung war ein schwerer Schlag für die Familie. Seine Heirat wurde als ganz natürlich, wenn auch ein wenig überhastet hingenommen, doch sein Land gerade in der Stunde zu verlassen, da jeder Mann von Einsicht und Bildung benötigt wurde, um den Wert des neuen Regimes zu erweisen, das war etwas, das nur Feiglinge, Aristokraten oder Abenteurer wie mein Bruder erwogen.

Pierre war wohl anfangs beinahe ebenso davon betroffen wie Michel, doch als die Akten des Anwalts aus Paris kamen, fand er weniger Gründe zur Verurteilung. Es konnte kaum bezweifelt werden, daß jeder Sou, den der Verkauf des Ladens im Palais-Royal und des Laboratoriums in der Rue Traversière einbrachte, zur Bezahlung von Roberts Gläubigern dienen mußte, und auch dann würden sie nicht voll ausbezahlt werden. Abermals hatte er über seine Verhältnisse gelebt, hatte Waren versprochen, die er nie lieferte, hatte mit Kaufleuten allerlei Bedingungen ausgehandelt, die er nicht einhalten konnte. Hätte er nicht die Flucht nach England gewählt, so wären ganz bestimmt Monate im Gefängnis sein Los gewesen.

«Wir hätten uns alle zusammentun können, um seine Schulden zu bezahlen», sagte Pierre. «Wenn er mich zu Rate gezogen hätte, wäre diese Tragödie zu vermeiden gewesen. Jetzt hat er für immer seinen Namen verloren. Kein Mensch wird uns glauben, wenn wir behaupten, er sei für einige Monate nach England gegangen, um seine Kenntnisse der englischen Glasfabrikation zu vervollkommnen. Ein Emigré ist ein Emigré. Und sie sind alle Verräter an der Nation.»

Ebenso wie Michel weigerte sich Edmée, Roberts Namen je auch nur zu nennen. «Ich habe keinen ältesten Bruder», sagte sie. «Soweit es mich betrifft, ist er tot.»

Jetzt, da sie sich von ihrem Mann getrennt hatte, verbrachte sie ihre Tage damit, Pierre bei seiner Notariatsarbeit zu helfen, schrieb Briefe für ihn, wie es ein Angestellter getan hätte, und empfing auch seine Kunden, wenn er mit der Stadtverwaltung beschäftigt war. Sie sei bei der Arbeit gleich viel wert wie ein Mann, sagte Pierre, und beende sie in der halben Zeit.

Meine Mutter kümmerte sich nicht viel um die politischen Hintergründe von Roberts Entschluß. Daß er seinen Sohn verlassen konnte, war es, was sie am meisten grämte. Natürlich würde sie Jacques bei sich behalten und in St. Christophe großziehen, bis Robert zurückkehren könnte; denn sie wollte unter keinen Umständen glauben, daß er nicht binnen eines Jahres wieder in der Heimat wäre.

«In Paris hat Robert versagt», schrieb sie uns. «Warum sollte er in einem fremden Land nicht mehr Erfolg haben? Er wird heimkommen, sobald der Reiz der Neuheit verblaßt ist und er merkt, daß er die Engländer nicht bezaubern kann.»

Ich hatte zwei Briefe von ihm bald nach seiner Ankunft in London. Alles glänzte in rosigen Farben. Er und seine junge Frau hätten ohne Schwierigkeiten eine Unterkunft gefunden, und er arbeite bereits als Schleifer bei einer großen Firma und werde, wie er schrieb, von seinen Chefs «sehr geschätzt». Englisch erlerne er rasch. Es gäbe einen Klüngel von Franzosen mit ihren Frauen, die sich im selben Viertel von London niedergelassen hatten wie er – Pancras nannte er es –, und so wären sie nie um Gesellschaft verlegen.

Unterdessen hatten wir selber unsere ersten neun Monate unter dem neuen Regime·überlebt, und obgleich das verheißene Paradies noch nicht bei uns zu sehen war, gingen die Geschäfte doch recht gut, und wir hatten keinen Grund zur Klage.

Die Strenge des Winters wiederholte sich nicht, ebensowenig die Hungersnot, wenn auch die Preise noch immer hoch waren und das Volk murrte. Was unser Interesse ständig wach hielt, waren die allmonatlichen Dekrete der Versammlung, die für die ganze Nation als Gesetze galten.

Da die alten Vorrechte abgeschafft waren, gab es derzeit keinen Menschen im Königreich, der seine Stellung nicht verbessern und zu hohen Ämtern aufsteigen konnte, wenn er den nötigen Verstand und die Unternehmungslust besaß. Sehr zur Genugtuung meines Bruders Pierre wurde das ganze Gerichtssystem reformiert, und ein Richter konnte nicht länger schuldig sprechen – es mußte ein Zivilprozeß vor Geschworenen durchgeführt werden. In der Armee konnte es der gemeine Soldat zum Offizier bringen, und deshalb wanderten zahlreiche der vorhandenen Offiziere aus. Das war kein großer Verlust.

Der schwerste Schlag für jene, die an den alten Lebensformen hingen, war die Reform des Klerus; für Männer wie meinen Bruder Michel aber bedeutete das die größte Leistung des Jahres 1790. Im Februar wurden die Mönchsorden aufgehoben. Und das war nur ein Anfang.

«K-keine fetten Brüder, k-keine dickbäuchigen M-mönche mehr», rief Michel begeistert, als er die Nachricht vernahm. «In Z-zukunft werden sie ihren L-lebensunterhalt durch A-arbeit verdienen müssen w-wie wir alle.»

Am 14. Mai erschien ein Dekret, das allen Kirchenbesitz der Nation gab. Michel, der die Nationalgarde von Le Plessis-Dorin anführte – sie bestand, wie zugegeben werden muß, fast ausschließlich aus den Arbeitern der Glashütte –, gönnte sich die große Genugtuung, ins Pfarrhaus zu gehen und eine Abschrift des Dekrets seinem alten Feind, dem Pfarrer, selber zu überreichen.

«Ich konnte mich kaum davon zurückhalten», erzählte er uns nachher, «alle K-kühe und Schweine des D-dorfes auf sein Feld zu t-treiben, um zu b-beweisen, daß der B-boden von Le Plessis-Dorin allen gehörte und n-nicht der Kirche.»

Für den armen Pfarrer sollte noch Schlimmeres folgen. Im weiteren Verlauf des Jahres erklärte die Versammlung, daß jeder Geistliche einen Eid auf die bürgerliche Verfassung der Kirche ablegen müsse – die Macht des Papstes war abgeschafft –, und wenn ein Priester sich weigerte, so wurde er abgesetzt und durfte die Sakramente nicht spenden.

Der Pfarrer leistete den Eid nicht, und er mußte gehen . . .

«Z-zwei Jahre habe ich d-darauf gewartet», sagte Michel. «Wenn die V-versammlung beschließt, w-wie und w-wann die Kirchengüter verkauft werden s-sollen, w-werde ich der erste s-sein, der sie kauft.»

Die Versammlung brauchte vor allem Geld, um die wackelnden Finanzen der Nation zu stützen, und so gab sie sogenannte Assignaten für jene Patrioten aus, die das Kirchenland kaufen und mit barem Geld bezahlen wollten. Je mehr Assignaten ein Mann besaß, ein desto größerer Patriot war er in den Augen seiner Landsleute, und später, wenn das Land wirklich verteilt würde, könnte er die Assignaten entweder für das Land hergeben oder den Gegenwert in barem Geld erhalten.

Es war ein Kennzeichen von Bürgerstolz, als «Käufer von nationalem Eigentum» bekannt zu sein, und in unserem Bezirk standen mein Bruder Michel und mein Mann an der Spitze der Liste der Patrioten, die diesen Titel tragen durften.

Im Februar 1791 verwertete Michel seine Assignaten, indem er Schloß und Land eines Bischofs irgendwo zwischen Mondoubleau und Vendôme kaufte; das kostete ihn etwa dreizehntausend Livres – und alles aus Haß gegenüber der Kirche.

Er hatte keineswegs die Absicht, selber dort zu wohnen. Er ließ das Land von einem Mann bewirtschaften, ging manchmal über die Äcker und betrachtete das Schloß. Vermutlich hatte er das Gefühl, daß er sich am Pfarrer gerächt hatte und – auf seltsame Art – auch an seinem ältesten Bruder. Robert hatte Geld vergeudet, das ihm nicht gehörte, und seine Partner betrogen. Michel wollte, im Namen des Volkes, diesen Verlust wiedergutmachen.

Ich will mir nicht anmaßen zu erklären, was in Michel vorging, aber ich weiß, daß sich in ihm gleichzeitig eine Liebe zur Macht um ihrer selbst willen entwickelte, und für seinen Eifer und seinen Patriotismus wurde mein Bruder Michel zum General-Adjutanten des Bezirks von Mondoubleau ernannt. Zuerst angewidert, fand ich mich bald damit ab und nahm die Streifzüge, die er mit den Arbeitern von Le Chêsne-Bidault in die Gegend unternahm, als natürlich hin, ja, es machte mich sogar sekundenlang stolz, wenn die Frauen mir sagten:

«Die Herren Duval und Busson-Challoir sind die gefürchtetsten Männer zwischen La Ferté-Bernard und Châteaudun.»

Michel war noch immer der Führer, aber auch François wuchs mit seinen Aufgaben und hatte eine gewisse Autorität an sich, die mir, seiner Frau, besser gefiel als seine frühere Unterwürfigkeit.

Da er groß und breitschultrig war, sah er auch in der Uniform der Nationalgarde sehr stattlich aus, und ich stellte mir gern vor, daß er nur mit einer Kompanie in eines der Dörfer unseres Bezirks marschieren mußte, damit alle Bewohner sich auf die Fußspitzen hoben, um ihn zu sehen.

Mein François, der, als ich ihn heiratete, nichts war als ein Meister in einer kleinen Glashütte, besaß jetzt die Macht, in Schlösser einzudringen und den Besitzer zu verhaften, wenn ein Verdacht vorlag – denselben Besitzer, der ihm noch vor wenigen Jahren die Türe gewiesen hätte.

Einmal verhafteten mein Bruder und mein Mann mit einer Handvoll der Nationalgarde die halbe Bewohnerschaft des Dorfes St. Avit, erwischten zwei frühere Mitglieder der Aristokratie, entwaffneten sie und brachten sie unter Eskorte nach Mondoubleau, weil sie im Verdacht standen, Verräter an der Nation zu sein. Die Gemeindebehörde von Mondoubleau hielt die beiden in Gefangenschaft, denn man wagte ja nicht, gegen die Befehle des General-Adjutanten zu handeln. Wenige Tage später, als ich zwei oder drei Familien in Le Chêsne-Bidault besuchte, sah ich, daß alle mit neuen Messern und Gabeln ausgestattet waren, zum Teil aus echtem Silber mit Monogrammen darauf, und ich machte mir darüber ebensowenig Gedanken, als hätten sie sie auf dem Markt gekauft.

Die Gewohnheit, sagt man, macht alle Dinge erträglich. Nach und nach war ich selbst soweit, jeden schönen Besitz als etwas anzusehen, auf das der Eigentümer kein Recht hatte, wenn er unter dem alten Regime ein Mitglied der Aristokratie gewesen war. Wie Michel und François begann ich diese Menschen zu beargwöhnen; sie nährten Rache, sie versteckten vielleicht Waffen, die sie eines Tages gegen uns verwenden würden. Die neuen Gesetze hatten die Aristokratie schließlich sehr hart getroffen; es wäre nicht überraschend, wenn die Adligen sich insgeheim zusammenschlössen und Pläne schmiedeten, um das neue Regime zu stürzen.

Was Pierre von diesen Streifzügen dachte, das erfuhr ich nie. Wenn wir nach Le Mans kamen, wurde nicht darüber gesprochen, denn er hatte selber eine Menge Neuigkeiten zu berichten. Er war ein begeistertes Mitglied des Clubs des Minimes geworden, eines Zweiges des Jacobinerclubs in Paris, berühmt wegen seiner fortschrittlichen Anschauungen und von jenen Abgeordneten der Versammlung gegründet, die dauernd auf weitere Verfassungsreformen drängten. Die Sitzungen im Club des Minimes waren häufig stürmisch, und gegen Ende des Januars 1791 hielt Pierre eine leidenschaftliche Rede gegen jene etwa dreihundert Geistlichen und ebenso vielen früheren Aristokraten in Le Mans, die, wie er schwur, Himmel und Erde in Bewegung setzten, um die Revolution zu vernichten.

Der Prinz Condé, der Cousin des Königs, und der Graf von Artois versuchten alle beide, in Preußen aus den Emigranten, die ihnen in die Verbannung gefolgt waren, eine Freiwilligenarmee zu bilden, und sie hofften mit der Hilfe eines preußischen Prinzen, des Herzogs von Braunschweig, eines Tages in Frankreich einzudringen und das neue Regime zu stürzen.

Seit vielen Monaten hatte ich nichts von Robert gehört, und meine Besorgnis war, er könnte England verlassen haben und wie so viele andere nach Koblenz gegangen sein. Da er zweifellos mitten unter kleinen Gruppen von Reaktionären lebte, die nicht ruhen wollten, bevor Adel und Klerus wieder in ihre alten Vorrechte eingesetzt waren, mußte er unvermeidlich von ihren Ideen angesteckt werden und wußte nichts von dem, was hier in der Heimat zum Wohl des Landes geleistet worden war.

Wann immer ich mit Pierre zusammenkam, sah er mich

zuerst an, bevor er mich umarmte, und hob fragend die Brauen, und ich schüttelte den Kopf. Kein Wort wurde gesprochen, wenn wir nicht allein waren. Es war ein Brandmal, eine Schmach, einen Verwandten zu haben, der ein Emigrant war.

Edmée hatte immerhin recht, wenn sie sagte, daß in Le Mans die Kräfte der Reaktion noch lebendig waren. Das ließ sich sehr leicht im Theater merken. Wenn in einem Stück von Freiheit und Gleichheit gesprochen wurde, dann klatschten alle Patrioten im Publikum laut Beifall; wenn dagegen die Treue zum Thron und zu den Fürsten das Thema war, erscholl Beifall und Jubel von denen, die spürten, daß unser König und unsere Königin in Paris in bedrängter Lage waren.

Zufällig war ich im Februar 1791 bei Pierre. Ich kam Montag an, und am nächsten Tag waren Pierre und Edmée bei Tisch ganz erfüllt von dem Spektakel, das sich am Vorabend im Theater abgespielt hatte. Die Musikkapelle der Dragoner von Chartres, die als Orchester engagiert war, hatte sich geweigert, das volkstümliche Lied *Ça ira* zu spielen, obgleich es von den Zuschauern auf den billigen Plätzen verlangt wurde.

«Die Stadtverwaltung ist wütend», berichtete Pierre, «und hat sich schon bei dem Offizier beklagt, der heute das Kommando über die Parade der Dragoner hat. Wenn du einen Spaß haben willst, Sophie, so komme Donnerstag mit Edmée und mir ins Theater. Man spielt *Semiramis* und nachher ein Ballett. Die Kapelle der Dragoner sitzt im Orchester, und wenn wir nicht *Ça ira* kriegen, so steige ich selber auf die Bühne und stimme es an!»

Das Lied *Ça ira* war in Paris der große Schlager, und jetzt pfiff oder summte es jedermann im Land, obgleich es als Carillon geschrieben war und von Glocken gespielt werden sollte. Aber, weiß Gott, es war ansteckend! Ich hörte es in der Glashütte vom Morgen bis zum Abend von den Lehrlingen im Hof und sogar von Madame Verdelet in der Küche, obgleich sie es ziemlich falsch sang. Vermutlich waren es die Worte, die den Burschen gefielen, und die Worte waren es auch, die von der konservativen Kapelle der Dragoner als Beleidigung empfunden wurden. Wenn ich mich richtig erinnerte, so lautete die erste Strophe:

Ah! Ça ira! Ça ira! Ça ira!
Les aristocrates à la lanterne,
Ah! Ça ira! Ça ira! Ça ira!
Les aristocrates on les pendra!»

Zuerst wurde das Lied leichthin, gewissermaßen zum Scherz gesungen – die Pariser waren ja immer berühmt für ihre Spottlust –, doch als die Wochen vergingen und der Groll gegen die Emigranten und gegen jene wuchs, die im Lande daran denken mochten, ihrem Beispiel zu folgen, wurden die Worte des dummen Liedes immer bedeutungsvoller. Michel hatte es als Marschlied für die Nationalgarde in Le Plessis-Dorin eingeführt, und wenn er seine Leute vor der Glashütte antreten ließ und sie zu einem gesetzmäßigen oder weniger gesetzmäßigen Abenteuer auszogen, so muß ich bekennen, daß die Worte und die Melodie, von sechzig Burschen gesungen, die danach marschierten, mich veranlaßt hätten, meine Türe zu verriegeln und mich zu verbergen, wenn ich verdächtigt würde, keine Patriotin zu sein.

Jetzt war es so, daß *Ah! Ça ira! Ça ira!* mir wie allen andern Leuten in den Ohren dröhnte. Es wurde unter uns in Le Chêsne-Bidault und in Pierres Kreis in Le Mans zu einem Schlagwort, wenn wir von einem neuen Gesetz hörten, das die Kräfte der Reaktion schwächen konnte, oder wenn daheim der eine oder andere von uns einen Plan hatte, den er unbedingt ausführen wollte, sagten wir *Ça ira!*, und damit war die Sache erledigt.

Am Abend des 10. Februar, eines Donnerstags, gingen Pierre, Edmée und ich ins Theater – Pierres Frau blieb bei den Kindern und hatte versucht, mich auch zurückzuhalten, denn ich war im vierten Monat schwanger, und sie fürchtete, es könnte mir im Gedränge etwas zustoßen. Es traf sich glücklich, daß Pierre voraussichtsvoll Karten gekauft hatte, denn vor dem Theater war die Menge so dicht, daß wir uns kaum den Weg ins Haus bahnen konnten.

Wir hatten die besten Plätze, Parkettsitze in nächster Nähe des Orchesters. Das Stück – Voltaires *Semiramis* – wurde gut gespielt, und alles verlief ohne Störung. Doch im Zwischenakt stieß Edmée mich an und flüsterte:

«Paß auf – jetzt fängt's an!»

Für eine junge Provinzlerin war Edmée der Mode immer voraus. An diesem Abend hatte sie die kunstvolle Frisur des Tages gelöst, das Haar wie einen Heuhaufen aufgesteckt, mit Bändern geschmückt, und obendrauf saß keck auf einer Seite eine kleine samtene phrygische Mütze, wie sie etwa ein Laufbursche auf der Straße tragen mochte. Was sie sich darunter vorstellte, weiß ich nicht, aber das war bestimmt ein Hinweis auf den *bonnet rouge*, den die Pariser Volksmenge in den späteren Monaten trug.

Wir sahen uns um und versuchten festzustellen, wo im Publikum die Reaktionäre saßen. Edmée behauptete, sie könne sie auf den ersten Blick erkennen. Pierre, der aufgestanden war, um mit Freunden zu sprechen, kam jetzt zurück und flüsterte uns zu, die Nationalgarde sei mit starken Kräften vor dem einzigen Ausgang zur Straße angetreten.

Plötzlich begann ein Stampfen auf den billigen Plätzen hinter uns, und Mitglieder der Nationalgarde, die in Uniform in den Gängen standen, riefen:

«*Monsieur le chef d'orchestre!* Das Volk will *Ça ira!* hören, wenn's beliebt!»

Der Dirigent beachtete das nicht. Er hob den Stab, und sein Orchester begann einen flotten Militärmarsch ohne politische Beziehungen zu spielen.

Das Stampfen wurde stärker, es wurde eifrig in die Hände geklatscht, und Stimmen intonierten die unvermeidliche Melodie von «*Ça ira!*».

Es hatte einen bedrohlichen Klang, als es jetzt zum Stampfen gesungen wurde und sich gegen den Militärmarsch abhob, mit dem es keineswegs im Einklang war. Im Publikum standen die Leute auf und schrien ihre widerstreitenden Wünsche; die einen verlangten *Ça ira!*, andere wieder wollten, daß die Dragoner bei ihrem Marsch bleiben sollten.

Schließlich rückten die Mitglieder der Nationalgarde bis zum Orchester vor, und der Dirigent mußte abklopfen.

«Diese Störungen sind eine Schande für die Stadt!» schrie er.

«Wer unsere Musik nicht hören will, soll das Haus verlassen!»

Abermals folgte ein Geschrei beider Parteien, ein Stampfen, ein Johlen.

Der Offizier, der die Nationalgarde anführte, ein Freund Pierres, rief:

«*Ça ira* ist eine Nationalhymne. Jeder Patriot im Hause wünscht es zu hören!»

Der Dirigent wurde rot und schaute ins Publikum.

«Es gibt auch solche, die es nicht hören wollen», erwiderte er. «Die Worte *Ça ira* sind eine Beleidigung für alle treuen Untertanen des Königs!»

Pfiffe und Gebrüll waren die Antwort. Edmée neben mir stimmte, zur größten Verlegenheit ihrer Nachbarn auf der andern Seite, in das Gebrüll ein, und überall im Publikum wurde jetzt geschrien und mit den Programmen gewinkt.

Dann sprangen die Dragoneroffiziere im Parkett und in den Logen auf, zogen ihre Säbel, und einer von ihnen, ein Hauptmann, schrie aus Leibeskräften, alle anwesenden Angehörigen des Regiments sollten sich unter der Offiziersloge nahe der Bühne versammeln und nicht zulassen, daß den Spielern im Orchester ein Leid zugefügt werde.

Die Nationalgardisten reihten sich, voll bewaffnet, auf der andern Seite des Hauses auf. Man konnte spüren, wie ein Schauer durch das Publikum ging, denn wenn die beiden Parteien zu kämpfen begännen, was würde aus all den Leuten werden, die hier eingezwängt saßen und nicht aus dem Haus konnten, weil der Ausgang versperrt war?

Es war mein Pech, dachte ich, daß ich immer ins Gedränge kam, wenn ich gerade schwanger war; diesmal aber, ohne recht zu wissen, warum, hatte ich keine Angst.

Wie Edmée war mir der Anblick der hochfahrenden Dragoneroffiziere verhaßt, die ich durch die Straßen von Le Mans stolzieren sah, als gehörte die Stadt ihnen allein. Ich schaute mich nach Pierre um, der zu diesem Anlaß seine Uniform als Nationalgardist angezogen hatte, und fand, daß er darin sehr gut aussah. Er war noch nicht vierzig, aber sein blondes Haar war beinahe weiß, er wirkte vornehmer als früher, und seine blauen Augen, die Augen meiner Mutter, sprühten jetzt vor Empörung.

«Mögen doch jene im Publikum, die *Ça ira* nicht zu hören wünschen, sich erheben, damit wir sie betrachten können», rief er. «Auf diese Art werden wir sehr rasch merken, wer die Feinde des Volkes sind!»

Laute Zustimmung begrüßte diesen Vorschlag, und ich war sehr stolz. Pierre, unser unpraktischer Pierre, ließ sich nicht von den Dragonern einschüchtern.

Einige wenige zaudernde Gestalten erhoben sich, doch nur, um von ihren Nachbarn hastig wieder auf ihre Sitze gezogen zu werden – zweifellos aus Angst vor dem Schimpfwort «Aristokrat». Geschrei und Streit erfüllte die Atmosphäre, während die Dragoner, den Säbel in der Faust, sich darauf vorbereiteten, über uns herzufallen.

Der Bürgermeister von Le Mans, mit der Amtsschärpe um den Leib, schritt durch den Gang zur Bühne, und mit fester Stimme forderte er den kommandierenden Offizier der Dragoner auf, den Säbel in die Scheide zu stecken und seinen Leuten das gleiche zu befehlen.

«Sagen Sie Ihrer Kapelle», verlangte er, «daß sie *Ça ira* spielen soll!»

«Ich bedaure», erwiderte der Offizier, ein Major Rouillon, wie jemand neben Edmée flüsterte, «aber das Lied *Ça ira* ist nicht im Repertoire der Musikkapelle der Dragoner von Chartres.»

Sogleich ertönte ein Chor von «*Ça n'ira pas*» aus den Mündern sämtlicher Offiziere und auch da und dort aus den Reihen des Publikums, während jene Zuschauer, die mit der Haltung der Dragoner nicht einverstanden waren, fortfuhren zu trampeln und auch ohne Orchester ihr Lied zu brüllen.

Schließlich kam es zu einem Vergleich. Major de Rouillon erklärte sich damit einverstanden, daß seine Kapelle das Lied spielte, unter der Bedingung, daß sie nachher das berühmte *Richard, o mon roy, l'univers t'abandonne* folgen ließen. Das war das beliebteste Lied in der Zeit gewesen, als König und Königin ihren Hof in Versailles gehalten hatten, und der Hinweis war unverkennbar.

Um des lieben Friedens willen und um endlich mit dem Ballett anfangen zu können, gab der Bürgermeister von Le Mans in diesem Punkt nach.

Ich hatte den Eindruck, das Gebrüll von *Ça ira* würde die Decke sprengen. Ich stimmte sogar ein, fragte mich aber gleichzeitig, nicht gerade folgerichtig, was meine Mutter sagen würde, wenn sie mich sehen könnte. *Richard, o mon roy* klang im Vergleich wie ein Geflüster, denn die einzigen Sänger waren die Dragoner von Chartres und in den Logen ein oder zwei Frauen, die sich bemerkbar machen wollten.

Wir gingen nach Hause, bevor das Ballett begann – nach der Szene, die wir eben miterlebt hatten, wäre es nur noch abgefallen – und gingen zu dritt, Arm in Arm, Pierre zwischen uns Schwestern. Und dazu sangen wir:

> *Ah! Ça ira! Ça ira! Ça ira!*
> *Les aristocrates à la lanterne,*
> *Ah! Ça ira! Ça ira! Ça ira!*
> *Les aristocrates on les pendra!»*

Am nächsten Tag fand eine große Demonstration statt; die Menge verlangte die Versetzung der Dragoner von Chartres, und Pierre und Edmée gingen mit einem Aufruf von Tür zu Tür, um Unterschriften zu demselben Zweck zu sammeln. Le Mans war in dieser Frage geteilter Meinung. Viele Bürger, auch in der Stadtverwaltung selbst, vertraten die Ansicht, daß die Dragoner gute Dienste geleistet und die Stadt in gefährlichen Stunden beschützt hatten. Pierre, Edmée und ihr Kreis dagegen erklärten nachdrücklich, bei den Offizieren reife ein gegenrevolutionärer Geist, und die Nationalgarde genüge vollständig, um den Frieden aufrechtzuerhalten.

Zunächst einmal wurde diese Frage vertagt, doch im Verlauf der Woche meines Besuchs gab es eine große Aufregung bei der Wahl des neuen Bischofs, Monseigneur Prudhomme de la Boussinière, der seinen Eid auf die Verfassung leisten mußte.

Wir gingen auf die Straße hinaus, um die Prozession anzusehen und dem neuen Bischof auf seinem Weg in die Kathedrale zur Verfassungs-Messe zuzujubeln. Er wurde von einer Abteilung der Nationalgarde geleitet – auch Pierre war dabei – und natürlich auch von den Dragonern, und diesmal konnte man sich über das Rasseln der Trommeln und das Schrillen der Pfeifen nicht täuschen, als die Kapelle *Ça ira* spielte.

Am Ende des Zuges marschierte eine lange Reihe von Bürgern, mit Pistolen bewaffnet, denn es konnte doch Unruhen geben, und Frauen, die Stöcke trugen und damit jene unter uns bedrohten, die etwa noch altmodische Ansichten über den Klerus hegen sollten.

Mit den Dragonern von Chartres kam es drei Monate später, um Mitte Mai, zu einer Krise, als ich abermals zu Besuch bei Pierre war; diesmal waren auch François und Michel mitgekommen. Wenige Tage vor unserer Ankunft war auf der Place des Jacobins ein Maibaum gepflanzt und als Symbol mit der Trikolore geschmückt worden. In der Nacht hatte man den Baum zersägt, und sogleich wurden die Dragoner verdächtigt. Um so mehr, als ein paar von ihnen am selben Abend einen Offizier der Nationalgarde belästigt hatten.

Diesmal war die ganze Bevölkerung der Stadt auf den Beinen. Es war gleichsam eine Wiederholung des Jahres 1789. Drohende Volksmengen sammelten sich auf der Place des Jacobins und schrien: «Rache! Rache! Die Dragoner müssen fort!» Aus den Dörfern ringsum strömten die Leute herbei, denn die Nachricht hatte sich, wie immer, rasch herumgesprochen, und wie aus dem Nichts waren plötzlich Horden von Bauern da, mit Piken und Mistgabeln und Äxten bewaffnet, und drohten, die Stadt niederzubrennen, wenn die Bewohner nicht selber die Stadtverwaltung zwängen, die Dragoner zu entfernen.

Diesmal blieb ich in der Wohnung, denn ich gedachte der Greuel jener Unruhen vor dem Kloster St. Vincent. Fast zwei Jahre war das jetzt her. Doch wenn ich mich aus dem Fenster von Pierres Haus beugte, seine aufgeregten Söhne neben mir, so konnte ich das Geschrei der Menge hören. Nicht gerade beruhigend für mich war es zu wissen, daß Pierre, Michel und Edmée mitten unter denen waren, die auf der Place des Jacobins nach Rache schrien.

Die Nationalgarde hatte, ohne Befehle der Stadtverwaltung abzuwarten, Barrikaden in den Straßen errichtet und Geschütze aufgefahren. Hätten die Offiziere der Dragoner auch nur einen einzigen übereilten Befehl zum Angriff erteilt, so wäre es zu einem Blutbad gekommen.

Die Dragoneroffiziere aber – das mußte man anerkennen – hielten ihre Mannschaft in strenger Disziplin. Unterdessen eilten die aufgeregten Beamten der Stadtverwaltung von einem Hauptquartier zum andern und warteten auf Weisungen von höherer Stelle.

Um acht Uhr abends war die Menge so dicht und so bedrohlich wie zuvor, unterstützt von der Nationalgarde, und allen Versuchen der Beamten, sie zu zerstreuen, zum Trotz, brüllte das ganze Volk:

«Keine halben Maßnahmen! Die Dragoner noch heute hinaus!»

Abermals erscholl das Lied *Ça ira!* Die ganze Stadt mußte es mitgesungen haben, und dennoch zögerten die städtischen Beamten; sie fürchteten, wenn das Regiment abzog, wären die Bürger von Le Mans dem Pöbel preisgegeben.

Irgendwann zwischen elf Uhr und Mitternacht mußte der Beschluß gefaßt worden sein, obgleich ich nie vernommen habe, wie und wo. Aber um ein Uhr morgens, während die Menge immer noch in den Straßen ausharrte, verließen die Dragoner von Chartres die Stadt. Ich war zu Bett gegangen, aber ich zitterte um François und meine Brüder, die mitten im Gedränge sein mochten. Das Geschrei verhallte aber, und alles wurde still. Dann, gerade als die Uhr der nahen Kirche eins schlug, hörte ich Pferdegetrabe. Es war etwas Unheilverkündendes in dem regelmäßigen Stampfen der Pferde, in dem Klirren von Waffen und Geschirr, erst laut, dann immer leiser und schließlich völlig verhallend. Wer konnte sagen, ob das günstig für die Stadt war oder nicht? Vor zwei Jahren hätte ich um mein Leben gezittert. Jetzt, in meinem Bett, in der Erwartung der Rückkehr von François und der anderen, konnte ich bei dem Gedanken, daß ein Kavallerieregiment ohne einen Schuß von einer Bürgermiliz in die Flucht geschlagen worden war, nur lächeln.

Der Abzug der Dragoner aus Le Mans war ein Zeichen des Sieges für den Club des Minimes und seine Gesinnungsgenossen, und von diesem Tag an war ihr Einfluß auf die Geschäfte der Stadt entscheidend. Die städtischen Beamten, die für das Verbleiben des Regiments gewesen waren, wurden entlassen, und auch die Nationalgarde wurde von allen Elementen gesäubert, die noch Sympathien für das alte Regime hatten.

Um die Änderung deutlich zu machen, wurden auch die Straßennamen abgeändert, Wappen wurden von Haustüren gerissen, und gleichzeitig begann der Verkauf des Kirchenbesitzes.

Bevor ich heimfuhr, konnte ich den Beginn dieser Maßnahme noch mit ansehen. Als Michel hörte, daß die Arbeiter anfingen, eine der kleineren Kirchen in der Stadt abzureißen, und daß das Inventar jedem angeboten wurde, der es kaufen wollte, schlug er vor, daß wir doch aus Neugier hingehen sollten.

Es war ein seltsamer Anblick, und mir machte er keine Freude. Es wirkte doch wie eine Entweihung, daß Gegenstände, die wir immer mit Ehrfucht betrachtet hatten, jetzt verschachert wurden. Mit der Demolierung der Kirche war kaum begonnen worden, als auch schon der Altar, die Bänke, die Pulte an Händler verkauft wurden. Zunächst waren die Käufer zurückhaltend, zweifellos aus dem gleichen Grund wie ich, und starrten aus aufgerissenen Augen auf die Verwüstung. Dann wurden sie kühner, verdrängten ihre Scheu mit halbem Lachen, und ein breitschultriger Kerl, ein Metzger, trat vor und erstand das Geländer des Altars, das er vor seinen Laden stellen wollte. In der Hand schwang er eine Rolle Assignaten. Und von jetzt an gab es kein Zaudern mehr. Statuen, Kruzifixe, Bilder, alles wurde gekauft. Ich sah zwei Frauen unter der Last eines schönen Baldachins schwanken, und ein kleiner Junge hielt ein Kruzifix und wirbelte es nach Kinderart wie eine Waffe über seinem Kopf. Ich wandte mich ab und ging niedergeschlagen auf die Straße hinaus. Mit einem Mal sah ich Edmée und mich als Kinder in der Kapelle in La Pierre, wie der gute Geistliche uns nach unserer ersten Kommunion segnete.

Dann hörte ich es hinter mir lachen. Es waren Michel, François und Edmée, und sie alle trugen Trophäen. Michel hatte ein Meßgewand wie einen Mantel um die Schultern geschlungen.

«Ich habe schon seit einiger Zeit einen neuen Arbeitskittel gebraucht», rief er. «Jetzt kann ich in Le Chêsne-Bidault die Mode
angeben! Da, fang das auf!»

Er warf mir eine Altardecke zu, die vermutlich für den Tisch im
Meisterhaus bestimmt war. Ich fing sie auf, und meine Wangen
glühten, als die Leute mich neugierig umstanden; ich sah, daß
François und Edmée Kelche hielten und mit gespielter Feierlichkeit hoben, als wollten sie mir zutrinken.

Vierzehntes Kapitel

Die Nachricht von der Flucht der königlichen Familie aus Paris im Jahre 1791 erreichte Le Mans am Nachmittag des 22. Juni. Die Aufregung war groß. In der Stadtverwaltung herrschte Panik, und führende Bürger, die noch immer der Sympathie für das alte Regime verdächtig waren, wurden auf der Stelle verhaftet und verhört. Unser alter Feind, das Gerücht, verbreitete sich abermals über das Land. Der König und die Königin seien auf dem Weg zur Grenze, um zum Prinzen Condé zu gelangen, und wenn sie erst in Preußen seien, würden sie mächtige Heere aufbieten, um in Frankreich einzudringen und die alten Lebensformen wieder einzuführen.

Die Flucht, so meinte Michel, wäre ein Zeichen für einen Massenauszug. Alle Halbherzigen und Mißvergnügten, die sich bisher nach außenhin als Patrioten ausgegeben hatten, würden versuchen, ebenso zu entwischen, und mithelfen, die wachsende Schar der Emigranten zu verstärken. Zwei Tage lang redete man von nichts anderem. Ich erinnere mich, wie die Frauen zusammenstanden und schwatzten und durchwegs darin einig waren, daß der König nur widerstrebend geflohen sei; das alles sei das Werk der Königin. Nie hätte der König daran gedacht.

Dann kamen die guten Nachrichten. Die königliche Familie war in Varennes, in der Nähe der Grenze, angehalten worden und war jetzt in sicherer Hut auf dem Rückweg nach Paris.

«D-das ist ihr Ende», sagte Michel. «K-kein Mensch kann jetzt noch Respekt vor ihnen haben. D-der K-könig hat seine Ehre v-verspielt. Jetzt m-müßte er abdanken!»

Eine Zeitlang glaubten wir, es werde dazu kommen. Der Name des Herzogs von Orleans wurde genannt, der als Vormund des kleinen Dauphin regieren könnte, und sogar von der Republik wurde gesprochen. Dann wich die Besorgnis, der Hof nahm sein gewohntes Leben in den Tuilerien wieder auf, und später, im September, leistete der König den Eid auf die Verfassung.

Doch die Stimmung der königlichen Familie gegenüber war nie mehr wie vorher. Michel hatte recht gehabt. Der König hatte die Achtung des Volkes verwirkt. Er war nichts als ein Werkzeug in den Händen der Königin und der Hofpartei, und die ganze Nation wußte, daß zwischen diesen Kreisen und den Prinzen und Emigranten ein geheimer Briefwechsel bestand. Das Netz wurde enger gezogen. Man ließ jene Mitglieder des Adels, die noch im Lande waren, und der Geistlichen, die den Eid auf die Verfassung nicht leisten wollten, keinen Tag aus den Augen. In Le Mans war die Volkswut so hoch angeschwollen, daß Frauen, die sich weigerten, zu der von staatlichen Geistlichen zelebrierten Messe zu gehen, auf der Place des Halles öffentlich ausgepeitscht und zur Messe geschleppt wurden. Das fand ich übertrieben, aber es hatte keinen Zweck, eine Meinung zu äußern, und zudem war mein eigenes Leben mir in jenem Sommer wichtiger.

Mein zweites Kind, Sophie Magdaleine, wurde am 8. Juli geboren, und zu diesem Ereignis kam meine Mutter mit Jacques aus St. Christophe. Welche Freude war das für mich, meine Mutter wiederzusehen, wie sie sofort die Zügel des Haushalts ergriff, als wäre sie nie fort gewesen. Über die Veränderung äußerte sie sich klugerweise nicht, obgleich ich wußte, daß ihr nichts entging, von den brokatenen Vorhängen bis zum Monogramm auf dem Silber. Auch sprach sie nicht von der Arbeit in der Glashütte, wo man sich jetzt nach den Wünschen einer andern Kundschaft richten mußte als zu ihrer Zeit. Vorbei waren die Lilien und die verschlungenen Initialen. Diese Motive waren nicht mehr in Mode und galten als «dekadent». Statt dessen wurden jetzt Fackeln in das Glas graviert, welche die Freiheit bedeuteten, Hände, die einander drückten, und darunter die Worte Gleichheit und Brüderlichkeit. Ich kann nicht sagen, daß die Gläser besser waren als früher, aber in Paris und Lyon erzielten sie gute Preise, und das war unsere wichtigste Sorge.

Meine Mutter saß in ihrem alten Zimmer, sah mich das Kind stillen, lauschte Jacques' glücklichem Lachen, der jetzt ein stämmiger Bursche von zehn Jahren war und im Obstgarten mit den Kindern von Durochers spielte. Sie lächelte mir zu und sagte:

«Die Welt mag sich verändern, aber ein Bild gibt es, das sich nicht verändert!»

Ich schaute auf das Kind hinunter und entzog ihm die Brust, sonst wäre es erstickt.

«Das kann man nie wissen», meinte ich. «Vielleicht beschließt die Versammlung ein Gesetz, wonach das ein Zeichen der Genußsucht ist.»

«Mich würde es nicht wundern», sagte meine Mutter. «Was diese Leute auch tun mögen! Zur Hälfte sind es Advokaten und zur andern Hälfte hochgekommene Schreiber.»

Nur gut, daß weder Pierre noch Michel sie hören konnten! Wer sich kritisch über die Versammlung äußerte, war in ihren Augen ein Verräter.

«Du bist doch bestimmt nicht gegen die Revolution?» fragte ich sie wagemutig.

«Ich bin gegen nichts, was anständigen Leuten zugute kommt», erwiderte sie. «Wenn ein Mensch es im Leben weiterbringen will, so soll man ihn dazu ermutigen. Aber ich sehe nicht ein, was das mit Revolution zu tun hat. Dein Vater ist durch seine eigene Anstrengung ein reicher Mann geworden. Er hat ganz von unten her begonnen; als Lehrling.»

«Mein Vater war begabt», meinte ich. «Begabte Menschen werden immer ihren Weg machen. Die neuen Gesetze sollen denen helfen, die gar nichts haben.»

«Laß dir nichts einreden», erwiderte meine Mutter. «Die Bauern sind jetzt nicht besser dran als vorher. Der Mittelstand ist es, der heutzutage hinaufklettert. Krämer und dergleichen. Ich würde ihnen das nicht verübeln, wenn sie die dazugehörigen Manieren hätten.»

Sobald sie zusah, wie das Kind gestillt wurde, und hörte, wie draußen die Buben auf die Bäume kletterten, schien der Geist der Revolution weltenweit von ihr entfernt zu sein!

«Das Kind hat genug gekriegt», sagte meine Mutter plötzlich. «Jetzt trinkt es nur noch aus Gier. Wie ein Erwachsener. Leg sie in die Wiege!»

«Sie ist eine Revolutionärin», entgegnete ich. «Revolutionäre verlangen immer mehr und sind nie zufrieden.»

«Das ist auch mein Standpunkt», sagte meine Mutter. «Sie weiß nicht, was gut für sie ist, ebensowenig wie die sogenannten Patrioten im Land. Irgendwer sollte den Mut und die Macht haben, um ‹genug!› zu sagen. Aber sie sind wie eine Herde Schafe ohne Hirten.»

Wie gut war es, ihr zu lauschen! Auf ihren praktischen, gesunden Sinn zu hören! Revolutionen mochten kommen und gehen, Gerüchte und Klatsch über das Land wehen, Gesellschaftsformen, wie wir sie gekannt hatten, umgestürzt werden; meine Mutter aber blieb sie selber, nie reaktionär, nie starrköpfig, nur mit einer gesegneten Vernunft begabt. Sie stand neben der Wiege, schaukelte sie sanft, wie sie das in lang vergangenen Zeiten für uns alle getan hatte, und sagte:

«Ob dein Bruder auch so ein Kleines hat!»

Sie meinte Robert, und ich sah ihrem Ausdruck an, wie sehr sie sich nach ihm sehnte.

«Jetzt muß es wohl schon dasein», sagte ich. «Als er zum letzten Mal schrieb, da erwarteten sie ein Kind.»

«Ich habe nichts gehört. Seit zehn Monaten kein Wort. Jacques fragt nicht mehr nach seinem Vater. Es ist ein seltsamer Gedanke; wenn ihm ein Bruder oder eine Schwester in London geboren wird, so wird's ein englisches Kind sein. Ein echter Londoner, der nichts vom eigenen Lande weiß.»

Sie beugte sich und machte das Zeichen des Kreuzes über mein Kind. Dann sagte sie etwas von dem Abendessen für die Männer, wenn sie von der Schicht heimkamen, und ging hinunter. Nachdem sie fort war, lag das Zimmer von Schatten verdunkelt, und ich fühlte mich plötzlich vereinsamt. Alles, was wir in den letzten zwei Jahren durchlebt hatten, schien wertlos zu sein. Ich war mutlos, verloren – und doch ohne rechten Grund.

Als sie wieder nach St. Christophe zurückfuhr und Jacques mitnahm, war es, als schwänden auch Friede und Klarheit. François und Michel standen im Hof der Glashütte, und wir alle drei hatten den Eindruck, als seien unsere Tage grau geworden. Während ihres kurzen Besuchs hatte die Mutter es fertiggebracht, ohne daß irgendwer es gemerkt hätte, ihre alte Autorität wiederherzustellen. Mein Mannsvolk kam sauber und gepflegt zu Tisch. Madame Verdelet schrubbte einmal im Tag die Küche, die Arbeiter lüfteten die Mützen, wenn sie zu ihnen redete – und all das instinktmäßig und ohne jede Furcht. Keine Seele gab es weit und breit, die nicht Respekt vor ihr gehabt hätte.

«Es ist m-merkwürdig», sagte Michel, nachdem sie fort war, «aber M-mutter bringt mit einem B-blick mehr zustande als w-wir mit all u-unserm Fluchen u-und Schmeicheln. Es ist ein Jammer, d-daß w-wir keine w-weiblichen Abgeordneten haben. Sie w-würde jedesmal gewählt werden.»

Noch immer herrschte tiefes Mißtrauen gegen den König und mehr noch gegen die Königin, denn man wußte von ihrem Briefwechsel mit ihrem Neffen, dem deutschen Kaiser, man wußte, daß sie ihn zum Krieg gegen Frankreich drängte. Die fortschrittlichen Deputierten, die durchwegs Mitglieder des Club des Jacobins oder des Club des Cordeliers waren, vertraten die Ansicht, daß die im Lande gebliebenen Aristokraten viel strenger überwacht werden müßten und ebenso der Klerus, sofern er sich weigerte, den Eid zu leisten. Diese Leute seien eine Bedrohung für die Nation, denn sie weckten in vielen Teilen des Landes Unruhe und Unzufriedenheit. Solange sie in Freiheit waren, würden sie das Werk der Revolution hemmen und den Fortschritt abwürgen.

Jede Woche bekamen wir von dem Bruder meines Mannes, der einer der neugewählten Deputierten für unser Departement war, das von Marat herausgegebene *Ami du Peuple*, eines der meistgelesenen und verbreitetsten Blätter von Paris.

Ich wußte nicht recht, was ich davon halten sollte. Es war ein Hetzblatt, das seine Leser zur Gewalttat aufpeitschte und sie drängte, selber gegen die «Feinde des Volkes» vorzugehen, wenn die Gesetzgebung zu träge wäre. Michel und François lasen jedes Wort und gaben es auch den Arbeitern weiter – ein törichtes Vorgehen! Sie hatten ohnehin in der Glashütte genug zu tun, um die Produktion in Gang zu halten und die Bestellungen auszuführen, auch ohne daß sie das Land nach verstreuten Adligen und widerspenstigen Priestern absuchten.

Ich ließ sie reden und verschloß die Ohren vor jeder Diskussion. Mein Kind nahm meine gesamte Zeit in Anspruch. Im Frühjahr holte meine kleine Tochter sich eine Erkältung, die sich auf die Brust zog, und obgleich ich sie eine Woche lang Tag und Nacht pflegte und einen Arzt aus Le Mans holen ließ, konnten wir sie nicht retten. Sie starb am 22. April 1792, zwei Tage nachdem Preußen und Österreich Frankreich den Krieg erklärt hatten. Ich erinnere mich noch, daß wir die Nachricht an demselben Tag erfuhren, da wir Sophie Magdaleine begruben. Ich war ganz benommen vor Gram, und so ging es auch François und Michel und den Leuten von der Glashütte, denn das Kind war für alle ein Sonnenstrahl gewesen.

Wie auch andere plötzlich in Leid gestürzte Menschen, nahm ich die Nachricht vom Krieg mit einer bitteren Genugtuung zur Kenntnis. Jetzt wäre ich nicht die einzige, die leiden müßte. Tausende würden trauern. Sollten die Männer kämpfen und sich in Stücke hacken! Je rascher die Invasion erfolgte, je rascher wir dezimiert würden, desto früher könnte der eigene Kummer erlöschen.

Ich glaube, daß ich mich in jenem Frühling kaum darum sorgte, was dem Land geschah, später aber verwandelte sich der hilflose Jammer über den Tod meines Kindes in Haß gegen den Feind. Haß gegen die Preußen und die Österreicher, die es wagten, sich in Frankreichs Angelegenheiten zu mischen und Krieg zu beginnen, weil sie unser Regime mißbilligten, vor allem aber in Haß gegen jene Emigranten, die jetzt Waffen gegen ihr Vaterland trugen.

Alle Güter, die den Emigranten gehörten, wurden ebenso behandelt wie die kirchlichen Besitzungen, und um diese Zeit kauften François und ich das kleine Gut Gué de Launay in der Nähe von Vibraye, und das schon mit einem Blick auf die Zukunft und auf unsere reiferen Jahre.

Überall standen Schlösser leer, weil ihre Besitzer geflohen waren. Die Familie le Gras de Luarty hatte La Pierre verlassen, ebenso die Cherbons Chérigny. Unser Gutsherr war aus dem Schloß Montmirail vertrieben worden.

Tag um Tag hörten wir von Ratten, die das Schiff verließen, die meisten, um sich der Armee des Prinzen Condé unter dem Oberbefehl des Herzogs von Braunschweig anzuschließen, und da ihre Namen auf der Liste der Emigranten standen und ihr Besitz beschlagnahmt wurde, hatten wir die zweifelhafte Genugtuung zu wissen, daß sie, sollten sie je zurückkehren, ihre Heimatstätten im Besitz anderer Leute fänden, wenn nicht sogar niedergebrannt und geplündert, und jeder Sou, den sie besaßen, wäre zum Eigentum der Nation geworden.

Der Krieg richtete natürlich in der Wirtschaft Verheerungen an, und unser Glasgeschäft gehörte zu den ersten, die darunter litten. Viele unter den jüngeren Männern folgten dem Ruf zu den Waffen und rückten zur Armee ein, und uns blieben nur die älteren Arbeiter, bis der Kessel schließlich nur drei Tage in der Woche brennen konnte.

Pferde und Wagen wurden für die Truppen requiriert, die Getreidepreise stiegen abermals, und diesmal verlangten einige Abgeordnete in der Versammlung die Todesstrafe für Hamsterer, doch dieser Antrag wurde nicht angenommen. Kein Erbarmen, fand ich damals und dachte ohne Abscheu an den Mord an dem Silberhändler und seinem Schwiegersohn in Ballon. Ich war in diesen drei Jahren klüger oder weniger mitleidig geworden. Die Frau eines Offiziers der Nationalgarde und die Schwägerin eines Deputierten zu sein, weckte Vorurteile zugunsten der Behörden – wenn die Behörden auf unserer Seite waren.

Marat hatte recht, wenn er in seinem *Ami du Peuple* die zaudernden Mitglieder der Versammlung anklagte und verlangte, daß eine Gruppe erprobter Patrioten die Macht ergreifen solle, die nicht zögern würden, harte Maßnahmen zu treffen, um das Land zu einigen und die Opposition zu brechen. Zu einem Deputierten hatten jedoch alle Vertrauen, das war der kleine Advokat Robespierre, der 1789 in Versailles mit Feuer gesprochen hatte. Wenn einer die Kraft und die Fähigkeit besaß, die Lage zu meistern, die sich im Verlauf des Sommers schnell zuspitzte, so sei er der Mann. Das sagte mein Schwager.

Robespierre . . . unter seinen Freunden bekannt als *L'Incorruptible*, denn nichts und niemand konnte ihn von dem abbringen, was er für recht und gerecht hielt. Andere mochten mit sanfteren Blicken auf jene schauen, die bei der Führung des Krieges versagten, oder auch freundliche Beziehungen zu den Emigranten aufrechterhalten, für den Fall, daß die Gezeiten wechselten und der Feind erfolgreich wäre. Nicht aber Robespierre! Wieder und wieder setzte er den Ministern, die die Politik lenkten, in der Versammlung auseinander, daß die Stellung des Königs unhaltbar geworden sei; daß Ludwig sich hartnäckig weigerte, die für die Sicherheit des Landes notwendigen Dekrete zu unterzeichnen, bedeutete, daß er Zeit gewinnen wollte und hoffte, die Kräfte des Herzogs von Braunschweig würden die Armee des französischen Volkes besiegen. Wollte der König nicht mit der Regierung zusammenarbeiten, so mußte der König abgesetzt werden. Die Regierung mußte stark sein, sonst ging die Nation zugrunde!

Als am 10. August das Pariser Volk sich in Massen erhob, zu den Tuilerien zog, die Schweizer Garde niedermetzelte und die königliche Familie zwang, hinter der Reitschule Schutz zu suchen, in der die Versammlung tagte, da waren unsere Sympathien in Le Chêsne-Bidault durchaus bei dem Volk. Die Stadtverwaltung von Paris oder Commune, wie sie genannt wurde, war jetzt an der Macht, und im September sollte eine neue Versammlung unter dem Namen «Nationalkonvent» auf Grund des allgemeinen Stimmrechts gewählt werden, das Robespierre seit jeher verlangt hatte.

«Endlich», sagte mein Bruder Pierre, «werden wir eine starke Regierung haben!»

Tatsächlich war eines der ersten Dekrete, die am Tag nach dem Sturm auf die Tuilerien beschlossen wurde, der Erlaß, der jede Gemeinde im Land berechtigte, Verdächtige auf der Stelle festzunehmen. Wäre es nach Michels Wünschen gegangen, so hätten sich, wie ich glaube, sämtliche Gefängnisse bis zum Bersten gefüllt.

Unterdessen waren François und Michel mit den Primärwahlen beschäftigt, die in der letzten Augustwoche stattfinden sollten. Beide sollten als Wahlmänner im Kanton Gault kandidieren, und beide waren entschlossen, dafür zu sorgen, daß kein Mann, bei dem man nur die leisesten reaktionären Tendenzen vermuten konnte, neben ihnen als Kandidat aufgestellt würde.

«In einem m-müssen wir f-fest sein», erklärte Michel etwa eine Woche vor den Primärwahlen. «Und d-das ist, scharf darauf zu achten, d-daß kein Priester oder Mitglied d-der Aristokratie zur Wahl zugelassen wird.»

Es war der Sonntag vor den Wahlen, daran erinnere ich mich, als Michel die Nationalgarde von Le Plessis-Dorin und andere Abteilungen aus einer Nachbargemeinde im Hof der Glashütte aufmarschieren ließ. Sie zogen, etwa achtzig Mann stark, unter dem Befehl von André Delalande aus, den Michel zum Kommandanten befördert hatte, um jeden voraussichtlichen Wahlmann von zweifelhaftem Patriotismus zur Ablegung des Eides zu zwingen.

Keine Kirchengemeinde, keine Gemeinde im Bezirk wagte es, dem Angriff zu widerstehen, obgleich manche gegen diese Behandlung protestierten und erklärten, die Nationalgarde habe nicht das Recht, loyalen Bürgern den Eid aufzuzwingen.

«Z-zum Teufel mit der Loyalität», sagte Michel. «W-wir werden ja bald sehen, w-wer loyal ist, wenn w-wir die Stimmen zählen kommen.»

Als die Primärwahlen vorüber waren, überraschte es mich nicht zu hören, daß sowohl mein Mann wie mein Bruder in Gault gewählt worden waren. Wie ich auch darüber dachte, eines war gewiß. Einschüchterung lohnte sich.

«Das Schicksal der Nation», sagte mein Schwager Jacques Duval, «hängt von den Deputierten ab, die von den Wahlmännern gewählt werden.»

Und jene, die für Loir-et-Cher bestimmt wurden, waren durchwegs fortschrittlich. Nicht ein einziger Gemäßigter war unter ihnen.

Der Fall von Verdun am 2. September versetzte das ganze Land in höchste Aufregung. Wenn der Feind auch nur noch einen Schritt weiter vordrang, nun, wir waren bereit. Ich war entschlossen, an der Seite der Männer im Hof der Glashütte zu kämpfen.

«Die Gefahr ist bedrohlich», schrieb Jacques Duval aus Paris. «Hier in der Hauptstadt ist die Sturmglocke geläutet worden. Laßt sie auch in jedem Departement von Frankreich läuten, damit jeder Bürger zur Verteidigung der Nation herbeieilen kann.»

Am Tage, als er diesen Brief schrieb, war die Masse in die Pariser Gefängnisse eingedrungen und hatte mehr als zwölfhundert Gefangene abgeschlachtet. Nie erfuhren wir, wen die Schuld daran traf. Eine allgemeine Panik war die Ausrede, die vorgebracht wurde. Das Gerücht, von einem zum andern weitergetragen, hatte geflüstert, in den Gefängnissen seien bewaffnete Aristokraten, die nur ihre Stunde erwarteten, um sich zu befreien und die Bürger von Paris niederzumetzeln. Die «Räuber» des Jahres 1789 waren wiederauferstanden.

Am 20. September wurden bei Valmy die preußischen und österreichischen Heere geschlagen, und einige Tage später wurde Verdun zurückerobert. Die Armee des Volkes hatte auf den Ruf geantwortet.

Die neue Versammlung – der Nationalkonvent – trat am 21. September zum ersten Mal zusammen. Über dem Kesselhaus hißten wir die Trikolore, und die Arbeiter in ihrer Uniform als Nationalgardisten sangen das Marschlied, das an die Stelle von *Ça ira* getreten war – die Marseillaise.

Am selben Abend, im Meisterhaus, hoben Michel, François und ich die Gläser, die dem Kelch nachgebildet waren, der vor zwanzig Jahren in La Pierre für Ludwig XV. geschliffen worden war, und tranken auf das Wohl der neuen Republik.

Fünfzehntes Kapitel

«Der Nationalkonvent erklärt Louis Capet, den letzten König von Frankreich, der Verschwörung gegen die Freiheit der Nation und des Versuchs, die Sicherheit des Staates zu untergraben, für schuldig.

Der Nationalkonvent beschließt, daß Louis Capet die Todesstrafe zu erleiden hat.»

Es gab im Januar 1793 kein Anwesen im Land, wo sich nicht für oder gegen den König Stimmen erhoben hätten. Robespierre hatte den Fall mit seiner üblichen Klarheit hingestellt, als er im Dezember vor dem Konvent sagte:

«Ist der König nicht schuldig, dann sind es jene, die ihn entthront haben.»

Da gab es keinen dritten Weg. Entweder war es recht, den Monarchen abzusetzen, weil er die fremde Hilfe gegen den Staat angefordert hatte, oder es war unrecht. War es recht, dann hatte der Monarch sich des Verrats schuldig gemacht und mußte büßen. War es unrecht, so mußte der Nationalkonvent sich auflösen, den Monarchen um Verzeihung bitten und sich dem Feind ergeben.

«Gegen Robespierres Logik kann man nicht ankämpfen», sagte mein Bruder Pierre. «Der Konvent muß entweder den König anklagen oder sich selber. Wird der König freigesprochen, so bedeutet das, daß die Republik nie proklamiert werden durfte, und das Land muß seine Waffen vor Preußen und Österreich niederlegen.»

«Wer schert sich um Logik?» erwiderte Michel. «Louis i-ist ein Verräter, d-das wissen wir alle. Ein einziges Zeichen d-der Schwäche im Konvent, und jeder Aristokrat, jeder P-priester im Land r-reibt sich entzückt die Hände. M-man sollte das ganze Gesindel g-guillotinieren!»

«Warum kann man die königliche Familie nicht in die Verbannung schicken?» fragte ich. «Wäre das nicht Strafe genug?»

Da aber brausten meine Brüder und auch mein Mann auf.

«In die Verbannung?» rief Pierre. «Damit sie ihren Einfluß aufbieten können? Stell dir doch, zum Beispiel, die Königin in Österreich vor! Nein, lebenslängliches Gefängnis ist die einzige Lösung.»

Michel hielt den Daumen auf den Boden gerichtet.

«D-da gibt's nur eine Anwort», sagte er. «S-solange d-diese Leute leben, vor allem d-dieses Weib, s-sind sie eine Bedrohung unserer Sicherheit.»

Im Winter 1793, als wir unseren *Ami du Peuple* lasen und von den Spaltungen innerhalb des Konvents erfuhren und hörten, daß die Minister die Aufsicht nicht streng genug handhaben und die Getreidepreise steigen ließen, und das trotz der Opposition Robespierres und seiner Jacobiner, die vor den Gefahren der Geldentwertung warnten, da war es nur Pierres Überredungskunst, die Michel davon abhielt, uns zu verlassen und sich den Extremisten in Paris anzuschließen.

Im Februar und März gab es in der Hauptstadt ständig Unruhen; das Volk klagte über die Preise von Zucker, Seife und Kerzen. Wieder einmal trat Marat als Sprecher auf und erklärte, das einzige Mittel zur Niederhaltung der Preise sei, ein paar Krämer über ihren eigenen Schwellen zu hängen.

«B-beim Himmel, er hat r-recht», sagte mein jüngster Bruder. «I-ich weiß nicht, warum nicht g-ganz Paris sich erhebt und d-diesen Mann zum Diktator m-macht!»

Ja, gewiß, unsere Republik, auf deren Wohl wir im September so hoffnungsvoll getrunken hatten, war von Feinden bedroht, innerhalb der Grenzen und außerhalb.

Nach dem Februar gab ich jede Hoffnung auf, noch Nachrichten von meinem Bruder Robert zu erhalten. Der Konvent hatte

England und Holland den Krieg erklärt, und war Robert noch in London, so wäre er jetzt nicht bloß ein Emigrant, sondern vielleicht gegen sein eigenes Vaterland tätig. Und war es so, dann war er kein geringerer Verräter als Tausende unserer Landsleute, die in dieser Stunde höchster Gefahr für die Republik, der Bedrohung durch die verbündeten Heere, im Westen einen Aufruhr anzetteln und uns alle in die Greuel eines Bürgerkriegs stürzten.

Dieser Aufstand wurde von den Geistlichen unterstützt. Sie grollten wegen des Verlustes ihrer jahrhundertealten Vorrechte und der Beschlagnahme ihres Grundbesitzes, und so machten sie sich in all diesen Monaten Vorurteile und Aberglauben der Bauern zunutze, die einen Wandel nur zögernd willkommen hießen und den Dekreten des Konvents mißtrauten. Vor allem hatten die Bauern Angst vor der Einberufung zum Militär, die in der letzten Februarwoche erfolgte und jeden diensttauglichen unverheirateten Mann zwischen achtzehn und vierzig aufbot, der bei seiner sonstigen Tätigkeit entbehrlich war.

Die Hinrichtung des Königs und dieses Aufgebot waren die beiden entscheidenden Motive, um die Bauern im Westen zur Rebellion zu treiben; aufgestachelt wurden sie von den Geistlichen, die keinen Eid geleistet hatten, und von den unzufriedenen früheren Aristokraten. Einmal entfesselt, verbreitete der Aufstand sich wie ein Waldfeuer oder, schlimmer noch, wie eine Seuche und steckte alle Mißvergnügten an, die aus diesem oder jenem Grund das Vertrauen zur Revolution verloren hatten.

Bis zum April waren verschiedene Landesteile in vollem Aufruhr. Tausende von Bauern, mit Waffen jeder Art von der Muskete bis zu Beilen und Sensen versehen, zogen raubend und sengend durch das Land, geführt von Männern von unbezähmbarem Mut, die nichts zu verlieren hatten als ihr Leben, drangen über die Loire vor und stießen zunächst auf keinen Widerstand bis auf den der entsetzten Einwohner der Dörfer und Städte, die daraufhin geplündert wurden. Die republikanischen Armeen standen an den Grenzen und warfen die Verbündeten zurück, und nur wenige Kompanien der Nationalgarde waren verfügbar, um diesem neuen, furchtbaren Angriff aus dem Westen entgegenzutreten.

Die Aufständischen triumphierten, sie hatten Nantes umzingelt, stießen nach Angers und Saumur vor, trieben Gefangene und Flüchtlinge vor sich her, waren auf ihrem Marsch von Wagenladungen mit Frauen und Kindern, Bauernfamilien und den Frauen und Mätressen der früheren Adligen begleitet, und lebten vom Lande, das sie auf ihrem Zug ausraubten und verwüsteten.

Weiß der Himmel, wir haßten die verbündeten Eindringlinge, aber wir haßten die Vendéer, wie das Rebellenheer genannt wurde, noch mehr. Die Heuchelei ihres Schlachtrufs «Für Jesus!» und der Banner mit dem Heiligen Herzen, die sie schwenkten, als wären sie auf einem neuen Kreuzzug, wurde nur noch durch ihre Unmenschlichkeit übertroffen. Ein Gemetzel, weit greulicher als alles, was der Pariser Pöbel verübt hatte, war das Schicksal der Dorfpatrioten, die Widerstand wagten. Frauen und Kinder wurden nicht geschont, und die Männer wurden, noch lebend, in die Gräben zu den Leichen geworfen. Geistliche, die den Eid auf die Verfassung geleistet hatten, wurden an Pferde gebunden und auf den staubigen Straßen in einen furchtbaren Tod geschleppt. Hier endlich, in Fleisch und Blut und nicht als Gerücht, waren die «Räuber», vor denen wir uns im Jahre 1789 gefürchtet hatten. Die royalistischen Führer mit weißen Bändern und weißen Kokarden trieben ihre unwissenden Bauernheere mit der Verheißung neuer Beute, neuer Eroberungen vorwärts, und die Geistlichen riefen sie vor jeder Schlacht zur Messe. Am Morgen vor dem Kruzifix auf den Knien, erzwangen sie sich um Mittag mit Mord und Raub den Weg durch unbeschützte Dörfer, waren abends von Gemetzel und Erfolg berauscht! Gottes Krieger nannte sich dieser vorwärtsstürmende, undisziplinierte, aber tapfere Pöbel und marschierte in den Monaten April und Mai dem scheinbaren Sieg entgegen.

Es war, wie mein Bruder Pierre sagte, ein Kampf zwischen dem Te Deum und der Marseillaise, und in diesem ganzen qualvollen Sommer des Jahres 1793 erlitten die Sänger der Marseillaise eine demütigende Niederlage nach der andern.

Der Konvent in Paris, durch Zwistigkeiten in den eigenen Reihen gespalten, gab den Generälen, die hastig von der Front abberufen wurden und vor der Aufgabe standen, den Aufruhr zu unterdrücken, widerspruchsvolle Befehle. Erst als gegen Ende September die republikanischen Heere neu gruppiert worden waren, nahm auch die lange Reihe der Siege der Vendéer ein Ende. Robespierre, jetzt im Konvent der entscheidende Mann und das führende Mitglied des Wohlfahrtausschusses, war entschlossen, den Aufstand zu unterdrücken, und die Generäle hatten den Befehl, die Rebellen zu vernichten, keinen zu schonen und auch keine Gefangenen zu machen.

Am 17. Oktober erlitten die Vendéer eine furchtbare Niederlage bei Cholet in Maine-et-Loire, wo zwei ihrer Führer, d'Elbée und Bonchamps, schwer verwundet wurden. Das war der Anfang vom Ende für die Rebellenarmee, obgleich sie es noch nicht wußte; und statt sich über die Loire zurückzuziehen und auf eigenem Boden standzuhalten, drängten sie nach Norden vorwärts, um Granville zu erobern, den Kanalhafen, denn angeblich hatten die Engländer eine große Flotte ausgerüstet, um ihnen zu helfen. Die Bewohner von Granville – das ist ihr dauerndes Verdienst – hielten den Rebellen stand, und Mitte November begann der lange Rückzug zur Loire, währenddessen die Vendéer von allen Seiten von den republikanischen Armeen bedrängt wurden.

In Le Chêsne-Bidault war die Arbeit beinahe zum Stillstand gekommen, denn obgleich die Rebellen weit von uns entfernt waren, konnten wir nie wissen, ob ihre Führer sich nicht in den Kopf gesetzt hatten, quer durch das Land in unser Departement zu marschieren. Michel und die Arbeiter mußten ständig auf der Hut sein, und meinen Bruder reizte es ständig, sich mit seinen Leuten in das Gewühl des Kampfes zu stürzen. Immerhin zwang ihn seine Dienstpflicht, sich auf die Verteidigung des Dorfes zu beschränken, wenn es bedroht werden sollte; und obgleich ich spürte, daß er und seine Handvoll Arbeiter gegen die Tausenden von Vendéern nur wenig auszurichten vermöchten, flößte doch der bloße Anblick ihrer Uniformen im Hof der Glashütte mir Vertrauen ein.

Wieder einmal ging es darum, Leben zu bewahren, denn mein Kind Zoe Suzanne, geboren am 27. Mai, war jetzt sechs Monate alt. Vom ersten Tag an hatte sie, rundlich und gesund, mehr Lebenskraft gezeigt als die beiden Kinder, die ich verloren hatte, und meine Mutter, die im Sommer zu uns zu Besuch gekommen war, sagte der Kleinen eine normale Kinderzeit voraus. Waren erst einmal die Vendéer besiegt, so konnten wir alle aufatmen – vor allem diejenigen unter uns, die Patrioten waren. Robespierres strenges Regiment, obgleich er Hunderte zur Guillotine schickte, darunter auch die Königin und Roberts einstigen Gönner, den Herzog von Orleans, hatte nicht nur das Land vor der Niederlage gerettet, sondern dem Volk mit Nahrungsmitteln, wichtigen Waren und besseren Arbeitslöhnen das alltägliche Leben leichter gemacht.

Unsere größte Sorge galt im Herbst Pierre, seiner Familie und Edmée, da die Vendéer auf ihrem Rückweg die Gegend von Le Mans durchquerten. Mit der Moral der Rebellenarmee stand es schlecht, sie wurde von der Ruhr geplagt, die Disziplin hatte sich gelockert, und sehr wesentlich behindert war sie auch durch die vielen Frauen, Kinder, Nonnen und Geistlichen, die dem Zug folgten.

Dienstag, den 13. Frimaire – den 3. Dezember – hörten wir, sie habe Angers erreicht und bereite sich darauf vor, die Stadt zu belagern. Jacques Duval war zu jener Zeit bei uns und brachte die Nachricht von Mondoubleau, wo er mit den Behörden verhandelt hatte.

«Alles steht gut», sagte er. «Angers wird sich halten, unsere Armee unter Westermann ist hinter ihnen her, und wir werden sie erwischen, bevor sie die Loire überschreiten können. Das wird ihr Ende sein. Dort werden sie in einer Zangenbewegung zwischen unseren Armeen gefaßt. Und mit Nachzüglern und Deserteuren können wir uns selber beschäftigen.»

Ich sah, wie Michel einen Blick zu François warf, und ich ahnte, was nun kam.

«W-wenn die Nationalgarde jeder Gemeinde i-in voller Stärke ausrückt», sagte er, «k-könnten wir sie in Stücke schlagen, sobald s-sie wagen, g-gegen Osten zu marschieren.»

Er ging ans Fenster, öffnete es und rief zu André Delalande hinüber, der gerade über den Hof kam.

«L-läuten Sie Alarm! B-binnen einer Stunde s-sollen sämtliche

219

Mann voll ausgerüstet b-bereit sein. Wir m-machen uns auf d-die Verfolgung der v-verdammten Räuber.»

Es war kurz nach zwei, als sie aufbrachen, dreihundert Mann stark, mit Trikolore und Trommeln, und Michel an ihrer Spitze. Hätte mein Vater das noch erlebt, er wäre stolz auf seinen jüngsten Sohn gewesen, den er vor dreißig Jahren wegen seines verdrossenen Wesens und seines Stotterns immer getadelt hatte.

Den Rest der Woche waren wir auf Gerüchte angewiesen, erfuhren nur, daß der Angriff der Vendéer auf Angers vereitelt worden war. Die Stadt hatte sich tapfer verteidigt und war nicht gefallen, und die Führer der Aufständischen versuchten jetzt, zu einem Entschluß zu gelangen, wo und wann sie die Loire überschreiten könnten, bevor die republikanischen Armeen sie im Rücken packten.

Ich hätte wissen können, daß man dem Gerede nie trauen soll, daß das Gerücht vor Jahren von Räubern gesprochen hatte, als keine Räuber vorhanden gewesen waren. Diesmal war es umgekehrt. Man hatte über den Sieg gejubelt, bevor der Sieg errungen war.

«Wir sind jetzt lang genug ohne Nachrichten von Pierre», sagte ich am nächsten Montag zu François, als er erwachte. «Ich werde mich heute von Marcel nach Le Mans fahren lassen und dort die Nacht über bleiben. Wenn alles gut ist, bin ich morgen wieder zurück.»

Er erhob Einwände, wie das Ehemänner gern tun, und meinte, wenn Pierre etwas zugestoßen wäre, hätten wir das längst erfahren. Die Straßen seien noch immer unsicher, das Wetter bedrohlich. Wenn es denn nötig sei, möge doch Marcel mit einer Botschaft hinüberfahren, aber ich müsse in Le Chêsne-Bidault bleiben. Jedenfalls wäre das Kind ohne mich nachts unruhig.

«Seit Zoe auf der Welt ist, haben wir nie eine gestörte Nacht gehabt», entgegnete ich. «Und sie kann in ihrer Wiege neben Madame Verdelet schlafen. Ich bleibe nur einen halben Tag und eine Nacht, nicht länger, und wenn Edmée und Marie und die Jungen Lust haben, bringe ich sie mit hierher.»

Ein gewisser Eigensinn veranlaßte mich, an meinem Plan festzuhalten. Ich hatte eine Woche vorher meinen Bruder Michel zur

Verfolgung der Vendéer ausziehen gesehen, und sein Mut hatte mich angesteckt. Hatte überdies Jacques Duval nicht versichert, daß die Räuber in die Flucht geschlagen seien und sich, so gut sie konnten, den Rückweg über die Loire erkämpften?

Vielleicht, und das gestand ich kaum mir selber ein, hatte ich das Gefühl, daß François hinter Michel zurückstand. Mein Mann hatte sich, im Gegensatz zu meinem Bruder, der Expedition der Nationalgarde nicht angeschlossen. Er sollte lernen, daß seine Frau diese Skrupel nicht teilte.

Gleich nach dem Frühstück machten Marcel und ich uns auf den Weg. Als François merkte, daß nichts mich von meinem Entschluß abbringen konnte, sagte er, er selber wolle mich fahren. Doch das lehnte ich ab; er müsse daheim bleiben und sich um seine Tochter kümmern.

«Wenn wir auf Räuber stoßen», sagte ich ihm beim Abschied, «werden wir uns tapfer halten.»

Und damit klopfte ich auf die zwei Musketen, die an dem Dach des Wagens angeschnallt waren. Ich hatte das im Scherz gesagt und dachte nicht daran, wie nahe meine Worte der Wahrheit kommen sollten.

Als wir hinter Vibraye waren, merkte ich, daß mein Mann in einem recht gehabt hatte – mit dem Wetter. Es wurde bitterkalt, und überdies begann es zu regnen und zu graupeln. Ich war wohl warm eingepackt, aber meine Hände und Füße wurden doch in der Kälte bald ganz empfindungslos, und Marcel, der in den Regen hinausschaute, war unruhig.

«Sie haben sich keinen guten Tag für Ihr Abenteuer ausgesucht, Bürgerin», sagte er.

Seit den Dekreten des Monats September waren wir sorgfältig darauf bedacht gewesen, uns den neuen Umgangsformen anzupassen. Monsieur und Madame gehörten der Vergangenheit an wie der alte Kalender. Ich mußte mich daran erinnern, daß heute der 19. Frimaire des zweiten Jahres der Republik war und nicht der 9. Dezember 1793.

«Mag sein», erwiderte ich, «aber wir haben wenigstens einen gedeckten Wagen und sitzen im Trockenen, und das ist mehr, als unsere Nationalgarde sagen kann, die vielleicht gerade jetzt mit den Räubern zusammenstößt.»

Für meinen Seelenfrieden war es ein Glück, daß ich sie siegen sah, nicht aber im Kampf gegen eine Übermacht und in vollem Rückzug, wie es sich tatsächlich verhielt.

Am frühen Nachmittag erreichten wir Le Mans, aber wegen des schlechten Wetters war es schon beinahe dunkel, und an der Brücke über die Huisne standen Wachen.

Sie kamen auf uns zu, um unsere Pässe zu prüfen, und ich merkte, daß es keine Mitglieder der Nationalgarde waren, sondern gewöhnliche Bürger mit Armbinden, Musketen in den Händen. Den Führer erkannte ich – er war ein Klient Pierres gewesen –, und als er mich sah, winkte er seinen Leuten ab und trat an den Wagen.

«Bürgerin Duval», rief er erstaunt, «was in der Welt haben Sie gerade jetzt hier zu tun?»

«Ich wollte meinen Bruder besuchen», erklärte ich. «In den letzten Wochen hatte ich mir, wie Sie sich vorstellen können, um ihn und seine Familie Sorgen gemacht. Jetzt, da das Schlimmste vorüber ist, habe ich die erste Gelegenheit ergriffen, um zu ihm zu fahren.»

Er starrte mich an, als hätte ich den Verstand verloren.

«Das Schlimmste vorüber? Haben Sie denn die Nachrichten nicht gehört?»

«Nachrichten? Was für Nachrichten?»

«Die Vendéer haben La Flèche wiedererobert und können sehr wohl morgen gegen Le Mans marschieren. Sie sind fast 90 000 Mann stark, verzweifelt vor Hunger und Seuchen und rüsten sich, gegen Osten vorzustoßen, und wildem Gerede zufolge haben sie es auf Paris abgesehen. Fast jeder Mann hier in der Garnison ist nach Süden gegangen, wo man versucht, sie aufzuhalten; aber viel Hoffnung besteht nicht. Etwa fünfzehnhundert gegen die Räuberbande!»

Ich hatte geglaubt, der eisige Wind habe ihn derart erbleichen lassen, doch jetzt sah ich, daß es mindestens ebensosehr die Angst war.

«Wir hatten drüben von einem Sieg bei Angers gehört», sagte

ich, und mein Mut sank. «Was sollen wir jetzt tun? Wir sind den halben Tag unterwegs von Le Plessis-Dorin, und nun ist es beinahe dunkel.»

«Fahren Sie zurück, wenn Sie eine Spur Vernunft haben», riet er, «oder suchen Sie in irgendeinem Bauernhaus draußen auf dem Land Unterschlupf für die Nacht.»

Ich warf Marcel einen Blick zu. Der arme Kerl war ebenso blaß wie die andern.

«Das Pferd kann die Fahrt nicht zweimal machen», sagte ich. «Und unter diesen Bedingungen wird uns auch kein Mensch im Land aufnehmen. Türen und Fenster werden fest verschlossen sein.»

Der Bürger Roger – jetzt entsann ich mich plötzlich seines Namens – musterte mich; die Regentropfen fielen von seinem Hut.

«Ich kann Ihnen keinen Rat geben«, sagte er. «Gott sei Dank bin ich ledig. Wenn ich aber eine Frau hätte, würde ich sie nicht in die Stadt lassen. Nicht bei der Drohung, die über uns schwebt.»

Was für eine Torheit war es gewesen, Le Chêsne-Bidault zu verlassen, ohne auf neue Nachrichten zu warten!

«Wenn die Räuber kommen», sagte ich, «will ich ihnen lieber bei meinem Bruder in Le Mans standhalten als draußen auf dem Land neben einer Hecke!»

Pierres Klient gab mir die Pässe zurück und zuckte die Achseln.

«Sie werden Ihren Bruder nicht in Le Mans finden. Der Bürger Busson dürfte mit der Nationalgarde ausgerückt sein, um die Straßen nach La Flèche zu verteidigen. Um Mittag haben sie den Befehl erhalten, genau wie wir.»

Jetzt zurückzufahren, war unmöglich. Das öde Land jenseits der Huisne, woher wir gekommen waren, lag, vom Regen gepeitscht, in der sinkenden Dämmerung. Und das entschied. Auch schleppte unser müdes Pferd sich nur noch verdrossen zwischen den Deichseln.

«Wir wollen unser Glück versuchen, Bürger», sagte ich zu Monsieur Roger. «Viel Glück für Sie und Ihre Leute!»

Er salutierte ernst und winkte uns zu, und wir fuhren in eine tote Stadt ein, die Häuser verschlossen und kein Mensch auf den

Straßen. Das Hotel, wo wir gewöhnlich unser Pferd unterbrachten, war ebenso verbarrikadiert wie die Häuser, und erst nach längerem Klopfen zeigte sich der Wirt, weil er glaubte, wir wären die Wachen. Obgleich er mich kannte, hätte er Wagen und Pferd nicht bei sich aufgenommen, wäre ich nicht bereit gewesen, den üblichen Preis zu verdreifachen.

«Wenn die Räuber kommen, Bürgerin, dann brennen sie die Stadt nieder; das wissen Sie doch!» sagte er beim Abschied und zeigte mir ein Paar geladene Pistolen, mit denen er, wie er mir versicherte, lieber seine Frau und seine Kinder erschießen würde, als sie in die Hände der Vendéer fallen zu lassen.

Marcel und ich hasteten durch die Straßen in das Viertel, wo Pierre wohnte. Während wir vom Regen völlig durchnäßt wurden, dachte ich beständig an François und seinen Bruder, die jetzt friedlich daheim in Le Chêsne-Bidault saßen und nichts von unserer schlimmen Lage wußten. Ich dachte auch an mein Kind, das ruhig in seiner Wiege schlief, und an Marcels Frau und Kinder.

«Es tut mir leid, Marcel», sagte ich. «Nur mir müssen Sie wegen dieses Abenteuers Vorwürfe machen, sonst niemandem.»

«Keine Sorge, Bürgerin. Die Räuber kommen vielleicht überhaupt nicht, und wenn sie kommen, werden wir sie daheim empfangen.»

Er hatte die beiden Musketen über der Schulter, und ich dachte an die 90 000 Vendéer, die ausgehungert in La Flèche sein sollten.

Pierres Haus war ebenso verschlossen und verriegelt wie die Nachbarhäuser, hier aber brauchte ich nur zweimal rasch hintereinander zu klopfen, ein altes Signal aus der Kindheit, und schon öffnete sich die Türe und Edmée stand vor mir. Sie hätte eine Miniatur von Michel sein können, das braune Haar war zerrauft, in den Augen glänzte Argwohn, in der Hand hielt sie eine Pistole, die zweifellos geladen war. Als sie mich sah, ließ sie die Pistole sinken und fiel mir um den Hals.

«Sophie . . . ach, Sophie . . .»

Sekundenlang hielten wir uns umschlungen, und ich hörte die ängstliche Stimme meiner Schwägerin aus dem Haus rufen:

«Wer ist da?» Einer der beiden Jungen weinte, ein Hund bellte, und ich konnte mir die Aufregung dort drinnen vorstellen.

Im Nu hatte ich Edmée alles schon im Hausflur erklärt, und dann half Marcel ihr, die Türe wieder zu verriegeln.

«Pierre ist um Mittag mit der Nationalgarde ausmarschiert», sagte sie. «Seither haben wir ihn nicht gesehen. Er sagte zu mir: ‹Paß auf Marie und die Kinder auf!› Und das habe ich getan. Wir haben Lebensmittel für drei oder vier Tage im Hause. Und wenn die Räuber kommen, bin ich bereit.»

Sie sah die Musketen, die Marcel neben die Türe gestellt hatte. «Jetzt sind wir ja gut bewaffnet.» Sie lächelte Marcel zu. «Haben Sie nichts dagegen, unter meinem Kommando zu dienen, Bürger?»

«Sie brauchen nur zu befehlen, Bürgerin», antwortete er.

Er war ein schlaksiger Kerl von sechs Fuß und mehr, aber er schaute ganz demütig zu ihr hinunter.

Ich erinnerte mich an unsere Kinderzeit in La Pierre, wo Edmée die Knabenspiele den Puppen vorgezogen hatte und Michel ihr immer Säbel und Dolche zurechtschnitzen mußte. Die Gelegenheit, sich als Mann aufzuspielen, hatte sich ihr endlich geboten.

«Truppen können nicht mit leerem Magen kämpfen», sagte sie. «Kommt jetzt lieber in die Küche und eßt. Es war vielleicht töricht von euch, Le Chêsne-Bidault zu verlassen, aber eines kann ich euch sagen – ich bin froh über die Verstärkung.»

Jetzt kamen die Buben aus dem Haus gelaufen. Emile, der älteste, dreizehn Jahre alt, Pierre-François, kaum sechs, gefolgt von einer Terrierhündin mit ihren Jungen. Meine Schwägerin bildete die Nachhut mit der bejahrten Witwe und deren Tochter, ständigen Einrichtungsgegenständen des ein wenig zigeunerhaften Haushalts. Ich wunderte mich nicht darüber, daß Edmée die Verstärkung mit Freuden willkommen hieß. Ihre kleine Gemeinschaft benötigte einen Schutz.

Wir aßen, was wir nur konnten, von allen Seiten mit Fragen bestürmt, von denen ich keine einzige beantworten konnte. Die Vendéer waren in La Flèche, das war alles, was wir wußten. Ob sie sich nach Norden, nach Osten oder nach Westen wenden würden, das konnte niemand sagten.

«Eines ist gewiß», meinte Edmée, «daß sie versuchen werden, Le Mans zu nehmen – die Stadt ist sozusagen unverteidigt. Wir hatten hier ein Bataillon von Valenciennes einquartiert, ein Kavalleriedetachement und unsere eigene Nationalgarde; und jetzt sind sie alle irgendwo auf der Straße zwischen der Stadt und La Flèche.»

Das sagte sie mir erst später, als wir schlafen gingen. Sie wollte Pierres Frau und die beiden Dauergäste nicht beunruhigen. Ich mußte in ihrem Bett schlafen, und sie legte sich, voll angekleidet, auf eine Matratze an der Türe. Marcel hatte sich sein Nachtlager auf einer Matratze im Vorzimmer zurechtgemacht.

«Wenn irgendwas geschieht», sagte Edmée, «sind er und ich vorbereitet.»

Ich sah, daß sie eine geladene Muskete neben sich hatte, und ich hatte zu ihrer Fähigkeit, uns zu verteidigen, ebenso viel Vertrauen, wie ich es zu Pierres Fähigkeit gehabt hätte.

Wir erwachten unter dem gleichen trüben Himmel und prasselnden Regen, und nach dem Frühstück – um mit unseren Rationen möglichst sparsam umzugehn, aßen wir wenig – sandten wir Marcel in die Stadt, um die neuesten Nachrichten einzuholen. Mehr als eine Stunde war er fort, und als er wiederkam, konnten wir seinem Gesicht ansehen, daß die Nachrichten ernst waren.

Seine Worte weckten in mir die alte panische Angst des Jahres 1789. Damals aber waren die Räuber eine Sage gewesen. Und jetzt waren sie höchst wirklich und keinen halben Tagesmarsch von Le Mans entfernt.

«Wie viele Menschen haben in unserem Wagen Platz?» fragte ich.

Er schüttelte den Kopf. «Vor zwanzig Minuten war ich dort, Bürgerin. Das Haus war leer und der Stall auch. Dieser Lump von Wirt hat Wagen und Pferd genommen, um sich und seine Familie in Sicherheit zu bringen.»

Verzweifelt wandte ich mich zu Edmée.

«Was sollen wir jetzt anfangen?»

Sie kreuzte die Arme und beobachtete mich gelassen.

«Da gibt's nur eines», erwiderte sie. «Hier bleiben und kämpfen!»

Marcel befeuchtete die Lippen mit der Zunge. Ich weiß nicht, wer verzweifelter war, er oder ich.

«Auf der Place des Halles sagt man, wenn die Räuber in die Stadt eindringen, wird denen nichts geschehen, die keinen Widerstand leisten», sagte er. «Sie wollen nur Proviant, sonst nichts. Frauen und Kinder haben nichts zu fürchten. Die Männer aber packen sie, und dann wird jeder von ihnen gehängt.»

Edmée und ich wußten, was er im Sinn hatte. Er wollte die Erlaubnis haben, sich zu verziehen. Allein und zu Fuß konnte er sich immer davonmachen. Blieb er aber bei uns, so konnte es ihn das Leben kosten.

«Tun Sie, was Sie wollen, Bürger», sagte Edmée. «Sie gehören ja ohnehin nicht hierher. Das hat die Bürgerin Duval zu entscheiden, nicht ich.»

Ich dachte an die Familie, die in Le Chêsne-Bidault auf ihn wartete, und ich hatte nicht das Herz, ihn bei uns zu behalten, obgleich das bedeutete, daß wir ohne Schutz blieben.

«Gehen Sie schnell, Marcel», sagte ich. «Und wenn Sie wohlbehalten heimkommen . . . Sie wissen, was Sie zu sagen haben. Hier, nehmen Sie Ihre Muskete!»

Er schüttelte den Kopf.

«Ich komme ohne Muskete rascher vom Fleck», erwiderte er. Dann beugte er sich tief über meine Hände, und in der nächsten Sekunde war er fort.

«Er meint, daß er schneller laufen kann», sagte Edmée und verriegelte hinter ihm die Türe. «Sind alle Arbeiter in der Glashütte solche Hasenfüße? Dann hätte sich alles sehr verändert. Kannst du mit einer Muskete umgehn, Sophie?»

«Nein», sagte ich aufrichtig.

«Dann nehm ich die eine und behalte die andere als Reserve. Emile ist groß genug, um eine Pistole abzufeuern.»

Sie rief ihren Neffen.

Mich überkam jene seltsame Sinnesverwirrung, bei der nichts, was sich abspielt, wirklich zu sein scheint und jede Handlung nur gleichsam wie im Traum abrollt. Ich sah, wie Edmée den dreizehnjährigen Emile mit der geladenen Pistole an ein Fenster im Oberstock schickte, während sie selber, die Muskete in der Hand, aus dem Fenster eines Nebenzimmers spähte; Marie, die jüngeren Knaben, die Witwe und ihre Tochter wurden alle in dem Zimmer der Witwe an der Hinterfront des Hauses untergebracht. Dort sah man aus den Fenstern nicht auf die Straße, sondern über Dächer. Es war der sicherste Ort.

«Wenn sie die Türe aufbrechen», sagte Edmée, «können wir die Treppe verteidigen.»

In diesem Augenblick würde in Le Chêsne-Bidault Madame Verdelet Zoe Suzanne ein zweites Frühstück geben, würde sie aus der Wiege heben und auf ihren hohen Stuhl in der Küche setzen. Jacques Duval würde nach Mondoubleau reiten, vielleicht um Nachrichten einzuholen, und François würde mit den wenigen noch verbleibenden Leuten in der Glashütte arbeiten.

Kurz vor Mittag ging ich in die Küche hinunter und bereitete die Mahlzeit, die ich der Familie in das Hinterzimmer brachte. Dort hatten sie das Bett an die Wand geschoben, damit die Kinder mehr Platz zum Spielen hätten. Marie, meine Schwägerin, stopfte die Socken der Buben. Die Witwe las, und ihre Tochter reihte Kugeln an eine Schnur, um das jüngste Kind zu beschäftigen. Es war eine ruhige häusliche Szene, und den ungewohnten Frieden fand ich anstößiger, als wenn die Kinder geweint und die Frauen vor Furcht gezittert hätten.

Ich ließ sie bei ihrer Mahlzeit und verschloß die Türe. Dann brachte ich Emile eine Schale Suppe und einen Laib Brot, und er aß, als wäre er halb verhungert.

«Wann kommen die Räuber?» fragte er. «Ich möchte schon meine Pistole verwenden.»

Der Traumzustand, der mich in den letzten Stunden befallen hatte, wich im Nu. Was geschah, war sehr wirklich. Edmée wandte sich vom Fenster und sah mich an.

«Ich will nichts essen», sagte sie. «Ich bin nicht hungrig.»
Draußen regnete es noch immer.

Sechzehntes Kapitel

Ich saß auf der obersten Stufe und lehnte den Kopf an das Geländer, als plötzlich Emile rief:

«Es sind Leute auf der Straße, die fremd aussehen. Männer, die aussehen wie Bauern, sie haben Holzschuhe, und Frauen sind auch dabei. Die eine trägt ein Kind. Sie müssen sich verirrt haben.»

Ich hatte gedöst, doch diese Worte rüttelten mich auf. Ich hörte, wie Edmée sich mit ihrer Muskete beschäftigte, ich lief in Emiles Zimmer, trat neben ihn und spähte durch den Spalt des Ladens auf die Straße. Als ich die Leute sah, wußte ich: Die Vendéer waren in die Stadt eingedrungen. Das waren einige ihrer Marodeure, die den Weg in unsere Straße gefunden hatten und jetzt nach einem Lebenszeichen in den Häusern ausschauten.

Der Instinkt ließ mich Emile vom Fenster fortziehen.

«Ganz still!» sagte ich. «Laß dich nicht von ihnen sehen!»

Er schaute verwirrt zu mir auf; dann begriff er.

«Diese zerlumpten Leute dort», fragte er, «sind das die Räuber?»

«Ja, das sind sie. Aber vielleicht ziehen sie weiter. Sei nur ganz still!»

Edmée war zu uns gekommen. Sie hatte immer noch die Muskete in der Hand. Mein Blick fragte sie, und sie nickte.

«Ich schieße nicht», sagte sie, «wenn wir nicht angegriffen werden.»

So standen wir drei, Schulter an Schulter, und blickten auf die

Straße hinunter. Die ersten Marodeure waren weitergegangen, und jetzt kamen andere, zwanzig, dreißig, vierzig. Emile zählte sie leise. Sie marschierten nicht, es war nicht die Spur einer Ordnung in ihrem Zug; das konnte nicht das Heer sein, das zuerst durch die Hauptstraßen zur Place des Halles vorgerückt wäre. Das waren die Nachzügler, der Abschaum.

Jetzt wuchs ihre Zahl, es waren mehr Männer als Frauen, viele waren mit Musketen und Piken bewaffnet, manche barfuß, die meisten aber in Holzschuhen. Einige waren verwundet und wurden von ihren Kameraden gestützt. Fast alle waren zerlumpt, ausgehungert, blaß vor Erschöpfung, durchnäßt und beschmutzt von Schlamm und Regen.

Ich weiß nicht, was ich erwartet hatte, und Edmée und Emile wußten es auch nicht. Trommelwirbel vielleicht, Schüsse, Geschrei, Gesang, den triumphierenden Einmarsch einer siegreichen Armee. Nichts als Stille, das leise Klappern der Holzschuhe auf den Pflastersteinen und sonst Stille. Die Stille war das Schlimmste.

«Wonach schauen sie aus? Wo gehen sie denn hin?» flüsterte Emile.

Wir gaben ihm keine Antwort. Was hätte man antworten sollen? Wie die Geister von Toten zogen sie unter unsern Fenstern vorüber und verschwanden, und andere nahmen ihren Platz ein, und dann, in ihrer Mitte, war auch eine Schar von Frauen und etwa ein halbes Dutzend weinende Kinder.

«Um die zu füttern, gibt's nicht genug», sagte Edmée. «Nicht in ganz Le Mans.»

Ich bemerkte, daß sie ihre Muskete fortgelegt hatte. Jetzt lehnte die Waffe an der Wand. Die Uhr im Vorzimmer schlug vier.

«Es wird bald dunkel sein», sagte Emile. «Und wo werden denn all diese Leute hingehn?»

Plötzlich hörten wir Hufschlag und Schreien, und eine kleine Abteilung Kavallerie ritt durch die Straße, geführt von einem Offizier. Er trug die verhaßte weiße Kokarde am Hut, eine weiße Schärpe umgegürtet, und in der Hand schwenkte er einen Säbel. Er rief dem kläglichen Haufen vor ihm etwas zu, und die Leute drehten sich um und starrten ihn an. Er mußte in ihrem Dialekt zu ihnen gesprochen haben, denn wir verstanden kein Wort; doch seine Geste mit dem Säbel war verständlich. Er wies die Leute auf die Häuser gegenüber hin.

Einige, benommen, aber gehorsam, begannen an den Türen zu hämmern. Vorderhand blieb unsere verschont. Eine Abteilung zu Fuß und bewaffnet kam jetzt anmarschiert. Der Offizier zu Pferd gab, als er sie sah, einen Befehl, und die Soldaten verteilten sich, schoben die Marodeure zur Seite und klopften selber an die Türen. Einer klopfte auch an unsere Türe.

Dann hob sich der berittene Offizier in seinen Steigbügeln und rief laut, damit wir alle es hören konnten:

«Keiner, der die Türe öffnet, wird behelligt. Wir sind etwa achtzigtausend Mann stark in der Stadt, und wir müssen Quartier und Proviant haben. Wer nicht öffnet, dessen Türe wird bezeichnet, und das Haus binnen einer Stunde niedergebrannt. Entscheidet euch!»

Er wartete sekundenlang, dann gab er den Berittenen hinter ihm ein Signal, und sie trabten weiter. Die bewaffneten Fußsoldaten und die Bauern auf der Straße fuhren fort, an die Türen zu schlagen.

«Was sollen wir tun?» fragte Edmée.

Sie war wieder zu ihrer Rolle der jüngeren Schwester zurückgekehrt. Ich beobachtete das Haus gegenüber. Einer unserer Nachbarn öffnete die Türe, und drei Verwundete wurden hineingetragen. Eine zweite Türe öffnete sich. Einer der Soldaten rief eine Frau mit zwei Kindern und schickte sie in das Haus.

«Wenn wir nicht öffnen», sagte ich zu Edmée, «wird die Türe gekennzeichnet, und dann kommen sie zurück und zünden das Haus an.»

«Es könnte auch nur eine Drohung sein», erwiderte sie. «Sie haben bestimmt nicht die Zeit, um jedes Haus zu kennzeichnen.»

Wir warteten. Immer mehr und mehr kamen durch die Straße, und seitdem der Offizier den Befehl gegeben hatte, an die Türen zu klopfen, war es vorbei mit der Stille. Jetzt riefen und schrien sie einander in hellem Wirrwarr zu. Und es wurde immer dunkler.

«Ich gehe hinunter», sagte ich. «Ich gehe hinunter und öffne die Türe.»

Weder meine Schwester noch mein Neffe antwortete mir. Ich ging hinunter und schob den Riegel zurück. Etwa ein halbes Dutzend stand draußen, dem Aussehen nach Bauern, und drei Frauen und zwei Kinder und noch eine Frau, die ein Kind auf dem Arm trug. Einer der Männer war mit einer Muskete bewaffnet, die andern hatten Piken. Der Mann mit der Muskete fragte mich etwas – er sprach so breit, daß ich ihn nicht verstand; nur das Wort Zimmer war zu erkennen. Wollte er wissen, wieviel Zimmer es im Haus gab?

«Sechs», sagte ich. «Wir haben sechs Zimmer oben und zwei unten. Alles in allem acht.»

Ich hob acht Finger. Ich hätte der Wirt eines Hotels sein können, der Kunden anlocken will.

«Los . . . los!» schrie er zu den Umstehenden, trieb sie an, und sie zogen in das Haus, die Frauen und die andern Bauern. Hinter ihnen war ein Mann, der anscheinend nur ein halbes Bein hatte, er wurde von zwei andern getragen, die wohl noch gehen konnten, aber genauso elend aussahen wie er.

«Vorwärts», sagte der Bauer mit der Muskete. «Vorwärts!» Und er trieb die Leute wie Vieh vor sich her. «Dorthin . . . dorthin . . .» Er schob sie in den Salon und in Pierres kleine Bibliothek, die daneben war.

«Sie werden sich hier einrichten», sagte er zu mir. «Sie werden Bettzeug brauchen . . .»

So viel entnahm ich mehr seinen Gesten als seiner Sprache, und er wies auf seinen Mund und rieb sich den Bauch.

«Sie sind hungrig. Nichts zu fressen gehabt. Und die Krankheit dazu . . .» Er grinste und ließ einen zahnlosen Mund sehen. «Ganzen Tag auf der Straße . . . nicht gut . . . alle kaputt . . .»

Der Mann mit dem halben Bein war von seinen zwei Kameraden auf Maries Divan gelegt worden. Die Frauen hatten sich an mir vorbei in die Küche gedrängt und öffneten die Schränke. «So recht . . . so recht . . .» sagte der Mann mit der Muskete. «Irgendwer wird nach dem Verwundeten sehen.»

Dann trat er auf die Straße und schlug die Türe hinter sich zu.

Edmée kam die Treppe herunter, gefolgt von Emile. «Wie viele sind es?»

«Ich weiß nicht. Ich habe sie nicht gezählt.»

Wir schauten in den Salon, und dort waren mehr, als ich gedacht hatte. Acht Mann, einer mit dem halben Bein und zwei, die anscheinend krank waren. Einer von ihnen hielt sich den Bauch und erbrach. Der Gestank, der von ihm ausging, war greulich.

«Was hat er?» fragte Emile. «Wird er sterben?»

Der andere Kranke hob den Kopf und starrte uns an.

«Das ist die Seuche», sagte er. «Die halbe Armee hat sie. Im Norden, in der Normandie haben wir sie gekriegt. Das Fressen und der Wein dort oben haben uns vergiftet.»

Er wirkte gebildeter als die andern und sprach ein Französisch, das ich verstand.

«Es ist die Ruhr», sagte Edmée. «Pierre hat uns davor gewarnt.»

Ich sah sie entsetzt an.

«Da müssen wir sie in einem andern Zimmer unterbringen. Sie sollten im Zimmer der Buben einquartiert werden.»

Ich beugte mich zu dem Mann, dessen Französisch ich verstand.

«Folgen Sie mir! Sie bekommen ein Zimmer für Sie beide.»

Abermals kam ich mir vor wie ein Hotelwirt, und ein wildes Verlangen zu lachen stieg in mir auf, das aber im Nu verschwand, als ich mir Rechenschaft von dem Zustand des Mannes gab, dem sein Kamerad aufhelfen wollte. Der arme Teufel hatte in seinem eigenen Unrat gelegen und war viel zu schwach, um sich zu erheben.

«Es hat keinen Zweck», sagte sein Kamerad. «Er ist zu elend dran, er kann sich nicht rühren. Wenn wir das Zimmer drüben haben könnten.»

Er wies mit dem Kopf auf Pierres Bibliothek und begann den Kranken hineinzuschleppen.

«Hol eine Matratze», sagte ich zu Emile. «Er muß eine Matratze haben. Und der andere auch. Bring für beide Matratzen herunter!»

Bestimmt, dachte ich, sollte der Kranke entkleidet und in frisches Leinen gehüllt werden. Die Kleider, die er trug, müßte man verbrennen . . . ich ging in die Küche und sah, daß jeder Schrank, jede Schublade geöffnet worden war, und alle Lebensmittel, die noch vorhanden gewesen waren, häuften sich auf dem Küchentisch. Zwei Frauen schnitten Brot, stopften sich selber voll und gaben auch den Kindern zu essen. Die dritte stand vor dem Herd, rührte in der Suppe, die sie dort vorgefunden hatte, und gleichzeitig stillte sie ihr Kleines. Sie beachteten mich nicht, als ich eintrat, sondern redeten miteinander in ihrem Dialekt.

Ich trug Tücher und einen Eimer Wasser in den Salon, um den Boden zu reinigen, wo der arme Kranke gelegen hatte. Und jetzt stöhnte der Mann mit dem verwundeten Bein; ich konnte sehen, wie das Blut durch die Verbände sickerte. Kein Mensch kümmerte sich um ihn. Seine Kameraden waren in die Küche gegangen und schalten die Frauen, die bereits gegessen hatten, ohne an die andern zu denken.

Aus dem Hinterzimmer oben drang Lärm, und ich schickte Emile hinauf. Er solle seiner Mutter sagen, sie müsse die Kinder ruhighalten; das Haus sei voll von Vendéern, und einige darunter krank und verwundet. Nach einer Minute war er wieder da.

«Die Jungen sind hungrig. Sie wollen zum Abendessen herunterkommen.

«Sag ihnen, daß es kein Abendessen gibt. Die Vendéer haben alles genommen.»

Irgendwer donnerte an die Haustüre, und ich glaubte, es wäre der Mann mit der Muskete, der nachsehen wollte, wie seine Gefährten untergebracht waren. Doch als Edmée öffnete, drängten sich noch sechs Personen herein, fünf Männer und eine Frau, besser gekleidet als unsere ersten Bauern, und einer der Männer war ein Geistlicher.

«Wie viele sind im Haus?» fragte der Geistliche.

Er trug das Heilige Herz als Kennzeichen auf der Brust, im Gürtel aber steckte neben dem Rosenkranz eine Pistole.

Ich schloß die Augen und zählte. «Etwa vierundzwanzig», sagte ich. «Uns mitgerechnet. Einige von Ihren Leuten sind krank.»

«Ruhr?» fragte er.

«Zwei mit Ruhr. Und einer hat ein schwerverwundetes Bein.»

Er wandte sich zu der Frau neben ihm, die schon ein Taschentuch an die Nase führte. Unter einem Soldatenmantel trug sie ein hellgrünes Kleid, und ihr federngeschmückter Hut saß auf hochgetürmten Locken.

«Es ist Ruhr im Hause», sagte er. «Aber so ist's überall. Das Haus selbst sieht ja recht sauber aus.»

Der Geistliche wandte sich zu Edmée. «Haben Sie oben ein Zimmer für die Dame?»

Edmée starrte das Heilige Herz an.

«Ja, wir haben ein Zimmer. Gehen Sie nur hinauf!»

Der Geistliche und die Frau gingen die Treppe hinauf. Die vier andern Männer verzogen sich in die Küche. Im Salon begann der Mann mit dem verwundeten Bein laut vor Schmerz zu stöhnen. Der Geistliche kam wieder herunter.

«Madame bleibt hier», sagte er. «Sie ist erschöpft und hungrig. Sie werden so freundlich sein und ihr sofort etwas zu essen bringen.»

«Es gibt nichts zu essen», sagte ich. «Ihre Leute haben alles in der Küche aufgegessen.»

Er schnalzte ärgerlich mit der Zunge und ging an mir vorbei in die Küche. Der Lärm verstummte. Ich hörte nur die Stimme des Geistlichen, die sich im Zorn erhob.

«Er droht ihnen mit der Hölle», flüsterte Emile.

Aus dem Fluchen war ein Singen geworden. Sie alle in der Küche beteten ein Ave Maria, die Frauen am lautesten. Dann kam der Geistliche wieder in das Vorzimmer. Er sah selber halbverhungert aus.

Er musterte mich; dann fragte er brüsk: «Wo sind die Verwundeten?»

Ich führte ihn in den Salon.

«Einer ist verwundet; die zwei im Nebenzimmer haben die Ruhr.»

Er brummte etwas vor sich hin, zog den Rosenkranz aus dem Gürtel und trat näher. Ich sah ihn die blutgetränkten Verbände auf dem Bein des verwundeten Mannes betrachten, aber er untersuchte die Wunde nicht, noch rührte er an die Verbände. Er hielt den Rosenkranz an die Lippen des Stöhnenden und sagte:

«Miseratur vestri omnipotens Deus.»

Ich schloß die Türe des Salons und ließ sie allein.

Die zuletzt gekommene Frau konnte ich in Pierres und Maries Zimmer hören. Ich ging hinauf und öffnete die Türe. Die Frau hatte den Schrank weit aufgerissen und warf Maries Kleider auf den Boden. Es war ein schönes Halstuch darunter, ein Geschenk meiner Mutter für Marie; das legte die Frau sich um.

«Beeilen Sie sich mit dem Abendessen», sagte sie. «Ich habe nicht vor, die ganze Nacht darauf zu warten.»

Sie drehte nicht einmal den Kopf, um zu sehen, mit wem sie sprach.

«Sie werden Glück haben, wenn Sie überhaupt etwas bekommen», sagte ich. «Die Frauen, die vor Ihnen hier waren, haben schon fast alles aufgegessen.»

Bei dem Klang meiner Stimme, die ihr neu war, schaute sie über die Schulter. Sie war schön, aber unsympathisch und hatte nichts Bäuerisches an sich.

«Sie sollten besser auf Ihre Zunge achten, wenn Sie zu mir reden», sagte sie. «Ein Wort zu den Männern unten, und ich lasse Sie für Ihre Unverschämtheit auspeitschen.»

Ich antwortete nicht. Ich ging hinaus und schloß die Türe. Das waren die Weiber, die der Wohlfahrtsausschuß in Paris aushob, in die Conciergerie schickte und von dort zur Guillotine. Als Frau oder Mätresse eines Offizieres der Vendéer hielt sie sich für ungeheuer wichtig. Mir machte es nichts aus. Ich ging an einer der Bäuerinnen vorbei, die ein Tablett mit Essen hinauftrug. «Sie verdient es nicht», sagte ich halblaut. Und die Frau starrte mich an.

Als ich wieder in den Salon kam, weinte der Verwundete leise vor sich hin. Das Blut hatte die Verbände durchtränkt und sich auch in den Stoff des Diwans eingesogen. Irgendwer hatte die Türe zu dem andern Zimmer geschlossen, in dem die Kranken lagen. Der Geistliche hatte sich verzogen.

«Wir hatten den Wein vergessen», sagte Edmée, die durch das Vorzimmer kam.

«Den Wein? Was für einen Wein?»

«Pierres Wein. Im Keller waren etwa ein Dutzend Flaschen.

Die Kerle haben sie gefunden. Jetzt haben sie alle Flaschen auf dem Küchentisch und brechen ihnen die Hälse.»

Emile hatte sich hinter mich geschlichen und lauschte an der Türe.

«Ich glaube, daß einer der Männer hier im Sterben liegt», flüsterte er. «Es ist so ein merkwürdiges Stöhnen zu hören. Soll ich die Türe aufmachen und nachsehen?»

Mit einem Mal war es mir zuviel. Nichts, was einer von uns tun konnte, hätte einen Zweck gehabt. Ich spürte, wie meine Beine unter mir zitterten.

«Gehen wir hinauf in ein Zimmer und sperren wir uns dort ein», sagte ich.

Während wir die Treppe hinaufgingen, begann der Verwundete wieder zu stöhnen. Niemand hörte ihn. Sie alle sangen und lachten in der Küche, und gerade bevor wir in Edmées Zimmer die Türe hinter uns zusperrten, hörten wir ein lautes Klirren von zerbrechendem Glas.

Irgendwie schliefen wir in dieser Nacht, wachten immer wieder auf, hatten jedes Gefühl für die Zeit verloren, gestört durch die ständige Unruhe in den Nebenzimmern und durch Geschrei – ob es unsere Kinder waren, die schrien, oder die Vendéer, das konnten wir nicht unterscheiden. Emile klagte über Hunger, obgleich er zu Mittag gut gegessen hatte. Edmée und ich hatten seit dem Morgen nichts mehr zu uns genommen.

Wir mußten schließlich in den frühen Morgenstunden in einen schweren Schlaf versunken sein, denn wir wachten gegen sieben Uhr durch das Läuten der Kirchenglocken auf. Emile sprang aus dem Bett und lief, um die Läden zu öffnen. Die Glocken läuteten wie am Ostertag.

«Das sind die Geistlichen der Vendéer», sagte Edmée nach einer Weile. «Sie wollen die Eroberung der Stadt dadurch feiern, daß sie in der Kathedrale die Messe lesen. Wenn sie nur daran ersticken würden!»

Der Regen hatte aufgehört. Eine trübe, launische Sonne versuchte sich den Weg durch einen fahlen Himmel zu bahnen.

«Die Straßen sind leer», sagte Emile. «Im Haus gegenüber ist kein Laden offen. Soll ich hinuntergehen und sehen, was los ist?»

«Nein», sagte ich. «Ich gehe schon.»

Ich glättete mein Haar, zog mein Kleid zurecht und sperrte die Türe auf. Das Haus war still bis auf ein schweres Schnarchen im Nebenzimmer. Die Türe stand halb offen. Ich spähte hinein. Die Frau mit dem Kind schlief auf dem Bett und neben ihr ein Mann. Eines der andern Kinder lag auf dem Fußboden.

Ich schlich hinunter und warf einen Blick in den Salon. Der Raum war in einer schrecklichen Unordnung, zerbrochene Flaschen waren über den Boden verstreut, und die Männer räkelten sich im Schlaf. Der Mann mit dem halben Bein lag noch immer auf dem Diwan, aber auf der Seite, die Arme über dem Kopf. Er atmete laut, es war mehr ein Röcheln, und wahrscheinlich war er bewußtlos. Die Türe zu Pierres Bibliothek war noch immer geschlossen, und ich konnte mich nicht nach den Kranken erkundigen, weil überall auf dem Boden die Männer lagen.

Die Küche war in der gleichen Unordnung. Überall Zerstörung und Verwüstung, zerbrochene Flaschen, ausgegossener Wein und schmutziger Abfall von verdorbenem Essen. Auch hier lagen vier auf dem Boden, darunter eine Frau mit einem Kind über den Knien. Keiner von ihnen erwachte, als ich eintrat, und ich hatte das Gefühl, daß sie den ganzen Tag hier liegenbleiben würden. Ein Blick in die Speisekammer genügte, um mir zu verraten, daß nichts Eßbares mehr übrig war.

Einmal, vor vielen Jahren, als wir Kinder waren, war eine wandernde Menagerie nach Vibraye gekommen, und der Vater hatte Edmée und mich mitgenommen, um uns die Tiere zu zeigen. Sie waren in Käfigen eingesperrt, und nachdem wir sie eine Weile angesehen hatten, verzogen wir uns, weil sie so schlecht rochen. Die Küche roch, wie damals die Käfige gerochen hatten. Ich stieg wieder hinauf, winkte Edmée und Emile, und wir gingen in das Hinterzimmer, um nach Marie und den andern zu sehen. Wir fanden sie verzweifelt vor Angst; sie wußten nicht, wie es uns ergangen war. Die Kinder waren unruhig, sie weinten und wollten ihr Frühstück, und der arme Hund wäre gern ins Freie gelaufen.

«Ich geh mit ihm», sagte Emile. «Sie schlafen ja alle. Keiner wird mir etwas tun.»

Edmée schüttelte den Kopf, und ich erriet ihre Gedanken.

Wenn ein Hund auch nur minutenlang auf der Straße war, könnte irgendein Vorübergehender versuchen, ihn zu erwischen und zu töten. Die Leute waren ja alle verhungert. Unsere Speisekammer war leer, und so war es wahrscheinlich überall. Ungefähr 80 000 Vendéer waren in Le Mans eingedrungen, und irgendwie mußten sie alle den ganzen Tag gefüttert werden . . .

«Habt ihr irgendwas, das man den Kindern geben kann?» fragte ich.

Meine Schwägerin hatte noch vier Laib Brot, ein paar Äpfel und einen Krug halbgeronnene Milch. Die Witwe hatte drei Töpfe Marmelade von schwarzen Johannisbeeren aufbewahrt. Es gab auch Wasser genug, um Kaffee zu kochen, und damit mußten sie sich zufriedengeben. Holz, um das Feuer in Gang zu halten, war reichlich vorhanden.

Wir drei tranken Kaffee und wußten, daß dies vielleicht an diesem Tag unsere einzige Mahlzeit sein würde, und dann verschlossen wir die Türe und gingen in unser Zimmer. Hier saßen wir den ganzen Vormittag, hielten abwechselnd am Fenster Wache, und gegen Mittag meldete Emile, der gerade an der Reihe war, daß sich im Haus gegenüber etwas rührte. Zwei Vendéer kamen heraus und streckten sich, dann ein dritter, dann ein vierter, sie redeten auf den Stufen eine Weile miteinander, und dann gingen sie die Straße hinunter.

Auch in unserem Hause regte es sich. Wir hörten, wie die Türe unten sich öffnete, und zwei unserer «Mieter» traten auf die Straße, mit ihnen die Frau und das Kind, die in der Küche gelegen hatten. Sie gingen hinter den andern her.

«Sie sind hungrig», sagte Emile. «Jetzt gehen sie auf die Suche, ob sie's anderswo besser treffen.»

«Es ist, als wäre man im Theater», sagte Edmée, «und wüßte nicht, wie das Stück ausgeht. Ein Stück, bei dem Schauspieler nicht mehr spielen, sondern wirklich lebendig geworden sind.»

Plötzlich erblickten wir einen Wagen in die Straße einbiegen, den ein Mann in Uniform mit weißer Kokarde lenkte. Vor unserm Haus hielt der Wagen.

«Das ist der Geistliche», sagte Edmée. «Er hat jemanden gefunden, der ihn mitgenommen hat.»

Sie hatte recht. Der Geistliche vom Vorabend stieg aus dem Wagen und klopfte an die Türe unseres Hauses. Wir hörten, wie die Töre geöffnet wurde, jetzt polterte jemand die Treppe hinauf und klopfte an die Türe am Ende des Ganges, die Türe von Pierres und Maries Zimmer, wo die Frau im grünen Kleid sich einquartiert hatte.

«Was hat er dort zu suchen?» flüsterte Emile.

Edmée flüsterte etwas, und Emile hielt sich die Faust vor den Mund.

Fünf Minuten später wurde das Fenster des Zimmers aufgerissen, und wir hörten, wie der Geistliche dem Soldaten in Uniform etwas zurief. Der Soldat antwortete, dann kam einer der Bauern aus dem Haus und hielt das Pferd, während der Soldat ins Haus trat und die Treppe hinaufstieg.

«Gleich zwei!» flüsterte Emile aufgeregt.

Nun hörte man, wie etwas aus dem Zimmer und über die Treppe hinuntergeschleppt wurde, und aus dem Fenster sahen wir, daß der Geistliche und der Soldat Maries Kleiderpresse auf die Straße zogen und mit Hilfe des Bauern in den Wagen hoben.

«Nein . . .» sagte Edmée, «nein . . . nein . . .»

Ich packte sie bei den Händen. «Sei still! Wir können gar nichts tun.»

Jetzt warf die Frau im grünen Kleid noch verschiedene Dinge durch das Fenster. Schuhe, die Marie gehörten, einen Pelzumhang und verschiedene Kleider und, noch immer nicht zufrieden, warf sie auch die Bettwäsche und die Steppdecke, die Pierres und Maries Bett seit dem Hochzeitstag bedeckt hatte, hinunter. Sonst hatte sie nichts gefunden, das sie gereizt hätte, denn jetzt hörten wir sie die Treppe hinuntergehen, und dann trat sie aus dem Haus und sprach mit dem Geistlichen und dem Soldaten. Sie hatte eine recht kräftige Stimme, und so war es nicht weiter schwierig zu verstehn, was sie sagte.

«Was ist beschlossen worden?» fragte sie, und der Soldat und der Geistliche redeten miteinander, doch wir konnten sie nicht hören, sahen nur, daß der Soldat nach dem Zentrum der Stadt deutete.

«Wenn Prinz Tallemont dafür ist, die Stadt zu räumen, dann

könnt ihr sicher sein, daß es das ist, was wir tun werden», sagte die Frau.

Sie redeten noch eine Weile, und dann stiegen die Frau und der Geistliche in den Wagen, der Soldat ergriff die Zügel, und fort waren sie.

«Der Geistliche hat sich nicht einmal nach dem Verwundeten umgesehen und auch nicht nach den Kranken», sagte Emile. «Er hat nur daran gedacht, wie das Frauenzimmer die Kleider meiner Mutter stehlen könnte.»

Das Beispiel des Geistlichen mußte die Bauern ermutigt haben, die jetzt aus trunkenem Schlaf erwacht waren, denn nun begann ein großes Lärmen im Haus, treppauf, treppab, im Salon und in der Küche, und die Männer begannen Sachen auf die Straße zu tragen, Töpfe und Pfannen und Kleidungsstücke von Pierre aus dem Wandschrank im Vorzimmer.

Allzu jäh erinnerte ich mich an die Arbeiter in Le Chêsne-Bidault und ihre Streifzüge nach Authon und St. Avit. Was sie andern getan hatten, das wurde jetzt uns getan.

Nur, sagte ich mir, war es nicht ganz das gleiche. Michel und die Arbeiter haben sich bestimmt anders verhalten.

Vielleicht, vielleicht auch nicht. Vielleicht war es im Grunde doch dasselbe. Und auch damals hatten Frauen und ein Knabe von den Fenstern des Schlosses Charbonnière die Nationalgarde beobachtet, wie wir jetzt die Vendéer beobachteten.

«Wir können sie nicht hindern», sagte ich zu Edmée. «Sehen wir lieber gar nicht hin.»

«Ich kann nicht anders», erwiderte Edmée. «Je mehr ich hinsehe, desto mehr hasse ich sie. Ich wußte nicht, daß es möglich ist, so zu hassen!»

Sie schaute auf die Straße hinunter, und Emile schrie vor Wut und Bestürzung, als er vertraute Gegenstände sah, die aus dem Haus geschleppt wurden.

«Das ist die Uhr aus dem Salon», sagte er, «die mit der Glocke. Und Vaters Angel – was wollen sie damit anfangen? Sie haben die Vorhänge von den Fenstern abgenommen und zusammengerollt, und die Frau mit den Kindern läßt sie von einem der Männer tragen. Warum können wir sie nicht erschießen?»

«Weil sie zu zahlreich sind», sagte Edmée. «Weil vielleicht nur an diesem einen Tag das Glück auf ihrer Seite ist.»

Ich sah, wie sie nach den beiden Musketen schaute, die noch immer in der Ecke lehnten, und ich konnte ahnen, wie schwer es ihr fiel, nicht danach zu greifen.

«Das ist das Ende», sagte Emile plötzlich, und seine Augen füllten sich mit Tränen. «Die Frau hat mein Dada im Schrank unten gefunden. Sie hat's ihrem Buben gegeben, und jetzt geht er damit fort.»

Dada war das hölzerne Steckenpferd, Emiles Lieblingsspielzeug und jetzt das Lieblingsspielzeug seines jüngsten Bruders. Uhren, Kleider, Bettwäsche, das alles sah ich verschwinden und fand mich mit dem Diebstahl ab, aber das Steckenpferd zu stehlen, das war der niederträchtigste Streich!

«Warte hier», sagte ich. «Du kriegst es zurück!»

Ich sperrte die Türe auf, lief hinunter und auf die Straße der Frau und dem Buben nach. Weder Edmée noch Emile hatten mir gesagt, daß die Bauern ihre Beute auf einen Karren luden, und als ich jetzt auf die Straße kam, waren sie auf ihren Karren geklettert und schickten sich an, davonzufahren. Sie waren zu dritt oder zu viert, und obenauf saßen die Frau und der Junge mit dem Steckenpferd.

«Uns ist's gleich, daß ihr die andern Sachen mitnehmt», rief ich, «aber das Steckenpferd! Das Steckenpferd gehört den Kindern im Haus!»

Sie starrten mich verdutzt an. Ich glaube nicht, daß sie mich verstanden. Die Frau stieß einen ihrer Gefährten an und brach in lautes Gelächter aus. Sie schrie etwas, worüber alle lachten, was es aber war, das wußte ich nicht.

«Ich gebe euch ein anderes Spielzeug, wenn wir nur das Steckenpferd zurückhaben können», rief ich.

Da schlug mir der Mann auf dem Kutschbock mit seiner Peitsche über das Gesicht. Der Schmerz ließ mich laut aufschreien, und ich wich zurück. Und im nächsten Augenblick rollte der Wagen schon die Straße hinunter. Ich hörte, wie das Fenster oben geöffnet wurde, Edmée rief zu mir herunter, ihre Stimme war halberstickt und kaum erkennbar.

«Ich erschieße sie dafür . . . ich erschieße sie dafür . . .»

«Nicht!» schrie ich. «Nicht! Sie bringen dich um!»

Ich sprang die Treppe hinauf und ins Zimmer, und als ich eintrat, hörte ich den Knall der Muskete. Sie hatte natürlich nicht getroffen, und die Kugel war in das Haus am Ende der Straße eingeschlagen. Die Bauern waren erschrocken, schauten nach allen Seiten, dann fuhren sie weiter, bogen um die Ecke und waren verschwunden. Sie hatten nicht gesehen, woher der Schuß gekommen war.

«Das war verrückt», sagte ich zu Edmée. «Hätten sie dich gesehen, so hätten sie die Soldaten geschickt, und die hätten uns alle erschossen.»

«Ich wünschte, sie hätten es! Ich wünschte, sie hätten es!» rief Edmée.

Ich betrachtete mich im Spiegel, ein breiter, blutiger Striemen zog sich über mein Gesicht. Der Schmerz machte mir nichts aus, aber das Entsetzen über den Vorfall raubte mir alle Kräfte. Ich preßte das Taschentuch ans Gesicht und setzte mich zitternd auf das Bett.

«Bist du verwundet?» fragte Emile besorgt.

«Nein . . . das ist es nicht . . .»

Es war der Gedanke, was ein Mensch dem andern antun konnte. Der Mann auf dem Bock hatte mir, ohne mich zu kennen, mit seiner Peitsche ins Gesicht geschlagen, und Edmée hatte wild aus dem Fenster geschossen. Die Menge war es im Jahre 1789 vor dem Kloster St. Vincent. Die beiden Männer waren es, die in Ballon abgeschlachtet worden waren . . .

«Ich will nachsehen, was unten geschieht», sagte Edmée.

Ich blieb auf dem Bett sitzen, das Taschentuch vor dem Gesicht.

Als sie wiederkam und Emile mit ihr – ich hatte nicht bemerkt, daß er ihr gefolgt war –, berichteten sie, daß der Verwundete im Delirium war, stöhnte, um sich schlug und der Verband sich lockerte.

«Überall auf dem Diwan und auf dem Boden ist Blut», berichtete Emile.

«Wenn kein Arzt kommt, wird er sterben», meinte Edmée.

Ich sah sie an. «Vielleicht sollten wir versuchen, die Wunde zu reinigen!»

«Warum sollten wir das?» fragte Edmée. «Je früher er stirbt, desto besser! Ein Vendéer weniger!»

Sie trat wieder ans Fenster und schaute auf die Straße hinunter.

Dann, als ich mich wohler fühlte, ging ich, um nach dem Verwundeten zu sehen. Sonst war kein Mensch mehr im Salon. Alle andern hatten sich verzogen. Der Mann stöhnte und murrte. Ja, das Blut war durch den Verband auf Diwan und Boden getropft. Ich ging durch den Salon und öffnete die Türe zum andern Zimmer. Der Gestank war unerträglich. Instinktiv drückte ich das Taschentuch auf Nase und Mund. Der eine Mann lag tot auf seinem Rücken. Ich merkte, daß er tot war, weil er so völlig steif dalag. Der andere, der am Tag zuvor höflich gesprochen hatte, hob, als ich eintrat, den Kopf von der Matratze.

«Mein Freund ist tot», flüsterte er. «Und ich sterbe auch. Wenn Sie den Geistlichen bitten könnten, herzukommen . . .»

Ich ging und schloß die Türe. Ich kehrte zu dem Verwundeten zurück und besah seinen Verband. Schließlich, wenn ich den Verband aufschnitt und frisches Leinen auf die Wunde legte, konnte das vielleicht die Blutung stillen. Doch ich hätte wissen müssen, daß die Vendéer auch den Wäscheschrank geplündert hatten. Er war leer. In Pierres und Maries Zimmer fand ich einen weißen Unterrock, den die Frau im grünen Kleid herausgenommen und weggeworfen hatte, den riß ich in Streifen und machte einen saubern Verband für den Verwundeten zurecht.

Als ich versuchte, den völlig durchbluteten alten Verband wegzunehmen, merkte ich, daß er an der klaffenden Wunde klebte; ich fühlte mich selber zu dem Versuch, ihn abzuschneiden, zu elend, und so legte ich einfach den neuen Verband auf den alten. Irgendwie sah das vor meinen unwissenden Augen besser und sauberer aus. Ich versuchte, dem Mann ein wenig Wasser einzuflößen, doch er war im Delirium und stieß das Glas beiseite.

Sie werden einen Priester brauchen, dachte ich. Mehr können wir für diese Männer nicht tun. Sie müssen einen Priester haben.

Edmée und Emile waren noch oben und die übrige Familie in
dem Hinterzimmer eingesperrt. Nichts verlief nach irgendeiner
Ordnung; ich wußte nicht einmal, wie spät es war. Ich ging aus
dem Haus, um einen Priester zu suchen. Der erste, den ich sah,
hatte es so eilig, zu einer Versammlung der Führer zu gehen, daß
er nur beteuerte, es tue ihm sehr leid. Dann schlug er über meinem Kopf ein Kreuz und ging seines Weges.

Als ich dem zweiten sagte, bei uns im Haus seien Sterbende,
erwiderte er: «Es gibt Tausende, die im Sterben liegen und nach
den Sakramenten verlangen. Ihre müssen eben warten, bis sie an
der Reihe sind. Wo wohnen Sie?»

Ich gab ihm unsere Adresse, und auch er setzte seinen Weg
fort.

Die Neugier – denn kein Mensch beachtete mich – veranlaßte
mich, bis zum Rathaus zu gehen, und ich stellte ohne Überraschung fest, daß die Vendéer dort ebenso gewirtschaftet hatten
wie bei uns. Etliche unter ihnen hatten allerlei Gegenstände zum
Fenster auf die Straße hinausgeworfen, nicht um Trophäen da-
vonzutragen, sondern aus reiner Zerstörungswut. Sie hatten vor
dem Haus ein Feuer angezündet und nährten es mit Tischen,
Stühlen und Teppichen.

Die angesammelten Scharen übertrafen alles, was ich in Paris
vor 1789 und nachher je gesehen hatte. Da waren barfüßige Bauern, die Holzschuhe an einer Schnur um den Hals, ihre Frauen
drängten sich hinzu, Soldaten auch, mit der weißen Kokarde geschmückt, und Damen der früheren Aristokratie in Soldaten-
mänteln, die Locken unter riesigen Hüten auf die Schultern fal-
lend. Es war eine Maskerade wie in alten Zeiten, eine Opernsze-
ne. Hätte ich nicht gewußt, wo die Leute herkamen, ich hätte geglaubt, all das Volk feiere ein Maskenfest, nicht aber, daß es ein
Heer war, das sich den Weg von der Küste über die Loire nach
der Normandie und zurück erkämpft hatte.

Plötzlich tauchten zwei Führer der Vendéer auf, hoch zu Roß,
und die Menge teilte sich, um ihnen Platz zu machen. Sie sahen
phantastisch aus, wie auf Stichen aus unserer Geschichte, große
weiße Federn wehten von den Hüten im Stil Heinrichs IV., und
eine breite weiße Feldbinde umgürtete sie. Die Reithosen waren

aus Sämischleder, dazu trugen sie Halbstiefel, und ihre Säbel waren gekrümmt wie Türkensäbel.

Kein Wunder, daß die Bauern bei ihrem Anblick fluchten und das Kreuz schlugen.

«Das ist Prinz Tallemont», sagte eine Frau neben mir. «Er ist's, der uns gegen Paris führen will.»

Ich setzte meinen Weg fort, spähte nach einem Priester aus, den ich zu den Sterbenden bringen könnte, doch überall beluden Leute Wagen und Pferde mit der Beute, die sie aus Häusern und Läden davongeschleppt hatten, und wen immer ich fragte, der wiederholte nur, was der zweite Geistliche mir gesagt hatte; es lägen viele Menschen im Sterben, man habe keine Zeit, sich um sie alle zu kümmern, und die Stadt werde ohnehin morgen geräumt.

Das war immerhin etwas, woran man sich halten konnte, auch wenn man die Sterbenden bei uns liegen ließ. Ich ging ohne Geistlichen heim, und wir warteten den ganzen Tag, doch kein Mensch kam, nicht einmal die bei uns einquartierten Bauern. Sie mußten wohl anderswo bessere Unterkunft und mehr zu essen gefunden haben.

Als ich, bevor die Dämmerung sank, noch einmal durch den Salon in das kleine Zimmer ging, sah ich, daß der Ruhrkranke, der um einen Priester gebeten hatte, tot war. Ich fand etwas, um die beiden Leichen zu bedecken, und schloß die Türe. Der Verwundete delirierte nicht mehr, er starrte mich aus hohlen Augen an und bat um einen Schluck Wasser. Ich reichte es ihm, und als ich mich nach seiner Wunde erkundigte, sagte er, sie schmerze nicht mehr, aber er habe Magenkrämpfe. Er begann, sich von einer Seite auf die andere zu wälzen, stöhnte vor Schmerz, und dann merkte ich, daß auch er die Ruhr hatte. Da war nichts zu machen. Ich blieb eine Weile bei ihm, ließ das Wasser neben ihm stehen, dann schloß ich die Türe und ging hinauf.

Bald trat die Dunkelheit ein, und die lange Nacht begann. Nichts geschah, niemand kam. Am nächsten Tag bliesen die Hörner Alarm, es hallte aus jedem Viertel der Stadt wider, und wie wir es tags zuvor beim Klang der Kirchenglocken getan hatten, so eilten wir auch jetzt zu den Fenstern.

«Das ist der Ruf zu den Waffen», schrie Emile. «Sie ziehen ab ... sie verlassen die Stadt!»

Die Vendéer liefen aus den Häusern gegenüber, einige von ihnen noch barfuß, die Waffen in den Händen. In der Entfernung konnten wir Geschützfeuer hören.

«Das ist unsere Armee», sagte Edmée. «Das ist Westermann mit den Republikanern! Endlich!»

Sofort wollte Emile auf die Straße hinaus, und wir mußten ihn zurückhalten.

«Sie sind noch nicht da, Emile», sagte ich. «Es kann schwere Kämpfe in der Stadt geben. Wir wissen nicht, in welche Richtung die Schlacht sich entwickelt.»

«Ich kann doch wenigstens helfen, daß sie in unsere Gegend kommen», sagte Edmée, und sie griff nach der Muskete und zielte sorgfältig aus dem Fenster. Diesmal, als sie schoß, hatte sie ein leichteres Ziel, denn sie hatte sich einen Vendéer ausgesucht, der in der Mitte der Straße stand und nicht wußte, wohin er laufen sollte. Er fiel, und sein linkes Bein schlug aus wie das eines Hasen. Dann lag er still.

«Ich habe ihn getroffen.» Edmées Stimme war unsicher. «Ich habe ihn getötet.»

Wir blickten alle drei nach dem zusammengekrümmten Körper auf der Straße.

«Dort ist noch einer!» schrie Emile und sprang auf und ab. «Schieß auf den, der gerade aus der Türe kommt!»

Edmée tat nichts dergleichen. Sie schaute nur aus dem Fenster. Die Vendéer strömten aus den Häusern, dem Ruf der Trompeten gehorchend. Den Mann, den Edmée erschossen hatte, beachteten sie nicht. Aufgeregt riefen sie einander zu, fragten, wohin sie sich wenden sollten. Ich hörte den einen sagen: «Die Blauen greifen die Stadt an. Die Blauen müssen die Brücke genommen haben!» Jetzt begannen sie alle in panischer Angst die Straße hinunterzulaufen, den Hornsignalen nach, ohne jegliche Ordnung, auch Frauen kamen aus den Häusern, manche mit Kindern, liefen dahin und dorthin wie aufgescheuchte Gänse. Eine von ihnen sah den Erschossenen, lief auf ihn zu und drehte die Leiche um.

«Es ist Jean-Louis», schrie sie. «Er ist tot. Irgendwer hat ihn erschossen!»

Sie begann zu jammern, wiegte sich vorwärts und rückwärts, und das Kind neben ihr hatte den Finger in den Mund gesteckt und schaute vor sich hin. Einer der Bauern kam und führte die beiden fort, obgleich die Frau sich wehrte und immer wieder auf den Toten zurückblickte.

«Ich will gehen und es ihnen im Hinterzimmer erzählen», sagte Emile aufgeregt. «Ich will ihnen berichten, daß Tante Edmée einen Räuber erschossen hat.»

Er lief aus dem Zimmer und posaunte die große Nachricht aus. Edmée lehnte die Muskete an das Fenster.

«Ich weiß nicht, warum es dieser sein mußte», sagte sie, und ihre Stimme tönte unsicher. «Er hat gar nichts getan. Wenn's noch der Mann gewesen wäre mit der Peitsche . . .»

«So ist es nie», sagte ich. «Nie ist es der richtige Mann. Darum ist es doch so zwecklos!»

Ich wandte mich vom Fenster und ging hinunter in den Salon. Der Mann mit dem halben Bein war vom Diwan gefallen und lag auf dem Boden. Er atmete noch. Er war nicht tot.

Über mir entstand großer Lärm. Emile hatte die Türe geöffnet und allen erzählt, die Räuber seien auf der Flucht und Edmée habe einen erschossen; er liege tot auf der Straße. Die jüngeren Buben wollten ihn sehen. Sogar der Hund kam eifrig die Treppe heruntergesprungen und bellte aufgeregt.

«Nein», sagte ich, «bleibt da! Nichts ist vorüber. Es wird in den Straßen gekämpft.»

Ich sperrte den Hund in der Küche ein – die Speisereste auf dem Boden würden ihn beruhigen. Ich hörte, wie Edmée die andern überredete, in ihr Zimmer zurückzugehen, bis alles vorbei wäre.

Den ganzen Tag, die ganze Nacht dauerten die Kämpfe, und am nächsten Morgen gegen sieben Uhr hörten wir Musketenfeuer in unserer Nähe und auch Pferdegetrabe.

Natürlich bezogen wir unsern Beobachtungsposten am Fenster, und wir sahen, wie die Vendéer abermals durch unsere Straßen zogen, diesmal aber nicht als Eroberer. Sie liefen um ihr Leben und suchten Deckung. Männer, Frauen, Kinder hasteten durch die Straße, den Mund vor Schrecken weit aufgerissen, die Arme ausgestreckt, und hinter ihnen sprengten unsere Husaren, hieben mit den Säbeln auf sie ein und verschonten keinen. Die Frauen kreischten, die Kinder auch, aber unsere Husaren brüllten triumphierend.

«Gebt's ihnen . . . gebt's ihnen . . . gebt's ihnen!» schrie Edmée wild, griff abermals nach der Muskete und feuerte blindlings in die fliehenden Haufen. Einer fiel, und die anderen trampelten über ihn hinweg.

Hinter den Husaren kam die Nationalgarde im Sturmschritt, auch sie feuerte, und plötzlich sah ich Pierre, ohne Waffe, den rechten Arm in der Schlinge, die Uniform zerfetzt und zerrissen, und er rief, so laut er konnte: «Nein . . . nein . . . nicht die Frauen und Kinder . . . Schluß mit dem Gemetzel . . .»

Emile beugte sich aus dem Fenster und lachte aufgeregt. «Wir sind hier, Papa», rief er. «Hierher! Wir sind hier! Nichts ist uns geschehen!»

Edmée nahm einen Vendéer aufs Korn, der sich in einem Hausflur versteckt hatte, und der Gefährte des Mannes schoß zurück, ohne zu sehen, wohin, und dann lief er davon.

Der Schuß hatte Emile mitten ins Gesicht getroffen, und er sank zurück, röchelnd, das Gesicht blutbespritzt.

Dann verstummte er, von der Straße her aber drang das Geschrei der Vendéerinnen, als sie von unsern Husaren niedergemacht wurden.

Pierre stand noch immer auf der Straße und rief seinen Kameraden von der Nationalgarde zu: «Schluß mit dem Gemetzel! Haltet die Husaren davon ab, Frauen und Kinder zu töten!»

Doch man hörte nicht auf ihn.

Ich kniete auf dem Boden, preßte Emile an mich, wiegte mich hin und her, wie ich es vorhin bei der Vendéerin gesehen hatte, als sie ihren toten Mann auf der Straße fand.

«O Lamm Gottes», sagte ich. «O Lamm Gottes, das du die Sünden der Welt trägst, erbarm dich unser! Erbarm dich unser! Erbarm dich unser!»

Irgendwo, vom Ende der Straße her, hörte ich Jubelrufe, hörte ich unsere Leute die Marseillaise singen.

Siebzehntes Kapitel

Noch vor der Mittagsstunde dieses Freitags, des 13. Dezembers, war jeder Widerstand gebrochen, und die geschlagene Rebellenarmee floh aufgelöst südwärts Richtung Loire und ließ in Le Mans nur einige hundert Frauen und Kinder, die Kranken, die Verwundeten, die Toten zurück.

Wenn ich von jenen ersten Tagen, die der Schlacht folgten, nicht spreche, so darum, weil das Gedächtnis nur wenige Bilder bewahrt hat. Unser Kummer um Emile und der Versuch, seine verzweifelten Eltern zu trösten und ein wenig Ordnung ins Haus zu bringen, erfüllte unsere Stunden. Ich erinnere mich, daß Pierre, als er erkannte, daß für seinen Sohn nichts mehr getan werden konnte, neben dem Verwundeten im Salon kniete und ihn pflegte, bis der Arme starb; und das Wissen, daß mein Bruder auf solche Art gegen seinen Kummer kämpfen konnte, gab auch mir den Mut, die Tage zu überstehen.

Der Sieg war wohl vollständig, doch was folgte, war so grauenhaft, daß man lieber alles vergaß. Unsere Soldaten, durch ihre vorangegangenen Niederlagen aufgestachelt, vergalten Maß für Maß, nicht bloß an dem fliehenden Feind, sondern auch den Frauen und Kindern, die in der Stadt geblieben waren.

Die Gemeindebehörden waren noch nicht aus Chartres zurückgekehrt, als eine Gruppe von Bürgern, darunter auch mein Bruder Pierre, eine zeitweilige Stadtverwaltung bildete, um die Ordnung wiederherzustellen. Doch bei einer großen Zahl von Einwohnern fanden sie keine Hilfe; diejenigen, deren Häuser geplündert worden waren wie auch das unsere, sahen in den unglücklichen Gefangenen ein willkommenes Ziel, um sich zu rächen.

Ich dankte Gott, daß ich nicht dabei war, als etwa zwanzig Frauen und Kinder, die man auf den Straßen außerhalb der Stadt streunend gefunden hatte, in die Stadt gebracht, auf der Place des Jacobins zusammengetrieben und, wie Edmée mir nachher berichtete, von den Bürgern mit Hilfe der Husaren in Stücke gerissen worden waren. Solche Szenen vermochten weder den Gram zu stillen noch die Toten lebendig zu machen. Sie steigerten nur den Schmerz. Ein Anblick, der mich besonders erschütterte, als ich am Samstag in die Stadt ging, um Brot zu ergattern, war, daß die Leichen wie Dünger auf einen Karren geladen wurden, um begraben zu werden, und obenauf lag, das grüne Kleid über dem Kopf, unsere rothaarige Mieterin.

Freitag zeigte sich Michel für eine kurze Weile. Wie sehr wir alle den Überblick über diese Tage verloren hatten, bewies die Tatsache, daß er gar nicht erstaunt war, daß ich mich in der Stadt befand, und mir nicht einmal eine Frage stellte. Er und seine Leute – er hatte in den Scharmützeln mit den Vendéern etwa zwanzig Mann verloren – hatten in den letzten Tagen irgendwo auf dem Land gewartet, bis sie sich der republikanischen Armee anschließen konnten. Jetzt, da die Vendéer endgültig geschlagen und auf der Flucht waren, kehrte er eiligst nach Mondoubleau zurück, um dort den Behörden die Niederlage der Rebellen zu melden.

«Fast hunderttausend dieser Räuber hatten vor zwei Monaten die Loire überschritten», berichtete er. «S-sie mögen sich glücklich schätzen, w-wenn viertausend Marodeure noch am Leben sind und über die Loire entkommen. Und d-die, welche h-heimkommen, werden d-das noch bedauern. U-unsere Armeen haben d-den Befehl vom Konvent, jedes Dorf d-dem Erdboden gleichzumachen. Es wird überhaupt k-keine Vendée übrigbleiben.»

Der Haß übertrug sich selbst auf jene Vendéer, die nicht mit den andern gezogen, sondern friedlich daheim geblieben waren. Keiner wurde als unschuldig angesehen, ohne Rücksicht auf Alter und Geschlecht. Der älteste Mann mußte mit dem jüngsten Kind leiden. So lauteten die Befehle.

Zum Glück protestierten einige unserer Generäle, darunter Kleber, der später zu großem Ruhm gelangen sollte, gegen die Unerbittlichkeit der ihnen erteilten Befehle, und wo er kommandierte, konnten die schlimmsten Greuel verhindert werden. Andere Führer waren weniger menschlich. Wie mein Bruder Michel glaubten sie, die einzige Art, einen Aufruhr für alle Zeit zu ersticken, sei, keinen Aufrührer am Leben zu lassen.

Ich blieb eine Woche bei Pierre und seiner unglücklichen Familie und tat, was ich konnte, um ihnen im Haus behilflich zu sein. Dann kam François aus Le Chêsne-Bidault, um mich heimzubringen, und wir nahmen die beiden Söhne Pierres samt der Hündin und ihren Jungen mit. Meine Schwägerin war noch immer gebrochen und wollte Pierre nicht verlassen, und Edmée blieb bei ihnen.

Die Vendéer waren in die Kanzlei meines Bruders eingedrungen und hatten dort noch rücksichtsloser geplündert als in seinem Haus. Seine Möbel, seine Regale, die Akten seiner Klienten waren sinnlos vernichtet worden, und die Bande hatte alles aus Freude an der Verwüstung in Brand gesteckt.

Pierres größte Sorge galt dem Besitz seiner Klienten. Einige besonders Geschädigte, deren Wohnungen ähnlich zugerichtet worden waren und die fast alles, was sie besaßen, verloren hatten, sollten nicht lange in Not bleiben. Ihre dringendsten Bedürfnisse wurden gedeckt; Möbel, Nahrungsmittel, Wäsche stellte Pierre ihnen aus seinen eigenen Vorräten zur Verfügung.

Erst viel später erfuhr ich das alles von Edmée. Er selber wurde bei diesem Verfahren bettelarm, sagte aber kein Wort darüber – außer zu Edmée –, mußte ein Jahr später seine Praxis verkaufen und sich von der Stadt als öffentlicher Notar anstellen lassen. Wenn ein Mensch nach den Grundsätzen der Gleichheit und Brüderlichkeit lebte, die unsere Revolution anfangs beseelt haben, so war es gewiß mein Bruder Pierre.

Das «Original», das nach der Meinung unseres Vaters nie etwas mit seinem Leben anzufangen wissen würde, das sich weigerte, sein Leben zu verdienen, war jetzt mit einundvierzig nicht nur ein führender Patriot, sondern einer der beliebtesten Bürger von Le Mans.

Anders mein Bruder Michel. Von einem Teil seiner Arbeiter vergöttert, die seine Führung und seinen Mut bewunderten und ihn in den letzten Jahren auf allen seinen Streifzügen begleitet hatten, wurde er doch von vielen gefürchtet und wegen der rücksichtslosen Zucht getadelt, die er der Nationalgarde auferlegt hatte. Die Familien derer, die im letzten Feldzug gegen die Vendéer gefallen waren, murrten und sagten, ihre Männer seien umsonst geopfert worden. Sie hatten sich zum Dienst gemeldet, um ihr Dorf zu verteidigen, nicht aber zwei Tage lang zu marschieren und gegen eine überwältigende Übermacht zu kämpfen.

Als der Bürgerkrieg gegen die Vendéer vorüber war, blieb eine Verdrossenheit zurück, und das war in unserer Nachbarschaft und unter unseren eigenen Arbeitern zu merken. Noch war das Tausendjährige Reich nicht angebrochen. Noch immer war das Leben teuer. Die Revolution habe vor allem den Gutgestellten genützt, für die Arbeiter und die Bauern aber habe sich nichts geändert. Solche Erklärungen waren natürlich nicht richtig, aber sie weckten doch ein Unbehagen in mir.

Eine andere Schwierigkeit war das Gesetz der Höchstpreise, das Robespierre und der Konvent im Herbst erlassen hatten und das nicht nur die Preise für Lebensmittel und andere Waren beschränkte, sondern sich auch auf die Löhne bezog. Das erzeugte große Unzufriedenheit unter den Arbeitern allerorten, und in unserer Hütte machte man Michel und François Vorwürfe, als trügen sie die Schuld an dem Dekret und nicht der Konvent.

«Die Bürger Busson-Challoir und Duval können nationales Eigentum kaufen, aber unsere Löhne müssen bleiben, wie sie sind», sagte man mir.

Während des Winters und Frühlings 1794 wuchs dieser Geist der Unzufriedenheit, Meldungen von täglichen Hinrichtungen in Paris, und zwar nicht nur der früheren Aristokratie, nein, auch der Girondiner, die uns im Vorjahre zu regieren geholfen hatten, und überhaupt eines jeden, der es wagte, die Stimme gegen die maßgebenden Mitglieder des

Konvents, Robespierre, St. Just und einige andere zu erheben, gingen im Lande von Mund zu Mund.

Dantons Tod rüttelte uns alle auf, sogar Michel. Da war einer unserer größten Patrioten auf das Schafott geschickt worden.

«W-wir können n-nichts dazu sagen», meinte mein Bruder verdrossen, wahrscheinlich deswegen verdrossen, weil sein Glaube an den Konvent erschüttert war. «Danton muß g-gegen die Nation konspiriert haben, s-sonst hätte man ihn n-nie verurteilt.»

Der Krieg gegen die Verbündeten brachte Siege für unsere republikanischen Armeen, doch die Zahl der zur Guillotine Geschickten wuchs. François gestand mir ein, daß er glaube, Robespierre und das Revolutionsgericht seien zu weit gegangen; doch vor Michel wagte er das nicht zu äußern.

Die übertriebene Härte weckte im ganzen Land und so auch in unserer Gegend Gegenkräfte. In der Glashütte begann es mit kleinen Diebstählen, mit Arbeitsverweigerung, mit Drohungen, die gegen Michel laut wurden.

«Wenn das so weitergeht», sagte François zu mir, «müssen wir entweder unsere Partnerschaft auflösen und Michel muß die Glashütte verlassen, oder wir geben die Pacht auf und verlassen Le Chêsne-Bidault.»

Die Pacht sollte im November zu Allerheiligen erneuert werden, oder, wie wir es jetzt nannten, am 11. Brumaire, und der Entschluß, was zu tun sei, mußte bis dahin aufgeschoben werden. Unterdessen konnten wir nur hoffen, daß der Handel und die Stimmung sich im Verlauf des Sommers hoben.

Was mich am tiefsten traf, war, daß das Wohlwollen zwischen uns allen anscheinend verlorengegangen war. Man konnte Feindseligkeit in den Wohnungen der Arbeiter spüren und auch in der Hütte selbst. Sogar bei den Frauen fühlte ich sie. Die Kameradschaft, die in den Arbeitern geweckt worden war, als Michel die Leitung der Glashütte übernommen hatte, war verschwunden, und ob es die Einberufungen waren oder die Opfer des Bürgerkriegs oder die Begrenzung der Löhne, das konnte niemand sagen – das sind Dinge, die sich nie in Worte kleiden lassen. Madame Verdelet, die mich gewöhnlich von allem unterrichtete, sagte mir, die Leute «hätten es satt». Das war der Ausdruck, der verwendet wurde.

«Sie haben genug», erklärte sie, «genug von der Revolution, genug vom Kämpfen, von den Einschränkungen, von den Veränderungen. Es war besser, sagen die älteren Arbeiter, als Ihre Mutter noch dagewesen war und jeder sich sicher fühlte. Jetzt weiß kein Mensch, was der Morgen ihm bringen wird.»

Der Morgen brachte, soweit es die Regierung des Landes betraf, einen Kampf um die Macht innerhalb des Konvents und einen hinterlistigen Angriff gegen Robespierre und seine Genossen. Am 28. Juli wurde der Führer, dessen Ehrenhaftigkeit und Überzeugung wir so hoch geachtet hatten, wie rücksichtslos auch seine Methoden gewesen sein mochten, vierundzwanzig Stunden nach seiner Verhaftung, zur Guillotine geschickt. Das Volk von Paris, das er so viele Monate gegen den Krieg an den Grenzen und den Aufstand im Innern geschützt hatte, rührte keinen Finger, um ihn zu retten.

Der Tod Robespierres und seiner Freunde war ein Signal für die Milderung der vielen Vorschriften und Einschränkungen, ohne die das Land nie überlebt hätte. Wieder waren die Gemäßigten an der Macht. Das Gesetz der Höchstpreise wurde widerrufen. Preise und Löhne stiegen. Leute mit royalistischen Sympathien begannen ganz offen davon zu sprechen, daß bald die Formen des alten Regimes wiederhergestellt und die Monarchie abermals eingesetzt würde. Die Jacobiner verloren allerorten ihre Machtstellungen, und das spiegelte sich in den Ortsverwaltungen der verschiedenen Bezirke des Landes. Die Fortschrittlichen waren nicht mehr beliebt, und zwar weder bei den Beamten noch bei den Arbeitern, und Männer wie mein Bruder Michel, die Robespierres strenge Maßnahmen offen unterstützt hatten, wurden *enragés* genannt, Terroristen, und in manchen Fällen nur aus diesem Grunde in Haft gesetzt.

Daß die Revolution in eine Sackgasse geraten war und die Jacobiner gestürzt waren, traf Michel sehr hart. Wie sein Glaube an die menschliche Natur erschüttert wurde, als sein Bruder Robert auswanderte, so erhielt jetzt sein Glaube an die Revolution einen schweren Schlag. Auch sein Stolz litt darunter. Michel Busson-

Challoir war in den letzten Jahren eine wichtige Persönlichkeit im Bezirk geworden, ein Mann, mit dem man rechnen mußte und der erhebliche Gewalt über seine Nachbarn hatte. Jetzt, wegen einer Änderung in der Regierungspolitik, mußte das alles aufgegeben werden. Er war mit einem Male ein Niemand – ein Glasbläsermeister, dessen Geschäft keineswegs florierte und über den seine eigenen Arbeiter hinter seinem Rücken Schlimmes sagten. Als der Tag für die Erneuerung der Pacht nahte, ahnte ich, was kommen würde.

«Wir verlieren nicht bloß Geld», sagte François, «wir verlieren auch das Vertrauen des Handels. Wenn wir versuchen, unter diesen Umständen weiterzuarbeiten, werden wir mit einem Bankrott enden wie dein Bruder Robert, wenn auch aus andern Gründen.»

«Was also ist die Antwort?» fragte ich. «Wohin sollen wir gehen?»

Dem Gesicht meines Mannes konnte ich anmerken, daß er nicht sicher war, daß ich seinen Plänen zustimmte.

«Mein Bruder Jacques hat mir seit Monaten vorgeschlagen, ich solle eine Partnerschaft mit ihm in Mondoubleau beginnen. Wir könnten in seinem Haus wohnen – Platz ist reichlich vorhanden. Und dann nach einigen Jahren könnten wir uns auf unsere kleine Besitzung in Le Gué de Launay zurückziehen.»

«Und Michel?»

«Michel muß sich selber wehren. Wir haben schon darüber gesprochen. Er spricht davon, nach Vendôme zu gehen. Dort leben noch einige frühere Jacobiner, mit denen er in Verbindung ist, obgleich sie derzeit nicht besonders gut dran sind. Ob er mit ihnen eine Gesellschaft gründen will oder nicht, das weiß ich nicht. Michel ist im Moment nicht besonders mitteilsam.»

Früher, wenn François dergleichen zugegeben hätte, hätte er es mit einem Seufzer getan. Jetzt nahm er unsere kleine Zoe, die fünfzehn Monate alt war, und ließ sie auf seinen Knien hopsen, ohne seinem Partner und Kameraden einen weiteren Gedanken zu gönnen. Die Zeit hatte sich zwischen sie geschoben. Oder vielleicht waren es die Vendéer. Als mein Bruder im Vorjahr mit seinen Arbeitern ausgezogen war und meinen Mann daheim gelassen hatte, war etwas erschüttert worden.

«Wenn es denn so sein muß», sagte ich jetzt zu François, «so kann ich nichts daran ändern. Ich gehe mit dir nach Mondoubleau. Aber es soll, wie du sagst, nur für einige Jahre sein.»

Ich trat aus dem Haus und ging in den Obstgarten. Es war ein gutes Jahr für Äpfel, und unsere alten Bäume waren schwer beladen. Wir hatten die Leiter an einen Baum gelehnt, und auf dem Boden stand ein halbvoller Korb. Zur Zeit meiner Mutter war die kleine Äpfelkammer am Ende des Obstgartens das ganze Jahr hindurch gefüllt, und die Äpfel für den Hausgebrauch wurden in sorgsamer Folge geholt, so daß wir die haltbarsten aßen, wenn die frischen Früchte zur Ernte reif wurden.

Mehr als sechzehn Jahre war Le Chêsne-Bidault meine Heimat gewesen. Als fünfzehnjähriges Mädchen war ich mit meinen Eltern, meinen Brüdern und meiner Schwester hierhergekommen. Als junge Frau hatte ich hier gelebt. Jetzt, kurz vor meinem einunddreißigsten Geburtstag, der nur wenige Tage nach dem Ablauf der Pacht fällig war, mußte ich alle unsere Habe einpacken und Lebewohl sagen. Ich stand da, Tränen traten in meine Augen, und da trat jemand leise zu mir und legte seinen Arm in den meinen. Es war mein Bruder Michel.

«Ärgere dich nicht», sagte er. «Wir haben hier die besten Zeiten erlebt. Nichts Vollendetes dauert ewig. Das habe ich schon längst gelernt.»

«Vielleicht», meinte ich, «wenn die Zeiten wieder ruhiger werden und der Handel sich hebt, könnten wir anderswo von neuem beginnen.»

Er schüttelte den Kopf.

«Nein, Sophie. Ist einmal der Bruch vollzogen, so bleibt man b-besser dabei. François wird bald wieder seßhaft werden, entweder in Mondoubleau oder in Le Gué de Launay, und d-dir helfen, deine Familie großzuziehen. Und ich s-selber – nun, ich b-bin ein einsamer W-wolf und war es immer. Vielleicht w-wäre es besser gewesen, ich hätte im Kampf g-gegen die Räuber den

Tod g-gefunden. Die Leute h-hier in der Gegend hätten für m-mich ein Heldenbegräbnis veranstaltet.»

Ich verstand seine Bitterkeit. Er war jetzt achtunddreißig, hatte den besten Teil seines Lebens hinter sich. Bei der Glasfabrikation aufgewachsen, kannte er keinen andern Beruf. Er hatte sich mit ganzem Herzen der Revolution hingegeben, und seine Kameraden hatten ihn verlassen. Ich sah in Vendôme keine glückliche Zukunft für ihn voraus.

Als die Zeit zum Aufbruch kam, ging ich vor den andern. Ich konnte es nicht ertragen, mein Heim leer und kahl zu sehen. Einiges von dem, was uns gehörte, wurde nach Le Gué de Launay gebracht, wo unser Pächter es bewahren sollte, bis wir kämen. Den Rest gaben wir Pierre. Den Familien Lebewohl zu sagen, war, als sagte ich meiner eigenen Jugend Lebewohl und schiede aus einem Leben, das uns jetzt für immer verschlossen war. Die älteren Arbeiter waren bekümmert. Die andern schienen gleichgültig zu sein. Wenn sie unter dem neuen Pächter, einem Verwandten des Besitzers in Montmirail, ihr Brot verdienen konnten, war es ihnen egal, wer in dem Meisterhaus wohnte.

Als ich, Zoe auf dem Arm, fortfuhr, schaute ich über die Schulter zurück und winkte François und Michel; das letzte, was ich sah, war der Schornstein der Glashütte, der in den Himmel ragte, von einem Kranz aus Rauch umwölkt. Und das, dachte ich, ist das Auseinanderbrechen unserer Familie; die Bussons, Väter und Söhne, gab es nicht mehr. Die Tradition war abgeschnitten. Was mein Vater geschaffen hatte, war beendet. Meine Söhne, wenn ich je Söhne haben sollte, wären Duvals, in einer andern Epoche, zu andern Berufen erzogen. Michel würde nie heiraten. Pierres Knaben, ohne viel Ausbildung, zigeunerhaft aufwachsend, würden sich nicht dem Glas zuwenden. Die Kunst war verloren, das Wissen, das mein Vater auf seine Söhne übertragen hatte, war vergeudet. Ich dachte an Robert, einen Fremden, einen Ausgewanderten. Ich fragte mich, ob er noch am Leben war und ob seine zweite Frau ihm Kinder geboren hatte.

Meine Tochter Zoe legte ihre Hand auf mein Gesicht und

lachte, und ich schloß die Vergangenheit hinter mir ab, blickte, nicht ohne böse Ahnungen, in die Zukunft und dachte an ein Haus in Mondoubleau, das nicht mein Haus wäre.

Fast zwölf Monate vergingen, bevor wir vier, Pierre, Michel, Edmée und ich, wieder vereinigt waren, und als es dazu kam, war es kein Anlaß zur Freude, sondern um einen gemeinsamen Kummer zu teilen.

Es war der 5. Brumaire des Jahres III – nach dem alten Kalender der 26. Oktober 1795 –, als wir uns zum Abendessen setzten, François, mein Schwager und ich mit Zoe, die schon auf einem hohen Stuhl bei Tisch sitzen durfte, während mein kleiner Sohn Pierre-François oben in seiner Wiege schlief. Da hörten wir die Glocke der Eingangstüre, und Stimmen wurden laut. François stand auf und kam wenige Minuten später mit ernster Miene zurück.

«Es ist der junge Marrion», sagte er. «Aus St. Christophe.»

Marrion war der Bauer, der die wenigen Morgen Land meiner Mutter bestellte. Sie waren zu zweit, Vater und Sohn. Im Nu wußte ich, was passiert war, und es war, als legte sich mir eine kalte Hand auf das Herz.

«Sie ist tot», sagte ich.

François war sofort bei mir und legte den Arm um mich.

«Ja», sagte er. «Gestern ist es passiert. Ganz plötzlich. Sie fuhr von St. Christophe nach L'Antinière, um das Haus für den Winter abzuschließen, der junge Marrion mit ihr, und sie bogen gerade von der Straße zur Farm ab, als sie zusammensank. Er rief seinen Vater, und sie trugen sie zusammen ins Haus und legten sie auf das Bett. Sie klagte über heftige Schmerzen, und es wurde ihr übel. Marrion schickte seinen Sohn nach dem Arzt, doch der Bursche hatte kaum das Haus verlassen, als sie starb.»

Allein dort drüben, mit dem Bauern. Keiner von uns bei ihr! Und da ich meine Mutter kannte, konnte ich mir vorstellen, wie es gekommen sein mußte. Wahrscheinlich hatte sie sich schon vorher unwohl gefühlt, hatte es aber keinem Menschen gesagt. Entschlossen, an ihren Gewohnheiten festzuhalten und das Farmhaus im Frühherbst abzuschließen und die Wintermonate in ihrem andern kleinen Haus in St. Christophe – oder Rabriant, wie es im Jahre 1792 umgetauft wurde, als die Heiligen nicht in Gunst standen – zu verbringen, hatte sie sich auf den Weg gemacht.

Die Nachricht lähmte meine Gefühle, und für Tränen war es noch zu früh. Ich ging in die Küche, wo der junge Marrion sein Abendessen vorgesetzt bekommen hatte, und fragte ihn aus.

«Ja», gab er zu, «die Bürgerin Busson war blaß, als wir das Dorf verließen, aber nichts hätte sie davon abgehalten, nach L'Antinière zu fahren. Sie sagte, sie müsse sich noch einmal umsehen, bevor das Wetter wechselte. Sie war hartnäckig; das wissen Sie ja. Nachher sagte ich zu meinem Vater – es war, als hätte sie's gewußt.»

Ja, dachte ich, sie hatte es gewußt. Ein Instinkt hatte ihr eingegeben, daß es das letzte Mal war. Doch der Instinkt kam zu spät. Sie hatte keine Zeit mehr gehabt, sich umzusehen, nur just die Zeit, sich auf ihr Bett legen zu lassen und zu sterben.

Der junge Marrion sagte uns, es werde eine Autopsie vorgenommen. Der Sanitätsbeamte des Bezirks käme nachmittags hinaus, um die Todesursache festzustellen.

An diesem Abend war es für uns zu spät, um noch nach St. Christophe zu fahren. Wir beschlossen, eine Botschaft an Pierre und Edmée in Le Mans zu senden und früh am nächsten Tag aufzubrechen. Irgendwer, sagte der junge Marrion, war schon zu meinem Bruder Michel nach Vendôme geritten.

Es war einer jener milden, goldenen Tage, die es manchmal im Spätherbst gibt, als wir vier uns in L'Antinière trafen. Morgen würde der Himmel bewölkt sein, und der Wind würde vom Westen den Regen bringen, wie er das immer tat, würde die letzten Blätter von den Zweigen schütteln und das Land öde und kahl machen. Heute aber war alles sanft, weich, und das gelbgetünchte Farmhaus schmiegte sich im Sonnendunst in die Hügelfalte.

Das war ein Tag, wie ihn meine Mutter geliebt hatte. Ich stand am Fuß des Hügels oberhalb der Farm, dort, wo sie, wie der junge Marrion mir berichtete, von der Übelkeit befallen worden war, und ich hatte den seltsamen Eindruck, als wäre sie bei mir und hielte meine Hand, wie sie es getan hatte, als ich noch klein gewesen war. Der Tod, statt alle Bindungen zu lösen, steigerte das Familiengefühl.

Der Sanitätsbeamte wartete im Hause. Michel war bei ihm. Mein Bruder war, seit er Le Chêne-Bidault verlassen hatte, magerer und blasser geworden, und meine Schwester, die an den drei Schreckenstagen vor zwei Jahren in Le Mans keine Träne vergossen hatte, brach jetzt, als sie mich erblickte, in Tränen aus.

«Warum hat sie uns nicht kommen lassen?» sagte sie. «Warum hat sie uns nichts davon geschrieben, daß sie krank war?»

«Das war nicht ihre Art», erwiderte Pierre. «Ich war erst vor wenigen Wochen hier, aber sie hat nie geklagt. Selbst Jacques hat nichts gemerkt.»

Jacques war bei Cousins von uns in St. Christophe und wartete die Entscheidung über seine Zukunft ab. Es überraschte mich keineswegs, als Pierre sofort vorschlug, die Vormundschaft zu übernehmen.

Schweigend standen wir vor der Leiche meiner Mutter, während der Beamte uns auseinandersetzte, die Autopsie habe als Todesursache eine Magenentzündung ergeben; wie lange das Leiden aber schon vorhanden gewesen sei, das könne er nicht sagen. Er und sein Kollege hatten die Autopsie im nahen Bauernhaus vorgenommen, und dort lag jetzt die Leiche und wartete auf die Beerdigung. Der Beamte hatte sein Siegel an die Türe von L'Antinière geheftet, entfernte es jetzt aber, so daß wir eintreten und uns selber davon überzeugen konnten, daß nichts angerührt worden war.

Vorher hatte ich nicht geweint, aber jetzt weinte ich. Auf allem, was wir berührten, war gleichsam noch die Spur der Hand meiner Mutter. Vieles hatte sie uns vier schon gegeben und nur das für sich zurückbehalten, was sie am meisten an meinen Vater und an das Leben erinnerte, das sie mit ihm geteilt hatte.

St. Christophe mochte zu Rabriant geworden sein, Madame Busson zur Bürgerin Busson, Könige, Königinnen und Prinzen mochten ihren Tod gefunden haben und das ganze Land umgewandelt sein; meine Mutter aber hatte an ihrer zeitlosen Welt festgehalten. Da war die alte Truhe mit dem Marmordeckel, dort das Pult aus Walnußholz, das Dutzend Silberteller, die sie bei feierlichen Mahlzeiten verwendete, wenn Gäste in das Schloß in La Pierre kamen. Sie hatte die achtzehn Kelche und die vierundzwanzig kristallenen Salzfäßchen behalten, die Robert in seiner ersten Zeit als Meister geblasen hatte, und im Schreibtisch fanden wir unter ihren Papieren die Abschrift des Protokolls über seinen Bankrott.

Noch vertrauter waren uns, ganz als ob sie unter uns weilen würde, ihr Lehnstuhl vor dem Feuer, der Kartentisch, auf dem sie ihre einsame Patience gelegt hatte, das Notenpult – eine Erinnerung an die lange vergangene Zeit, als wir in La Pierre unsern eigenen Chor hatten und die Arbeiter an Festtagen kamen und sangen – und der Hundekorb für Nou-Nou, den seit vielen Jahren toten Spaniel.

Wir gingen in das Schlafzimmer hinauf – auch hier war alles noch von ihrer Gegenwart erfüllt, das mit der grünen Decke überzogene Bett, das sie mit meinem Vater geteilt hatte, die Wandbespannung, der Wandschirm neben dem Schreibtisch. Die Uhr auf dem Kaminsims neben einem silbernen Becher, der Stock meines Vaters mit dem goldenen Knauf und seine goldene Schnupftabakdose, ein Geschenk des Marquis de Cherbon, als mein Vater von Chérigny nach La Pierre übersiedelt war, ihr seidener Schirm, ihre Nachttischlampe . . .

«Es gibt eigentlich gar keine Zeit», sagte Edmée. «Ich bin wieder in La Pierre, ich bin drei Jahre alt, und die Glocke ruft die Arbeiter der Hütte zur Schicht.»

Was uns am meisten ergriff, war wohl ihr Kleiderschrank und die Wäsche, die darin auf den Regalen gehäuft lag. Leinen, das wir völlig vergessen hatten, das sie aber in all den Jahren bewahrt und gepflegt hatte, damit es jetzt, noch unberührt, einen Teil unserer Erbschaft bilden sollte, während sie selbst sich mit ein paar verschlissenen Stücken begnügt hatte. Bestickte Tischdecken und Servietten zu Dutzenden, Bettücher, Unterröcke, Taschentücher, Musselinhäubchen, längst aus der Mode, aber tadellos gewaschen und geplättet; etwa hundertzwanzig lagen, nach Rosenblättern duftend, auf einem Regal.

Diese Dinge, so unerwartet und in unsere wirren Zeiten so wenig passend, waren ein Hinweis auf unsere Epoche, die vor dem Vergangenen keine Achtung hatte und alle alten Dinge haßte.

«Wenn Sie mit der Betrachtung der Habseligkeiten der Bürgerin Busson fertig sind», sagte der Sanitätsbeamte hinter uns, «werden die Behörden nach entsprechender Frist ein Inventar aufnehmen. Unterdessen muß ich die Siegel wieder anbringen.»

So kehrten wir aus unserer Kindheitswelt in den Brumaire des Jahres III zurück. Und doch war es mir, als spürte ich die Hände meiner Mutter auf unseren Schultern, da Edmée und ich uns abwandten und das Zimmer verließen.

Wir begruben sie auf dem Friedhof in St. Christophe neben ihren Eltern.

Die Erbschaft, in fünf Teile geteilt, bestand aus den verschiedenen Grundstücken, die unsere Mutter in der Gemeinde St. Christophe besessen hatte. Damit keiner mehr erhielt als der andere, wurden die einzelnen Besitzungen geschätzt; wer zum Beispiel das Haus Pierre Labbés in St. Christophe übernahm, mußte jenen, die kleinere Objekte erhielten, den Wertunterschied in bar auszahlen. Dann warf der Notar die Namen der einzelnen Teile in einen Hut, und wir mußten ziehen.

Michel, der es gar nicht brauchte, hatte das Glück, Großvaters Haus zu erben. Sogleich bot er es Pierre an, der einen kleinen Bauernhof in der Nähe des Dorfes bezogen hatte. Pierre mit drei eigenen Söhnen, dem frisch adoptierten Neffen und einem Kind, das in einem Monat erwartet wurde, war über den Tausch sehr froh. Bald darauf verließ er Le Mans und übersiedelte mit seiner Familie nach St. Christophe, denn im Westen war es wieder unruhig geworden, und es gab beständig Kämpfe mit den royalistischen Scharen, die man Chouans nannte, und Pierre wagte es nicht, seine Familie noch einmal den Greueln des Bürgerkriegs auszusetzen.

Ich bekam den kleinen Bauernhof La Grandinière und Edmée La Goupillière, und für Jacques behielt der Notar L'Antinière vor. Wir verpachteten die Höfe, denn die Häuser hatten für keinen von uns einen Zweck.

Von den persönlichen Dingen suchte sich jeder aus, was ihn am meisten lockte, und wir bezahlten die Preise in eine gemeinsame Kasse, die wir nachher teilten. Ich weiß, daß Edmée und ich uns die Wäsche teilten, daß Pierre, wegen seiner wachsenden Familie, die Stühle und den Hundekorb erstand, und zu meiner Freude und Überraschung bezahlte Michel für die goldene Schnupftabakdose meines Vaters und den Stock mit dem goldenen Knauf beinahe viertausend Livres.

«D-das sind die ersten Dinge, an d-die ich mich erinnere», sagte er nachher. «Vater hatte den Stock in der Hand, w-wenn er sonntags n-nach Coudrecieux zur Messe g-ging, und nachher stand er d-draußen, schwatzte mit d-dem Abbé und ließ ihn aus d-dieser Dose schnupfen. Es war das schönste B-bild, das ich je g-gesehen habe.»

Er steckte die Dose ein und lächelte. Konnte es sein, fragte ich mich, daß Michel, der Sohn, der sich von Anfang an gegen die väterliche Autorität aufgelehnt hatte, es war, der in all diesen Jahren am meisten am Vater gehangen hatte?

Er warf einen Blick auf Edmée, die wie er auch unverheiratet war.

«W-was hast du für Pläne?» fragte er sie.

Sie zuckte die Achseln. Die Aussicht, nach St. Christophe zu ziehen, lockte sie nicht. Wenn Pierre tatsächlich beabsichtigte, seine Stelle als öffentlicher Notar in Le Mans aufzugeben und hier in einem Dorf zu leben, so gab es für sie keine Beschäftigung. Eine Schar Buben mochte das Leben ihrer Schwägerin erfüllen, Edmée Busson-Pomard dagegen wollte ihren Verstand ausnützen.

«Ich habe keine Pläne», erwiderte sie. «Es sei denn, daß du eine neue revolutionäre Partei kennst, der ich mich anschließen könnte.»

Der Tod unserer Mutter war mit einem Regierungswechsel in Paris zusammengefallen. Einige Wochen vorher war ein royalistischer Aufstand von General Bonaparte niedergeschlagen worden, und an dem Tag, als meine Mutter starb, schloß der Konvent seine Sitzungen, und ein Direktorium von fünf Mitgliedern erhielt die Vollzugsgewalt. Wie sie regieren würden, das wußte kein Mensch. Die einzigen Männer mit Autorität waren die Generäle, vor allem Bonaparte, und sie waren zu sehr damit beschäftigt, Siege gegen unsere Feinde zu erringen, als daß sie in Paris geblieben wären.

«In Vendôme g-gibt's eine Menge Jacobiner», sagte Michel. «Hésine ist d-dort – er soll unter dem Direktorium K-kommissar werden. Er d-denkt daran, Robespierres Verfassung aus d-dem Jahr 1793 w-wieder einzuführen und mit all d-diesen Gemäßigten und Chouans ein Ende z-zu machen. Ich kenne ihn gut.»

Ich sah ein Licht in Edmées Augen aufblitzen. Robespierre war ihr Gott gewesen, die Verfassung des Jahres 1793 ihr Brevier.

«Er w-will in Vendôme eine Zeitung gründen», fuhr Michel fort. «Sie s-soll *L'Echo des Hommes Libres* heißen. Der Extremist Babœuf w-wird dafür schreiben. Er m-meint, aller Reichtum, aller Besitz s-sollte geteilt werden. Es k-klingt wie eine neue Religion und eine, an die ich g-glauben könnte.»

Plötzlich ging er auf Edmée zu und streckte ihr die Hände hin.

«Komm n-nach Vendôme, Aimée!» Er nannte sie wieder mit dem Namen ihrer Kindheit. «L-leben wir dort zusammen, t-teilen wir unsere Erbschaft und arbeiten w-wir weiterhin für d-die Revolution. Mir ist's g-gleich, wenn man mich einen Terroristen n-nennt oder einen v-verdammten Jacobiner. Das b-bin ich immer gewesen, und d-das werde ich immer sein.»

«Ich auch», erklärte Edmée.

Sie lachten laut auf und umarmten einander.

«Es i-ist eine merkwürdige Geschichte», sagte Michel zu mir. «Es m-muß etwas damit zu t-tun haben, daß ich m-mein ganzes Leben lang in einer Gemeinschaft gelebt habe; aber ich b-bin verloren, wenn ich nicht m-meine Leute um mich habe. Wenn Aimée n-nach Vendôme k-kommt, wird es sein, als l-lebte ich abermals in der Glashütte.»

Ich war glücklich für die beiden. Die Zukunft, die gerade für sie so düster und öde ausgesehen hatte, gewann jetzt einen Sinn. Eigentümlich war es, daß der Tod unserer Mutter die beiden zusammengeführt hatte, die beiden, die einsam waren und meinem Vater am meisten glichen.

«Wenn unsere Politik keinen Erfolg hat», sagte Edmée, «so

übernehmen wir eine andere Glashütte und werden Partner. Ich kann sehr gut die Arbeit eines Mannes leisten. Frag nur Pierre.»

«Da-das habe ich immer gewußt», erwiderte Michel mit plötzlich aufsteigender Eifersucht. «Dazu b-brauche ich niemanden zu fragen.»

Er zog sekundenlang die Brauen zusammen, als wäre ihm mit einem Mal ein Gedanke gekommen, und Gott weiß, aus welchen verborgenen Tiefen in seinem Innern der nächste Vorschlag aufstieg.

«Wir k-könnten die Glashütte in Rougemont pachten und i-in ihrer alten Herrlichkeit w-wiederherstellen. Nicht für uns, aber um d-den Nutzen mit d-den Arbeitern zu teilen.»

Er wählte nicht La Brûlonnerie oder Chérigny oder auch La Pierre. Nein, er wählte Rougemont, die Glashütte, die Robert zugrunde gerichtet hatte, und ich wußte, ohne zu begreifen warum, daß Michel die Schuld seines Bruders sühnen wollte.

«Das ist die Lösung», wiederholte er. «Wenn unsere p-politischen Freunde versagen, d-dann w-werden wir Partner, Aimée und ich, und b-bringen Rougemont in d-die Höhe.»

Wie sich herausstellte, wurde Michel von seinen Gefährten im Stich gelassen, aber vor allem waren es seine Ideen von der Souveränität des Volkes und der allgemeinen Teilung des Besitzes, die dem korrupten Direktorium mißfielen. Und etwa achtzehn Monate später wurde Gracchus Babœuf, der Schöpfer dieser Ideen, zum Tode verurteilt und Hésine, der Herausgeber des *Echos des Hommes Libres*, eingesperrt.

Wie Michel und Edmée sich der Verhaftung entzogen, das habe ich nie erfahren. Daß alle beide in alles, was mit Hésine zu tun hatte, verwickelt waren, das wußte in Vendôme alle Welt, doch François und ich mit unserer wachsenden Familie waren viel mehr darauf bedacht, uns von der Politik fernzuhalten, als alles für eine verlorene Sache zu wagen.

Im November 1799 siedelten wir uns auf unserem kleinen Besitz bei Vibraye an, kurz nach Bonapartes Staatsstreich und der darauf folgenden Ernennung zum Ersten Konsul. Es war dasselbe Jahr, als Michel und Edmée ihre mütterlichen Erbteile zusammenlegten und sich als Partner in Rougemont niederließen.

Dieses Projekt mußte fehlschlagen – das wußten wir alle. Pierre, der in St. Christophe lebte und seinen Nachwuchs an Knaben schließlich um eine Tochter bereichert hatte, die er – höchst charakteristisch für ihn – Pivoine Belle-de-Nuit nannte, sagte den beiden voraus, daß jeder Versuch, eine Glashütte vom Umfang von Rougemont wieder in Betrieb zu setzen, die völlig verfallen war, nur geringe Aussicht auf Erfolg böte, wenn man nicht über großes Kapital verfügte.

Michel und Edmée wollten weder auf Pierre noch auf andere hören. Eine Glashütte, in der Arbeiter und Meister den Nutzen teilten, war ihr Traum, und sie hielten fast drei Jahre lang an diesem Traum fest, bis sie im März 1802 gezwungen waren, ihn aufzugeben. Wie bei allen Idealen, auch bei der Revolution mit ihrem Geist der Gleichheit und der brüderlichen Liebe, schlug der Versuch, sie zu verwirklichen, fehl.

«Er hat sich zugrunde gerichtet, und er hat auch seine Schwester zugrunde gerichtet», sagte François, jetzt Bürgermeister von Vibraye und Vater zweier Söhne, François-Pierre und Alphonse-Cyprien, die unserer Tochter Zoe gefolgt waren. «Michel wird genötigt sein, eine klägliche Stelle als Leiter einer kleinen Glashütte anzunehmen, und Edmée wird ihm entweder den Haushalt führen oder von ein paar Morgen Land in St. Christophe leben. Sie haben alles hingeworfen und sind jetzt ohne Vermögen und ohne Zukunft.»

François hatte Erfolg gehabt; sie hatten versagt. Trotz dem Glück, das wir, François und ich, mit unserem kleinen Besitz und unseren heranwachsenden Kindern genossen, war doch in unserer Selbstzufriedenheit etwas, dessen ich mich insgeheim schämte.

Einige Monate später, als der Erste Konsul den Vertrag von Amiens unterzeichnet und damit endlich einen Waffenstillstand zwischen Frankreich und England geschaffen hatte, war ich mit den Kindern im Garten, um einige Pflanzen vor die Fenster des Salons zu setzen, als mein ältester Sohn, Pierre-François, mit seiner Schwester gelaufen kam und meldete, vor dem Gittertor sei ein Mann und fragte nach Madame Duval.

«Was ist es für ein Mann?»

Es gab noch immer Landstreicher auf den Straßen, Deserteure von der aufgelösten Armee der Chouans, und da wir in einiger Entfernung von Vibraye wohnten, legte ich, wenn François nicht daheim war, keinen großen Wert auf fremde Besucher.

Meine Tochter Zoe, damals neun Jahre alt, antwortete für ihren Bruder:

«Ich kann dir nur sagen, daß er kein Bettler ist, Maman. Als er zu mir redete, hat er den Hut gezogen und sich verbeugt.»

Der Gärtner war, für den Notfall, in Rufweite, und so ging ich, gefolgt von den Kindern, zum Tor.

Der Fremde war groß und mager, und seine Kleider hingen an ihm, als hätte er durch eine jüngst überstandene Krankheit an Gewicht verloren. Sie waren von ausländischem Schnitt, ebenso die staubigen, breiten Schuhe. Eine Brille verdeckte seine Augen, und dem unnatürlich rötlichen Glanz des Haares konnte ich ansehen, daß es gefärbt war. Ich hielt ihn für einen wandernden Handelsmann, denn er hatte eine Tasche vor dem Tor auf den Boden gestellt. Wahrscheinlich hoffte er, mir irgendeinen Ramsch anzuhängen.

«Ich bedaure», sagte ich scharf, um ihn möglichst rasch loszuwerden, «aber wir haben alles, was wir für den Haushalt brauchen.»

«Das freut mich», erwiderte er. «Denn ich könnte nichts dazu beitragen. Ich habe nur ein sauberes Hemd in meiner Tasche und den unzerbrochenen Kelch meines Vaters.»

Er nahm die Brille ab und öffnete die Arme.

«Ich habe dir doch gesagt, daß ich dich nie vergessen werde, Sophie», sagte er. «Ich bin zu dir heimgekommen, wie ich es verheißen hatte.»

Es war mein Bruder Robert.

Achtzehntes Kapitel

Den ersten Schlag, so berichtete Robert, erlitt er genau fünf Monate nach seiner Ankunft in England. In den ersten Monaten war alles gutgegangen; seine Brotgeber in der Whitefriars Glass Manufactury, die ihm noch aus der Zeit bekannt waren, als er erster Kristallschleifer in der Glashütte von St. Cloud gewesen war und denen er geschrieben hatte, bevor er im Dezember 1789 Frankreich verließ, hatten ihn höflich willkommen geheißen und ihm auch eine Unterkunft für sich und seine Frau in Whitefriars verschafft.

Das Wissen, daß er jetzt frei von Schulden war, keine Verantwortung hatte und in jedem Sinn ein neues Leben mit seiner jungen Frau begann, die er sehr liebte, ließ Robert die kleinen Nadelstiche und fast unvermeidlichen Unannehmlichkeiten übersehen, die jeden erwarten, der in einem fremden Land seinen Lebensunterhalt zu verdienen versucht. Die Sprache, die Sitten, das Essen, selbst das Klima hätten Pierre und Michel wahrscheinlich entmutigt, denn sie waren mit ihren Lebensformen stärker verwachsen als ihr älterer Bruder; er fand das amüsant und sah darin eine Herausforderung. Ihn begeisterte es, sich sofort und ohne jede Rücksicht auf die Grammatik in englische Redewendungen zu stürzen, seinen Kameraden auf den Rücken zu klopfen, wie es englische Art war, Grog und Ale zu trinken und sich in jeder Beziehung völlig assimiliert zu zeigen, ganz anders als der gelockte, parfümierte Franzose, über den die englischen Zeitungen sich lustig machten.

Marie-Françoise, den größten Teil des Tages allein in ihrer Wohnung und gezwungen, ohne eine Ahnung von der englischen Sprache, einzukaufen, was sie für den Haushalt benötigte, fand sich schwerer damit ab. Doch Jugend, Gesundheit und eine grenzenlose Bewunderung für alles, was ihr Gatte sagte und tat, ermöglichten es, daß sie bald lernte, was sie von ihm hörte, den Humor der Londoner lobte und erklärte, sie habe am Ufer der Themse mehr vom Leben gesehen als je in ihren einundzwanzig Pariser Jahren – und das war nicht weiter verwunderlich, denn den größten Teil dieser Zeit hatte sie im Waisenhaus in St. Cloud zugebracht.

Was seine Arbeit betraf – er war als Kristallschleifer beschäftigt – entdeckte Robert bald, daß er von seinen Kameraden nichts zu lernen hatte. Aber er konnte sich auch keiner technischen Überlegenheit rühmen. Die Kunst der Glasfabrikation stand in Whitefriars auf hoher Stufe. Sie war schon 1680 begründet worden, und das dort hergestellte Flintglas war in ganz Europa berühmt. Es kam gar nicht in Frage, daß ein über den Kanal gekommener Franzose englischen Handwerkern etwas beizubringen hatte; das Gegenteil war glaubhafter, und Robert schraubte sehr rasch den gönnerhaften Ton herab.

Sowohl seine Kameraden als auch die andern Mieter zeigten ein lebhaftes Interesse für Frankreich, allerdings auch eine völlige Verständnislosigkeit für die jüngsten Ereignisse. Und hier gefiel sich Robert, sobald er genügend Englisch sprach, um sich verständlich zu machen, in der Rolle überlegener Autorität.

«Es braucht mehr als fünf Monate, um mit den Mißbräuchen von fünfhundert Jahren aufzuräumen», erklärte er in der Schenke an der Themse oder im Wohnzimmer seiner Wirtin. «Unser Feudalsystem war veraltet, wie eure Burgen mit den Wassergräben und eure Barone es heute wären. Gebt uns Zeit, und wir können große Dinge vollbringen. Vorausgesetzt, daß der König sich der Stimmung des Volkes anpaßt. Wenn nicht –» hier machte er, wie er mir erzählte, eine bedeutungsschwere Pause – «wenn nicht, dann können wir ihn durch einen fähigeren und beliebteren Fürsten ersetzen.»

Natürlich spielte er damit auf seinen Gönner an, den Herzog

von Orleans, dessen Ankunft in England im Oktober wesentlich zu Roberts eigenem Entschluß beigetragen hatte, den Kanal zu überqueren.

Bald aber entdeckte er, daß es in der Chapel Street ganz anders zuging als im Palais-Royal, wo ein Wink bei dem rechten Mann, eine Andeutung auf geleistete und empfangene Dienste durchaus etwas bewirkten.

Nichts von all dem gab es in London. Laclos, Captain Clarke, der Kammerdiener und noch ein oder zwei andere Personen, überdies natürlich noch seine Mätresse, Madame de Buffon, waren die einzigen Mitglieder des Hofstaats, die der Herzog von Orleans nach England mitgenommen hatte. Die Diener in dem möblierten Haus in der Chapel Street waren Engländer. Stattliche Lakaien öffneten die Türe und starrten den Eindringling auf der Schwelle verständnislos an. Da war nichts von dem Kommen und Gehen übrig, nichts von dem freien, großzügigen Leben des Palais-Royal; und als Robert bald nach seiner Ankunft in London zum ersten Mal vorsprach, durfte er dem Lakaien seine Karte geben, wurde aber nicht vorgelassen.

Robert hatte gehört, daß sein Gönner beim englischen Kabinett diskret angefragt hatte, ob man Einwände dagegen erheben oder es billigen würde, wenn er die belgische Krone – sollte sie ihm angeboten werden – annahm. Das, behauptete mein Bruder energisch, sei mehr als ein Gerücht gewesen. Voll von Optimismus, wie gewöhnlich, kehrte er zu Marie-Françoise mit viel Gerede über Brüssel zurück, das in der Zukunft vielleicht ihre Heimat sein würde.

«Wenn der Herzog von Orleans Philipp I. König von Belgien würde», sagte Robert zu seiner jungen Frau, «dann wird er ein sehr großes Gefolge brauchen. Es ist über jeden Zweifel erhaben, daß ich dann irgendeine Stelle bekomme. Zur Umgebung eines neuen Monarchen zu gehören, bietet große Möglichkeiten, und unsere Zukunft wäre gesichert.»

Die Erwartungen des Herzogs von Orleans und damit auch die meines Bruders waren zum Scheitern verurteilt. Die Unruhen in den Niederlanden waren kurzlebig, und Ende Februar marschierten die Österreicher wieder in Brüssel ein.

Abermals gab Robert seine Karte in der Chapel Street ab, und wieder wurde ihm erklärt, sein Fürst und Gönner sei bei den Rennen. Der Verlust einer winkenden Krone schien an dem Alltagsleben des Herzogs von Orleans nichts geändert zu haben. Der große Schlag kam, als der Herzog von Orleans, ebenso plötzlich wie er im Oktober des Vorjahrs Paris mit London vertauscht hatte, am 8. Juli 1790, ohne jede Voranzeige, London wieder mit Paris vertauschte. Er hatte anscheinend politisch nichts zwischen den beiden Ländern erreicht, und seine Tätigkeit in diesen neun Monaten hatte sich auf sehr viele Unterhaltungen und den Verkauf von einigen Rennpferden beschränkt. Mein Bruder hatte nicht die leiseste Ahnung vom Entschluß des Herzogs, heimzukehren, und erfuhr die Nachricht nur aus den Londoner Zeitungen.

Diese brüske Abreise hinterließ bei meinem Bruder eine tiefgreifende Wirkung. Jetzt begriff er ein für allemal, daß weder der Herzog von Orleans noch einer von dessen nächststehenden Begleitern außerhalb Frankreichs auch nur den geringsten Einfluß besaßen, und daß sogar in seinem Vaterland die Wahrscheinlichkeit, daß er zum Regenten ernannt oder in der Nationalversammlung eine hohe Stelle einnehmen werde, jetzt in weite Ferne gerückt war. Dem Herzog fehlte es an Feuer und Tatkraft. Er war nicht geschaffen, um dem französischen Volk ein echter Führer zu sein.

Roberts Verehrung, ja Vergötzung seines sogenannten Gönners verwandelte sich in Verachtung. Die einst so hochgepriesene Umgänglichkeit und Großzügigkeit wurden jetzt geschmäht. Der Herzog von Orleans war ein Schwächling, umschmeichelt von einer auf den eigenen Vorteil bedachten Umgebung, und jene Männer, auf die er sich hätte stützen sollen – zu denen mein Bruder auch sich zählte –, waren beiseite geschoben und ihre Treue mißachtet worden.

Robert, in Paris ein Bankrotteur, dem das Schuldgefängis drohte, wenn er den Fuß wieder auf das Pflaster der Hauptstadt setzte, war nicht in der Lage, in sein Vaterland zurückzukehren. Er war gezwungen, sich hier in London einen möglichst guten Ruf zu schaffen und sich mit seiner Stelle als Kristallschleifer in Whitefriars zufriedenzugeben.

Der Erstgeborene aus seiner zweiten Ehe, ein Sohn, der Robert genannt wurde, kam im Spätfrühjahr 1791 auf die Welt, kurz vor der Flucht Ludwigs XVI. und Marie-Antoinettes nach Varennes, die uns alle in der Heimat so sehr erregt und empört hatte. In London, sagte Robert, waren die Leute ebenfalls empört, doch aus einem andern Grund. Die Sympathie gehörte dem gekränkten französischen Monarchen und seiner Königin, die gezwungen wurden, jenseits der Grenzen eine Freistatt zu suchen; und als sie erkannt und nach Paris zurückgebracht wurden, gab es kaum einen Menschen in London, der nicht die Würde und Selbstbeherrschung der königlichen Familie gelobt und die Französische Nationalversammlung geschmäht hätte.

Fast unverzüglich nach der Flucht nach Varennes kam der Strom der Emigranten nach England, und alle erzählten die gleichen Geschichten.

«Du mußt begreifen», sagte Robert, «daß schon im Jahre 1791 die Emigranten ein verzweifeltes Bild gemalt hatten. Nicht nur Paris war unmöglich geworden, sondern das ganze Land. Da gab es kein Gesetz, keine Ordnung, keine Nahrung; falsches Geld wurde ausgegeben, um den wirtschaftlichen Zusammenbruch zu verschleiern, und die Bauern steckten jedes Dorf in Brand. So lernten wir die Lage von London aus zu betrachten.»

Jene ersten Emigranten im Sommer und Herbst 1791 und im Winter 1792 waren zumeist Mitglieder des früheren Adels und der Geistlichkeit, die sich dem neuen Regime nicht anpassen konnten oder wollten. Eben von Laclos und der Partei des Herzogs zurückgewiesen, näherte mein Bruder sich rasch den Feinden seines früheren Gönners – Leuten, die zu den Hofkreisen gehörten, dem König und der Königin und den beiden Brüdern des Königs, dem Grafen von Provence und dem Grafen von Artois, ergeben waren. Er selber, schon seit zwei Jahren Emigrant, hatte ein gewisses Vorrecht vor den Neuankömmlingen. Er sprach Englisch, er kannte die Sitten, die Lebensformen, er konnte als Vermittler zwischen seinen entwurzelten Landsleuten einerseits und den immer auf Spaß bedachten Cockneys andererseits dienen.

Als Kurier, als Inspektor möblierter Häuser und Wohnungen,

als Freund in der Not, der ohne Schwierigkeiten Ankäufe zu mä-
ßigen Preisen verschaffen konnte, war mein Bruder in seinem
Element. Marquisen, Gräfinnen und Herzoginnen, erschöpft
von der schrecklichen Kanalüberquerung über die Bretagne
oder über Jersey, waren entzückt, einen Landsmann zu finden,
der ihnen nach all den Prüfungen wieder zu ihrer Bequemlich-
keit verhelfen konnte. Sein Mitgefühl, sein Charme, seine ausgezeichneten Manieren ließen die Unannehmlichkeiten einer
Ankunft in einem fremden Land weit leichter ertragen. Eine gewisse kleine Belohnung, wenn man sich einmal häuslich niedergelassen hatte, wäre wohl zu erwägen.

Bald wurde es deutlich, daß es schwierig, wenn nicht umög-
lich war, die Tätigkeit als Schleifer in Whitefriars mit dem Beruf
des Kuriers für die Elite der früheren Pariser Gesellschaft zu ver-
einen. Mein Bruder mit seinem Spielerinstinkt zog es vor, seine
Verbindung mit der Glashütte zu lösen, sein Schicksal an das der
Neuankömmlinge zu knüpfen oder, wie er seinen Brotgebern erklärte, seinen unglücklichen Landsleuten beizustehen. Das war,
wie fast alle Unternehmungen Roberts, ein Fehler, und einer,
den er binnen weniger Jahre bereuen sollte.

«Ich habe mein Glück versucht, und mein Glück», sagte er,
»dauerte genau so lang wie das Geld, das die Emigranten mitgebracht hatten. Als sie entdeckten, daß sie nicht nur für sechs Monate oder ein Jahr in London waren, von den Engländern gefeiert
und als Helden und Heldinnen behandelt, sondern arme Teufel,
gezwungen, die englische Mildtätigkeit anzunehmen, ohne die
Aussicht, je in ihre Heimat zurückkehren zu können, da wâr es
mit ihrem Glück vorbei und mit meinem auch. Ich hatte im Jahre
1791 nicht wissen können, daß im Januar 1793 die Nationalversammlung in Paris dem Konvent weichen, daß der König zum
Tod verurteilt werden würde und daß eine Bürgerarmee, über
die wir uns monatelang lustig gemacht hatten, die Verbündeten,
auf die wir alle in England unsere Hoffnung gesetzt hatten, besiegen würde.

Die Gefälligkeit, die Großherzigkeit, die Höflichkeit, der
freundliche Empfang, das alles war mit dem Krieg zwischen England und Frankreich vorbei. Wir Emigranten waren Bürger des

feindlichen Staats. Jeder von uns hätte ja ein Spion sein können. Wir gehörten nicht länger zur Londoner Gesellschaft – abgesehen von jenen Standespersonen, die in den ersten englischen Familien Fuß gefaßt hatten. Wir übrigen aber waren Flüchtlinge mit wenig Geld, ohne Aussicht auf Beschäftigung, gezwungen, jederzeit über unser Verhalten Rechenschaft abzulegen und von allen als allgemeine Belästigung behandelt.»

«Ich ging, wie so viele von uns, durch die Straßen und schaute nach Arbeit aus«, bekannte Robert. «Nach einigen Wochen gelang es mir, eine Stelle als Packer in einem Lagerhaus für Glas und Porzellan zu finden. Abends unterrichtete ich in einer Schule in Sommerstown Englisch, die von einem der emigrierten Geistlichen gegründet worden war, dem Abbé Carron. Wir hatten mehrmals übersiedeln müssen und wohnten damals in der Cleveland Street 24 mit einer Schar anderer französischer Emigranten. Wir hatten unsere eigenen Schulen und unsere eigene Kirche.»

Marie-Françoise paßte sich, trotz mangelnder Bildung – sie konnte noch immer nicht ihren Namen schreiben – diesem Wechsel ebenso tapfer an, wie Cathie es getan hatte, vielleicht sogar noch tapferer, denn ihre Erziehung im Waisenhaus hatte sie abgehärtet und an Einschränkungen gewöhnt.

«Sie erinnerte mich beständig an Cathie», gab Robert zu. «Nicht nur in ihrem Äußeren, nein, auch in ihrem Wesen. Manchmal – und du wirst das nicht verstehen, Sophie – war es mir, als lebte ich in einer Phantasie, in einer Neuschöpfung der Vergangenheit, und Cleveland Street wurde zu dem St. Cloud zu der Zeit, als Cathie und ich dort gewohnt hatten. Im Jahre 1793, als unser zweites Kind geboren wurde, nannten wir es Jacques. Das ließ diese Phantasie nur noch stärker der Wirklichkeit gleichen.»

Nie erzählte er Marie-Françoise von ihrer Vorgängerin, noch von jenem andern Jacques, der jetzt, etwa zwölf Jahre alt, bei seiner Großmutter in St. Christophe lebte. Die Lüge, daß Robert Junggeselle ohne Bindungen war, zunächst bloß ein Scherz, hatte sich zu einem vollkommenen Roman entwickelt, und damit wuchs dauernd die Notwendigkeit, Unwahrheiten zu erfinden

mit so vielen falschen Fäden, daß der Knäuel nicht mehr zu ent-
wirren war.

«Ich begann selber zu glauben, was ich ihr erzählt hatte», sagte
Robert, «und all diese Erfindungen waren in den bösen Zeiten
geradezu ein Trost. Das Schloß zwischen Le Mans und Angers,
dessen Erbe ich war und das einem älteren Bruder gehörte, der
mich haßte, wurde für mich wie für sie und dann auch für unsere
heranwachsenden Kinder ebenso eine Wirklichkeit, als wäre es
tatsächlich vorhanden gewesen. Es war eine Mischung von Chérigny und La Pierre, den Orten, wo ich als Knabe am glücklich-
sten gewesen war, und natürlich gab es immer Glashütten dabei,
denn anders hätte ich ihr ja meine Tätigkeit als Schleifer nicht erklären können.»

Als es mit der anschwellenden Flut von Auswanderern immer
notwendiger wurde, sich als treuer Anhänger des Königs auszu-
geben, schärfte Robert seiner Frau sorgfältig ein, sie dürfe nie etwas von seiner früheren Verbindung mit dem Gefolge des Herzogs und mit dem Palais-Royal verlauten lassen.

«Jedenfalls», sagte er ihr, «habe ich mich nur an dem Rand dieser Kreise aufgehalten. Eine engere Beziehung war nicht vorhanden. Ihre Politik war von Anfang an verdächtig.»

Das war ein Frontwechsel, der sogar Marie-Françoise überrascht haben mußte, und um das wiedergutzumachen, begann er
abermals seine Vergangenheit in prächtigen Farben zu malen;
wie schön war doch die Stätte seiner Geburt gewesen, wie still,
wie friedlich! Und all das war ihm durch die Feindseligkeit jenes
sagenhaften Bruders so lange verwehrt worden!

Eine gütige Vorsehung wollte, daß unter den Leuten, die von
Frankreich nach England geflüchtet waren, keiner sich befand,
der etwas über Busson l'Aîné, über den Bankrott in Villeneuve
St. Georges und über die Haft in dem Gefängnis La Force wußte.
Wie die Dinge standen, war Busson l'Aîné aber kein Name für
einen Mann, der sich als Mitglied der Aristokratie ausgab, und
so folgte Robert dem Beispiel seiner wirklichen Brüder Pierre
und Michel, die schon vor vielen Jahren die Beinamen du Charme und Challoir angenommen hatten, um sich von ihm zu unterscheiden, und stellte fest, daß es sein Ansehen in den Augen sei-

ner Leidensgefährten und der Londoner steigern würde, wenn auch er sich einen Beinamen zulegte.

Er wählte den Namen seiner Geburtsstätte, des Bauernhauses Maurier, und als er gegen Ende des Jahres 1793 in die Cleveland Street 24 übersiedelte, nannte er sich Busson du Maurier. Seine Frau und seine Nachbarn waren der Auffassung, «Le Maurier» müsse ein Schloß sein. Im Verlauf der Monate, als die Geschichten von der Schreckensherrschaft Robespierres von Spionen über den Kanal gebracht wurden, mit all den übertriebenen Greueln an Unschuldigen, die zu Tausenden das Schafott bestiegen hatten, und das nicht nur in Paris, sondern auch in den Provinzen, da paßte mein Bruder seine Erfindungskraft den Zeitläufen an und erklärte seiner Frau und seiner bewundernden Zuhörerschaft entsetzter Emigranten, das Schloß sei von einer Bauernbande angegriffen worden, alle seine Bewohner ermordet und der Bau selbst bis auf den Grund niedergebrannt.

Die Sage von der Zugehörigkeit zur früheren Aristokratie, das Märchen vom niedergebrannten Schloß, all diese Phantasien mochten dem Egoismus meines Bruders in den ersten Kriegsjahren geschmeichelt haben, als die Emigranten sich zu einer langen Verbannung verurteilt sahen. Doch als ein Jahr verstrich und noch eines, ohne daß die Feindseligkeiten aufhörten, und als die französischen Heere Sieg um Sieg errangen, da wurde die Lage der Flüchtlinge in London immer schlimmer, und sie hatten tatsächlich sehr zu leiden.

«Unsere Tochter Louise kam im Jahr 1795 auf die Welt», erzählte Robert, «und noch ein Junge, Louis-Mathurin, im November 1798. Das hieß vier junge Münder zu füttern, sechs, wenn wir uns dazurechneten, und sieben mit dem jungen Dienstmädchen, das Marie-Françoise bei den Kindern helfen mußte. Wir bewohnten das ganze zweite Stockwerk des Hauses, und ein altes Ehepaar unter uns, die Dumants, beklagten sich ständig über den Lärm der Kinder. Ich selber verließ früh das Haus und ging an meine Arbeit in Carters Lagerhaus in Long Acre. Ich war den ganzen Tag fort und – wie ich dir schon erzählte – unterrichtete abends in der Schule des Abbé Carron. Dennoch verdiente ich nicht genug, um uns alle zu ernähren und die Miete zu bezahlen.

Wir mußten Unterstützung in Anspruch nehmen. Es war ein Fonds gegründet worden, ein Hilfsfonds für uns Emigranten; das war eine Vereinbarung zwischen dem englischen Schatzamt und unseren eigenen Stellen. Ich erhielt seit September 1797, zwei Monate bevor Louis-Mathurin geboren wurde, sieben Pfund im Monat. Doch auch damit kam man nicht weit, und manchmal war ich der Verzweiflung nahe.»

Mein Bruder hatte den andern Emigranten gegenüber den Vorteil, daß er einen Beruf und seit seinem vierzehnten Jahr in einer Glashütte gearbeitet hatte. Als Aufseher in einem Warenhaus wurden seine Fähigkeiten zwar nicht ausgenützt, doch zumindest wußte er sich mit der Arbeit abzufinden. Andere waren weniger glücklich. Grafen und Gräfinnen, die in ihrem ganzen Leben nicht gearbeitet hatten, waren jetzt froh, wenn sie mit Nähen und Schneidern ein paar Shilling verdienten, und eines der beliebtesten Gewerbe war das Formen von Strohhüten, das die Emigranten für jene Londoner besorgten, von denen sie unterstützt wurden.

«Es wurde geradezu ein Sport«, erzählte Robert, «von der Oxford Street nach Holborn zu gehen, um festzustellen, wo das Stroh am billigsten war. Das Trottoir war voll von Marquis und Baronen, alle mit Strohbündeln unter dem Arm, die sie zu ihren Frauen heimtrugen; und die Marquisen und Baroninnen warteten nur darauf, die von ihren Gatten in Form gebrachten Hüte mit Bändern und Blumen aus Samt zu schmücken.

Marie-Françoise war keine Modistin. Sie hatte mehr Talent zum Waschen, denn das hatte sie im Waisenhaus in St. Cloud gelernt. Bei uns um die Ecke, auf dem Fitzroy Square, wohnte eine reiche, bejahrte Jungfer, eine Miß Black, die auch Louis-Mathurins Patin gewesen war, und alle ihre Sachen kamen in die Cleveland Street, um gewaschen, gebügelt und geflickt zu werden. Das machte Marie-Françoise selber, und dann schickte sie alles in einem Korb mit unserem Dienstmädchen hinüber – es hätte sich nicht für eine Madame Busson du Maurier geziemt, wenn man sie mit Wäsche in einem Korb auf der Straße gesehen hätte. Das Schlimmste war, daß ich sieben Monate gezwungen war, von ihr und den Kindern fort zu sein; und das hing mit dem Familienkelch zusammen.

Ich war so sehr in Bedrängnis, daß ich das Glas George Carter verkaufte, meinem Brotgeber im Warenhaus in Long Acre. Und kaum hatte ich es verkauft, so bereute ich das schon. Es zurückzukaufen, kam nicht in Betracht, denn das Geld, das er mir dafür gegeben hatte, war im Nu auf Lebensmittel, Mieten und allerlei Nötiges für die Kinder draufgegangen. Da gab es nur eines, und da ich die Schlüssel des Lagerhauses hatte, war es für mich die einfachste Sache der Welt. Ich wußte, wo das Glas verpackt lag, bereit zum Versand an eine Firma im Norden von England, und so kehrte ich eines Abends nach Long Acre zurück, als das Lagerhaus bereits zugesperrt war. In wenigen Minuten hatte ich das Glas in Händen, hatte die Kiste wieder zugenagelt und verzog mich. Unglücklicherweise hatte ich die Stunden falsch berechnet, da der Nachtwächter seinen Rundgang machte. Ich glaubte, er käme um elf. Statt dessen kam er um halb elf, und als ich das Haus verließ, lief ich ihm in die Arme. Ich erfand eine Ausrede, doch als ich am nächsten Morgen kam, wurde ich in die Kanzlei George Carters gerufen, und neben ihm auf dem Boden stand das leere Kistchen.

‹Das ist ihr Werk?› fragte er.

Zu leugnen war sinnlos. Das Glas war fort, ich hatte die Schlüssel, der Nachtwächter hatte mich gesehen.

‹Sie geben mir entweder das Glas zurück oder die hundertfünfunddreißig Pfund, die ich Ihnen dafür bezahlt habe. Können Sie das Glas oder seinen Gegenwert nicht heute zur Stelle schaffen, so werden Sie verhaftet und vor Gericht gestellt.›

Das Geld aufzutreiben, kam nicht in Frage, ebensowenig aber das Glas zurückzugeben. Ich konnte ja nicht einmal das Geld für die Miete zusammenbringen, denn keiner unter uns verfügte über mehr als höchstens zwanzig Pfund. Es fiel mir schwer, in die Cleveland Street zurückzukehren und Marie-Françoise mitzuteilen, was geschehen war.

‹Warum gibst du ihm das Glas denn nicht zurück?› fragte sie mich, ganz bestürzt darüber, daß ich mich lieber wegen Schulden und Diebstahl einsperren ließ. ‹Robert, du mußt es tun! Um meinetwillen! Um der Kinder willen!›

Doch ich war anderer Meinung. Nenn es Sentimentalität und stolz und verdammte Hartköpfigkeit, aber ich sah beständig das Gesicht meines Vaters vor mir und erlebte den Tag, da er das Glas in meine Hände gelegt hatte. Und Gott weiß, daß ich ihn in den Jahren nachher oft genug enttäuscht hatte. Ich sah Michel, und dich, Sophie und Pierre und meine Mutter und die liebe verstorbene Cathie, und ich wußte, daß ich, was immer auch geschehen mochte, das Glas nicht wieder hergeben durfte.»

Robert schaute quer durch den Salon nach dem Glas, das er mir gegeben hatte und das schließlich in dem Schrank in Le Gué de Launay in Sicherheit war.

«Mein Vater hatte recht, weißt du?» sagte er. «Ich habe meine Fähigkeiten mißbraucht, und so hat das Glas mir Unglück gebracht. Daß ich es verkaufen wollte, wäre die letzte Kränkung gewesen. Um darüber nachzudenken, hatte ich sieben Monate im Gefängnis Zeit.»

Er lächelte, und trotz der gefurchten Züge, der Brille und dem gefärbten Haar war wieder etwas vom alten Robert in diesem Lächeln.

«Ich hätte deportiert werden sollen», sagte er, «doch da hat der Abbé Carron eingegriffen. Er war es, dem es gelang, die Strafe auf sieben Monate herabzusetzen, und schließlich brachte er auch im Februar 1799 das Geld für meine Freilassung auf.»

Mein Bruder sah sich um, betrachtete die vertrauten Möbel, die er in L'Antinière und in Le Chêsne-Bidault gekannt hatte.

«Zuerst La Force in Paris», fuhr er fort, «und dann King's Bench in London. Ich war zum Sachverständigen für Gefängnisse auf beiden Seiten des Kanals geworden. Etwas, das ich übrigens meinen Kindern nicht vererben möchte. Und sie sollen es auch nie erfahren. Darauf wird Marie-Françoise schon achten. Als ich in die Cleveland Street zurückkehrte, erzählten wir ihnen, ich sei in Geschäften auf dem Land gewesen, und sie waren noch zu jung, um weitere Fragen zu stellen. Sie wird sie in dem Glauben aufziehen, ihr Vater sei ein aufrechter Mann gewesen, ein leidenschaftlicher Royalist und die Ehrenhaftigkeit selbst.

Sie glaubt es ja auch und wird ihnen darum kaum das Gegenteil erzählen.»

Er lächelte wieder, als wäre dieses neue Bild seines Charakters ein ausgezeichneter Spaß und auf seine Art ebenso gut wie die Geschichte von dem verarmten Mitglied der früheren Aristokratie.

«Du sprichst», sagte ich, «als wäre Marie-Françoise schon Witwe und du in deinem Grab.»

Er sah mich sekundenlang an, dann nahm er die Brille ab und putzte die Gläser.

«Sie ist Witwe, Sophie», begann er dann. «Amtlich bin ich tot. Der kranke Mann, mit dem ich über den Kanal gesegelt bin, ist kurz vor unserer Ankunft in Le Havre gestorben. Er hatte meine Papiere bei sich, als er starb. Die Behörden werden es unserem Ausschuß in London mitteilen, und auf diese Art wird Marie-Françoise es erfahren. Da sie mittellos mit sechs Kindern zurückbleibt, werden der Abbé Carron und seine Freunde viel mehr für sie tun, als ich je getan hätte. Verstehst du nicht, Sophie? Das war der einzige Ausweg. Oder nennen wir es – mein letztes Spiel.»

Neunzehntes Kapitel

Ich war die einzige, die das Geheimnis meines Bruders kannte, und ich bewahrte es selbst vor meinem Mann. François glaubte, Robert sei wieder Witwer, seine zweite Frau sei im Kindbett gestorben wie Cathie. Daß er seiner Schulden wegen in London eingesperrt gewesen war, daß er seine Frau und sechs kleine Kinder der Mildtätigkeit anderer überlassen hatte, das war etwas, das mein Mann nicht schlucken würde; und meine beiden andern Brüder auch nicht. Das wußte ich ganz genau.

Roberts Handlung – einen anderen Mann an seiner Stelle begraben zu lassen – war verbrecherisch, dessen war ich gewiß, und wurde es entdeckt, so mochte ihm das abermals eine Gefängnisstrafe eintragen, diesmal vielleicht für Jahre. Ich konnte mich mit seiner Tat nicht abfinden, doch verdammen konnte ich ihn auch nicht. Seine gefurchten Züge, die Ringe unter den Augen, selbst das Zittern seiner Hände, eine Schwäche, die sich eingestellt hatte, als er das Londoner Gefängnis verließ, das alles zeigte mir, wieviel er gelitten hatte.

Das gefärbte Haar, ein Versuch, jünger zu wirken, der aber seinen Zweck verfehlte, machte ihn erst recht bemitleidenswert. Ich sah ihn, wie er war, ein gebrochener Mann, und dennoch wurde die Erinnerung an den liebenswürdigen Knaben, an Mutters Erstgeborenen wach. Schon um ihretwillen konnte ich ihn nicht verraten.

«Was hast du vor?» fragte ich ihn, nachdem er etwas mehr als eine Woche bei uns war und François und ich noch immer die einzigen waren, die von seiner Rückkehr wußten. «Hattest du irgendwelche Pläne, als du von London abgereist bist?»

«Keine», gestand er. «Nur die tiefe Sehnsucht, von London fortzugehn und heimzukommen, Sophie, Heimweh zu haben. Früher wußte ich es auch nicht. In den ersten Jahren war London fast ebenso ein Abenteuer, wie Paris es gewesen war, als ich mit Cathie dort lebte. Erst als der Krieg begann und die Leute sich gegen uns wandten und während der sieben Monate im Gefängnis, begann ich, mich nach meinem Land zu sehnen. Nicht nach Paris, aber hierher.»

Wir saßen im Garten. Es war Sommer, und die Bäume über uns waren dicht belaubt. Ein Nachtregen hatte einen üppigen Erdgeruch geweckt, und in den Blütenblättern meiner Rosen und auf den langen Grashalmen neben dem Kiespfad glitzerten Tropfen.

«Wenn ich zwischen den Eisenstangen von King's Bench in den rußigen Londoner Himmel schaute», sagte er, «dann träumte ich mich nach La Pierre zurück und war wieder ein Knabe. Du erinnerst dich, wie ich als Meister eingeschworen wurde und wir von der Glashütte zum Schloß zogen und die Mutter ihr Brokatkleid trug und das Haar gepudert hatte? An jenem Tag zu ihr aufzuschauen, war der stolzeste Augenblick meines Lebens gewesen; und dann, als sie mich in Rougemont besuchte. Wo gehen sie hin, Sophie, diese unsere jüngeren Ichs? Wie verschwinden sie und lösen sie sich auf?»

«Das tun sie nicht», erwiderte ich. «Sie bleiben ständig bei uns wie kleine Schatten und umgeistern uns auf dem Lebensweg. Meine habe ich oft genug bemerkt, wie sie eine Schürze über dem gestärkten Rock trugen und sich mit Edmée in dem großen Treppenhaus in La Pierre hinauf- und hinunterhetzten.»

«Oder im Wald», sagte er. «Der Wald war es, der mir am meisten gefehlt hatte. Und der Geruch der Holzkohle im Feuer der Glashütte.»

Als Robert aus dem Gefängnis entlassen wurde, wollte niemand ihn anstellen, und er machte den Londonern daraus auch keinen Vorwurf. Warum sollten sie einem feindlichen Ausländer, einem verurteilten Dieb Arbeit geben? Der Abbé Carron be-

schäftigte ihn damit, Bibliotheksbücher in den Schulen zu ordnen, und das, mit der staatlichen Unterstützung, ersparte Robert
und seiner Familie die ärgste Not. Noch ein Kind, ein Mädchen,
dem er Cathies zweiten Namen, Adelaide, gab, wurde geboren,
als er im Gefängis saß, und achtzehn Monate später ein Knabe,
Guillaume.

«Ich versuchte, aus den Kindern Franzosen zu machen», erzählte mein Bruder, «doch wenn sie auch innerhalb einer französischen Kolonie lebten, waren sie von Anfang an Zwitter. Aus
Robert wurde Bobbie, aus Jacques James, Louis-Mathurin wollte, als er kaum vier Jahre war, man solle seinen Vornamen «Le-
wis» aussprechen. Und als Marie-Françoise nicht mehr in der Ju-
gendblüte und ihre Hoffnung, ich könnte es doch am Ende zu etwas bringen, völlig und für immer gescheitert war, suchte sie in
der Religion einen Trost. Sie lag ständig auf den Knien, entweder
in unserer Wohnung oder um die Ecke in der französischen Kirche in der Conway Street. Sie mußte sich an etwas anklammern,
und ich hatte versagt.»

Sobald der Friede von Amiens unterzeichnet und den heimkehrenden Emigranten eine Amnestie zugestanden war, beschloß mein Bruder heimzufahren. Er hatte damals nicht erwogen, Frau und Kinder zu verlassen. Seine Idee war, mich aufzusuchen, sich mit Pierre und Michel zu beraten, irgendeine Aussicht auf Arbeit zu erreichen, dann nach London zu gehen und
seine Familie zu holen.

«Selbst als ich ihnen Lebewohl sagte», fuhr er fort, «dort in unserer überfüllten Wohnung in der Cleveland Street, ließ ich das
alte Märchen von dem niedergebrannten Schloß und von all dem
verlorenen Glanz wiederaufleben. ‹Wir wollen Le Maurier im
Park wieder aufbauen›, versicherte ich ihnen, ‹und auch eine
Glashütte finden, in der ihr, Bobbie, James und Louis-Mathurin,
arbeiten könnt.› Halb und halb glaubte ich es selber, als ich ihnen
das sagte, und obgleich ich in meinem Innern ganz genau wußte,
daß es nie dahin kommen konnte, wollte ich es doch für möglich
halten, ihnen eines Tages ein Heim zu schaffen, um die Enttäuschung wettzumachen. Und Gott verzeih mir, als ich die Cleveland Street verließ und in die Postkutsche stieg, die mich nach

Southampton bringen sollte, spürte ich, wie all die Bürde, all das Elend der Jahre von mir abglitt. Die Gesichter meiner Familie verblichen fast sofort, als ich die Salzluft des Kanals witterte, und einmal an Bord des Schiffs, hatte ich nur einen einzigen Gedanken, und das war, wieder unter meinen Füßen französischen Boden zu fühlen.»

Erst am Abend vor der Landung kam plötzlich die Versuchung über ihn, als in der kleinen Kabine sein Reisegefährte plötzlich einen Herzschlag erlitt und starb, bevor ein Arzt gefunden werden konnte.

«Er lag in meinen Armen», erzählte Robert, «der kranke Mann, ein Emigrant wie wir alle auf diesem Schiff, keinem Menschen bekannt, außer durch seine Papiere. Diese Papiere zu nehmen und gegen meine auszutauschen, war die Sache eines Augenblicks. Als freier Mann verließ ich Le Havre. Frei, mein altes Leben wiederaufzunehmen, und ohne Bindung, ohne Verantwortung. Vielleicht nicht als Schleifermeister, aber als etwas anderes, gleichgültig was. Ich bin ja nicht mehr ehrgeizig. Ich möchte nur einen Ersatz für die Jahre haben, die ich versäumt habe. Und vor allem möchte ich meinen Sohn sehen.»

Das war es, was ihn von Anfang an am meisten beschäftigt hatte. Sobald er sich unter unserm Dach in Le Gué de Launay heimisch gemacht, seine Geschichte erzählt, sein Geheimnis mit mir geteilt hatte, war es Jacques, an den er vor allem dachte. Auf den Tod seiner Mutter war er gefaßt gewesen; die Trauer um sie war bald vorbei. Jacques war zum Sinnbild alles dessen geworden, was in jenem alten, verdrängten Leben wertvoll gewesen war.

«Ich habe es dir schon gesagt», erwiderte ich, um Zeit zu gewinnen, «Jacques ist zur republikanischen Armee einberufen. An seinem einundzwanzigsten Geburtstag, im April, mußte er einrücken, und jetzt dient er, wo, weiß ich nicht. Nicht einmal Pierre kann dir derzeit Genaueres sagen.»

«Aber erzähl mir doch von ihm! Wie hat er sich entwickelt? Wem sieht er ähnlich? Spricht er häufig von mir?»

Die ersten zwei Fragen waren ziemlich leicht zu beantworten.

«Er hat deine Augen. Soviel weißt du schon. Er hat Cathies Statur, er ist klein, unter Mittelgröße. Und sein Charakter? Nun, ich habe ihn immer zärtlich und redlich gefunden. Er hängt sehr an Pierre und an Pierres Söhnen.»

«Ist er klug? Faßt er rasch auf?»

«Daß er rasch auffaßt, möchte ich nicht behaupten. Gewissenhaft ist wohl der richtigere Ausdruck für ihn. Ihm gefällt, nach seinen Briefen zu urteilen, der Militärdienst, und die Offiziere haben eine gute Meinung von ihm.»

Robert nickte erfreut. Ich wußte, daß für ihn Jacques noch immer ein heiteres Kind von acht Jahren war, das im Sommer des Jahres 1789 auf den Feldern von L'Antinière bei der Ernte helfen wollte.

«Wenn er im Wesen Cathie gleicht, werden wir ausgezeichnet miteinander auskommen», sagte er. «Jetzt, da ja Frieden geschlossen ist, läßt man ihn vielleicht heimfahren; um seinen Vater wiederzusehen.»

Ich schwieg. Hatte der Wunsch meines Bruders, seinen Sohn zu umarmen, jede Einsicht abgestumpft?

«Du vergißt», sagte ich nach einer Weile, «daß die republikanische Armee neun Jahre lang gegen England, gegen die Verbündeten und gegen euch Emigranten gekämpft hat. Ein plötzlicher Friedensschluß mag dem Konsul und seiner Regierung gelegen kommen, aber die Erbitterung der Soldaten, die in all den Schlachten gelitten haben, ist darum nicht geringer. Du kannst kaum erwarten, daß Jacques' Regimentskommandant ihm deinetwegen Urlaub gibt.»

Jetzt schwieg er.

«Du hast nur zu recht», sagte er schließlich. «Jetzt, da ich daheim bin, vergesse ich, daß ich je fort war. Ich muß mich gedulden, das ist alles.»

Er seufzte und wandte sich um, um ins Haus zu gehen, und ich bemerkte nicht zum ersten Mal, wie sehr seine Schultern in diesen Jahren sich gebeugt hatten; er hatte die Haltung eines alten Mannes und war doch noch nicht dreiundfünfzig.

«Außerdem», rief ich ihm nach, «wäre es nicht günstig, die Aufmerksamkeit hier auf dich zu lenken, da du ja amtlich tot bist.»

Diesen Einwand schob er mit einer Geste beiseite.

«Tot für die in London vielleicht und für die Hafenbehörden in Le Havre. Kein anderer Mensch dürfte sich für einen gescheiterten Emigranten interessieren, der heimgekommen ist, um seine Tage im Kreis seiner Familie zu beenden.»

So wurde denn die Begegnung mit Jacques verschoben, denn ich log nicht, als ich Robert erklärte, weder Pierre noch ich wüßten, wo das Regiment stand. Jacques konnte überall sein – in Italien, in Ägypten, in der Türkei –, und die Unterzeichnung des Friedensvertrags bedeutete keineswegs, daß man ihm erlaubte, heimzufahren.

«Wenn ich meinen Sohn nicht sehen kann», sagte Robert, «so kann ich doch wenigstens meine Brüder sehen. Wirst du ihnen schreiben, daß der verlorene Sohn heimgekehrt ist?»

Abermals spürte ich, wie sehr es ihm an Einsicht fehlte. Daß ich ihn willkommen hieß, weil ich ihn liebte, war keinerlei Bürgschaft für die Gefühle der übrigen Familie. François war ausgesprochen kühl, womit Robert sich abfand, weil er ihn nie näher gekannt hatte. Meine Kinder waren noch zu jung, um sich eine Meinung zu bilden, und da sie sahen, wie zärtlich ich zu meinem Bruder war, richteten sie sich nach mir.

Doch Edmée und Michel . . . das war ein ganz anderer Fall! Michel hatte eine Stelle als Leiter einer kleinen Glashütte, und Edmée führte ihm den Haushalt. Wie lange das alles dauern würde, das wußten wir nicht. Michel hatte bereits Anzeichen von bronchialen Störungen, das von allen Glasbläsern gefürchtete Übel, das binnen kurzem seiner Tätigkeit, wenn nicht auch seinem Leben ein Ende bereiten würde. Ich hatte in den früheren Zeiten unter unseren Arbeitern in Le Chêsne-Bidault zu viel davon gesehen, um die Symptome nicht zu erkennen – die ungesunde Blässe, die Kurzatmigkeit, den trockenen Husten. Hatte dieses Leiden sich einmal festgesetzt, so kam das Ende schnell. Es war besser, nicht daran zu denken. Ich verdrängte es gewöhnlich aus meinem Denken, und das tat auch Edmée, aber wir konnten uns nicht täuschen.

Ein Brief, der uns ihren bevorstehenden Besuch anzeigte, traf in den letzten Julitagen ein. Edmée hatte von einem guten Arzt in

Le Mans gehört, der sich in Brustkrankheiten auskannte. Das Sommerwetter mit den warmen Winden, die Gras und Pollen trugen, hatten einen ungünstigen Einfluß auf Michels Husten und Kurzatmigkeit gehabt. Edmée hatte ihm zugeredet, ein paar Tage Urlaub zu nehmen, und so wollten sie nach Le Mans fahren und auf der Rückreise einen Abend bei uns verbringen.

«Was soll ich tun?» fragte ich François. «Sollen wir ohne Umschweife mit der Wahrheit herausrücken? Daß Robert heimgekommen ist?»

«Wenn du das tust, kommen sie nicht», sagte er. «Wenn du auch nicht mehr daran denken magst, so habe ich doch nicht vergessen, daß Michel einmal gesagt hatte, Robert wäre besser tot, und das war sein letztes Wort. Du mußt sie wohl warnen, damit sie ihre Pläne danach richten können. Ich möchte keinen Krieg unter meinem eigenen Dach haben. Wie die Dinge stehen, ist es mir selber peinlich genug, daß dein Bruder bei uns wohnt. Es schickt sich kaum für den Bürgermeister von Vibraye, einen emigrierten Verwandten zu beherbergen. Ich glaube, daß du nicht immer begreifst, was ich meiner Stellung schuldig bin.»

Ich begriff es nur zu gut. Man war mit meinem Mann und seinem Vermögen freundlich verfahren, doch hatten sie ihn nicht mit Demut und Mitleid begnadet. Ich liebte ihn immer noch, aber von dem jungen Mann in der Uniform der Nationalgarde, der *Ça ira* sang und Michel im Jahre 1791 auf dessen Streifzügen folgte, war er weltenweit entfernt.

«Ich werde Edmée schreiben», sagte ich, «und auch Michel. Sie sollen wissen, daß Robert hier ist, und sich dann entschließen, ob sie kommen wollen oder nicht.»

Der Brief wurde abgeschickt. Eine Woche verging und auch der Termin, der für den Besuch bei dem Arzt in Le Mans vorgesehen war. Ich erwartete, nach ihrer Rückkehr zu erfahren, was die Untersuchung ergeben hatte. Und vielleicht auch eine Bemerkung über Roberts Anwesenheit in unserm Haus. Aber ich erwartete nicht, eines Nachmittags Räder über den Kies unserer Anfahrt rollen zu hören, noch den Anblick eines Mietwagens vor unseren Fenstern, dem zuerst Michel und dann Edmée entstieg.

Robert, der gerade gelesen hatte, legte Buch und Brille fort.

«Erwartest du Besuch?» fragte er. «Oder muß der Herr Bürgermeister sein Amt nicht nur in Vibraye, sondern auch daheim versehen?»

Zwischen ihm und meinem Mann herrschte keine große Sympathie, an diesem Tag aber spürte ich die Stichelei nicht. Meine Gedanken waren zu sehr mit den andern Geschwistern beschäftigt.

«Es sind Edmée und Michel», sagte ich schnell. «Ich will sie begrüßen. Bleib hier!»

Seine Züge erhellten sich, und er stand auf. Dann, als er meinen Ausdruck sah, verblaßte sein Lächeln. Langsam setzte er sich wieder.

«Ich begreife. Du brauchst mir nichts weiter zu sagen.»

So völlig ohne Verständnis war er am Ende doch wohl nicht. Vielleicht war François deutlicher gewesen, als ich gemerkt hatte.

Ich ging aus dem Salon und in das Vorzimmer. Dort stand Edmée vor mir. Michel war noch draußen und bezahlte den Kutscher.

«Du hast uns nicht erwartet», sagte sie sogleich. «Du hattest recht; wir hatten uns anders entschieden. Doch nachdem er beim Doktor gewesen war, hat Michel es sich überlegt.»

Ich sah sie an; in meinen Augen die Frage.

«Ja», meinte sie. «Was wir befürchtet hatten. Keine Besserung möglich ...»

Ihr Gesicht ließ keine Erregung erkennen. Nur ihre Stimme verriet sie.

«Es kann sechs Monate dauern. Sogar weniger. Er hat es gut aufgenommen. Er besteht darauf, daß er bis zuletzt arbeiten will, und es ist besser so.»

Mehr sagte sie nicht, denn jetzt trat Michel ein. Ich war betroffen über die Veränderung, die seit unserer letzten Begegnung mit ihm vorgegangen war. Das war nur einige Monate her. Sein Gesicht war grau und verzogen, und er ging mit kleinen, schleppenden Schritten. Als er sprach, war sein Atem kurz, als bereitete ihm die Anstrengung Schmerzen.

«Wir k-können in Vibraye übernachten, w-wenn du keinen Platz f-für uns hast. Meine Schuld. Das hat Edmée d-dir schon gesagt, nicht wahr? Ich habe mich anders besonnen.»

Ich legte die Arme um ihn. Das viereckige, charaktervolle Gesicht war plötzlich klein geworden.

«Du weißt, daß für euch Platz ist», sagte ich. «Heute und immer; wann ihr es brauchen könnt.»

«Nur h-heute nacht. Morgen muß ich wieder an die Arbeit. Ist R-robert hier?»

Ich warf einen Blick auf Edmée, sie nickte, und dann senkte sie die Augen.

«Wo sind die Kinder?» fragte sie. «Kann ich zu ihnen gehen?»

Meine Schwester, die keine besondere Vorliebe für junge Menschen unter zwölf Jahren hatte, bedurfte offenbar dieses Vorwands. Michel mochte seine Meinung geändert haben; sie nicht.

«Sie müssen irgendwo im Garten sein. Komm, Michel!» sagte ich.

Ich legte meinen Arm in den seinen und öffnete die Türe zum Salon. Im Nu war ich dreizehn Jahre zurückversetzt, als er und ich aus dem Laboratorium in der Rue Traversière gegangen waren.

Robert stand am Fenster des Salons, nervös, auf der Hut, bereit, seine Stimmung der seines Bruders anzupassen, mochte sie nun spöttisch oder angriffslustig sein; auf das, was er sah, war er nicht vorbereitet. Der zornige Fanatiker mit dem dunklen, ungebändigen Haarschopf war für immer verschwunden. Der kranke Mann, der vor ihm stand, hatte all seine Glut verloren.

«Na, m-mein Lieber», sagte Michel.

Das war alles. Er schleppte sich auf Robert zu und streckte ihm die Arme entgegen. Ich ging aus dem Zimmer, ließ die beiden allein und schloß mich oben in meinem Zimmer ein, bis meine Tränen getrocknet waren.

François war an jenem Abend in Vibraye aufgehalten worden und kam erst, als wir schon zu Abend gegessen hatten, und ich war froh darüber, denn es bedeutete, daß wir vier beisammensein konnten. Nur Pierre fehlte, damit die Familie vollständig gewesen wäre.

Edmée war zuerst kühl und reichte Robert steif und förmlich die Hand, die er mit spöttischer Feierlichkeit küßte, dann aber schloß er sie in die Arme, und bald fand sie es schwer, der alten Heiterkeit, dem alten, vergessenen Charme zu widerstehen. Sie folgte Michels Beispiel, weil sie ihren jüngsten Bruder liebte, vor allem aber deswegen, weil sie wußte, daß diese Gelegenheit einmalig war und sich kaum je wiederholen würde. Ob bei Michel sein Todesurteil den alten Groll ausgelöscht hatte, weiß ich nicht; auf jeden Fall war es an diesem Tag ein Wunder, wie weich er geworden war.

Man sagt, daß der Tod so mit uns verfährt, wenn wir einmal die Warnung erhalten haben. Unbewußt streben wir danach, keine Zeit zu vergeuden. Nichtigkeiten verschwinden und mit ihnen alles, was in unserem Leben von geringem Wert gewesen ist. Hätten wir es nur früher gewußt, so sagen wir uns, wäre alles anders geworden; kein Zorn, keine Vernichtung, vor allem kein Stolz.

Beim Abendessen unterhielt uns Robert mit Geschichten von den echten Londonern und machte sich über die Stadt, die ihn ebenso wie ihre Einwohner und wie die andern Emigranten beherbergt hatte, erbarmungslos und ohne jeden Gedanken an die Hilfe, die ihm zuteil geworden war, lustig. Doch als wir nachher in den Salon zurückkehrten, sagte er plötzlich:

«Ja, aber, mein Lieber, warum richtest du dich als Leiter einer schäbigen kleinen Glashütte zugrunde? Du hättest doch eine Hütte wie La Pierre pachten können. Mit der Erbschaft der Mutter und dem, was du an dem Kirchenbesitz verdient hast, wäre dir das doch gewiß möglich gewesen.»

Jetzt war es soweit. Dieses Thema konnte zu einem Drama führen.

Michel ging langsam zu dem Fell vor dem Herd und blieb dort, die Hände hinter dem Rücken, stehen. Er hatte bei Tisch Wein getrunken, und auf seinem grauen, kranken Gesicht erschienen zwei rote Flecke.

«Ich hatte k-keine Wahl», sagte er schließlich. «Edmée und ich haben uns im Jahre VII zu einer Partnerschaft z-zusammengetan. Wir haben a-alles verloren, was wir b-besaßen.»

Robert hob die Brauen.

«Dann bin ich also nicht der einzige Spieler in der Familie! Was in der Welt hat euch aber dazu gebracht, dieses Wagnis auf euch zu nehmen?»

Michel schwieg sekundenlang.

«Du w-warst es», sagte er dann.

Robert schaute verdutzt von ihm zu Edmée.

«Ich? Wie hätte ich das tun können, da ihr doch hier wart und ich in London?»

«Du verstehst m-mich falsch», erwiderte Michel. «Es w-war der Gedanke an d-dich, der mich dazu gebracht hat; das ist alles. Ich wollte d-dort Erfolg haben, w-wo du versagt hattest. Aber d-das ist mir nicht g-gelungen. Der Grund ist, glaube ich, daß w-wir beide, du und ich, n-nicht nur nicht das Talent unseres Vaters haben, s-sondern auch nicht s-seinen Mut. Ich h-hinterlasse keine Kinder, aber d-dein Jacques w-wird vielleicht d-diese beiden Eigenschaften w-weitervererben.»

«Wo habt ihr euer Geld verloren?» fragte Robert.

«In Rougemont.»

Nie werde ich den Ausdruck auf Roberts Zügen vergessen. Ungläubigkeit wurde zu Bewunderung, dann zu Mitleid und schließlich zu Scham.

«Das tut mir leid», sagte er. «Ich hätte euch gewarnt, wenn ich es gewußt hätte.»

«Mach dir nichts d-daraus», entgegnete Michel. «Es war eine Erfahrung. Ich k-kenne jetzt meine Grenzen – und d-die des Landes auch.»

«Die des Landes?»

«Ja. Unser Plan w-war, den Nutzen m-mit den Arbeitern zu teilen. Du hast v-vielleicht nichts von Gracchus Babœuf g-gehört, der sich l-lieber selber tötete, als zur Guillotine zu gehen. Er g-glaubte, aller Reichtum, aller Besitz müßte unter dem Volk aufgeteilt w-werden. Er war ein Freund von m-mir.»

Unser Emigrant starrte, die Brille in der Hand, seinen jüngsten Bruder mit offenem Mund an. Es waren nicht nur dreizehn Jahre, die zwischen ihnen lagen, sondern auch ein Jahrhundert von Ideen. Das Gefängnis von King's Bench mochte Robert ein wenig

Demut gelehrt haben, aber seine Welt war noch immer die Welt vor 1789. Michel und Edmée gehörten zu einer Zukunft, die wir nie erleben würden.

«Mit andern Worten», sagte Robert langsam, «du hast auf einen Traum gesetzt!»

«L-leg es so aus, w-wenn du willst.»

Robert trat ans Fenster und schaute in den Garten. Auf dem Rasen jagten die Kinder hinter Schmetterlingen her.

«Wenn ich's überlege», sagte er, «war mein Spiel auch ein Traum. Aber ein anderer als deiner.»

Wir alle schwiegen eine Weile, bis Michels plötzlicher Husten uns zum Bewußtsein brachte, was er zu erwarten hatte. Er setzte sich keuchend und winkte, um die Aufmerksamkeit von sich abzulenken.

«Regt euch n-nicht auf», sagte er. «Es k-kommt und geht. Sophie hat m-mich zu gut gefüttert.» Dann lächelte er seinem Bruder zu und sagte:»D-du wärst uns w-willkommen, wenn du auch ein v-verdammter Emigrant bist. D-du hast doch nichts d-dagegen, Aimée?»

«Nicht, wenn du ihn bei dir haben willst.»

«D-du kannst zu Sophie und in die B-behaglichkeit der bürgermeisterlichen Wohnung z-zurückkehren, wenn ich n-nicht mehr bin», fuhr Michel fort. «Wie w-wär's damit?»

Diesmal war es Robert, der an den Abschied im Laboratorium in der Rue Traversière dachte. Was er damals auch an Bitterkeit empfunden haben mochte, jetzt war es vergessen, für immer ausgelöscht durch die Worte seines Bruders. Sie bildeten einen seltsamen Gegensatz. Robert, einst ein Geck, jetzt gebeugt, in schlotternden Kleidern, das gefärbte Haar grau durchsträhnt, die Brille auf der Nase; und Michel, nicht mehr der Terrorist, der gegen eine Welt kämpfen wollte, sondern ein Sterbender, der seinem letzten Kampf entgegensah.

«Ich gehe mit dir», sagte Robert. «Und ich bin stolz darauf. Und wegen deiner sechs Monate – nun, darauf könnten wir eine Wette abschließen. Ich gebe dir mindestens ein Jahr. Wenn ich gewinne, um so besser für beide. Wenn ich verliere, brauche ich nicht zu bezahlen.»

Das eine war gewiß. Weder der Londoner Regen und Nebel noch der düstere Kerker von King's Bench, noch Michels bevorstehender Tod konnten seinen Sinn für Humor oder seinen Spielerinstinkt dämpfen.

Zwanzigstes Kapitel

Mein ältester Bruder verlor seine Wette. Michel starb sieben Monate später, im Februar 1803, glücklicherweise ohne viel leiden zu müssen. Er arbeitete bis zu dem Tag vor seinem Tod, und das Ende kam plötzlich nach einem furchtbaren Hustenanfall. Eben noch hatte er zu Edmée gesprochen, und im nächsten Augenblick war er tot. Wir brachten seine Leiche nach Vibraye zurück und begruben ihn dort auf dem Friedhof, wo auch ich und meine Kinder eines Tages liegen werden.

Keiner von uns hätte ihm wünschen können, länger zu leben. Mit seiner Kraft war es vorbei, und er hätte sich nie in das Leben eines Krüppels gefügt, der an den Lehnstuhl gefesselt ist. Seine letzten Monate wurden durch Roberts Anwesenheit erleichtert, der, wie Edmée sagte, freundlicher mit Michel umging als sie selbst. Er machte ihm das Bett, half ihm beim Anziehen, saß abends bei ihm, wenn der Husten sich verschlimmerte, und all das ungezwungen und heiter.

«Mir war's nicht recht gewesen, daß er kam», gestand Edmée. «Doch nach vierzehn Tagen konnte ich mich ganz auf ihn verlassen. Ohne ihn wäre ich der letzten Zeit nicht gewachsen gewesen, glaube ich.»

So sollte denn der jüngste meiner Brüder als erster gehen, und da ich meinen Glauben nie verloren habe, stellte ich mir ihn, als er nicht mehr bei uns war, gern in einer himmlischen Glashütte vor, mit meinem Vater beisammen, endlich versöhnt und ohne zu stottern.

Edmée war durch Michels Tod derart erschüttert, daß sie einige Zeitlang jeden Lebenssinn verlor. Michel war mehr als sieben Jahre lang ihr Sinn gewesen, und ohne ihn verkümmerten ihre Wurzeln. So lange hatte sie den Glauben, den Fanatismus geteilt, und selbst im Mißerfolg, als ihre Träume zusammenbrachen, war der gemeinsame Verlust ihr Trost.

«Sie sollte wieder heiraten», sagte François rundheraus. «Ein Heim und ein Gatte würden ihr den Kopf bald zurechtsetzen.»

Ich dachte, wie sehr es den Männern an Erkenntnis fehlen konnte, wenn sie sich vorstellten, die Socken eines Fremden zu stopfen und für seine Behaglichkeit zu sorgen, würde eine Frau von achtunddreißig wie meine Schwester Edmée befriedigen, die mit ihrem behenden Geist und ihrer Leidenschaft für die Diskussion – hätte sie zu einer andern Zeit gelebt – bereit gewesen wäre, für ihren Glauben zu kämpfen wie eine Jeanne d'Arc.

«Ich habe meine Zeit überlebt», sagte sie oft. «Ich hätte mit Robespierre und St. Just zur Guillotine gehen oder für ihre Ideale auf den Straßen von Paris sterben sollen. Seither ist alles nur Korruption.»

Einige Wochen bei uns in Le Gué de Launay genügten ihr. Sie packte ihre Sachen und fuhr nach Vendôme auf die Suche nach Mitgliedern der früheren Schar von Babouvisten, Anhängern, die vielleicht dort noch lebten, und als wir wieder von ihr hörten, schrieb sie Artikel für Hésine, Babœufs Freund und Genossen, der wieder einmal in Freiheit war.

Ich sagte immer, sie hätte als Mann geboren sein sollen. Ihr Verstand und ihre Zähigkeit waren bei einer Frau vergeudet.

Als es Frühjahr wurde, fuhren Robert und ich nach St. Christophe zu Pierre, der natürlich zu Michels Begräbnis nach Vibraye gekommen war, so daß die beiden Brüder einander schon gesehen hatten. Vor diesem Zusammentreffen hatte ich keine Angst gehabt. Pierre hatte den Emigranten willkommen geheißen, als wäre Robert nie fort gewesen, und hatte ihm auch sogleich jenen Teil der Erbschaft meiner Mutter ausbezahlt, den er sorgfältig von dem für Jacques bestimmten Teil getrennt hatte. Die Pacht des kleinen Bauernguts mit dem Ertrag der Reben, wenn auch keineswegs erhebliche Summen, genügte doch wenigstens, um meinen ältesten Bruder zu ernähren, und es blieb noch einiges, das er anlegen konnte.

«Die Frage ist», sagte Pierre, «was du damit zu tun gedenkst.»

«Ich habe vor, gar nichts damit zu tun», antwortete Robert, «bevor ich die Sache mit Jacques erörtern kann. Ist es nicht möglich, ihn vom Militärdienst freizukaufen?»

«Nein», sagte Pierre. «Und selbst wenn es möglich wäre . . .»

Er ließ den Satz unbeendet und warf mir einen Blick zu. Ich wußte sehr wohl, was er dachte. Ob Soldat oder Zivilist – Jacques war beinahe zweiundzwanzig und hielt seinen Vater für tot. Das wenigstens nahmen wir an.

«Du mußt immerhin wissen», sagte Pierre, «daß Jacques in all den Jahren, die er bei uns hier in St. Christophe gewesen ist, mir gegenüber deinen Namen nie erwähnt hat. Und meine Jungen haben mir dasselbe berichtet. Zur Mutter mag er von dir gesprochen haben, als er bei ihr war; zu uns nie.»

«Kann sein», meinte Robert. «Aber das heißt noch nicht, daß er nie an mich gedacht hat.»

Ich merkte sehr wohl, daß Pierre um ihrer beider willen beunruhigt war. Nichts wäre ihm lieber gewesen, als Vater und Sohn zusammenzuführen, doch Robert wollte nicht wahrhaben, daß die Lage ungewöhnlich war. Es war nicht so, als wäre er nach langer Abwesenheit aus den Kolonien heimgekehrt. Er hatte seinen Sohn und sein Land im Stich gelassen, hatte dreizehn Jahre lang als Emigrant in England gelebt. Er konnte nicht erwarten, bei seiner Rückkehr den zärtlichen Knaben wiederzufinden, an den er sich erinnerte.

«Wie steht es mit den Großeltern? Vielleicht haben sie Jacques gegen mich aufgehetzt?» fragte Robert.

«Möglich», meinte Pierre, «aber unwahrscheinlich. Sie sind zwei brave alte Leute und haben deinen Namen wohl kaum erwähnt. Das Wort ‹Emigrant› hat man vor Jacques schwerlich ausgesprochen.»

Roberts Gesicht verhärtete sich. Nun mußte er von Pierre hören, was er von Michel nicht erfahren hatte.

«Waren wir so verachtet?»

«Offen gestanden – ja. Und vergiß nicht, daß du unter den ersten warst, die gegangen sind. In deinem Fall gab es noch keine Verfolgung.»

«Nur die Aussicht auf eine Gefängnishaft.»

«Was auch kaum geeignet ist, dir die Bewunderung deines Sohnes zu gewinnen», sagte Pierre.

In den letzten Tagen unseres Besuchs stürzte Pierre-François, Pierres sechzehnjähriger dritter Sohn und der Namensvetter meines eigenen Sohnes, atemlos und aufgeregt ins Zimmer, um zu berichten, das vierte Bataillon des 93. Infanterieregiments sei in Tours eingerückt.

«Auf dem Marsch nordwärts zur Küste haben sie dort haltgemacht und werden wahrscheinlich drei Tage bleiben. Gewiß wird Jacques Urlaub erbitten, um uns zu besuchen, und wenn's auch nur für ein oder zwei Stunden wäre.»

Jacques war bei der fünften Kompanie dieses Bataillons eingeteilt, und wenn der Bericht stimmte, wenn die Truppe tatsächlich in Tours war, so durfte man annehmen, daß Jacques einen Urlaub erhalten werde.

«Wir müssen sofort nach Tours», sagte Robert, der darauf brannte, seinen Sohn zu sehen. «Was hat's für einen Zweck, hier zu warten?»

«Wir wollen doch erst feststellen, ob die Nachricht auch wahr ist», erwiderte Pierre. «Es ist zweifellos das 93. Regiment, aber nicht unbedingt das vierte Bataillon.»

Er ging, um zu überprüfen, was an dem Gerücht dran war, während Robert, ganz wieder wie in früheren Zeiten, in dem unordentlichen Wohnzimmer von Pierres Haus auf und ab ging.

«Wenn Pierre daran schuld ist, daß ich Jacques nicht treffe», sagte Robert, «so werde ich ihm das nie verzeihen. Tours ist doch kaum anderthalb Stunden von hier entfernt. Jetzt ist zwei Uhr. Wir könnten einen Wagen nehmen und um vier Uhr dort sein.»

Ich hatte Verständnis für seine Ungeduld, aber auch für Pierres Vorsicht. Wir alle wollten die Enttäuschung einer zwecklosen Reise vermeiden, aber auch die Möglichkeit, daß Robert in einen hitzigen Streit mit Jacques' Offizieren geriet.

«Du kannst dich darauf verlassen, daß Pierre das Richtige tut», sagte ich. «Das solltest du doch jetzt wissen.»

Zur Antwort wies er auf die Unordnung im Zimmer.

«Dessen bin ich nicht ganz so sicher. Was hat das alles hier zu bedeuten, wenn nicht einen wirren Kopf? Seine Jungen mögen prächtige Burschen sein und imstande, einer Katze das Bein zu schienen, aber sie können kaum in ihrer eigenen Sprache schreiben. Mein Sohn hat vermutlich, dank Pierres Theorien, ebensowenig Erziehung genossen.»

Ich ließ ihn schimpfen; der Grund dafür war nur seine Angst. Er wußte ebensogut wie ich, daß Pierres Ideen von Kindererziehung unwichtig waren; seine Menschlichkeit war es, auf die es ankam.

«Es tut mir leid», sagte er nach einer Weile. «Ich mache Pierre keinen Vorwurf. Aber ich glaube nicht, daß er begreift, was diese Begegnung für mich bedeutet.»

«Er begreift es sehr gut. Darum geht er der Sache ja auch so behutsam nach.»

Eine Stunde später war Pierre zurück. Die Nachricht stimmte. Das vierte Bataillon war in Tours angekommen.

«Ich schlage vor», sagte Pierre und sah auf seine Uhr, «daß wir abwarten, ob Jacques die Diligence von Tours nach Château-du-Loir genommen hat, die um fünf hier ankommt. Wenn er drin ist, möchte ich zuerst allein mit dem Jungen sprechen und ihm sagen, daß du hier bist.»

«Um Himmels willen warum?» Robert war mit seiner Geduld am Ende und brüllte diese Frage, so daß die kleine Belle-de-Nuit erschrocken auffuhr, die am Fenster saß und zeichnete.

Fünf Minuten vor der Ankunftszeit ging Pierre zu dem Rathaus, wo die Diligence ihre Passagiere auslud. Er ging allein. Pierre-François und Joseph, der andere Junge, blieben auf Pierres ausdrückliche Weisung mit ihrer Mutter und mit Belle-de-Nuit daheim. Die Kinder liefen hinauf, um den erwarteten Cousin schon von weitem kommen zu sehen. Robert und ich saßen im Wohnzimmer, oder vielmehr nur ich saß, während mein Bruder im Zimmer umherging. Meine Schwägerin hatte sich diskret in die Küche zurückgezogen.

Jetzt erblickte ich Belle-de-Nuit auf der Schwelle, unter jedem Arm einen kleinen Hund.

«Papa und Jacques gehen draußen auf und ab», meldete sie. «Das tun sie jetzt schon seit zehn Minuten. Mir scheint, daß Jacques gar nicht ins Haus kommen will.»

Robert wandte sich sofort zur Türe, doch ich hielt ihn am Arm fest.

«Warte! Vielleicht erklärt Pierre ihm alles.»

Gleich darauf kam Pierre. Seine Augen suchten meine, und ich verstand ihre Botschaft. Dann wandte er sich zu Robert.

«Jacques ist hier», sagte er kurz. «Er hat nur eine Stunde. Ich habe ihm mitgeteilt, daß du bei uns bist.»

«Nun?» Die Angst meines ältesten Bruders mit anzusehen, war jammervoll.

«Es ist, wie ich befürchtet hatte. Er war sehr aufgeregt, und nur um meinetwillen ist er bereit, dich zu sehen.»

Pierre ging in das Vorzimmer und rief Jacques. Robert machte zwei Schritte, zauderte, wartete, wußte nicht, was er tun sollte. Sein Sohn trat ein und blieb neben seinem Onkel in der Türe stehn. Jacques war, seit ich ihn zuletzt gesehen hatte, nicht größer geworden, aber breiter, untersetzter; kein Zweifel, daß die Armeerationen bei ihm gut angeschlagen hatten. Er sah in seiner Uniform nicht schlecht aus, wenn auch ein ganz klein wenig plump. Wie anders wirkte er doch als sein Vater in der alten Zeit als Offizier der Schützen, den der Schnitt seines Rocks mehr interessiert hatte als seine militärische Tätigkeit!

Er stand da und sah blaß und ohne zu lächeln seinen Vater an. Ich fragte mich, wer von den beiden stärker litt. Jacques beim Anblick seines bejahrten Vaters, der nervös die Brille in der rechten Hand drehte, oder Robert beim Anblick seines feindseligen Sohnes.

«Du hast mich nicht vergessen, nicht wahr?» sagte Robert schließlich und zwang sich ein Lächeln ab.

«Nein.» Jacques' junge Stimme war rauh und brüsk. «Vielleicht wäre es besser gewesen, ich hätte dich vergessen.»

Pierre winkte mir von der Türe her.

«Komm, Sophie, lassen wir die beiden allein!»

Schon wollte ich zur Türe gehen, doch da hob Jacques die Hand.

«Nein, Onkel», sagte er. «Bleib, wo du bist; und Tante Sophie auch. Das ist mir lieber. Ich habe diesem Mann nichts zu sagen.»

Es wäre besser gewesen, er hätte sich seinem Vater genähert und ihm ins Gesicht geschlagen! Ich sah in Roberts Augen Ungläubigkeit, Schmerz und dann die Erkenntnis der Niederlage. Und doch war er noch nicht bezwungen und machte einen letzten Versuch, die Situation zu meistern.

«Ach, geh, mein Junge», sagte er. «Für ein Drama ist's zu spät. Dazu ist das Leben zu kurz. Du bist ein prächtiger Mann geworden, und ich bin stolz auf dich. Komm, gib deinem alten Vater die Hand, der dich in all den Jahren herzlich liebgehabt hat!»

Pierre legte die Hand auf den Arm des jungen Menschen, doch Jacques schüttelte sie ab.

«Es tut mir leid, Onkel. Ich habe getan, was du von mir verlangt hast. Ich bin in dieses Zimmer gekommen. Er sieht, daß ich noch auf der Welt bin. Das genügt. Jetzt möchte ich doch Tante Marie und meine Cousins begrüßen gehen.»

Er drehte sich um, doch Pierre trat ihm in den Weg.

«Jacques», sagte er leise, «hast du denn gar kein Mitleid?»

Jacques wandte sich und musterte uns alle, einen nach dem andern.

«Mitleid? Warum sollte ich Mitleid haben? Er hatte auch kein Mitleid mit mir, als er mich vor fast vierzehn Jahren verlassen hatte. Alles, woran er dachte, war, so schnell wie möglich aus dem Land zu fliehen und seine Haut zu retten. Jetzt, der Amnestie wegen, findet er, man könne in aller Ruhe heimkehren. Nun, das ist seine Sache, aber ich staune, daß er den Mut dazu aufgebracht hat. Du kannst Mitleid mit ihm haben, wenn du willst. Ich kann ihn nur verachten.»

Ich dachte plötzlich an jenen Tag, als Jacques, ein sonnengebräunter kleiner Junge in einem blauen Anzug, seinem Vater einen Abschiedskuß gab.

«Das genügt», sagte Robert ruhig. «Laß ihn gehen!»

«Ich hatte es befürchtet», sagte Pierre; ob zu Robert oder zu mir, das weiß ich nicht. Tief in Gedanken wiederholte er noch einmal: «Ich hatte es befürchtet.»

Dann ging Robert hinauf in sein Zimmer und sperrrte sich ein.

Dort blieb er, bis die Zeit kam, als Jacques die Diligence nach Tours nehmen mußte. Da trat Robert auf den Treppenabsatz und hoffte, sein Sohn werde sich erweichen lassen und ihm Lebewohl sagen. Wir drängten Jacques, doch er blieb fest. Er hatte seine Urlaubsstunde damit verbracht, bei seinen Cousins im alten Spielzimmer oben zu sitzen und ihnen, wie wir später erfuhren, von seinen Erlebnissen als Soldat zu erzählen, und nach dem hellen Lachen zu schließen, war, was er berichtete, recht spaßhaft gewesen. Nicht ein einziges Mal sprach er von seinem Vater.

Als er sich von uns allen verabschiedete und, begleitet von Pierre-François und Joseph, zur Diligence ging und wir hörten, wie die Türe zur Straße hinter ihm zuschlug, war aus dem ersten Stock ein Echo zu vernehmen. Robert war es, der bis zum letzten Augenblick gewartet hatte und jetzt auch hinter sich die Türe zuschlug.

An jenem Abend gab ich sein Geheimnis preis und erzählte Pierre von der Familie, die Robert in England zurückgelassen hatte. Er hörte die ganze unglückselige Geschichte wortlos an, und erst als ich fertig war, dankte er mir dafür, daß ich alles erzählt hatte.

«Da gibt's nur eines», sagte er. «Seine Frau und die Kinder müssen hierhergebracht werden. Ob er sie holen will oder ob ich hinfahre, ist gleichgültig. Ohne sie ist er ein gebrochener Mann; gebrochen durch das, was Jacques ihm heute angetan hat.»

Ich empfand es als große Erleichterung, daß ich mich der Last des Geheimnisses entledigt hatte. Wir sprachen ausführlich darüber, welcher Vorkehrungen es bedurfte, um Roberts Frau und Kinder über den Kanal zu schaffen. Sie hielt sich für eine Witwe und würde von den englischen Behörden unterstützt werden. Drüben durfte kein Mensch erfahren, daß Robert nicht tot war, denn die Strafe würde hart sein. Bei all seiner Gesetzeskenntnis wußte Pierre nicht genau, wie der Fall beurteilt würde. Es war ja ein sehr eigenartiger Betrug, und so wollte Pierre zunächst nur diskret mit Kollegen beraten, was zu tun war.

«Am besten dürfte es doch wohl sein», meinte ich, «wenn du oder ich an Marie-Françoise schreiben, ihr hier ein Heim anbieten und ihr sagen, daß sie durch Roberts Erbteil sichergestellt wäre.»

«Wenn sie aber nicht kommen will? Was dann? Vielleicht bleibt

sie lieber in London unter jenen Emigranten, die nicht zurückkehren wollen. Besser wäre es, wenn einer von uns selber hin-
überführe und sie überredete. Weiß sie, daß Robert am Leben ist,
dann wird sie bestimmt kommen.»

Ich erinnerte mich daran, daß Robert mir erzählt hatte, seine
Frau sei während seiner Haft sehr fromm geworden. Vielleicht
würde sie Gewissensbisse haben und den Betrug nicht geheim-
halten wollen, sondern dem Abbé Carron alles erzählen, der so
gut gegen sie gewesen war.

Es war, als gäbe es gar keinen Ausweg aus all diesen Fragen,
doch Pierre hatte recht; das wußte ich. Die einzige Möglichkeit
für Robert, das Vergangene wiedergutzumachen und zu sühnen,
was er Jacques angetan hatte, war, daß er sich mit seiner zweiten
Familie vereinigte. Er hatte dasselbe Verbrechen zweimal began-
gen. Man konnte seine Handlungsweise mit keinem andern
Wort bezeichnen. Es war nur eine Frage der Zeit, bis die Schuld
an dem ersten Verbrechen mit der Schuld an dem zweiten Verbrechen verschmolz, und wenn es dazu kam . . . Pierre sah mich
bedeutungsvoll an.

«Was befürchtest du?» fragte ich.

«Daß er Selbstmord begehen könnte», antwortete Pierre.

Er ging zu seinem Bruder hinauf und blieb lange bei ihm. Als
er wiederkam, berichtete er, Robert sei mit allen Vorschlägen
einverstanden. Jacques war für Robert verloren; zweifellos auf
alle Zeit. Jetzt begriff er, daß das Unrecht, das er dem empfindsa-
men Knaben zugefügt hatte, sich nicht wiedergutmachen ließ.
Der Gedanke, daß es immer noch möglich war, sich mit den in
England gebliebenen Kindern zu vereinigen, würde seine Ret-
tung bedeuten.

«Ich fahre morgen nach Paris», erklärte Pierre. «Ich will mich
dort erkundigen, wie es mit den Möglichkeiten einer Reise nach
England für dich oder für mich steht. Bleib unterdessen hier bei
Robert. Und laß ihn nicht aus den Augen.»

Er war am nächsten Morgen abgefahren, bevor Robert noch
aufgestanden war, und in den folgenden Tagen tat ich, wie Pierre
mich geheißen hatte, und leistete Robert mit den Jungen und mit
Belle-de-Nuit Gesellschaft.

Er war seltsam still und zerknirscht. In den vierundzwanzig Stunden seit Jacques' Abreise war er viel älter geworden.

Der Schlag war sehr hart gewesen; nicht nur für seine Gefühle, auch für seine Selbstachtung. In jenen langen Stunden allein in seinem Zimmer, nachdem Pierre mit ihm gesprochen hatte, mußte er wohl endlich erkannt haben, was in diesen Jahren geschehen war. Was das für Jacques bedeutet haben mußte, den Sohn eines Emigranten, aufgewachsen in dem Haus von Patrioten, war ihm jetzt endlich bewußt geworden. Wir – Pierre, Michel und ich und, in geringerem Maß Edmée – waren bereit gewesen, ihn wieder bei uns aufzunehmen. Unser reiferes Alter machte es uns leichter. Die Jugend aber kann weniger verzeihen.

«Ja», sagte er. «Jetzt sehe ich ein, daß ich verrückt war. Es wäre doch so einfach gewesen, zu euch zu fahren, wie ich das zuerst geplant hatte, und das Nötige zu tun, um sie nachkommen zu lassen. Damals wußte ich allerdings natürlich nichts von der Erbschaft. Ich wußte nicht einmal, ob ich euch noch am Leben finden würde. Ich habe unter einem Impuls gehandelt. Das habe ich mein Leben lang getan.»

Ich ermutigte ihn, an die Zukunft zu denken und Pläne zu machen. Das war anscheinend die einzige Art, um die Zeit auszufüllen, und es hielt ihn davon ab, sich allzusehr über Jacques zu grämen.

Nach fünf oder sechs Tagen hatte sich die alte Stimmung beinahe wieder eingestellt, und er wartete ungeduldig auf Pierres Heimkehr. Endlich, genau eine Woche nachdem er abgereist war, als wir uns gerade zum Abendessen setzten, rief Belle-de-Nuit:

«Ich höre Papa draußen!»

Sie kletterte von ihrem Stuhl hinunter, doch Robert kam ihr zuvor. Ich hörte, wie er Pierre begrüßte, ein rascher Austausch von Fragen und Antworten folgte, und dann wurde es still. Ich fühlte, daß etwas schiefgegangen war. Ich stand auf und ging ins Vorzimmer.

Pierre stand da, die Hand auf Roberts Schulter gelegt.

«Es ist nichts zu machen», sagte er. «Die Feindseligkeiten zwischen den Engländern und uns sind wieder ausgebrochen, und die Kanalhäfen sind für jeden Verkehr gesperrt. Jetzt verstehe ich, warum Jacques' Bataillon nach Norden marschiert ist. Es heißt, daß Bonaparte eine Landung in England plant.»

Der Waffenstillstand, der vierzehn Monate gedauert hatte, war zu Ende, und der Krieg, der wieder begonnen hatte, sollte dreizehn Jahre dauern. Pierres Plan war zu spät gefaßt worden. Robert hatte nicht nur seinen ältesten Sohn verloren, sondern jede Aussicht einer Vereinigung mit seiner zweiten Frau und ihren Kindern. Er sollte sie nie wiedersehen, nie von ihnen hören.

Einundzwanzigstes Kapitel

Wir hatten uns so sehr an Bonapartes Erfolge gewöhnt, daß wir die Wiederaufnahme der Feindseligkeiten zwischen Frankreich und England bloß als einen zeitweiligen Rückschlag für unsere Pläne und Hoffnungen ansahen. In wenigen Monaten würde alles vorüber sein. Bonaparte würde in England landen, gegen London marschieren und die englische Regierung zwingen, seine Bedingungen anzunehmen, wie sie auch lauten mochten. Und die Emigranten, die unter englischem Schutz lebten, würde man natürlich bald in ihre Heimat zurückschicken; darum würde auch Roberts Sehnsucht, mit Marie-Françoise und den Kindern vereinigt zu sein, bald eine Erfüllung finden. Es war nur eben ein Aufschub. Robert warnte uns jedoch davor, auf einen raschen Sieg zu hoffen.

«Ihr vergeßt», sagte er, «daß ich dreizehn Jahre lang unter diesem Volk gelebt habe. Ein Krieg auf dem Kontinent geht ihnen nicht sehr nahe; bedroht man aber ihre Küste, dann werden sie sehr zäh kämpfen. Rechnet nicht mit raschen Erfolgen. Und wenn Bonaparte eine Invasion versucht, kann's auch mißglücken.»

Die folgenden Monate bewiesen, daß mein Bruder recht gehabt hatte. Die große in Boulogne stehende Armee wartete vergeblich auf eine Möglichkeit, den Kanal zu überqueren, und als der Sommer in den Herbst überging und das schlechte Wetter einsetzte, schwanden die Hoffnungen auf einen Erfolg.

Robert, der wieder bei uns in Le Gué de Launay lebte, erklärte eines Abends im Februar 1804, als der Winter sehr hart war, daß Bonaparte, seiner Meinung nach, auch im Frühjahr keine Invasion wagen werde.

«Die Aussichten auf eine Niederlage zur See wären zu groß», sagte er. «Wir müssen uns wohl auf einen langdauernden Krieg zwischen uns und England gefaßt machen, was auch Bonaparte anderswo für Erfolge erringen mag. Von meinem Standpunkt aus bedeutet das, daß ich nicht mehr an Marie-Françoise und die Kinder denken darf. Ich bin für sie tot und muß mich damit abfinden, daß sie auch für mich tot sind.»

Er sagte das ohne Bitterkeit, aber so fest, daß ich merkte, daß er lange Zeit über diese Frage nachgedacht haben mußte.

«Leg dir das so zurecht, wenn du willst», sagte ich. «Aber nicht bloß, um dein Gewissen zu beruhigen. Sie leben in London und wachsen Jahr für Jahr, ganz wie Pierre-François, Alphonse-Cyprien und Zoe hier heranwachsen und Pierres Kinder in St. Christophe. Finde dich mit der Tatsache ab, daß sie leben und daß du ihnen nicht helfen kannst. Es wird besser für dich sein, an der Wahrheit festzuhalten, wenn du den Mut dazu aufbringst.»

«Das ist keine Frage des Mutes. Ich meine, daß sie gefühlsmäßig für mich tot sind. Es ist seltsam, aber ich kann mich nicht einmal mehr an ihre Gesichter erinnern. Sie sind zu Schatten geworden. Wenn ich an Louise denke, die immer mein Liebling war, so wird vor meinen Augen ihr Gesicht zu dem der kleinen Belle-de-Nuit. Vielleicht weil sie im gleichen Alter sind.»

Das war mir zu kompliziert. Ich weiß, wenn ich von meinen Kindern getrennt gewesen wäre – wie lang auch immer –, ihre Gesichter und ihre Stimmen würden nur um so lebendiger werden. Ich fragte mich, ob die unselige Begegnung mit Jacques etwa einen Teil von Roberts Denken aus dem Gleichgewicht gebracht und seine Erinnerung getrübt hatte. Oder verhielt es sich so, daß er gern alle Dinge aus seinem Geist verdrängte, die ihn bedrückten? Ich bezweifelte, daß der Gedanke an Jacques ihn in London sehr gestört hatte, und der Beschluß, seinen zweiten Sohn Jacques zu nennen, konnte eine Verwirrung sein oder zu dem Scheinleben gehören, das er errichtet hatte. Dennoch entging mir seine echte Zärtlichkeit für meine und für Pierres Kinder nicht. Er hatte eine natürliche, heitere, leichtherzige Art an sich, die ihm trotz seines Alters ihre Zuneigung gewann, und ich bemerkte, daß meine beiden Söhne mit grammatischen oder mathematischen Aufgaben eher zu ihm liefen als zu ihrem Vater. Schließlich war es Robert, der versucht hatte, mich damals in Le Chêsne-Bidault, bevor er geheiratet hatte, Latein zu lehren, und in den letzten Jahren in London hatte er in der Schule in Pancras dem Abbé Carron beim Unterricht der Emigrantenkinder geholfen.

«Du hast deine Zeit als Kristallschleifer vergeudet», sagte ich, als ich ihn, eine lateinische Grammatik in den Händen, zwischen meinen beiden Jungen fand. «Du hättest Schullehrer werden sollen.»

Er lachte und legte das Buch zur Seite.

«In London war mir diese Arbeit recht, weil sie mir Geld einbrachte. Hier vertreibt sie mir die Zeit und hält mich vom Denken ab, und das ist auch nicht schlecht. Das wirst du wohl zugeben.»

Abermals redete er ohne jede Bitterkeit, doch obgleich ich wußte, daß er sich bei uns wohl fühlte, spürte ich doch eine gewisse Leere in ihm. Vor einem Jahr hatte er sich in der Phantasie eine Zukunft mit Jacques aufgebaut; jetzt war das vorüber, doch die Tage mußten dennoch ausgefüllt werden. Mein Bruder war vierundfünfzig. Seine Erbschaft war unberührt. Irgendwie mußte er sich doch ernähren und einen Lebenszweck finden.

«Du brauchst nur ein Wort zu sagen», schrieb ihm Pierre, «und ich bin bereit, mich zu jedem Unternehmen mit dir zusammenzutun, das du vorschlägst; mit einer Ausnahme. Das Glasgewerbe muß für uns erledigt bleiben.»

Eines Tages, Jacques hatte inzwischen von seinen Großeltern, den Fiats, geerbt und war unabhängig, ersuchte Robert Pierre, zu einem Familienrat nach Le Gué de Launay zu kommen, und als wir zu dritt beisammen waren – François zog es vor, sich von der Begegnung fernzuhalten, und Edmée war viel zu sehr an ihre jakobinischen Freunde in Vendôme gebunden, um kommen zu können –, legte er uns seine Pläne vor.

«Ich möchte mein Leben, oder was mir davon noch bleibt, der Jugend widmen. Ich möchte, selbstverständlich in kleinerem Maßstab, das zu tun versuchen, was der Abbé Carron in London getan hat. Er suchte sich eine Schar von vaterlosen Knaben und Mädchen unter den ärmsten Emigranten zusammen, gab ihnen Wohnung, Nahrung und Kleidung und überdies noch eine Ausbildung. Es kann sein, daß er das auch heute noch für meine Kinder tut. Jedenfalls möchte ich es hier tun.»

Anfangs waren wir wohl zu erstaunt, um überhaupt etwas dazu zu äußern. Als ich Robert gesagt hatte, er habe seine Talente in seinem Beruf als Schleifer vergeudet, war das ein Scherz gewesen. Keinen Augenblick hatte ich daran gedacht, daß meine Worte Früchte tragen würden. Und Pierre hatte seine eigenen ausgeprägten Vorstellungen von der Kindererziehung; man lasse ein Kind in Frieden, und es wird sich selbst lehren, das war die Methode, die er bei seinen Jungen angewandt hatte, und damit wurde sein Haushalt, bei aller guten Laune, doch in größte Unordnung gebracht. Jetzt, als Roberts Erklärung zwischen uns wie eine Granate explodierte, war ich neugierig, welche Wirkung sie auf Pierre haben würde. Vielleicht ein Anlaß zu einer Diskussion über die Theorien Jean Jacques Rousseaus, die bis Mitternacht dauern konnte. Doch statt dessen sprang Pierre auf und klopfte dem Bruder auf die Schulter.

«Du hast's getroffen!» schrie er beinahe. «Du hast's unbedingt getroffen! Ich weiß sofort sechs Jungen, Söhne meiner früheren Klienten in Le Mans, die als Schüler zu uns kämen. Ich könnte sie in Philosophie, Botanik und Rechtswissenschaften unterrichten und alles andere dir überlassen. Wir würden natürlich sozusagen nichts dafür verlangen: Wir brauchten ja nichts an ihnen zu verdienen. Gerade nur genug, um die Kosten für Miete und Nahrung zu decken. Sophie, du gibst uns Pierre-François und Alphonse-Cyprien. Was meine drei betrifft, weiß ich nicht ganz genau; es wäre besser, sie würden auf einer Farm arbeiten. Aber es wird bedeuten, das Haus in St. Christophe zu vermieten und nach Tours zu übersiedeln. Tours muß unser Zentrum sein. Ob wir Edmée überreden könnten, Vendôme zu verlassen und bei uns Vorträge über politische Freiheit zu halten? Vielleicht nicht;

ihre Ideen sind gar zu fortschrittlich, und wir dürfen nichts tun, was uns in Schwierigkeiten mit dem bürgerlichen Gesetzbuch brächte.»

Pierres Begeisterung war ansteckend. Er hatte uns alle entflammt. Zwei Tage später fuhr er nach Tours auf die Suche nach einem passenden Quartier für das geplante Pensionat und, wichtiger noch, um die behördliche Bewilligung zur Gründung eines *Maison d'éducation* für vaterlose Kinder einzuholen.

Es dauerte sechs Monate oder mehr, bevor das Pensionat bereit war, seine ersten Schüler zu empfangen, und als es anfangs Dezember 1804 in der Rue des Bons Enfants 4 öffnete, da fiel unsere Familienfeier mit einer Feier der ganzen Nation zusammen. Die Stadt war beflaggt, und in den Straßen drängte sich die Menge, denn Napoleon Bonaparte, der Erste Konsul, war zum Kaiser gekrönt worden.

In welchem Ausmaß die allgemeine Erregung zu der Weihestimmung meiner Brüder beitrug, weiß ich nicht, aber der Anlaß war ergreifend. Als sie Seite an Seite standen, vor sich ihre zwanzig Schüler in dem quadratischen Raum mit den Eichenbalken im ersten Stock des alten Hauses mitten in Tours, das sie ausgesucht hatten, da hatte ich den Eindruck, daß die Brüder Busson wieder beisammen waren. Das Gemeinschaftsleben war es, das sie als Kinder in den Glashütten von Chérigny und La Pierre gekannt hatten, es war eine Lebensform, zu der sie geboren und erzogen waren, und wenn es auch hier in Tours keinen Schornstein, keinen Kessel, keine handgefertigten Erzeugnisse gab, so war doch im Grunde der Geist der gleiche.

Meine Brüder waren die Leiter und vermittelten diesen Kindern Wissen und Lebensform, ganz wie mein Vater und meine Onkel die Geheimnisse ihres Handwerks auf meine Brüder übertragen hatten, die damals in La Pierre Lehrlinge gewesen waren. Hier, in der Rue des Bons Enfants, gab es kein geschmolzenes Glas, die Glasbläser standen nicht, die Pfeife in der Hand, vor dem Feuer und atmeten Leben in die langsam sich weitenden Gefäße. Statt dessen waren hier Kinder, gefügige Persönlichkeiten, die sich entwickeln sollten, und meine Brüder mußten sie ebenso sicher, ebenso ruhig führen, wie sie einst flüssiges Glas geformt hatten, mußten ausgeglichene menschliche Wesen zu Fülle und Reife bringen.

Pierre hatte die Ideale und die Selbstlosigkeit, um diese Ideen in die Tat umzusetzen, Robert die Kraft der Überredung, den nötigen Charme und die Erfindungskraft, um eine Geschichtsstunde zu einem Abenteuer zu machen.

Wie sich herausstellte, blieb das Pensionat Busson fast sieben Jahre lang offen, obgleich nicht ganz so, wie meine Brüder es geplant hatten. Die Schulgesetze wurden im Verlauf der Monate viel strenger, sie waren ein Teil des *Code Civil,* den die örtlichen Behörden im ganzen Land einzuhalten gezwungen waren. Jungen mußten Staatsschulen besuchen und von amtlich eingesetzten Lehrern unterrichtet werden. Und so wurden die unorthodoxen und eigenartigen Theorien meiner Brüder nie völlig in die Wirklichkeit umgesetzt. Das Pensionat blieb ein Heim für vaterlose Knaben, ein Ort, wo sie essen und schlafen konnten, aber sie gingen täglich in die Staatsschulen.

Als die Jahre verstrichen und die Kinder heranwuchsen und abgingen, wurden ihre Plätze von jenen heimatlosen und heruntergekommenen Individuen eingenommen, die meinem Bruder Pierre so sehr am Herzen lagen. Überflüssig zu sagen, daß sie nie für Kost und Quartier etwas bezahlten, sondern alles als milde Gaben in Anspruch nahmen. Das Pensionat, mit so hochfliegenden Hoffnungen eröffnet, entartete zu einer Art Freistatt, wo alle willkommen waren und Pierre den Wirt spielte, während Robert, um einen Ausgleich für den mangelnden Wirtschaftssinn seines Bruders zu schaffen, Privatschülern vor den Prüfungen das nötige Wissen einpaukte.

Der Niedergang war, wie François sagte, zu erwarten gewesen; und tatsächlich war es ein Wunder, daß das Unternehmen überhaupt existierte. Mich stimmte es traurig, zu sehen, wie das Haus, das niemand instand hielt, schäbig wurde, die Farbe von den Wänden blätterte, die Treppen nicht gesäubert waren; und wenn ich in die Rue des Bons Enfants ging und mich ein paar Tage dort aufhielt, wie ich das von Zeit zu Zeit tat, so fehlte mir das Lachen und Lärmen der Kinder des ersten Jahres, als das Pensionat eröffnet worden war. Statt dessen hörte ich den rauhen Husten eines halben Krüppels im Nebenzimmer oder stieß auf irgendeinen mürrischen Kerl, wenn ich die Treppe zum inneren Hof hinunterging, wo einst die Kinder gespielt hatten.

Weder Robert noch Pierre schienen den Verfall wahrzunehmen. Sie hatten sich entschlossen, auf solche Art zu leben, und anscheinend behagte es ihnen.

Eines Sonntags, als Pierre am Ufer der Loire angelte, sah er einen Hund vom andern Ufer her ins Wasser springen, um einen Stock zu holen, den sein Herr hineingeworfen hatte. Mitten im Fluß verließen den Hund seine Kräfte, und er zappelte verängstigt. Da warf mein Bruder den Rock ab und sprang in den Fluß. Der Hund faßte, als er einen Retter sah, frischen Mut und konnte das Ufer erreichen; Pierre aber, unter dem Schock der jähen Kälte des Wassers und von seinen Kleidern behindert, bekam einen Krampf und sank unter. Der Eigentümer des Hundes schlug Alarm, und ein Boot wurde losgebunden, doch es war zu spät. Pierres Leiche wurde erst drei Tage später gefunden.

Die edle Regung, die ihm den Tod und seiner Familie so großes Leid brachte, hatte ihre Folgen, von denen eine gewiß nicht eingetreten wäre, wenn er noch länger gelebt hätte. Und darum möchte ich gern glauben, daß seine gute Tat nicht vergebens gewesen war.

Der traurige Vorfall ereignete sich im April 1810, wenige Tage vor Pierres achtundfünfzigstem und Jacques' neunundzwanzigstem Geburtstag, und um diese Zeit fanden in Paris die Feiern anläßlich der Vermählung des Kaisers mit Marie-Louise von Österreich statt. Jacques' Kompanie war unter den Truppenabteilungen, die während der Hochzeitsfeierlichkeiten in Paris Dienst taten.

Ich schrieb ihm sofort, als ich von dem Unglücksfall erfuhr, damit er seiner Tante und den Kindern seine Teilnahme ausdrücken könnte. Aber ich dachte keinen Augenblick daran, daß er einen Urlaub erhalten würde.

François und ich und unsere damals schon siebzehnjährige Tochter Zoe fuhren zu dem Begräbnis nach Tours, und wir verschoben unsere Rückkehr um ein oder zwei Tage, denn wir wollten meine Schwägerin Marie und Belle-de-Nuit nach Le Gué de Launay mitnehmen.

Das Kind war jetzt vierzehn und hatte ihren Vater vergöttert. Aber wenn sie mit ihrer Mutter beisammen war, bezwang sie ihren Kummer. Als ich mit der Kleinen in ihrem Zimmer war, wandte sie sich plötzlich zu mir und sagte:

«Ich weiß nicht, ob ich recht getan habe, Tante Sophie, aber ich habe Jacques geschrieben und ihm alles erzählt, was geschehen ist.»

«Ich habe ihm auch geschrieben», erwiderte ich. «Und du wirst bestimmt von ihm hören und die Mutter auch.»

Sie sah mich in ihrer unbefangenen, offenen Art an und sagte: «Ich habe ihn gebeten, herzukommen. Er werde hier gebraucht, habe ich geschrieben.»

Diese Nachricht beunruhigte mich. Wir wünschten keine Wiederholung des Zusammentreffens vor sieben Jahren. Pierres Tod hatte meinen Bruder schwer getroffen, und er war nicht in der Lage, eine zweite Zurückweisung zu ertragen.

«Das war nicht klug von dir, Belle-de-Nuit. Du weißt, daß Jacques nicht mit seinem Vater sprechen oder ihn auch nur sehen will. Darum weigert er sich ja auch, nach Tours zu kommen – es sei denn, daß dein Onkel nicht hier wäre.»

«Das weiß ich sehr wohl», sagte sie. «Und es war immer Papas Wunsch, die beiden wieder zusammenzubringen. Mir scheint doch, daß es jetzt an der Zeit wäre, das zu versuchen. Wir werden ja sehen.»

Ich wußte nicht, ob ich Robert warnen oder schweigen sollte. Ich war überzeugt, Jacques würde gerade jetzt zur Zeit der Feierlichkeiten in Paris keinen Urlaub erhalten, doch da hatte ich mich getäuscht. Nie habe ich erfahren, wie eindringlich Belle-de-Nuit ihn in ihrem Brief gebeten hatte, doch sie hatte Erfolg. An jenem Abend, als ich mit Robert über die alte Treppe in den innern Hof hinunterstieg und sekundenlang, die Hand auf dem Geländer, stehenblieb, hörte ich Belle-de-Nuits Willkommensgruß in dem Torbogen, der zu der Straße führte.

Der Instinkt sagte mir, wen sie begrüßte.

«Was ist denn los?» fragte Robert.

«Es wird wieder ein Besuch sein; das Kind wird ihn schon empfangen.»

Sie kamen miteinander durch den Torbogen, Belle-de-Nuit im schwarzen Trauerkleid und Jacques in seiner Uniform als Korporal. Der junge Mensch hatte sich zum Mann entwikkelt, war wohl nicht gewachsen, aber breitschultrig und stämmig geworden, und ich hätte ihn nicht erkannt, doch die blauen Augen und der blonde Schopf waren mir vertraut.

Die beiden schauten uns an, und ich sah, wie Robert neben mir erblaßte. Er drehte sich um und wollte die Treppe hinaufgehn. Er stolperte.

«Nein, Onkel, geh nicht!» Belle-de-Nuits Stimme tönte hell wie ein Befehl. «Jacques hat zwei Tage Urlaub. Und dann muß er zurück zu seinem Bataillon und geht nach Spanien. Er ist gekommen, um von dir Abschied zu nehmen.»

Robert zauderte. Seine Hand auf dem Geländer bebte.

«Ich bin voriges Jahr in Wagram ausgezeichnet worden», sagte Jacques. «Wenn es dich interessiert, möchte ich dir gern die Medaille zeigen.»

Die Stimme war nicht länger rauh und zornig. Es war Respekt darin und auch eine gewisse Scheu. Robert wandte sich wieder um und sah seinen Sohn an. Sein Haar war nicht mehr gefärbt; es war weiß geworden wie Pierres Haar, und man sah ihm seine sechzig Jahre an.

«Ich habe davon gehört», sagte er. «Ich würde mich freuen, deine Medaille zu sehen.»

Jacques stieg die Treppe hinauf und kam auf uns zu. Ich umarmte ihn rasch, und dann ging ich zu Belle-de-Nuit in den Hof hinunter. Unsere Anwesenheit war bei dieser Begegnung nicht vonnöten. Ich sah die Umrisse von Vater und Sohn auf der Biegung der Treppe; dann legte Robert seinen Arm in Jacques' Arm und führte den Sohn in sein Zimmer.

Wir andern fuhren am nächsten Tag nach Le Gué de Launay, und Jacques verbrachte die restlichen vierundzwanzig Stunden seines Urlaubs allein mit seinem Vater. Ich konnte nur ahnen, was die Versöhnung für die beiden bedeutete.

Obgleich ich meinen Bruder Robert anflehte, das Haus aufzugeben und zu uns nach Le Gué de Launay zu ziehen, wollte er nichts davon wissen. Pierre hätte wohl von ihm erwartet, daß er bleiben sollte. Das wenigstens mußte er gefühlt haben.

«Ich will das Haus offenhalten», sagte er; «so lange, wie ich es mir leisten kann.»

Doch als Pierres Witwe wieder nach St. Christophe zog und Belle-de-Nuit mitnahm, weil sie das Leben in dem Haus ohne Pierre nicht zu ertragen vermochte, da entwich das bißchen Freude, das in dem verfallenden Haus noch geblieben war, und damit auch der Lebenswille meines Bruders.

Dieses entzückende Kind, das – zum Glück mußte das weder Vater noch Onkel erleben – an der Tuberkulose starb, bevor sie ihr zwanzigstes Lebensjahr erreicht hatte, besaß sämtliche Talente der Familie und keinen ihrer Fehler. Selbstlos wie Pierre, war sie doch fleißiger und urteilsfähiger. Intelligent wie Edmée, kannte sie doch weder Haß noch Neid. Ihr Zeichentalent war so groß, daß sie eine anerkannte Künstlerin geworden wäre, hätte sie die Reife erreicht. Nun, ich habe ihre besten Zeichnungen in meinem Schrank in Le Gué de Launay aufbewahrt.

Sie war das einzige von Pierres Kindern, das von Roberts Unterricht einen Nutzen hatte. Die Burschen ergriffen, nach dem Militärdienst, verschiedene Berufe, Joseph ließ sich in Château-du-Loir als Sattler nieder, und Pierre-François, der Vetter und Namensvetter meines Sohnes, wurde Friseur in Tours.

«Das unvermeidliche Ergebnis von absichtlicher Vernachlässigung», stellte François immer wieder fest. «Mit richtiger Erziehung hätten diese Burschen es auch weiterbringen können.»

Nun, wie dem auch sei, ihre Begabungen lagen jedenfalls mehr in ihren Händen. Ich habe Lederarbeiten von Joseph gesehen, die mit jener liebevollen Sorgfalt angefertig waren, die ein guter Schleifer in seine Gläser legt, und Perücken von Pierre-François, die auch die Kaiserin nicht verschmäht hätte. Nichts ist eine Herabwürdigung, was mit Liebe gemacht wird. Mein Vater hatte die Leidenschaft für das Handwerk auf diese Enkel übertragen, die er nie gesehen hatte.

«Möge doch jeder seinen besten Gaben entsprechend arbeiten», pflegte Pierre zu sagen. «Mir ist gleich, was sie machen, solange sie es mit ganzem Herzen machen.»

Im folgenden Winter nach Pierres Tod wurde Robert sehr gebrechlich und schwach und klagte über Atemnot. Noch immer bereitete er Schüler für die Prüfungen vor, denn junge Gesichter um ihn waren sein Vergnügen; sie erinnerten ihn nicht nur an Jacques und Belle-de-Nuit, sondern auch an seine Familie jenseits des Kanals.

«Wenn er noch lebt», sagte Robert, als ich ihn zum letzten Mal sah – es war im Mai 1811, «dann ist mein zweiter Jacques jetzt achtzehn Jahre, Louise wird, wie Belle-de-Nuit, sechzehn, und Louis-Mathurin ist in seinem vierzehnten Jahr. Ob sie wohl völlig Engländer geworden sind und alles, was französisch ist, hassen? Sogar die Sprache?»

«Das bezweifle ich», erwiderte ich, «und eines Tages, in zehn, zwanzig, dreißig Jahren, werden sie heimkehren.»

«Vielleicht», meinte er. «Aber nicht zu mir.»

Er winkte mir vom oberen Fenster in seinem Zimmer in der Rue des Bons Enfants ein Lebewohl zu, denn ich wollte mich nicht von ihm zur Diligence nach Vibraye begleiten lassen; das hätte sein Herz anstrengen können.

Mit bösen Ahnungen verließ ihn ihn. Es hausten nicht mehr als ein halbes Dutzend Menschen im Haus, von denen keiner ihn näher kannte oder imstande war, ihn zu pflegen, wenn er krank wurde.

Einen Monat später, am 2. Juni, ungefähr um drei Uhr nachmittags, stieg er die Treppe vom inneren Hof hinauf; da muß ein Blutklumpen in sein Herz eingedrungen sein, denn er brach zusammen und wurde kurz darauf von zwei Mietern sterbend aufgefunden.

Sie trugen ihn in sein Zimmer, legten ihn auf sein Bett und blieben unschlüssig stehen, weil sie nicht wußten, was sie tun, wen sie rufen sollten. Er versuchte zu reden, konnte aber nicht, und sie, in der Meinung, er brauche Luft, öffneten das Fenster. Noch heute, nach dreißig Jahren, kränkt es mich zu wissen, daß mein Bruder unter Fremden war, als er starb.

Epilog

Am 6. November 1844, am Tag vor ihrem einundachtzigsten Geburtstag, legte Madame Duval die Feder nieder. Etwas mehr als vier Monate hatte sie dafür aufgewendet, die Geschichte ihrer Familie zu schreiben, und während des Erzählens hatte sie in ihrem Gedächtnis viele Episoden wiedererlebt, die ihr entfallen waren. Viele Gesichter tauchten deutlich vor ihr auf, ihr Vater Mathurin, ihre Mutter Magdaleine, ihre drei Brüder, Robert, Pierre, Michel, und ihre Schwester Edmée.

Sie hatte sie alle überlebt, auch ihren Neffen Jacques, der im Januar 1812 schwer verwundet worden war und im darauffolgenden Juni starb. So hatte er nur zwölf Monate länger gelebt als sein Vater.

Edmée, die arme Edmée, deren Träume von einem Leben, darin es eine *communauté des biens*, Gleichheit und Glück für alle geben sollte, durch die Wiederherstellung der Monarchie für immer zertrümmert waren, setzte ihr einsames, enttäuschtes Dasein in Vendôme fort und erzählte jedem, der es hören wollte, von den großen Tagen der Revolution und der Verfassung des Jahres 1793. Noch immer eine leidenschaftliche Reformerin, schrieb sie beständig ihre Gedanken über ein künftiges politisches System nieder, die kein Redakteur in Vendôme zu drucken wagte, und starb, kaum über fünfzig Jahre alt, *sans fortune et sans famille*, aber Republikanerin bis zum Ende.

François Duval hatte die Genugtuung zu sehen, daß sein Sohn, Pierre-François, ihm als Bürgermeister von Vibraye folgte und seine Tochter Zoe den Doktor Rosinau, früheren Bürgermeister von Mamers, heiratete, bevor er selber auf dem Friedhof von Vibraye neben seinem einstigen Partner und Gefährten Michel Busson-Challoir zur Ruhe gebettet wurde.

Die von Mathurin Busson vor fast hundert Jahren gegründeten und zur Blüte gebrachten Glashütten gediehen auch weiterhin, obgleich kein Mitglied der Familie mehr mit ihnen zu tun hatte.

An ihrem einundachtzigsten Geburtstag ließ sich, obgleich es gegen Ende des Jahres war und der Regen drohte, Madame Duval von ihrem Sohn, dem Bürgermeister, die kurze Strecke nach La Pierre fahren, denn sie wollte dort für eine Weile aus dem Wagen steigen und durch das Parktor zum Schloß und der Glashütte daneben blicken.

Das Schloß war verfallen, seine Besitzer wohnten in Paris, doch aus dem Schornstein der Glashütte stieg Rauch auf, und noch immer füllte der vertraute bittere Geruch von Holzkohle die Luft. Arbeiter schoben Karren von den Werkstätten zum Kesselhaus, ein zweispänniger Wagen wartete darauf, beladen zu werden, und drei Lehrlinge kamen lachend und scherzend mit einer Kiste aus einem der Schuppen.

Jenseits des Rasens standen die Häuschen der Arbeiter, und zwei oder drei Frauen schauten zum Wagen hinüber. Sie hatten die spärliche Sonne ausgenützt, um ihre Wäsche zum Trocknen auf dem Gras auszubreiten. Die Glocke der Glashütte läutete für den mittäglichen Schichtwechsel, und die Männer kamen aus dem Kesselhaus und aus den Werkstätten und sammelten sich zu kleinen Gruppen. Wie die Frauen spähten sie nach dem wartenden Wagen.

«Hast du noch nicht genug gesehen?» fragte Pierre-François Duval, der Bürgermeister von Vibraye. «Wir erregen ja die Aufmerksamkeit der Leute, wenn wir hier stehenbleiben!»

«Ja», erwiderte seine Mutter. «Ich habe genug gesehen.»

Sie ging zum Wagen zurück und schaute noch einmal durch das offene Fenster. Nichts hatte sich verändert. Es war noch immer eine Gemeinschaft, eine kleine Schar von Handwerkern, von Arbeitern mit ihren Familien, gleichgültig, ja sogar feindselig gegen die Welt dort draußen, nach ihren eigenen Regeln lebend, an ihren eigenen Bräuchen festhaltend. Was sie mit ihren Händen geschaffen hatten, würde durch Frankreich, durch Europa, bis nach Amerika wandern, und ganz bestimmt würde jeder Gegenstand ein Merkzeichen der ersten Meister tragen, die vor langer Zeit mit Stolz und Liebe hier gearbeitet und ihren Nachfolgern die alten Traditionen hinterlassen hatten.

Madame Duvals letzter Blick auf das Heim ihrer Kindheit in La Pierre zeigte ihr das Kesselhaus mit den Baulichkeiten, die es umgeben, und haftete sekundenlang an dem fahlen Glimmerschein einer Novembersonne; und das ganze Bild wurde umrahmt und beschützt von den hohen Bäumen des Waldes, die das Kesselfeuer anheizten.

An jenem Abend machte sie aus all den Blättern, die sie beschrieben hatte, ein Paket und gab es ihrem Sohn, damit er es an ihren Neffen Louis-Mathurin nach Paris schickte.

«Auch wenn er nichts davon liest», sagte sie sich, «oder jene Teile vernichtet, die seine Familie und zumal seinen Vater Robert ungünstig darstellen; ich habe meine Pflicht getan und die Wahrheit erzählt. Und von allem das Wichtigste – sein Sohn George, Kicky genannt, wird das Glas haben.»

Sie trat ans Fenster und öffnete es; sie lauschte dem Regen, der auf den Garten niederströmte. Selbst hier, in ihrem eigenen Hause in Le Gué de Launay, schien es ihr, als wäre die Gemeinschaft, die sie liebte, nicht weit entfernt. Die Männer gingen in La Pierre und in Le Chêsne-Bidault zur Nachtschicht, und die Frauen kochten den Kaffee; und auch wenn sie selber nicht mehr unter ihnen lebte, war doch in ihr der Geist der Vergangenheit lebendig.